# 重構人間秩序
## ——明代公案小說所示現之文化意蘊

張凱特　著

臺灣　學生書局　印行

# 重構人間秩序
## ——明代公案小說所示現之文化意蘊

# 目　次

# 表目次

# 圖目次

# 第一章 緒 論

## 第一節 研究動機與目的

秩序[1]對應著失序（失範[2]），秩序從一致性、連續性、穩定性

---

[1] 「秩序」從詞源考察，「秩」從許慎《說文解字》云：「秩，積也」，段玉裁注釋為：「積之，必有次敘，成文理，是曰秩。」引申為常軌、常度、軌範之義；「序」經傳多假序為敘，為敘之假借字，《廣雅》以為「次也」，二字合起來兼有「常軌」、「次序」之義，與英文的「order」意義相近。

[2] 社會失範（anomie）最早由涂爾幹提出的說法似與居友提出的「宗教失範」有關，但更接近於「個人崇拜」，涂爾幹指出社會失範的人傾向不接受任何規則及不遵守任何界線，這種現象與社會的聯繫日益衰弱，吉登斯認為個人崇拜與社會生活的世俗化有關，本文引用的「失範」理論形容晚明社會急遽變化的情形，在此變遷之下，公案集的產生別具意義，公案集的出現視為對社會「失範」的回應。關於失範一詞，學者多有討論，本文就其形容的社會現象而言，然對其現象的作用性，別無正負之指涉而是視為現象的形容。「失範」始於懷德海提出，居友認為此有正功能，後涂爾幹加以援用，其論點與居友對立，提出了宗教的墮落為「失範」的根源，後來莫頓系統地闡述了「失範」的基本假設，認為應該著重文化結構和社會結構的問題，並視個體行動為社會分析的重要元素，提出了五種適應模式，其中包括了四種失範模式：創新、儀式主義、退卻、反抗。瞿敬東，對於「失範」理論的見解，見於《失範理論大綱》、《缺席與斷裂──有關失範的社會學研究》等書，參見周俊：《新聞失範論》（北京：人民日

的意義理解，而其反面則為不規則、斷裂的、變動的狀態。追求秩序為人類的共同趨向，以此作為定位於世界（宇宙、自然、社會）的需要，要確立自己的定位，必須認識到這個世界的規則、規範。[3]以世界所包含秩序有三個層面，分別為宇宙秩序、自然秩序、社會秩序。其中中國文化中追求和諧的「天人合一」的境、自然和諧的關懷、以和為貴的人際關係、無訟等的重要民族特徵，體現對秩序理解的極致，對這個世界秩序的想像往往視為理想的實踐道路，這種世界觀下而形成的場域（Field）影響了中國人的行為與思維。

其中關於對社會秩序的想像，首先出現於神獸裁判「獬豸」，代表遠古法律的象徵，又以文化符號嵌入「法」的古金文「灋」的「廌」（獬豸），《說文解字》對「灋」的解釋為「刑也。平之如水，從水；廌，所以觸不直者；去之，從去。[4]尚包含「平之如水」，其義又有法律公平如水與執法公正的雙重內涵。

人類藉想像建構出法律文化的內涵，這個建構世界的方法涉及對於秩序與意義的心理需要，而「秩序」成為其存在的意義之一：

---

報出版社，2014 年），頁 11-15、張亮、熊嬰編：《倫理、文化與社會主義：英國新左派早期思想讀本》（南京：江蘇人民出版社，2013 年），頁 259、〔英〕吉登斯（Anthony Giddens），郭忠華、潘華凌譯：《資本主義與現代社會理論對馬克思、涂爾幹和韋伯著作的分析》（上海：上海譯文出版社，2013 年），頁 104。

3　參見沈湘平：《理性與秩序——在人學的視野中》（北京：北京師範大學出版社，2003 年），頁 32-34。

4　參見〔漢〕許慎撰，〔宋〕徐鉉校定：《說文解字附檢字》（北京：中華書局，2007 年），頁 202。

人類社會一經建立，就具有其自身存在的客觀規律，它為個人規定了得到社會全體成員共同承認的意義，並把這些意義加諸於每一個人。每個人都得接受社會對他的指導、控制以及保護。如果與社會背離，個人就會喪失其身分和意義，陷入「失範」行為之中。而就人類追求意義和秩序的本能而言，無意義和失範對人是一種巨大的恐怖。[5]

貝格爾（Peter Ludwig Berger, 1929-）由此推導出人類建構世界的基本宗旨，在於建構人天生所缺乏的那種類似於動物的嚴密結構，即秩序和法則，秩序化和法則化的主要作用在於提供抵抗恐怖的避難所。[6]社會相互作用的行動結果，形成了更大的共同意義，從社會制度結構而言，為客觀方面的秩序與意義的保衛者；從形成個人意識而言，亦是主觀方面的秩序與意義的保衛者。[7]

就法律而言，理想秩序反映於世俗層面，即為「無訟」的和諧觀點。反映於現實層面，即為訴訟公堂的場景。此又關涉了社會秩序的和諧實踐，不僅在理想上有所呈現，在具體操作上皆有根據，進而理解秩序的實務面與理想的鴻溝，禮法社會下法律如何與道德互動，包含法律的作用、功能、運作的機制，也繫乎民眾對於法

---

[5] 參見高師寧：〈譯者序〉，收入〔美〕彼得・貝格爾（Peter Ludwig Berger）著，高師寧譯，何光盧校：《神聖的帷幕：宗教社會學理論之要素》（上海：上海人民出版社，1991年），頁5。

[6] 參見高師寧：〈譯者序〉，《神聖的帷幕：宗教社會學理論之要素》，頁5。

[7] 參見〔美〕彼得・貝格爾（Peter Ludwig Berger）著，高師寧譯，何光盧校：《神聖的帷幕：宗教社會學理論之要素》，頁26-28。

律、道德、禮法的觀點之間將如何融涉？

　　張德勝從社會學角度提出秩序情結的構成主要以儒家為主，佛道兩家為輔，[8]進而向前推演春秋戰國時代的「失範」現象，然而對和諧秩序的闡發，梁治平更聚焦於人類與自然秩序的交互作用的儒家觀點，[9]一者從社會學出發，一者以法律角度切入，而文學則更貫注於清官文化的面向，[10]顯然學科不同發展不同的視野。

　　文學更細膩演繹虛構的社會百態，反映著民眾對現實社會的焦慮與世變下的心態，更聚焦於人物在社會關係的互動與禮教規範的依違。而與世俗秩序主題更為接近的小說主題，多歸類於世情小說、豔情小說、才子佳人小說等，這些由題材而分類的小說類型中，公案小說書寫著法律秩序與禮教秩序的內容，反映對正義、善

---

8　參見張德勝：《儒家倫理與秩序情結：中國思想的社會學詮釋》（臺北：巨流圖書公司，2007 年），頁 191-211。

9　參見梁治平：《尋求自然秩序中的和諧──中國傳統法律文化研究》（北京：中國政法大學出版社，1997 年），頁 2。

10　有關清官文化研究，專書有陳旭：《清官》（北京：中國社會科學出版社，2010 年），其餘單篇研究甚多，僅列數篇，卜安淳：〈清官與清官意識〉，《古典文學知識》第 3 期（1992 年）；竺洪波：〈清官形象與清官意識──關於公案小說的文化思考〉，《上海教育學院學報》第 2 期（1993 年），頁 21-37；孔繁敏：〈包公故事與清官文化、包公故事在海外〉，《包拯研究》（北京：中國社會科學出版社，1998 年）；何世劍：〈公案小說的精神風尚與清官文化的美學質性〉，《集美大學學報（哲學社會科學版）》第 2 期（2010 年），頁 57-62；宋華偉：〈心憂黎民誌托青天：從《胭脂》、《冤獄》、《席方平》等看蒲松齡公案小說中的人文關懷與清官救世情結〉，《安徽文學（下半月）》第 10 期（2011 年），頁 1-2；侯忠義：〈公案小說・清官・俠士〉，《書趣・文趣・理趣學人書話》（北京：同心出版社，2001 年），頁 328-330。

惡、禮教規範等的思維，從情節與人物、或文化意涵建構出關於秩序的意義。

日文中漢字「裁判」意同「審判」，公案小說在臺灣割據日本時期，稱為「裁判小說」，此說法多少或受到日本人殖民臺灣的影響。[11]公案內容所呈現的世俗紛爭種種矛盾，牽動著庶民生活切身利害，此種裁判涉及公平與正義，為公案小說中常見主題之一。「公案」的斷案內容，不僅具有裁斷意識，而是關涉與官方文書與官府立案的往來，內容屬性反映社會現實，因而成為研究清官文化或律法文化的重要材料之一，亦成為研究律法文化[12]或清官文化者多援引的佐證材料。文學中的法律或法律中的文學原是互相融攝二者的表現，其旨趣自然不同。而公案文學作為社會或文化面向研究者佐證資料，尚不侷限於清官文化或法律文化，尚有其他。只是就整個公案文學研究現況觀察，以文學視角研究文學中的法律或者文學中的清官，其所佔的比例不在少數。

公案文學中「裁判」意識，為公案必然涉及的元素，公案中的「判」，即為官府對於民事、刑事等紛爭具有強制效力的作為，具有外力特徵的組織暴力，這個外力作為在現實層面執行賦予具有行

---

[11] 臺灣較早的文學研究，日人原田季清在章節安排中即視包公案等故事為裁判小說，參見原田季清：《話本小說論》（臺北：古亭書屋，1975年），此外日人的公案研究亦同此稱呼，如莊司格一等；林明德視公案小說等同於裁判小說，參見林明德：《晚清小說研究》（臺北：聯經出版事業公司，1989年），頁53。

[12] 有關法律文化研究，專書有參見徐忠明：《包公故事：一個考察中國法律文化的視角》（北京：中國政法大學出版社，2002年）；徐忠明：《眾聲喧嘩：明清法律文化的複調敘事》（北京：清華大學出版社，2007年）。

政權與司法權的官吏,對應於文學虛構人物則為清官,例如公案小說的書名或篇名中,近似「裁判」的字眼甚多,以《百家公案》一書為例,其全稱為《包龍圖判百家公案》,即有「判」一字,其篇目中出現「判」、「斷」、「決」的比例之高,可為證明。[13]學人研究公案小說已經注意到了此種文學書寫現象,對於涉及「裁判」的社會意識與文化心理尚未觸及。「裁判」意識涉及了古代的社會秩序的文化心理,而「裁判」意識下的公案小說恰成為追求社會秩序下的心理投射,藉由公案小說完成重構社會秩序的圖像。

卜正民在《縱樂的困惑》回應禮教失序與社會失範的觀察:禮法藩籬正在瓦解,象徵著晚明社會秩序的變化。[14]公案小說發展符合此一規律,除商業的因素外,大環境中民眾識字率的提昇與普遍具粗淺律法概念的建立,「德化凌遲,民風不竟」、「朝綱不振」的消極因素,與期望「清官」的積極思想,諸種因素刺激下,公案小說如「公案小說集」、「一般通俗小說中的散篇公案」、「文言短篇公案小說」等諸多類型文學,全面地在晚明繁榮興盛。[15]這種

---

13 約有三分之一篇目名稱有相關字眼,參見李小龍:《中國古典小說回目研究》(北京:北京大學出版社,2012年),頁214。

14 參見卜正民:《縱樂的困惑:明代的商業與文化》(北京:三聯書店,2004年),頁9-10。

15 「借用『三足鼎立』,是指公案小說的三大類體裁都取得豐收,各有特長,勢均力敵。首先是中國小說史上第一次出現公案短篇小說專集,幾乎一律稱作《××公案》。水準雖然較低,但作為通俗文藝讀物,不是一本兩本,三本五本,而是十二本。……其次是一般通俗小說中的散篇公案。『散篇』是相對上述『專集』而言的。……。第三是文言短篇公案小說。仍是包括筆記與傳奇,融合著實錄與虛構。數量不少、品質不差。……。這三者相輔相承,囊括了中國小說史的全部歷史積澱(體裁——筆記、傳奇、話本、專集、章回中片段,眾體齊備;題材:由文言轉

「系統小說」[16]的出現誠然是當時反映的集體現象，它傳達了文化中特定思維，反映社會現況與時代表徵，就此而言，公案小說提供發現文學對秩序意義的呈現與內涵。

　　小說承載社會更多面向的訊息，包含最廣泛豐富，如物質文化、規範文化、精神文化的各個範疇在古代小說中都有著生動具體細緻的描繪與表現。諸如宮室園林、家具器皿、服飾飲食、風俗習慣、科舉官制、刑罰課稅、家庭結構、宗教活動、藝術娛樂、婚姻愛情等等。[17]而公案小說提供了與法律文化直接或間接的材料，適足以呈現文化研究的相涉面向，此部分的細緻討論仍須經由文本分析來實踐。

　　觀察公案小說的發展歷程，我們注意到明代公案小說的形成對應著律法思想的演變與法律制度的更替，而明律又追蹤唐律基本架構，明太祖以帝國根基永固的思維一再完備大明律法，後來影響有清一代的法律發展。從其對應公案小說而言，明代公案小說的發展

---

入白話）、一好似『急先鋒』；二好似『主力軍』；三好似『後備隊』。合起來看，好似一鼎三足，共同支撐起來一個公案小說空前繁榮的局面。這個繁榮局面，深深地涵蘊著明以前公案小說漫長發展過程中的精華和經驗，甚至與戲曲史乃至詩、詞、曲的積累都密不可分；但是，繁榮在這時出現，卻與晚明的經濟、政治、文化狀況大有關係。」參見黃岩柏：《中國公案小說史》（瀋陽：遼寧人民出版社，1991 年），頁 136-137。

16　「在中國古代小說發展史中，有幾個非常奇特的現象，一是系統小說的出現，如列國志系統、隋唐系統、楊家將系統等等；二是大量類似作品一湧而上，如明清之際的才子佳人小說、明代萬曆年間的公安小說等等。」參見王連仲：〈古代小說研究的新視角與新方法──評「中國古代小說文化研究」〉，《東嶽論叢》第 4 期（1997 年），頁 111。

17　參見王平：《中國古代小說文化研究》（濟南：山東教育出版社，1996 年），頁 21。

或多或少受到官方以至民間對於法律思想或法律知識的吸納影響，促成明代公案小說的成熟與文體獨立，明代公案小說集即是極具代表性的公案文學，所以明代公案小說無論從對應法律文化或公案小說性質所包羅的內容，皆是值得注意的研究對象。

明代公案小說不僅成為研究明代律法的材料之一，對於社會風俗與制度亦然，本書欲由明代的公案小說集入手，在明代的社會文化視野下，探析當時的社會景況，以形構明代社會的文化面貌。

本書試圖將公案小說置於文化視野下進行重新觀照和審視，將人物形象所演繹的文化內涵作為考察對象，呈現人物在情節中的展現，進而理解行為與規範所對應的法律意義。並著重清官在社會秩序中的樞紐角色，如何以裁斷意識對社會人物群相進行評議與議斷。並以「重構社會秩序」的視角對小說中的文化內容進行分析和解讀，並以此眼光去掘發蘊涵其間的文化意義，包括刑律、宗教信仰、倫理、禮教、風俗及價值觀，進而拓展明代公案小說的研究。

## 第二節　前人研究成果檢視

在公案小說集成為文學史的觀照範疇，包公故事為研究視野的較早題材之一。魯迅在《中國小說史略》首先注意到俠義公案小說，檢索 1923 年至 1980 年的文學史相關書籍，尚無以文學史定位公案小說系統性的研究成果，[18] 1990 年之後的公案小說研究逐漸受到關注。

---

[18]　時間以魯迅《中國小說史略》成書作為起點，參見陳玉堂：《中國文學史書目提要》（合肥：黃山書社，1986 年），頁 232-254。

　　論及明代公案集的出版現象及文學發展的意義，魯迅於《中國小說史略》中列出一節討論俠義公案小說起，云「《三俠五義》為市井細民寫心之作」[19]，胡適的考證研究中，提出了包公為「箭垛式的人物」[20]，為清官形象的營構，提出了敏銳觀察。胡懷琛於《中國小說概論》以〈宋人的平話〉一小節論及《水滸傳》中的公案，[21]日人原田季清在《話本小說論》中已列出一章〈說公案類〉，可謂慧眼獨具，並在附錄表列《包公案》（《龍圖公案》）與話本小說故事對照，已然注目明代公案小說集。[22]孫楷第《中國通俗小說書目》將公案小說收編於卷六「明清小說部乙」，題名為「說公案第三」，孫目已經注意到公案題材在明清小說的位置。[23]

---

[19]　參見魯迅：《魯迅小說史略論文集》（臺北：里仁書局，2006 年 9 月），頁 259。

[20]　參見胡適：《中國章回小說考證》（上海：上海書店出版社，1980 年），頁 393。

[21]　參見胡懷琛：《中國小說概論》（臺北：世界書局，1934 年）。

[22]　從臺灣大學圖書館的數位典藏館查詢，原田季清《話本小說論》出版於 1938 年，參見〔日〕原田季清：《話本小說論》（臺北：古亭書屋，1973 年），頁 191。參考網址：http://cdm.lib.ntu.edu.tw/cdm/search/collection/ntu/searchterm/%E5%8E%9F%E7%94%B0%E5%AD%A3%E6%B8%85/mode/exact，搜索日期：2017.03.24。

[23]　此說法由苗懷明提出，為其說法尚有侷限，孫楷第《中國通俗小說書目》卷六「明清小說部乙」僅包含明代《水滸傳》及清代俠義公案小說及公案小說，並未包羅明代公案說集，查檢《中國通俗小說書目》一書，《龍圖公案》、《詳情公案》、《廉明公案》、《剛峰公案》等明代公案說集，列於《中國通俗小說書目》卷三「明清小說部甲」，綜觀孫目《中國通俗小說書目》、《日本東京所見小說書目》、《大連圖書館所見小說書目》，明代公案說集的位置皆不同，因此，孫楷第雖早在 1929 年發表了對「包公案」的看法，能夠注意明代公案集，到了小說書目編成其看法仍

孫楷第繼之研究以「治小說史及刑法學者，皆可資為參考焉」[24]，孫氏注意到公案小說對文學與法律的重要性，並提示來者可努力的方向。

　　從民國初年以來，公案小說的研究，從苗懷明整理〈中國古代公案小說研究論著、論文目錄〉觀察 1944 年之前，[25]相關文章多集中於包公有關的《龍圖公案》、《三俠五義》，而其評述公案小說研究成果〈20 世紀中國古代公案小說研究的回顧與前瞻〉一文，[26]將公案小說研究分為三期：1911-1944「醞釀與開創」、1944-1980「蛻變與蕭條」、1980-2004「勃興與規範」對應出三個時期的特點，雖然已經注意到海外的公案研究，如馬幼垣、阿部泰記、大塚秀高等學者研究，從苗懷明蒐集目錄範圍與評述內容，對臺灣公案小說論文尚有未予以注目的部分論文。作為公案小說的研究成果檢視分為四方面，包括文獻考論類、文學主題與技巧類、法律類、公案相關文化研究類：

---

為「書賈掇拾，強湊成書。……書肆俗書，輾轉鈔襲，似法家書非法家書，似小說亦非小說，殊不足一顧耳。……然分類編集，亦竊取法家書體例。唯意在搜集異聞，供一般人消遣，則亦丙部小說之末流而已。」參見苗懷明：《中國古代公案小說史論》（南京：南京大學出版社，2005年），頁 8；孫楷第：《中國通俗小說書目（外二種）》（北京：中華書局，2012 年），頁 84-86、313-314、346；孫楷第：〈談談《包公案》〉，《國語旬刊》1 卷 8 期（1929 年）。

[24]　參見孫楷第：《戲曲小說書錄解題》（北京：人民文學出版社，1990年），頁 116。

[25]　參見苗懷明：《中國古代公案小說史論》，頁 348-369。

[26]　參見苗懷明：《中國古代公案小說史論》，頁 1-26。

## 一、文獻考論類

　　基礎文獻的研究有助於釐清作者、文本、故事流衍的關係,以下就公案小說集成書時間、版本、作者生平、本事與承衍逐次討論現有的研究成果。

　　公案小說集成書時間除《百家公案》、《廉明公案》、《新民公案》、《剛峰公案》、《法林灼見》外,從牌記等相關刊刻時間可以確認外,其成書時間未明。楊緒容從故事本事考證出《百家公案》成書時間為明萬曆十五年,現存三種為重刊版或異版。[27]

　　馬幼垣[28]與阿部泰記[29]對《百家公案》三種版本雖有判定部分公案集之先後順序,陳麗君依二人所定時間順序討論公案說集的流變,並未能全數整理公案小說集的所有故事,仍舊有諸多故事等待查考。[30]

　　池田正子〈『龍圖公案』類話考〉以繁本、簡本臚列該書知見

---

[27]　楊緒容:《百家公案研究》(上海:上海古籍出版社,2005 年),頁 25-28。

[28]　參見〔美〕馬幼垣著,宏建桑譯:〈明代公案小說的版本傳統——龍圖公案考〉,收錄於王秋桂編:《中國文學論著譯叢》(臺北:臺灣學生書局,1985 年),頁 287-319。

[29]　〔日〕阿部泰記:〈《百家公案》の編纂〉,《東方學》第 73 輯(1987 年 1 月),頁 108-123;〔日〕阿部泰記著,陳鐵鑌譯:〈明代公案小說的編纂(續完)〉,《綏化師專學報(社會科學版)》第 1 期(1991 年 4 月),頁 39-51。〔日〕阿部泰記著,陳鐵鑌譯:〈明代公案小說的編纂〉,《綏化師專學報(社會科學版)》第 4 期(1989 年),頁 20-26。

[30]　參見陳麗君:《明代公案小說流變之研究》(臺中:東海大學中國文學系博士論文,2012 年),頁 30。後此書修改出版,參見陳麗君:《判的再書寫:明代公案小說研究》(臺中:東海大學圖書館,2016 年)。

版本,並以表列相涉本事,對戲曲等非小說題材均已列入。[31]理清晚明公案小說集故事之間抄襲最有系統者屬馬幼垣[32]、韓南[33]與阿部泰記[34],馬與韓二人同意《包公演義》為《百家公案》後出的異版的結論,韓南比對了《百家公案》三個版本,另外程毅中〈韓國所藏《包公演義》考述〉針對《百家公案》異版之討論,又論述《包龍圖判百家公案》的開創地位與價值。[35]楊緒容進一步考察《百家公案》版本、作者與本事來源。[36]魯德才亦對《百家公案》

---

[31] 參見池田正子:〈『龍圖公案』類話考〉,《中國文學研究》通號 4(1978 年),頁、57-69。

[32] 參見〔美〕馬幼垣:〈《全像包公演義》補釋〉,收錄於王秋桂編:《中國文學論著譯叢》(臺北:臺灣學生書局,1985 年),頁 321-336;〔美〕馬幼垣著,宏建桑譯:〈明代公案小說的版本傳統——龍圖公案考〉,收錄於王秋桂編:《中國文學論著譯叢》(臺北:臺灣學生書局,1985 年),頁 287-319。馬幼垣長期關注包公故事其涉及層面最廣,時間最長,範圍包括了寶卷、子弟書、鼓詞、木魚書等皆有涉略,參見馬幼垣:《實事與構想——中國小說史論釋》(臺北:聯經出版事業公司,2007 年),頁 42-43。

[33] 〔美〕韓南,王秋桂等譯:〈《百家公案》考〉,收錄於《韓南中國小說論集》(北京:北京大學出版社,2003 年),頁 115-142。

[34] 〔日〕阿部泰記:〈《百家公案》の編纂〉,《東方學》第 73 輯(1987 年 1 月),頁 108-123;〔日〕阿部泰記著,陳鐵鑌譯:〈明代公案小說的編纂(續完)〉,《綏化師專學報(社會科學版)》第 1 期(1991 年 4 月),頁 39-51。〔日〕阿部泰記著,陳鐵鑌譯:〈明代公案小說的編纂〉,《綏化師專學報(社會科學版)》第 4 期(1989 年),頁 20-26。

[35] 參見程毅中:〈韓國所藏《包公演義》考述〉,《北京圖書館館刊》第 2 期(1998 年 6 月),頁 93-96;程毅中:〈「包龍圖判百家公案」與明代公案小說〉,《程毅中文存》(北京:中華書局,2006 年),408-423。

[36] 楊緒容:《百家公案研究》,頁 1-20。

版本，[37]除《百家公案》外，日人莊司格一比較《詳刑公案》與《詳情公案》現所存於日本的各三種版本情況，[38]並比對《龍圖公案》現存於日本三種版本之故事，而阿部泰記亦在《龍圖公案》簡繁本比對中，得出繁本較早的結論。

　　牟潤孫〈《新民公案》考〉為發表於臺灣最早公案小說之論文，作者寓居香港[39]，其文所論由史書材料與小說內容比附，討論故事本事，惟其時作者僅《廉明公案》一書相關資料，無其它明代公案集可以比對。[40]趙景深在再版《中國小說叢考》新增〈百回本《包公案》〉一篇文章，考證包公故事（《龍圖公案》）本事，惟作者依個人札記所作，內容難以詳細。[41]孫楷第〈包公案與包公案故事〉含括元明以來包公故事資料，然尚有五十一則故事不知出處。[42]魯德才對《百家公案》本事進行相關研究，[43]楊緒容集中於

[37] 魯德才：《古代白話小說形態發展史論》（天津：南開大學出版社，2002年），頁187-190。

[38] 〔日〕莊司格一：《中國の公案小說》（東京：研文出版社，1988年），頁291-331。

[39] 參見牟潤孫：〈新民公案〉，《大陸雜誌》第 2 期（1952 年），頁12-14。後此文收入氏著《海遺叢稿》（北京：中華書局，2009 年），頁251。

[40] 參見楊緒容：〈包拯斷案本事考〉，《復旦學報（社會科學版）》第 02期（2001 年），頁133-136。

[41] 作者坦言寫作此篇時，其書未在身邊，故無法全面呈現所論，參見趙景深：〈百回本《包公案》〉，《中國小說叢考》（濟南：齊魯書社，1980年），頁501-502。

[42] 參見孫楷第：〈包公案與包公案故事〉，收入《滄州後集》（北京：中華書局，2009 年），頁46-98，此書早在 1985 年業已由中華書局出版。

[43] 魯德才：《古代白話小說形態發展史論》（天津：南開大學出版社，2002年），頁187-190。

《百家公案》的文獻及故事考原與其它文體的關係作了進一步研究[44]，向志柱補充了楊緒容未竟的研究，考出第三、六、七回照抄自《稗家粹編》及《萬選清談》，此點或可能與成書的上限時間問題相關。[45]陳麗君雖繼前人基礎，然故事比對涉及公案集外緣的故事承衍，結論過於武斷。[46]其他尚有趙景深、譚正璧、孫楷第、蕭相愷、程毅中、宋克夫、苗懷明等人亦對公案小說的本事進行了考證，多集中於《百家公案》與《龍圖公案》，蕭相愷討論《百家公案》本事來源於宋元戲曲之內容。[47]

　　莊司格一所整理〈類似說話一覽〉呈現了九種明代公案集故事的對應表格最為完整外，在〈關連篇目〉又有《百家公案》、《龍圖公案》、《廉明公案》、《諸司公案》、《明鏡公案》、《海公

---

[44] 楊緒容：〈從兩個故事看「花影集」、「繡谷春容」和「燕居筆記」之間的關係及其對「百家公案」的影響〉，《明清小說研究》2003 年第 3 期；楊緒容：〈「百家公案」與明公案小說集〉，《洛陽師範學院學報》2006 年第 1 期；楊緒容：〈論「龍圖公案」的成書〉，《中華文化論壇》第 4 期（2003 年）；楊緒容：〈明書判體公案小說集之間的相互關係及文體演變〉，《復旦學報（社會科學版）》第 1 期（2005 年）。

[45] 參見向志柱：〈《百家公案》本事考補〉，《社會科學輯刊》第 02 期（2007 年），頁 166-170。

[46] 尤其與訟師秘本的相關故事，主要原因在於明代訟師秘本的版本較為複雜，尤其在文字皆相差甚微的抄襲，較難以僅從文字勘定承衍，仍須輔以其他證明，參見陳麗君：《判的再書寫：明代公案小說研究》（臺中：東海大學圖書館，2016 年）。

[47] 蕭相愷：〈《百家公案》與戲劇考論（上）〉，收錄於崔永清編《海峽兩岸明清小說論文集》（南京：河海大學出版社，1991 年），頁 180-196 及蕭相愷：〈《百家公案》與戲劇考論（下）〉，《明清小說研究》1991 年第 3 期，後二篇收錄於氏著《中國古代小說考論》（南京：鳳凰出版社，2010 年）。

案》（《海剛峰居官公案》）與其他小說或法家書的相近故事，有助於研究者掌握題材承衍。[48]朱萬曙論述《百家公案》、《龍圖公案》兩書的關係[49]，高淑姬亦然[50]，其餘故事與版本考證皆針對單書處理，範圍較集中考述《龍圖公案》與《百家公案》兩書。

公案小說集題署往往有偽托的可能，較無疑義的為《廉明公案》與《諸司公案》的編纂者余象斗，[51]黃俶成辨明了明代小說史上的三個李春芳，[52]明確了《剛峰公案》編者李春芳籍貫與生平。

從以上的基礎文獻討論，前人聚焦與《百家公案》與《龍圖公案》故事承衍抄襲較多，但尚有部分未知來源的故事，有待於未來開掘，若《龍圖公案》十二則冥府斷案故事[53]與《百家公案》三分之一故事未知本事來源。其他公案小說分屬的承衍系統，尚有《廉

---

[48]　參見〔日〕莊司格一：《中國の公案小說》（東京：研文出版，1988年），頁431-446。

[49]　參見朱萬曙：〈「百家公案」「龍圖公案」合論〉，《安徽大學學報（哲學社會科學版）》1993年第2期。

[50]　參見〔韓〕高淑姬：〈《百家公案》和《龍圖公案》的研究〉《中國文化研究》第二輯（2003年6月）。

[51]　參見蕭東發：〈明代小說家、刻書家余象斗〉，收入春風文藝出版社編：《明清小說論叢》第4輯第10期（瀋陽：春風文藝出版社，1985年），頁198。

[52]　參見黃俶成：〈明代小說史上的三個李春芳〉，《明清小說研究》第3、4期（1990年），頁139-151。

[53]　馬幼垣認為這部分故事由作者撰寫的可能性甚大，暫存疑，其統計為十三則，然《龍圖公案》第100回的計入，恐為馬幼垣所誤，參見〔美〕馬幼垣著，宏建桑譯：〈明代公案小說的版本傳統——龍圖公案考〉，收錄於王秋桂編：《中國文學論著譯叢》（臺北：臺灣學生書局，1985年），頁304-305。

明公案》與《詳刑公案》，《廉明公案》近半故事繼承《蕭曹遺筆》已成定論，另外近半數的題材來源仍待考察，《詳刑公案》影響《詳情公案》、《律條公案》的成書，其故事來源尚無人討論。其他公案集除上述繼承更早公案集的部分外，仍舊乏人問津。

　　至於成書作者與版本的梳理。除余象斗、李春芳外，其他公案小說集或有編者題名，生平多不詳。而多數成書時間未定的情況下，十二本公案小說集的時間定序或成書前後，仍有待後來研究者的努力。

## 二、文學主題與技巧類

　　公案小說作為想像法律的文學作品，又不能等同現實的律法實務，此種映射現實中的文學作品，又有自身的發展規律。公案研究多數集中此一區塊，以兩岸學位論文數量最多，然而時間皆在1997 年之後才開始蓬勃發展。以下討論先述公案小說的形成背景與歷史演變。

　　鄧百意討論公案小說創作觀念的變遷。[54]于洪笙與胡小偉，將偵探文學勾連公案文學的發展，[55]石昌渝對明代公案小說分類與整理，然僅作簡略粗分[56]，宋亞莉論述演變篇幅稍短[57]，曹玲則闡述

---

54　參見鄧百意：〈晚明的公案小說創作——小說觀念的變遷與敘事模式的曲折演進〉，《明清小說研究》第 4 期（2005 年）。

55　參見于洪笙、胡小偉：〈從公案到偵探——中國法制小說兩千年〉，《嶺南學報》第 3 期（2006 年），頁 45-66。

56　參見石昌渝：〈明代公案小說：類型與源流〉，《文學遺產》第 3 期（2006 年），頁 110-117。

57　參見宋亞莉：〈公案小說演變略考〉，《文學教育》第 10 期（2000年）。

明清公案小說發達的原因[58]。綜觀公案小說發展的論述有皋于厚[59]、黃岩柏[60]、孟犁野[61]、曹亦冰[62]、向前[63]、苗懷明[64]等人，均以時代區別公案題材，對公案小說的演變作一論述，並略澄清公案小說的文體問題，大陸方面研究公案小說多部專書則多聚焦於小說史的論述，回應了大環境對於文學歷史演變的關注。[65]

　　臺灣方面關於明代公案小說的研究，多見於學位論文，部分學位論文已整理成專書出版，其範疇多集中於公案小說集研究（包括變相公案小說，特別是《杜騙新書》一書的研究），在近二十本學

---

[58] 參見曹玲：〈論明清公案小說興盛的原因〉，《中北大學學報社會科學版》第 3 期（2007 年）。

[59] 參見皋于厚：〈明代公案小說的發展演進〉，《江蘇公安專科學校學報》第 6 期（1999 年）。

[60] 黃岩柏《中國公案小說史》作為第一部公案小說史專書，對於該書論點謝明勳提出不同意見，參見黃岩柏：《中國公案小說史》（瀋陽：遼寧人民出版社，1991 年）；黃岩柏：《公案小說史話》（瀋陽：遼寧教育出版社，1992 年）；謝明勳：〈六朝志怪與公案小說——黃岩柏「公案幼芽偏多萌生於魏晉志怪」說述評〉，收入《六朝小說考索》（臺北：里仁書局，2003 年），頁 177-180。

[61] 參見孟犁野：《中國公案小說藝術發展史》（北京：警官教育出版社，1996 年）。

[62] 參見曹亦冰：《俠義公案小說史》（杭州：浙江古籍出版社，1998 年）。

[63] 參見向前：《明代公案小說的演變軌跡》（湖南師範大學碩士論文，2009 年）。

[64] 參見苗懷明：《中國古代公案小說史論》（南京：南京大學出版社，2005 年）。

[65] 例如 1990 年以後浙江古籍出版一系列《中國小說史叢書》十八本，遼寧教育出版社推出一系列包括小說史的短薄小巧的評介叢書。

位論文中，對明代公案散篇小說的研究相對較少。詹淑杏《「三言」公案小說所反映的明末社會現象》[66]多偏公案故事的情節與人物，[67]圍繞著清官形象（或官吏）與其社會意義。[68]而以法律知識融攝、權力規訓、文化生產、題材流變、公道正義或法醫鑑識的研究路徑更為不同，值得關注，[69]此類研究方法有旁及空間書寫或地

---

[66]　參見詹淑杏：《《三言》公案小說所反映的明末社會現象》（國立彰化師範大學國文學系碩士論文，2005 年）。

[67]　以情節為主有：鄭春子：《明代公案小說研究》（中國文化大學中國文學研究所碩士論文，1997 年）、倪連好：《（三言）公案故事計謀之研究》（國立臺灣師範大學國文系在職進修班碩士論文，2002 年）、王琰玲：《明清公案小說研究》（中國文化大學中國文學研究所博士論文，2003 年）、楊靜琪：《《龍圖公案》的成書及其公案性格研究》（淡江大學中國文學系碩士論文，2007 年）、李淳儀：《明代公案集研究》（逢甲大學中國文學所碩士論文，2008 年）、黃琬甯：《通俗的性暴力——晚明公案小說集的書寫風格》（國立清華大學中國文學系碩士論文，2008 年）、張凱特：《「輪迴醒世」之研究》（國立雲林科技大學漢學資料整理研究所碩士論文，2010 年）、白琬綺：《《杜騙新書》之騙行解析》（國立中興大學中國文學系所碩士論文，2010 年）、許睿倫：《《杜騙新書》案例之研究》（世新大學中國文學研究所碩士論文，2010 年）、林奕豪：《《杜騙新書》與晚明社會之考察》（國立雲林科技大學漢學資料整理研究所碩士論文，2012 年）。

[68]　參見詹淑杏：《《三言》公案小說所反映的明末社會現象》（國立彰化師範大學國文學系碩士論文，2005 年）、邱婉慧：《明代公案小說形塑「清官典型」的社會意義》（國立成功大學歷史學系碩士論文，2006 年）、葉佳琪：《明代公案小說中的官吏形象與官場現象》（國立臺灣師範大學中國文學系研究所碩士論文，2011 年）、夏元鴻：《《杜騙新書》所呈現的社會現象》（玄奘大學中國語文學系碩士論文，2016 年）。

[69]　參見鄭安宜：《《龍圖公案》之公道文化研究》（國立暨南國際大學中國

域案發頻率，或地域性對於小說刊刻的影響，隨著數位人文與大數據的科技發展之影響，可以開啟小說文本更為新穎的研究路徑。

　　對應於臺灣，大陸碩、博士明代公案小說研究的範疇分布有很大的不同，在三十餘本學位論文相關的研究中，設定公案小說專集為範疇，僅近三分之一，其他分別為跨代或兼專集與散篇者近三分之一，「三言兩拍」等散篇者近三分之一，相對來講變相公案小說集僅有一二人研究。其中關注於小說內緣之情節、人物形象、故事題材與類型等，近十五篇。[70]其他有聚焦於文化因素者有三篇，小

---

語文學系碩士論文，2000 年）、簡齊儒：《明代公案小說「法律與文學文本」的融攝》（國立東華大學中國語文學系博士論文，2006 年）、陳麗君：《明代公案小說流變之研究》（東海大學中國文學系，2012年）、黃齡瑩：《古代犯罪偵查與刑事鑑識案例之研究——以《百家公案》、《折獄龜鑑》、《洗冤集錄》為核心之展開》（國立臺灣師範大學國文學系碩士論文，2016 年）、洪敬清：《重刊與重寫——明代周曰校公案小說之文化生產研究》（國立政治大學中國文學系碩士論文，2016年）。

[70]　參見蔣興燕：《明代白話公案小說研究》（陝西師範大學碩士論文，2005年）、蘇敏：《《新民公案》研究》（遼寧師範大學碩士論文，2007年）、邵婷君：《明代短篇公案小說專集模式研究》（南京師範大學碩士論文，2007 年）、何佳：《三言二拍中的明代公案小說》（湘潭大學碩士論文，2007 年）、曾玲：《白話公案小說中的判官形象》（湘潭大學碩士論文，2008 年）、李建明：《包公文學研究》（揚州大學碩士論文，2010 年）、李紅：《「三言」「二拍」中的姦情公案小說研究》（新疆師範大學碩士論文，2010 年）、李敏：《《杜騙新書》新論》（安徽師範大學碩士論文，2010 年）、張晨：《中國古代白話短篇公案小說的敘事特徵》（天津師範大學碩士論文，2011 年）、尹薇：《明代白話短篇公案小說集研究》（長春師範學院碩士論文，2012 年）、鄭慧英：《論「三言」公案小說》（渤海大學碩士論文，2013 年）、方文烺：《明末清初公案話本研究》（暨南大學碩士論文，2013 年）、高

說流變者有三篇，小說審判類型與判詞有二篇，尚有地域性、語言、翻譯本研究、傳播學、序跋，總體而言，中國大陸方面研究呈現較為多元。

從兩岸的學位論文研究的趨向觀察，研究數量逐年攀升，研究路徑新穎，值得注意，公案小說集的專書研究除《百家公案》、《龍圖公案》、《新民公案》外，逐漸偏重於變相公案小說集。雖然近年研究路向已開始採用不同於傳統的研究方式，然仍少襲用西方理論方式操作。有趣的是兩岸學術論文相互補充的研究開展，例如，黎鳳《明代建陽刊公案小說研究》與洪敬清《重刊與重寫──明代周曰校公案小說之文化生產研究》的論文恰組合成明代公案小說集刊刻區域金陵與建陽兩地的地域性研究，此外對於專集之外散篇公案小說的地域性研究尚無人開發。

關於小說內緣的研究，臺灣多聚焦於專集，大陸則多關注散篇公案小說，兩岸多有可互相借鑑之處。對於內緣的研究開發，多集中情節與人物二方面，從人物形象集中於清官與僧人最多，討論清官形象或清官意識甚多有：卜安淳[71]、竺洪波[72]、黃立新[73]、孔繁

---

敏：《明代《百家公案》研究》（陝西師範大學碩士論文，2014 年）、吳甯寧：《萬曆年間公案小說中的商人形象研究》（安徽大學碩士論文，2015 年）、曹一凡：《明清公案小說中的包公形象研究》（青島大學碩士論文，2016 年）。

71　參見卜安淳：〈清官與清官意識〉，《古典文學知識》第 3 期（1992 年）。

72　參見竺洪波：〈清官形象與清官意識──關於公案小說的文化思考〉，《上海教育學院學報》第 2 期（1993 年），頁 21-37。

73　參見黃立新：〈簡論古典小說中的清官形象〉，《上海大學學報》第 2 期（1996 年），頁 51-57。

敏[74]、任曉燕[75]、吳小如[76]，而林保淳[77]、王毅[78]對清官文化進一步反思，徐志平[79]、林璀瑤[80]著重於公案小說的僧侶形象討論，其他尚有《歡喜冤家》或《僧尼孽海》的僧尼形象討論。除這兩類型人物形象外，商人形象有吳甯寧《萬曆年間公案小說中的商人形象研究》，公案中商業紛爭或謀財害命故事不少，由於小說其他扁平化的人物，若女性正面形象、孝親典型、受害族群的形象等尚未受到注目。

　　其次，關於情節的研究。公案小說往往與傳說縮合，這一類故事較為精彩，其中多以包公故事為大宗，無論從文本範疇或研究的數量均相當可觀，包公故事包羅小說、雜劇、傳說、彈詞、寶卷、說書、神明信仰等範疇，朱萬曙《包公故事源流考述》、丁肇琴

---

[74]　參見孔繁敏：〈包公故事與清官文化、包公故事在海外〉，《包拯研究》（北京：中國社會科學出版社，1998 年）。

[75]　參見任曉燕：〈清官乎？贓官乎？——析《滕大尹鬼斷家私》中滕大尹形象〉，《黑龍江農墾師專學報》第 03 期（2000 年），頁 26-27。

[76]　參見吳小如：〈略論舊公案小說中的清官〉，《書趣‧文趣‧理趣學人書話》（北京：同心出版社，2001 年），頁 331-333。

[77]　林保淳〈中國古代的「清官文化」及其省思〉，論述「清官」的威權屬性與其文化特徵，後收入王瓊玲、胡曉真編：《經典轉化與明清敘事文學》（臺北：聯經出版事業公司，2009 年）。

[78]　對「清官文化」內涵與專制皇權的興起與衰微有著密切的關係，參見王毅：〈明代通俗小說中清官故事的興盛及其文化意義——兼論皇權制度下國民政治心理幼稚化的路徑〉，《文學遺產》第 5 期（2000 年）。

[79]　徐志平：〈從「三言」看明代僧尼〉，《嘉義農專學報》第 17 期（1988 年 4 月），頁 25-34。

[80]　參見林璀瑤：〈奸、邪、淫、盜：從明代公案小說看僧侶的形象〉，《歷史教育》第九、十期合刊（2003 年 12 月）。

《俗文學中的包公》、阿部泰記《包公伝說の形成と展開》、魯德才《魯德才說包公案》、李永平《包公文學及其傳播》等皆有關注明代公案小說《百家公案》、《龍圖公案》。[81]明代公案小說歷史清官尚有郭子章與海瑞，海瑞與包公的公案專集到了清代出現合編本，海瑞故事的影響僅次於包公故事，因而獲得研究者關注。[82]

　　其次為三言兩拍的公案情節研究，楊潔則論述了判官的審案方式與風格，[83]劉崇奎集中於「三言」、「龍圖公案」為研究範圍。[84]學位論文有郭靜薇、霍建國、倪連好、林怡君。[85]其他尚有林桂如〈余象斗公案小說中的罪與罰〉、〈因果、律法與風化：論《醒世姻緣》與公案小說〉，日人村上公一關注宋元明三代的公案冤獄

<hr>

[81]　參見朱萬曙：《包公故事源流考述》（合肥：安徽文藝出版社，1995年）、丁肇琴：《俗文學中的包公》（臺北：文津出版社，2000年）、〔日〕阿部泰記：《包公伝說の形成と展開》（東京：汲古書院，2004年）、魯德才：《魯德才說包公案》（北京：中華書局，2008年）、李永平：《包公文學及其傳播》（北京：中國社會科學出版社，2007年）。

[82]　參見廖鴻裕：《《海公案》研究》（中國文化大學中國文學研究所碩士論文，1995年）、曾淑卿：《海瑞故事研究》（國立政治大學國文教學碩士班碩士論文，2005年）。

[83]　參見楊潔：〈明代公案小說智判初探〉，《濰坊學院學報》2008年第1期。

[84]　參見劉崇奎：〈論「三言」中的公案小說〉，《江蘇警官學院學報》第4期（2009年）。

[85]　參見郭靜薇：《三言獄訟故事研究》（私立輔仁大學中國文學研究所碩士論文，1990年）、霍建國：《《三言》公案小說的罪與法》（國立政治大學中文所碩士論文，1995年）、倪連好：《「三言」公案故事計謀之研究》（國立臺灣師範大學國文系在職進修碩士學位班碩士論文，2002年）、林怡君：《馮夢龍及《三言》犯罪故事之研究》（國立中興大學中國文學系，2012年）。

情節。[86]

　　從美學討論有孟犁野從小說史角度考察公案美學的演變，[87]趙濤對清官形象的藝術特徵關注，[88]何世劍對清官文化的美學提出見解，[89]仍舊圍繞著清官相關主題開展，公案小說的美學研究成果不多。另外，公案故事的物件或寶物的研究多見於海外學者，例如日本阿部泰記留意於包公的寶物或裁判物，[90]公案小說中的物質文化或物件的相關研究，與故事案件有關的民俗現象尚有研究空間。

## 三、法律類

　　公案文學的發展脈絡與當代律法息息相關，文學內容演繹著時代的變遷，律法時代演變影響了文學內容的呈現，法律與文學又分屬不同領域，又相互融攝，使得研究區分為文學法律與法律文學兩大區塊。視公案小說為研究法律的材料，其研究有關古代司法的訴訟[91]、相關制度[92]、法律書寫[93]、司法文化[94]，或者應對案件偵破[95]、

---

[86] 參見〔日〕村上公一：〈論宋元明短篇白話小說中的冤獄描寫〉，《河池師專學報》第 4 期（1995 年），頁 40-48。

[87] 參見孟犁野：《中國公案小說藝術發展史》。

[88] 參見趙濤：〈從審美的維度解讀明清公案小說的清官形象〉，《棗莊學院學報》第 1 期（2007 年），頁 24-26。

[89] 參見何世劍：〈公案小說的精神風尚與清官文化的美學質性〉，《集美大學學報（哲學社會科學版）》第 2 期（2010 年），頁 57-62；何世劍：〈公案小說的世俗品格與清官文化的民間情懷〉，《天中學刊》第 05 期（2012 年），頁 59-62。

[90] 參見〔日〕阿部泰記：《包公伝説の形成と展開》（東京：汲古書院，2004 年），頁 54-57。

[91] 詳參徐忠明：〈從明清小說看中國人的訴訟觀念〉，《中山大學學報》第 4 期（1996 年）。

判案方式[96]。值得一提的是，韓籍學者高淑姬對於公案小說中涉及法醫學的相關內容的關注，[97]值得借鑑與參考，臺灣已關注這一部

[92] 參見徐忠明：〈《金瓶梅》「公案」與明代刑事訴訟制度初探〉，《法學與文學之間》（北京：中國政法大學出版社，2000 年）；王改萍、王勇：〈從《詳情公案》看明代訴訟制度〉，《山西警官高等專科學校學報》第 4 期（2005 年）；唐琦：〈《物權法》草案和明清公案〉，《文史月刊》第 1 期（2006 年），頁 52-54；林莉珊：〈從短篇公案小說「悔婚」類型見明代戶律法與社會現象〉，《問學集》第 16 期（2009 年），頁 104-117。

[93] 參見戴健：〈論明代公案小說與律治之關係〉，《江海學刊》第 6 期（2007 年），頁 178-183；魏軍：〈我國古代公案小說與法律的關係〉，《中國法制文學導論》（北京：中國人民公安大學出版社，2009 年）；陳麗君：〈幻與奇——新民公案、居官公案的法律書寫〉，《法制史研究》第 22 期（2012 年 12 月），頁 209-239。

[94] 參見石豔梅：〈從「三言」中的公案故事看中國古代的司法文化〉，《徐州教育學院學報》第 4 期（2005 年），頁 28-29；張鵬宇：〈從公案小說看我國古代司法的特點〉，《芒種》第 21 期（2012 年），頁 88-89。

[95] 參見胡和平：〈公案小說中的偵破方法舉隅〉，《中國刑警學院學報》第 2 期（2004 年），頁 14-17；黃曉平：〈從古代公案小說管窺中國古典能動司法——兼論其對中國當代司法的啟示〉，《河南省政法管理幹部學院學報》第 6 期（2009 年），頁 164-169；孫旭：〈明代官、民對司法官職業素質的不同理解——以官箴書、公案小說中有關品質的材料為中心〉，《吏治與中國傳統法文化中國法律史學會 2010 年會論文集》（北京：法律出版社，2011 年）。

[96] 參見楊潔：〈元明公案文學智判與法律之比較〉，《山東文學（下半月）》第 9 期（2008 年）。

[97] 參見高淑姬：〈公案小說、法醫學：明代公案小說專集與傳統法醫學世界《無冤錄》命案為中心之研究〉，《中國小說論叢》第 35 輯（2011 年 12 月），頁 177-200；高淑姬：〈《百家公案》、《龍圖公案》與法醫學的世界〉，《中國小說論叢》第 33 輯（2011 年 4 月），頁 89-110；高淑

分研究。[98]

　　文學中的法律視角多集中於單篇期刊論文或專書論文，且設定的研究範圍亦不單限於明代公案小說，多以時間跨度較大進行研究，因而研究所得結果不易凸顯時代特徵，在這類研究中以竺洪波[99]、徐忠明[100]的研究成果最豐。[101]

---

　　姬：〈《百家公案》與《龍圖公案》雙重空間之研究〉，《中國文化研究》第 2 輯（2003 年 6 月），頁 7-38；高淑姬：〈《百家公案》《龍圖公案》之犯罪與訴訟〉，《中國小說論叢》第 26 輯（2007 年），頁 117-136；高淑姬：〈中國傳統法醫學和明代公案小說〉，《中國小說論叢》第 40 輯（2013 年），頁 31-62。

[98] 參見黃齡瑩：《古代犯罪偵查與刑事鑑識案例之研究——以《百家公案》、《折獄龜鑑》、《洗冤集錄》為核心之展開》（國立臺灣師範大學國文學系碩士論文，2016 年）。

[99] 竺洪波發表了一系列三篇有關於「公案小說」的文化研究，集中於「清官意識」、「俠義小說」、「法治意識」，圍繞「文化觀念」進行公案小說的價值與定位論述。竺洪波：〈俠義小說與文化觀念——關於清明俠義小說的思考〉，《明清小說研究》第 4 期（1989 年），頁 1-13；竺洪波：〈清官形象與清官意識——對公案小說的文化思考〉，《上海教育學院學報》第 2 期（1993 年）；竺洪波：〈公案小說與法治意識——對公案小說的文化思考〉，《明清小說研究》第 3 期（1996 年），頁 41-51。

[100] 徐忠明致力於明清司法文化和民間法律意識的研究，與文學內容最直接的三本著作中，以《包公故事：一個考察中國法律文化的視角》最為精采與深入，該書以探討關於包公的三種敘事，主要是利用文學文本澄清對中國古代法律文化的認識，傾向於法律文化為認識的主體而輕文學本身的情節自身的探討，參見徐忠明：《包公故事：一個考察中國法律文化的視角》（北京：中國政法大學出版社，2002 年），頁 98-143。

[101] 簡齊儒對徐忠明的研究作了評述，參見簡齊儒：〈通俗文學和法律的更多對話——評介徐忠明《包公故事：一個考察中國法律文化的視角》〉，《法制史研究》第 5 期（2004 年），頁 327-346。

以公案小說作為研究法律的文本，尚有法律意識或訴訟觀念等，蔣興燕[102]、周致元[103]、李曉璞[104]對明清訴訟觀念及法律意識皆有討論。亦有以通代討論或斷代通論律法與文學關涉。[105]除上述外其他尚有法律與其它領域關係之討論。[106]

## 四、公案相關文化研究類

文化研究的定義與範疇可分為狹義與廣義。公案小說的文化研究以法律文化與清官文化的研究成果最為豐碩，前面文獻述及法律文化與清官文化，而公案小說的文化研究尚有其他部分，角度較為多元。

通代討論則有呂小蓬專書第四章〈公案的文化研究〉，其中討論了「禮法衝突」、「訴訟情節」、「德主刑輔」、「鬼神文化」

---

[102] 參見蔣興燕：〈古代公案小說的法文化解讀——禮法混同〉，《固原師專學報》第 2 期（2006 年），頁 14-15。

[103] 參見周致元：〈從有關包公的小說看明代民間的法律意識〉，《包拯研究與傳統文化》（合肥：安徽人民出版社，2001 年）。

[104] 參見李曉璞：〈從《包公案》和《威尼斯商人》談中西方法律思想〉，《南方論刊》（2007 年），頁 30-31。

[105] 卓參卜安淳：〈公案小說與古代司法〉，《古典文學知識》第 5 期（1992 年）；竺洪波：〈公案小說與法制意識——對公案小說的文化思考〉，《明清小說研究》第 3 期（1996 年），頁 41-51。

[106] 其中有：徐清華：〈從法律的角度看「二拍」中的公案小說〉，《長江師範學院學報》第 3 期（2012 年），頁 96-100；閆曉君、毛高傑：〈情理法與冤案——以公案小說為中心〉，霍存福主編：《中國法律傳統與法律精神中國法律史學會成立 30 周年紀念大會暨 2009 年會論文集》（濟南：山東人民出版社，2010 年）。

四個主題；[107]以民俗觀點討論者有美籍馬斯頓・安德森[108]、段寶林[109]及劉恆妏，他們從包公系列故事討論正義的視角；[110]另外關注社會現象及其文化申論者有吳光正[111]、賴瓊玉、李世新[112]、黃霖[113]、楊緒容、皋于厚[114]。

---

[107] 呂小蓬，《古代小說公案文化研究》該書，首先對於文化研究的議題，進行了討論，有關於此，集中於該書的第四章〈公案的文化研究〉，討論了「禮法衝突」、「訴訟情節」、「德主刑輔」、「鬼神文化」四個主題，由其全書命意而言，文化的相觀論述，仍有發揮的空間，參見呂小蓬：《古代小說公案文化研究》（北京：中央編譯出版社，2004 年）。

[108] 參見〔美〕馬斯頓・安德森（Marsden Anderson）：〈多命謀殺案：論公案小說裏的巧合與迷信風水〉，《逸步追風西方學者論中國文學》（北京：學苑出版社，2008 年）。

[109] 參見段寶林：〈包公崇拜的人類學思考〉，《民族藝術》第 02 期（2001 年），頁 21-26。

[110] 參見劉恆妏：〈由包公系列小說看傳統中國正義觀〉，《月旦法學》第 53 期（1999 年），頁 35-46。

[111] 參見吳光正、賴瓊玉：〈生命意識的浮沉——「三言」「兩拍」兩性公案題材小說文化論〉，《求是學刊》第 2 期（1997 年），頁 75-78；吳光正、賴瓊玉：〈歷史的盲點——「三言」「二拍」兩性公案題材小說文化論證之二〉，《海南師範學院學報》第 4 期（1998 年），頁 42-46。

[112] 參見李世新：〈俠義、公案小說合流的社會文化探源〉，《中國古典文學與文獻學研究第 2 輯》（北京：學苑出版社，2003 年）。

[113] 參見黃霖、楊緒容：〈《杜騙新書》與晚明世風〉，《中國古代、近代文學研究》第 6 期（1995 年），頁 216-320。

[114] 《明清小說的文化審視》的一章節〈明清公案小說的文化精神〉論述了「文言公案小說的俗化傾向」、「書判體、傳記體公案小說的清官崇拜」、「擬話本公案小說」、「聊齋誌異公案小說的思想意蘊」、「清代公案小說的探索與開拓」，參見皋于厚：《明清小說的文化審視》（北京：學苑出版社，2004 年）。

　　從明代公案小說散篇著手研究有吳小如〈歷史的盲點——《三言》《二拍》兩性公案題材小說文化論證之二〉[115]採用儒家文化定勢總結三言兩拍的社會的文化失調。文化概論有曹亦冰說明公案文化，反映「棄農從商」、「經商範圍」、「社會人的欲念和心態」的史料價值。[116]

　　專注於明代公案小說集有錢錦[117]，杜金、徐忠明[118]以新穎的視角從圖像解讀文化，洪敬清採取相同視角，不過範圍較小；[119]《「龍圖公案」之公道文化研究》[120]，從公道的觀點考察女德、物權、刑法、果報、鬼神助的正義原則，公道文化在執法立場上的客觀性、執行時之限制、聲援範圍與回歸人世原則處理的反映情況。苗懷民在〈明代短篇公案小說集的商業品格與文化意蘊〉中，

---

115　參見吳光正、賴瓊玉：〈歷史的盲點——「三言」「二拍」兩性公案題材
　　　小說文化論證之二〉，《海南師院學報》1998 年第 4 期。

116　若曹亦冰〈明代小說與公案文化〉，此文由闡述了古代小說中的公案文化
　　　源起與發展的過程，提出唐代已出現近百篇的文言的公案小說，已臻一定
　　　數量，已然成形，然至宋代的說公案，其文化氣圍方濃，後又集中論述了
　　　明代公案小說的四大類型，並以此四大類型說明公案文化於小說中的重要
　　　地位，又說明四類型反映了「棄農從商」、「經商範圍」、「社會人的欲
　　　念和心態」的史料價值。然僅限於泛論，缺乏具體指陳內容，參見曹亦
　　　冰：〈明代小說與公案文化〉，《明清小說研究》第 3 期（2004 年）。

117　參見錢錦：〈明代市井社會的理想法治追求小探——以明代包公案小說專
　　　集為例〉，《中國語文論譯叢刊》第 20 輯（2007 年），頁 285-307。

118　參見杜金、徐忠明：〈索象于圖：明代聽審插圖的文化解讀〉，《中山大
　　　學學報（社會科學版）》第 5 期（2012 年），頁 7-31。

119　參見洪敬清：《重刊與重寫——明代周日校公案小說之文化生產研究》
　　　（國立政治大學中國文學系，2016 年）。

120　參見鄭安宜：《「龍圖公案」之公道文化研究》（國立暨南國際大學中國
　　　語文學系碩士論文，2000 年）。

討論公案小說的商業成分，[121]林桂如從出版文化討論余象斗公案小說。[122]

　　從以上四個面向文獻綜述檢視目前研究成果，我們注意到幾個研究空缺值得繼續關注：

　　1.基礎文獻研究，已然累積相當多的成果，多集中於本事考索，尤其是《百家公案》與《龍圖公案》，但有近半數故事未能清楚來源，而公案集之間的抄襲關係，亦未全部釐清，除此，除《百家公案》版本已處理外，其他公案集仍未有進展。公案集作者除余象斗、李春芳外，其他公案小說集的作者生平研究仍然闕如，其他部分雖經前輩學者的努力開拓，近年公案集文獻考述仍待投入與努力。

　　2.小說的文學主題與技巧，成就較為顯著為公案小說史的梳理，定位出明代公案小說的時代與文學價值，例如黃岩柏《中國公案小說史》，其他史論尚有苗懷明《中國古代公案說史論》。除專書外，兩岸學位論文的公案研究亦不少，學位論文以研究數量而言，近三分之二聚焦明代散篇公案小說，尤其「三言二拍」公案故事為多，其中的情節與人物形象的關注範疇多聚焦於清官、婦女與僧人，對於反映社會其他群體的扁平人物較少注目，例如孝親典

---

[121] 苗懷民在〈明代短篇公案小說集的商業品格與文化意蘊〉中，特別討論到公案小說集的商業品格，其中提到：「明代短篇公案小說集的商業品格與文化意蘊在明代公案小說諸類型的作品中，短篇公案小說集無疑是最有特色的一類，它的出現代表著明代公案小說創作的新變。」後收入氏著：《中國古代公案小說史論》。

[122] 參見林桂如：〈書業與獄訟——從晚明出版文化論余象斗公案小說的編纂過程與創作意圖〉，《中國文哲研究集刊》第 39 期（2011 年 9 月），頁 1-39。

型、冤魂人物，或有觸及，惟不夠細緻討論。

　　3.法律類的研究數量不少，多以通代進行研究，少數以明代為關注範疇[123]，或有聚焦公案集所對應的法律制度或訴訟觀念，數量不多。[124]

　　4.文化研究以清官文化與法律文化成果最為豐碩，多以通代進行較多，或明清兩代通論，較少聚焦明代，且其他關注又多聚焦於「三言兩拍」，若含括公案小說集或其他散篇公案小說者，篇幅又過於短小，有待更為細緻地討論，以掘發公案小說的文化研究其他面向。

　　從研究空缺而言，公案小說集現有研究成果雖逐年增長，數量亦不在少數，但相對於熱門研究的小說，研究視角相對仍不夠多元。整體因而與同屬通俗公案文學的散篇故事和公案專集的區別不明顯。

　　從公案文學發展而言，明代公案小說題材影響後來的公案及俠義公案小說，尤其公案小說集成書對於後來小說的影響層面更大，甚及其他公案文學門類。從前文梳理，本事考原仍有相當大的區塊亟待解決。本書擬從以往關注較多的類型，嘗試梳理部分故事本事

---

123　參見徐忠明：〈《金瓶梅》「公案」與明代刑事訴訟制度初探〉，《法學與文學之間》（北京：中國政法大學出版社，2000 年）；王改萍、王勇：〈從《詳情公案》看明代訴訟制度〉，《山西警官高等專科學校學報》第 4 期（2005 年）；林莉珊：〈從短篇公案小說「悔婚」類型見明代戶律法與社會現象〉，《問學集》第 16 期（2009 年），頁 104-117。

124　參見王改萍、王勇：〈從《詳情公案》看明代訴訟制度〉，《山西警官高等專科學校學報》第 4 期（2005 年）；陳麗君：〈幻與奇——新民公案、居官公案的法律書寫〉，《法制史研究》第 22 期（2012 年 12 月）。

及承衍。至於成書時間與作者生平，限於諸種主觀與客觀因素，以待來日進行相關研究。

從人物與情節所重視的清官與僧人的研究趨勢中，又發現偏重於散篇公案小說，更遑論公案專集中具有代表性的扁平人物，擬從以往開發的人物與情節的不同路徑討論外，將關注於孝親典型與冤魂人物面向。至於明代公案集對應的法律制度或觀念將以各章情節所涉及內容逐一討論，不另立專節。

研究公案文化者雖有不同角度的單篇論文，除範疇較大，不夠細緻，文化專書目前僅有一部呂小蓬《古代小說公案文化研究》，以通代範疇進行，其聚焦層面尚有研究空間，與本書以「重構秩序」立論視角的研究進路亦不相同。本書將嘗試採人物形象為對象，以「重構秩序」為探針，重新檢視公案小說集，由此開發公案小說的文化研究。

## 第三節　公案小說相關定義與研究範圍

「公案」一詞非文學絕對專詞，公文文書與禪門話頭亦有使用，而公案小說的歷時性發展使得公案小說的定義與範疇必須在公案研究中首先敘明。其次就涉及論文命題的相關名詞定義與範疇予以交代。

### 一、公案小說相關定義

就公案小說相關定義，「公案」一詞涉及的不同領域的認識，其次，就公案小說的歷時性發展予以簡述，以明辨不同時期公案小說的性質與內容，復次，就本書所聚焦的公案小說的定義予以明

確，以區別出與其他公案小說研究的差異，最後就命題所涉及的名詞定義討論：

## (一)「公案」定義

「公案」一詞依照辭典的定義有四種：官署治理公事用的桌子、人事爭執的案件、文體分類、禪門示例。到了近代「公案」一詞尚有「謎團」的意義，而用於文學「文體分類」的解釋，最接近於本書的討論範圍。

「公案」一詞早見於唐代文書，若《唐律疏義》卷四：「疏議曰：程者依令公案小事五日程，中事十日程，大事二十日程及公使各有行程，如此之類，是為有程期者，律有大集校閱，違期不到之條，亦有計帳等在令各有期限，此等赦前有違，經恩不待百日，但赦出後日，仍違程期者即計赦，後違日為坐赦後，並須準事給程以為期限。」[125]「公案」一詞內涵均指涉明確與律法文書相關。唐律為宋明清三朝代所繼承，由此可知在唐代，公案一詞已有明確的定義，是為官府判案的案牘。唐代判文分為試判、案判和雜判三類，其中現存試判文本為一千一百八十五篇，其他為案判和雜判，此與唐代科舉考試有關。有唐一代官吏嫻熟判案，出筆成章為驗檢篩選門徑，因此多有佳作，若張鷟《龍筋鳳髓判》、白居易《甲乙判》。至宋代，公案始成為「說公案」一門類，《醉翁談錄》的花判略有唐代判文遺風。古代吏員於公文書往來為衙門中的必備技能，公案成為小說內容之後，轉換了文學語境，成為鋪陳敘寫與敷演情節發展之必展。

---

125  參見〔唐〕長孫無忌撰：《故唐律疏議箋解》，收入《四部叢刊》三編第27-28 冊（上海：上海書店出版社，1985 年據商務印書館一九三五年版重印），葉二十二。

　　宋代以前的官吏審案故事，有多種說法，現研究公案小說的學者多習常以「公案」稱之，若黃岩柏、張國風、呂小蓬、苗懷明等為代表，其次以「案獄」，再其次為「獄訟」，下列以表呈示：

表 1-1　公案、案獄、獄訟的異同表

|  | 公案 | 案獄 | 獄訟 |
|---|---|---|---|
| 狹義內容 | 各種案件 | 斷獄 | 斷獄＋訴訟 |
| 廣義內容 | 與審案情節相關均是 | 審案＋牢獄 | 刑事訴訟＋牢獄 |
| 性質 | 文學 | 文學 | 法家書用語 |
| 適用 | 文學或文體 | 文學 | 法制討論 |
| 側重 | 情節敘寫 | 情節敘寫 | 刑法與訴訟 |

　　由上表可知，公案故事所包羅的範圍較廣，兼有狹義、廣義之分。狹義的公案故事涵蓋了案獄與獄訟的範圍，而獄訟或案獄往往指涉的範圍與案件本身有直接關係。以文學觀點而言，宋代之前相關故事，以公案故事或公案稱之，較為妥切。

## （二）「公案小說」流變與定義

　　公案小說僅是公案故事發展的其中一支，在通俗文學中，公案故事涉及俗世的糾紛與矛盾，大抵反映俗世的紛爭，題材亦紛呈，因其內容包羅萬象，涉及官員斷案皆可能視為公案內容，因而公案小說的定義難度較高，若不從其流變討論，較難呈現公案內容的時代區別，也不易呈現命題的時代焦點，以下先從公案小說的流變討論：

### 1.公案小說流變

　　與「公案」語意甚近的案類文獻，[126]在唐代之前，並未列於文體類別之一支，劉勰《文心雕龍》及其它，皆無所見，案類文獻發展至唐代成熟，且唐代已見書判體文書，張鷟、白居易等作品後世皆有流傳。

　　宋代之前的案獄或獄訟故事，以唐傳奇的表現最為出色，普遍具有豐滿的人物形象與鋪陳迭宕的故事情節，然從文體角度而言，唐傳奇中的公案故事恐怕未必具有公案文體自覺。因此唐傳奇中的故事往往以人物為核心，筆力作意好奇，此時期的公案具有案發與破案的兩大部分。

　　至宋代，「說公案」一詞出現於《都城紀勝》，云：「說話有四家。一者小說，謂之銀字兒，如煙粉、靈怪、傳奇、說公案，皆是搏刀桿棒及發跡變泰之事。說鐵騎兒，謂士馬金鼓之事。」[127]至於公案小說是否位列「四家數」之一，學者意見分歧。[128]大致

---

[126]　「案類文獻」一詞首先由何大安提出，認為由文字語言的角度剖析此類文體的共同特徵，並析出共同結構與特徵，以「案」為名，多有「按」語，案類文體包括了禪門公案、醫案、學案、公案等，參見何大安：〈論斷符號——論「案」、「按」的語言關係及案類文體的篇章構成〉，收入熊秉真編：《讓證據說話（中國篇）》（臺北：麥田出版股份有限公司，2001年），頁331。

[127]　〔宋〕耐得翁：《都城紀勝》《叢書集成續編》（臺北：新文豐出版公司，1991年），頁270。

[128]　至於四家數，孟元老《東京夢華錄》、灌園耐得翁《都城紀勝》、吳自牧《夢粱錄》、周密《武林舊事》中，惟《都城紀勝》、《夢粱錄》有四家之說。參見孫楷第：《俗講說話與白話》，頁 19。至於公案小說是否為四家之一，各家學者所論爭議分歧，尚不能決，參見程毅中：〈《包龍圖判百家公案》與明代公案小說〉，《程毅中文存》（北京：中華書局，2006年），頁408。

分為二派主張：一是以胡適、魯迅、青木正兒的看法，認為「說公案」即是「撲刀桿棒及發跡變泰之事」。二是王古魯、胡士瑩的意見，小說的內容即是「撲刀桿棒及發跡變泰之事」。其它尚有王國維、譚正璧、鄭振鐸等前輩學者的意見，茲不贅。這些爭議主要來自於文句的點斷出入所作的判斷，仍然沒有定論。

羅燁《醉翁談錄》於「小說開闢」條下列：

> 有靈怪、烟粉、傳奇、公案、兼朴刀、捍棒、妖術、神仙。……言〈石頭孫立〉、〈姜女尋夫〉、〈憂小十〉、〈驢垛兒〉、〈大燒灯〉、〈商氏兒〉、〈三現身〉、〈火枕籠〉、〈八角井〉、〈藥巴子〉、〈獨行虎〉、〈鐵秤槌〉、〈河沙院〉、〈戴嗣宗〉、〈大朝國寺〉、〈聖手二郎〉此乃為之公案。[129]

宋代的說公案若依《醉翁談錄》「小說開闢」所列十六篇中，據學者考證僅〈三現身〉、〈聖手二郎〉很可能是公案小說的內容，其它的具體內容已經很難知道，《水滸傳》的本事故事〈石頭孫立〉等，已列為公案故事，至於〈姜女尋夫〉的故事亦列為公案，顯然對公案的認知在於，已成一案的故事內容，與是否有官員審案，仍有一段差距。而〈三現身〉則是我們現在認為的包公審案故事。在《醉翁談錄》的目錄中有「花判公案」、「私情公案」專述官吏判詞的詼諧與巧妙，可以理解宋代對於「公案」內容寬泛許

---

[129]　參見〔宋〕羅燁：《新編醉翁談錄》，收入《續修四庫全書》1266 冊（上海：上海古籍出版社，2002 年），頁 104。

多，而「花判」一詞，早見於《貞觀治要》，而宋洪邁《容齋隨筆》中「唐書判」條云：「判語必駢儷，今所傳《龍筋鳳髓判》及《白樂天集・甲乙判》是也。自朝廷至縣邑，莫不皆然，非讀書善文不可也。宰臣每啟擬一事，亦必偶數十語，今鄭畋敕語、堂判猶存。世俗喜道瑣細遺事，參以滑稽，目為花判，其實乃如此，非若今人握筆據案，只署一字亦可。國初尚有唐餘波，久而革去之。」[130]故此時期的公案小說若理解成僅為案獄故事，則過為窄化了。

其它所「花判公案」、「私情公案」皆有案可察的故事，並且是涉及訴訟的公案，於此可知公案小說的內容已有明確指定了。此時期公案小說的形制大致已有發案、勘斷、結案的三層結構了。[131]

目錄中「花判公案」、「私情公案」為其分類，可見在宋代對於公案一詞的認定具有普遍的認知，以案件為中心，敘寫情節內容已見繁複，並具有同類群聚的概念，顯見這些題材在公案文學的進一步發展的情況。以公案為篇名，標誌了以「案」為形式的文學概念，不啻此例，在蘇東坡《東坡志林》亦見〈高麗公案〉，《夷堅志》收有〈何大村公案〉、〈艾大中公案〉，篇名標出某公案的傾向，相較於其他公案故事，已向公案小說的類型化移動了，花判、私情表示其情節與內容的特徵，具有世俗趣味的傾向。

宋代公案話本小說的故事後來大多流向話本小說的系統，而影響明代公案小說集較少，主要由於明代公案小說集編纂方式與此大相逕庭。這與明代公案小說集創作、編纂方式、市場的導向有著高

---

130　〔宋〕洪邁，魯同群、劉宏起校注：《容齋隨筆》（北京：中國世界語出版社，1995 年），頁 82。

131　呂小蓬：《古代小說公案文化研究》（北京：中央編譯出版社，2004年），頁 25。

度相關。此種較為系統的公案小說集確實在文學的造作與趣味上無法與話本小說系統相抗衡。然而由市場反映與高度集中的出版情勢觀察，小說集的風行與當時的時代背景及民眾的閱讀興趣轉向有著密切關係。宋代公案題材有三個部分：話本、筆記小說、書判文書，然而這三類似乎是並行發展的，且少有交涉的情況，因此公案文體的發展顯得停滯。而《醉翁談錄》的分類具有公案文體自覺的意義，其他類型在題材與審案方式的啟發已見端倪。

其次，宋元的「公案」一語，張國風以五種涵義分析，以「案件」為中心，其它含義亦圍繞於此的結論，[132]此點結論若以蘇東坡〈高麗公案〉檢視，未必適履，公案一語本具智慧、推敲、勘破的歷程未能囊括其中，小說中屬智的成分濃厚，若文字拆解的遊戲，唐代公案故事〈謝小娥傳〉已有，到了明代，此類隱語故事，依然充斥於公案小說之中，說明公案故事性質的延續性，此點在規範公案性質與範圍時，必須予以指出。若以案類文獻的形式觀點而言，仍未能恰如其分的說明，然已能符合大部分宋代公案故事的基本理解，就此而能分判宋代公案小說。除此，仍須進一步說明，「公案」一詞轉入禪門所用，內容具備智力推敲的運作歷程，現今看來，可能為借用的原因之一。

宋代「公案」一詞尚有指涉案牘文書的意思，若蘇東坡〈高麗公案〉、若〈何大村公案〉，此類對「公案」的理解並非全然建立於判案、審案內容之上，而是認知為具有官府公事的意味。

從案類文獻發展到公案文學進程屬於法律意義發展到思考意

---

[132] 參見張國風：《公案小說漫話》（上海：上海古籍出版社，1992 年），頁 1-3。

義，唐代的法家書或宋代的法家書（《名公清明書判集》等），屬
第二階段，花判公案或私情公案已進入第三階段，其判文亦不全符
第二階段的法家文書，而是大量敘寫情節與推敲歷程，公案小說集
形成時恰到了第四階段，形塑清官或樹立百姓典型，具有示範的參
照性質[133]。依形式而言，案類文獻轉化為公案文學的差異在於情
節的敘事性之有無。

　　關於公案小說的文體發展樣態，劉世德曾以公式概括，雖然過
於簡略，且有時代語境與對應文化內涵的差異，僅就文體發展的形
式比較，仍可參照：

　　【甲】＋【乙】＝【丙】
　　【丙】＋【丁】＝【戊】[134]
　　甲：漢魏六朝志怪小說
　　乙：明代狹義公案小說專集
　　丙：代表「X公案」為書名的公案小說

---

[133] 余象斗《廉明公案》中的〈序〉與《新民公案》的〈序〉中皆強調了作為
　　　地方官員審案的案牘參考，余象斗：「乃取近代名公之文卷，先敘事情之
　　　由，次及訐告之詞，末述判斷之公，彙輯成袟，分類編次。」參見臺灣中
　　　央研究院傅斯年圖書館藏有影印本，參見〔明〕余象斗：〈序〉，《廉明
　　　奇判公案傳》，林羅山抄本，內閣文庫藏余氏雙峰堂刊本（1605 年）；
　　　《新民‧新民錄引》：「非貢諛也，欲俾公今日新民之公案，為萬世牧林
　　　總者法程也。有志而喜，於是乎樂譚而鑱之剞劂。」能發其書意旨於此相
　　　合，特予以採用，參見〔明〕吳遷：《新民公案》，《古本小說叢刊》第
　　　3 輯第 4 冊（北京：中華書局，1990 年），頁 1783-1785；不僅僅是針對
　　　庶民而已，更有意為官員樹立典範，參見萬晴川編：《中國古代小說文化
　　　學教程》（北京：中國言實出版社，2008 年），頁 336。

[134] 參見劉世德：〈前言〉，《龍圖公案》，頁 5。

丁：代表俠義小說

戊：代表與俠義小說合流的公案小說

　　以第一個公式【甲】＋【乙】＝【丙】而言，略去唐宋公案小說，過於簡化單一，較難取信，就研究成果而論，明代公案小說集的形式近親為明代訟師秘本，關涉三詞具體內容的判詞，唐代更為合理，明律的精神基本延續了唐律。更何況小說內容與宋代題材關係亦近。以時代代表相關文體作為公案文學發展演進的總結，忽略了文學發展的有機變化，仍過於絕對了。由後世觀點檢視公案文學的發展，結合了歷史性質的元雜劇中有包公系列故事，乃至民間故事敷演竇娥冤。《明成化刊本說唱詞話》出土後，發現與晚明首部公案小說集《百家公案》成書的關係，戲曲與小說的交涉，惟至晚明公案小說集出現以至巔峰，公案小說文體方正式成立，其中書判體、書傳體並行及變相公案小說集出現，公案小說大放異彩，馮夢龍等作品亦展示了公案小說不同風貌。

　　公案小說進入清代，《龍圖公案》遭到禁燬，[135]其命運多乖

---

[135] 主張為明代之《龍圖公案》者有謝明勳等人，理由在於內容近於「淫詞瑣語」，參見謝明勳：〈《包公案》之民間文學特性試論〉，收入國立花蓮師範學院民間文學研究所主編：《2001 海峽兩岸民間文學研討會論文集》（花蓮：花蓮師院民間文學研究所，2001 年），頁 44；其後尚有因循此說者有以為禁毀原因在於《龍圖公案》有「誨盜」之嫌，參見譚帆、王冉冉、李軍均：《中國分體文學學史：小說學卷》（太原：山西教育出版社，2013 年），頁 502；持不同意見者有李夢生，認為當是當時新出且甚為流行的石玉崑《龍圖公案》，其理由如次：「現在見到最早的刊本名《忠烈俠義傳》，一名《三俠五義》，回目與《龍圖耳錄》完全一樣，文字也沒有大的變化，於光緒五年（1879）由北京聚珍堂用活字刊印，題

舛，由後世的版本與流傳可見其影響的範圍，後續的《龍圖耳錄》、《小五義》、《續小五義》、《三俠五義》、《七俠五義》出現等可知，《施公案》的出現象徵了公案與俠義小說的合流，此類型小說後來居上，一轉成為公案小說的主流。其它單篇公案小說亦繼續流衍，其影響亦不小，若《聊齋誌異》中〈胭脂〉、〈詩讞〉、〈折獄〉、〈于中丞〉、〈老龍傳戶〉、〈太原獄〉、〈新鄭獄〉等「精察經典」，與明代公案小說集不能混為一談。[136]

　　從以上公案的流變發展中，注意到了公案小說的文體界定的爭議主要來自於以題材作為分類，導致內涵與外延的爭議，從內容的三層結構發案、查案、斷案或形式的三詞告詞、訴詞、判詞，二方面考察公案小說的文體範圍，可以映現出公案小說的發展歷程與成熟的文體特徵。

## 2.「公案小說」的定義

　　公案內容由形式與題材二部分組合，而「三詞」完整為公案小說發展成熟的特徵之一。從形式的演變與結構的組成，以公案文學的定義觀察明代公案小說，明代公案小說的內容，大略分成二種，一者直接書名呈現「公案」字眼的公案小說集，另一為學者提出的

---

　　『石玉崑述』。書前有問竹主人、退思主人、入迷道人三序。問竹主人的序提到了書的成書經過：『是書本名《龍圖公案》，又名《包公案》，……茲將書翻舊出新，添長補短，刪去邪說之事，改出正大之文」，參見李夢生：《中國禁毀小說百話》（上海：上海書店出版社，2006年），頁439。從公案成書時間與內容推斷，石玉崑之《龍圖公案》內容與「誨淫」或「誨盜」較為不符，石玉崑新出之《龍圖公案》雖尚流行，「忠義俠義」思想應屬無礙，另一理由為當時同屬禁毀書目中尚有《清風閘》、《綠牡丹》公案小說。

136　參見石昌渝：〈明代公案小說：類型與源流〉，頁115。

「變相公案小說集」一說，其他為散見於其他小說集之公案故事。明代律法知識的流行使得三詞成為日用類書編纂習見內容，[137]以下以簡表呈現公案小說、訟師祕本、法家書、日用類書的內容比較：

表 1-2　明代公案小說內容相涉異同表

| | 三詞內容 | 審案歷程 | 按語 | 審判場域 | 實用性 |
|---|---|---|---|---|---|
| 明代公案小說集 | 有：多 | 有 | 有 | 陽間冥界皆有 | 有 |
| 明代變相公案小說集 | 無 | 有 | 有：少 | 陽間或冥界 | 無 |
| 明代散篇公案小說 | 有：極少 | 有 | 無 | 陽間 | 無 |

---

[137] 就現蒐羅所及，具有三詞等訴訟故事或用語有十三種明代日用類書，有：〔明〕不著撰者《新刻全補士民備覽便用文林匯錦萬書淵海》明萬曆三十八年刊本、〔明〕不著撰者《新刻搜羅五車合併萬寶全書》明萬曆四十二年刊本、〔明〕不著撰者《新刻天下四民便覽三台萬用正宗》明萬曆二十七年刊本、〔明〕不著撰者《鼎鋟崇文閣匯纂士民萬用正宗不求人全編》明萬曆三十七年刊本、〔明〕不著撰者《鼎鋟龍頭一覽學海不求人》明刊本、〔明〕不著撰者《新鍥天下備覽文林類記萬書萃寶殘》明萬曆二十四年刊本、〔明〕沖懷撰《新刻鄴架新裁萬寶全書》明萬曆四十二年序刊本、〔明〕武緯子撰《新刊翰苑廣記補訂四民捷用學海群玉》明萬曆種德堂刊本、〔明〕徐會瀛編《新鍥燕臺校正天下通行文林聚寶萬卷星羅》明萬曆書林余獻可刻本、〔明〕徐企龍撰《新板全補天下便用文林妙錦萬寶全書》明萬曆四十年刊本、〔明〕徐三友撰《新鍥全補天下四民利用便觀五車拔錦》明萬曆二十五年刊本、〔明〕葉俊《新刻御頒新例三台明律招判正宗》明萬曆四十六年建邑余氏雙峰堂刻本、〔明〕陳允中編《群書摘要士民便用一事不求人》明萬曆書林種德堂本，內容詳參中國社會科學院歷史研究所文化室編：《明代通俗日用類書集刊》（16 冊）（重慶：西南師範大學出版社，2011 年）。

| 訟師秘本[138] | 皆有 | 無 | 無 | 陽間 | 有 |
|---|---|---|---|---|---|
| 法家書[139] | 有：少 | 有 | 有 | 陽間 | 有 |
| 日用類書的法律內容 | 有：少 | 無 | 無 | | 有 |

　　從〈明代公案小說內容相涉異同表〉中可以明顯對比出明代公案集與其他公案小說、其他具有三詞的法律內容文體有顯著不同，從三詞內容、審案歷程、按語、實用性等而言，明代公案小說集有其不同於明代其他類型之公案小說的特殊性，此亦即本書何以聚焦於的原因之一。

　　公案小說定義與範疇，向來有不同的說法與爭議，黃岩柏對公案小說的標準界定於有無「斷案內容」的說法，謝明勳認為其認定過於廣泛，而胡士瑩說法「『說公案』從南宋始」較為允當，認為須從公案小說的形成原因，並從基本材料當中歸納出一項確切的定義，方能解決。[140]

---

138 有〔明〕竹林浪叟《新鍥蕭曹遺筆》萬曆二十三年（1595）刊本、〔明〕閒閒子訂註《新刻校正音釋詞家便覽蕭曹遺筆》清刊本、〔明〕覺非山人撰《珥筆肯綮》婺源圖書館鈔本、〔明〕佚名撰《蕭曹遺筆》上海校經山房石印本、〔明〕臥龍子編《新刻平治館評釋蕭曹致君術》清刻本、〔明〕樂天子編《鼎鍥金陵原板按律便民折獄奇編四卷》日本內閣文庫藏本、〔明〕江湖逸人編《新鐫音釋四民要覽蕭曹明鏡》明刊本、〔明〕佚名撰《鼎鍥法叢勝覽》明代金陵世德堂原板梓刊本、〔明〕佚名撰《霹靂手筆》美國國會圖書館藏本、〔明〕補相子穎以氏著《新鐫法家透膽寒》明刻本，參見龔汝富：《明清訟學研究》（北京：商務印書館，2008年），頁 165-169、324-325。

139 目前所知與公案小說集題材有密切關係者有：《疑獄集》、《折獄龜鑒》、《棠陰比事》、《仁獄類編》等書。

140 原發表於《國立編譯館館刊》24 卷 2 期（1995 年 12 月），頁 75-85，參見謝明勳：〈六朝志怪與公案小說——黃岩柏「公案幼芽偏多萌生於魏晉

採公案廣泛性的綜論者，又以孟犁野、黃岩柏為代表，大致有以下主張：

一、「凡以廣義性的散文，形象地敘寫政治、刑民案件和官吏折獄斷案的故事，其中有人物、有情節，結構較為完整的作品，均應劃入『公案小說』之列。」[141]這樣定義過於模糊，太過空泛，對於討論其文體定位時較為困難。

二、「是中國古代小說的一種題材分類；它是並列描寫或側重描寫作案、斷案的小說」、「並列描寫作案與斷案；側重描寫作案，而斷案只是一個結尾的；側重描寫斷案，而作案的案情自然夾帶於其中的。這三大類型，全是公案小說」，而「只寫作案，一點不寫斷案的，不是公案小說」。[142]黃岩柏將斷案內容視為公案小說的必要條件。

文體自覺是為分水嶺，因此標明為「×公案」等單篇、門類、小說集，一概視為公案小說。然而對於一些模糊地帶，公案故事必須有由形式與內容兩方兼論，方能證明為「公案」之範圍，2008年楊緒容曾發表〈「公案」辨體〉，綜合各家說法試圖解決這樣的疑難，楊緒容從題材與文體兩方面理解公案文學，其說甚是。

而劉世德採用更為嚴格的定義：「狹義的公案小說，專指明代的公案小說」[143]，而楊緒容認為兩方過於極端，以為「宋代的

「志怪」說述評〉，頁 177-180。

[141] 孟犁野：《中國公案小說藝術發展史》，頁 4。

[142] 黃岩柏：《中國公案小說史》（遼寧：遼寧人民出版社，1991 年），頁 1。

[143] 劉世德：〈前言〉，收錄於劉世德、竺青編，佚名撰：《龍圖公案》（北京：群眾出版社，1999 年），頁 2。

『說公案』小說及其發展而來的明代的擬話本公案小說、明公案小說集和清代的章回體長篇公案小說。」並排除「文言筆記中的公案散篇或者其他題材的章回體長篇小說中的公案片段」[144]，主張以文體表現區分，實際在其行文中，將宋代及宋代之前的文言筆記公案故事排除，並不視《太平廣記》、《夷堅志》、《續夷堅志》中「精察」類和筆記小說《涑水紀聞》、《齊東野語》、《夢溪筆談》、《江湖紀聞》等書一些公案散篇為公案小說的內容，僅是公案小說的前驅或源頭的說法，並未說明宋代以後的文言小說或文言筆記是否亦予以排除。[145]

　　就現所知明代公案小說可以概分三種類型：散篇公案小說、公案小說集、變相公案小說集。明代公案小說集具有發案、審案、斷案的程序內容，亦具備三詞結構（告詞、訴詞、判詞），體現其成熟特徵，此形式特徵作為公案小說專集與散篇公案小說的分野，由此表徵公案專集的實用性，可以簡化成以下：

　　A.形式：法家書（三詞結構，若告詞、訴詞、判詞）或判案
　　　　內容
　　B.題材：立案→破案→斷案的情節敘寫（案件）
　　C.明代公案小說集＝A＋B

　　由以上討論，從具備公案的三詞形式與斷案內容為公案小說文體的成熟特徵，本書採取更為嚴格的公案定義，認為必須具備斷案

---

[144]　楊緒容：〈「公案」辨體〉，《上海大學學報》2008 年第 4 期，頁 128。
[145]　楊緒容：〈「公案」辨體〉，頁 129。

內容與三詞形式，方為公案小說，又以此區隔出明代散篇公案小說、變相公案小說等。本說法亦較近於劉世德所提出的公案的狹義定義，專指明代公案小說集（以書名以含有「公案」字眼的小說集）。

## 二、研究範圍

公案小說的研究範疇可概分為二個部分：文本範圍、時代範圍。文本範圍包括了公案小說使用的底本及不同版本，時代範圍是指公案小說所指涉的時代與影響範疇，這二部分皆為公案小說研究的討論基礎，對於研究小說有必要予以廓清。

### （一）文本範圍

歷來明代公案小說集有不同說法，一為十二本公案小說集，二為十一本公案小說集，三為範疇增入變相公案小說。第一種說法與第二種說法，在於對於《合刻名公斷案法林灼見》（簡稱《法林灼見》）是否為公案小說集有不同意見。

若以《法林灼見》編纂內容觀察，該書近於《律條公案》，二書皆將相關律法知識一併列入書中，皆具有法律知識與故事兩部分。二書不僅故事具有發案、查案與斷案的歷程，亦同具有三詞結構，書名亦具有「公案」二字，無論形式或內容皆符合我們對明代公案小說集的認識。

《法林灼見》另一爭議在於性質近於訟師秘本，若是由此觀點判斷，《廉明公案》近半則數更抄撮自《蕭曹遺筆》，[146]更接近

---

[146] 以《廉明公案》為例，其與所抄撮的對象《新鍥蕭曹遺筆》的文例，僅略更動及增加人名，其於相差甚微，而且近半內容皆由其出。

於訟師秘本，然此編纂方式與明代小說的通俗市場的實用取向有關
之外，增加讀者購買意願亦有關係。然卻影響了對公案文體的判
定。

　　至於明代變相公案小說集是否納入的問題，除在前面公案小說
定義一節已經略對其中區別以表格呈現外，其爭議較多在於程毅中
提出的「變相公案小說集」《輪迴醒世》、《杜騙新書》的說法，
[147]是否成立？《輪迴醒世》一書具有審案與斷案的形式，並有審
判者冥司人物，惟缺公案文書三詞的結構，即使公案集《龍圖公
案》中十二篇地府斷案故事相近，其人物、刑罰、目的性質全然不
同，公案小說強調的現實性趨向有異，而《杜騙新書》更聚焦於案
件本身，雖具有現實趨向，與代表裁判意識的形式與內容之「三
詞」闕如，關係更遠，二書僅能說明為公案小說之近親，若一併列
為公案小說討論，將影響對於本書對於公案小說研究的理解與範
疇，有必要重新思考。

　　另外，就公案小說之文本、作者、讀者三個層面闡釋而言，涉
及文本中的裁判意識所對應的三詞結構，及審視本書「重構社會之
秩序」命題中作者意圖與編寫手法，變相公案小說集並不全然符合
這樣的條件。

　　復加以明代公案小說集全名中具有「公案」二字，具有明確的
裁判的公案意識，代表著明確的文體意識，因此將範疇限於明代公
案小說集中的十二本。這十二本明代公案小說集的成書時間，除存
留於世的刊本版本提供的資料外，也有學者考證，這些學者包括馬

---

[147] 參見程毅中：〈包龍圖判百家公案與明代小說〉，收入氏著《明代小說叢
　　　稿》（北京：人民文學出版社，2006 年），頁 178。

幼垣、阿部泰記等人。[148]就現所知公案集成書明確時間有《百家公案》、《廉明公案》、《新民公案》、《剛峰公案》、《法林灼見》，而可以推斷相近時間者有《諸司公案》、《詳刑公案》、《律條公案》、《詳刑公案》，而其他《明鏡公案》、《神明公案》、《龍圖公案》成書時間尚難確定。排序以已知時間為先，推論時間為次，並依馬幼垣、阿部泰記、苗懷明、林桂如等學者共同承認的說法，將明代公案小說集臚列如下[149]：

### 表 1-3　明代十二本公案小說集一覽表

| | 全稱 | 簡稱 | 刊刻時間 | 刊刻 |
|---|---|---|---|---|
| 1 | 《包龍圖判百家公案》 | 《百家公案》或《百家》 | 有萬曆二十二年（1594）與萬曆二十五年（1597）刊本 | 書林朱氏與畊堂梓 |
| 2 | 《皇明諸司廉明奇判公案傳》 | 《廉明公案》或《廉明》 | 現存四刊本，其中兩部刊年不詳，另兩部分別為萬曆二十六年（1598）與萬曆三十三年（1605）刊本 | 雙峰堂余象斗 |

---

148　〔美〕馬幼垣著，宏建桑譯：〈明代公案小說的版本傳統——龍圖公案考〉，收錄於王秋桂編：《中國文學論著譯叢》（臺北：臺灣學生書局，1985 年），頁 287-320；〔日〕阿部泰記著，陳鐵鑌譯：〈明代公案小說的編纂〉，《綏化師專學報（社會科學版）》第 4 期（1989 年），頁 20-26；〔日〕阿部泰記著，陳鐵鑌譯：〈明代公案小說的編纂（續完）〉，《綏化師專學報（社會科學版）》第 1 期（1991 年 4 月），頁 39-51；林桂如：〈書業與獄訟——從晚明出版文化論余象斗公案小說的編纂過程與創作意圖〉，頁 3-5。

149　此表參考林桂如的方式修改而成，參見林桂如：〈書業與獄訟——從晚明出版文化論余象斗公案小說的編纂過程與創作意圖〉，頁 3-5。

| 3 | 《郭青螺六省聽訟錄新民公案》 | 《新民公案》或《新民》 | 萬曆三十三年（1605）序文 | 永慶堂余成章梓 |
|---|---|---|---|---|
| 4 | 《海剛峰先生居官公案傳》 | 《剛峰公案》或《剛峰》或《海公案》 | 萬曆三十四年（1606）刊本 | 金陵李氏萬卷樓梓 |
| 5 | 《名公案斷法林灼見》 | 《法林灼見》或《法林》 | 天啟元年（1621）刊本 | 閩建書林高陽生梓 |
| 6 | 《皇明諸司公案傳》 | 《諸司公案》或《諸司》 | 刊行年不詳 | 三台館余象斗編梓。 |
| 7 | 《詳刑公案》 | 《詳刑》 | 萬曆二十二年（1594）以後刊本 | 明德堂劉氏梓 |
| 8 | 《古今律條公案》 | 《律條公案》或《律條》 | 刊行年不詳 | 明蕭少衢梓 |
| 9 | 《明鏡公案》 | 《明鏡》 | 刊行年不詳 | 三槐堂王崑源梓 |
| 10 | 《詳情公案》 | 《詳情》 | 應為天啟以後刊本 | 存仁堂陳懷軒梓 |
| 11 | 《神明公案》 | 《神明》 | 刊年與刊者俱不詳，殘本 | 不詳 |
| 12 | 《龍圖公案》 | 《龍圖》或《包公案》 | 明代版本刊年刊者不詳 | |

　　以上成書年代與時間，可以考察出更為接近的時間。

　　《諸司公案》編纂者為余象斗，從其刊行的書籍推斷，其活躍於 1588 年至 1609 年。[150]

---

　此書編纂者為余象斗，從其刊行的書籍推斷，其活躍於 1588 年至 1609 年，參見〔美〕富路特（Liuther Carrington Goodrich），房兆楹主編：

　　《詳刑公案》書中有「萬曆二十二年九月二十一日」字眼，成書時間不晚於萬曆二十二年，其次，馬幼垣從音注現象發現《詳刑公案》與《律條公案》間的承繼關係，可知《詳刑公案》早於《律條公案》（成書時間請參見《律條公案》成書年代的註），故其推論為萬曆年間可信，苗懷明亦同意此說。[151]

　　《律條公案》根據阿部泰記的考證，此書成書約萬曆二十六至萬曆三十三年間，書中亦有「萬曆二十二年九月二十二日」字眼。[152]

　　《明鏡公案》胡士瑩推論為明泰昌、天啟年間成書。[153]

　　《詳情公案》阿部泰記與苗懷明以為天啟、崇禎年間。[154]

　　《神明公案》就此書與其他公案集比對，相似故事亦見《廉明公案》、《諸司公案》、《律條公案》，其中與《律條公案》關係更為接近，其書版式近於與金陵富春堂刊本傳奇的格式構圖，苗懷明以為萬曆年間。[155]

---

　　《明代名人傳（六）》（北京：北京時代華文書局，2015 年），頁1612。

[151]　參見〔美〕馬幼垣著，宏建燊譯：〈明代公案小說的版本傳統——龍圖公案考〉，收錄於王秋桂編：《中國文學論著譯叢》，頁 294-295；苗懷明：《中國古代公案小說史論》，頁 62。

[152]　參見〔日〕阿部泰記著，陳鐵鑌譯：〈明代公案小說的編纂（續完）〉，《綏化師專學報（社會科學版）》第 1 期（1991 年 4 月），頁 41；苗懷明：《中國古代公案小說史論》，頁 62。

[153]　參見胡士瑩：《話本小說概論》（北京：中華書局，1980 年），頁 676、687；苗懷明：《中國古代公案小說史論》，頁 62。

[154]　參見〔日〕阿部泰記著，陳鐵鑌譯：〈明代公案小說的編纂（續完）〉，頁 47-49；苗懷明以為天啟、崇禎年間，參見苗懷明：《中國古代公案小說史論》，頁 62。

[155]　參見苗懷明：《中國古代公案小說史論》，頁 62；路工：《訪書見聞

　　《龍圖公案》多位學者以為明刊本，有阿部泰記、苗懷明。[156]
　　本書使用底本皆為書籍，底本以古籍的刊刻本為主，若有點校
優良的排印本亦優先考量，若故事在刊刻版本不同時，亦須予以考
慮，因此整理公案小說集的基本資料與相關版本，就版本、著錄、
內容依序說明如下[157]：

## 1.《包龍圖判百家公案》

　　又名《百家公案》、《包公傳》，安遇時撰，號錢塘散人，生
卒不詳。《包孝肅公百家公案演義》為其異版，署名完熙生，生卒
年與字號不詳。[158]現重刊本有三種，版本關係頗為難解，韓南以
《龍圖公案》對勘與耕堂刊本與萬卷樓刊本，其差異互有參差，可
能有共同的祖本，因而推論三個作者的可能，為此點僅韓南個人意
見。而楊緒容研究以為與畊堂刊本與萬卷樓刊本為兄弟關係，同承
自《百家公案》祖本，然原刊本已佚失，據楊緒容考證以《龍圖公
案》所承故事與與畊堂刊本、萬卷樓刊本互有歧出的證據，其說法
可以採信。[159]程毅中同意此說。[160]以下分述刊刻本、景印本、排

---

　　錄》（上海：上海古籍出版社，1985 年），頁 156。
[156] 多位學者以為明刊本，有阿部泰記、苗懷明，參見〔日〕阿部泰記著，陳
　　鐵鑌譯：〈明代公案小說的編纂〉，頁 34；苗懷明：《中國古代公案小
　　說史論》，頁 62。
[157] 明代公案小說集點校或直接排印數量不少，然質量不精者甚多，雖利於推
　　廣閱讀，卻不利於研究利用，為呈現此時期公案小說集的流行與出版情
　　況，亦一併列出，質量較差者不特別說明，僅列出版社與出版年提供參
　　考。
[158] 參見陳桂聲：《話本敘錄》，頁 420-421。
[159] 楊緒容：《百家公案研究》，頁 11-12。
[160] 程毅中以為耕堂本題有「全補」二字，當是前有祖本，參見程毅中：〈包
　　龍圖判百家公案與明代小說〉，收入氏著：《明代小說叢稿》（北京：人

印本：

**(1)刊本**

　　《百家公案》刊本有三種，與畊堂刊本、楊文高刊本、萬卷樓刊本分述如下：

　　①與畊堂刊本。全稱《新刊京本通俗演義全像百家公案全傳》，十卷一百回，版心題《包公傳》，第一卷前題「錢塘散人安遇時編集，書林朱氏與畊堂刊行」，牌記有「萬曆甲午年歲朱氏與畊堂梓行」，現藏日本蓬左文庫，3 冊，附圖，有尾陽文庫印記，寬永十年買本。另有殘本（或為覆刻本？）藏江西省圖書館。[161]

　　②楊高文刊本。全稱《新刊京本通俗演義全像百家公案全傳》，十卷一百回，現存兩種，一藏於日本山口大學栖息堂文庫，另一藏於中國社會科學院文學研究所，題名亦同，為殘本，存一至五卷。題記有「錢塘散人安遇時編集，書林景生楊高文刊行」，阿英著錄所見或藏於中國社會科學院文學研究資料室為殘本，[162]另有藏於日本山口大學栖息堂文庫。

　　③萬卷樓刊本。全稱《新鐫全像包孝肅公百家公案》，又簡稱《包公演義》，殘本，六卷一百回，版心題《全像包公演義》，署名「饒安完熙生」的敘，記年丁酉歲，此本存藏於韓國漢城大學奎章閣，殘本，缺卷三，僅六卷。孫目著錄以為《龍圖公案》之原本有誤，藏於韓國漢城大學奎章閣（原朝鮮總督府）。

　　**(2)景印本**

---

民文學出版社，2006 年），頁 171。

[161]　參見〔明〕安遇時編，蕭相愷校點：《包龍圖判百家公案》，《明代小說輯刊》第二輯（成都：巴蜀書社，1995 年），頁 13。

[162]　楊緒容：《百家公案研究》（上海：上海古籍出版社，2005 年），頁 2。

景印本皆據與畊堂本影印發行，分述如下：

①1991 年上海古籍出版社《古本小說集成》第 2 輯第 16 冊

②1990 年北京中華書局《古本小說叢刊》第 2 輯 4 冊

③1985 年臺灣天一出版社《明清善本小說叢刊初編》[163]

以上天一出版社系列景印本往往將刊本重要訊息略去，若版本等相關考證訊息，亦無出說明，對研究者相對不方便，為其缺點。

**(3)排印本**

公案小說的現代排印本，主要參考《新中國古籍整理圖書總目錄》一書，[164]此書收錄 1949 年至 2003 年大陸整理出版的古籍，仍有未盡收錄的古籍，大致完備，另參考網路二手書店現存的絕版書，目前知見如下：

①《包龍圖判百家公案》收入《明代小說輯刊》第 2 輯，由蕭相愷據與畊堂本點校，巴蜀書社 1995 年出版。

②《包龍圖判百家公案》，安遇時編集，魏同賢標點，1996 年浙江古籍出版社印行。

③《包公演義》，完熙生編，朴在淵校點，由中國大百科全書出版社據萬卷樓刊本 1997 年出版，尚有中國文史出版社 1998 年版。

④《百家公案》，收入《古代公案小說叢書》。以與畊堂本為底本，由群眾出版社 1999 年出版，訛誤甚多。其他尚有 2000 年中國戲劇出版社《百家公案》、2000 年太白文藝出版社《包龍圖判

---

163　目錄頁所載「興畊堂朱仁齋刊本」，為「與畊堂朱仁齋刊本」之誤。

164　以下其他公案小說集的古籍之排印本與景印本皆有參考，參見全國古籍整理出版規劃領導小組辦公室編：《新中國古籍整理圖書總目錄》（長沙：岳麓書社，2006 年），頁 122-268。

百家公案》、2001 年九州出版社《包龍圖判百家公案》、2001 年
昆侖出版社《包龍圖判百家公案》、2003 年中國文史出版社百家
公案、2006 年天津古籍出版社《百家公案李公案》、2007 年遠方
出版社《包公案百家公案》、2008 年內蒙古人民出版社《包公
案》、2010 年太白文藝出版社《包龍圖判百家公案》、2011 年吉
林大學出版社《包公案》、2013 年安徽人民出版社《包公案》。

### 2.《皇明諸司廉明奇判公案傳》

簡稱《廉明公案》，余象斗編，字仰止，號三台山人。[165]現
存四種刊本，其中兩部刊年不詳，另兩部分別為萬曆二十六年
（1598）與萬曆三十三年（1605）刊本，雙峰堂余象斗編梓。依大
塚秀高意見原刊本已佚。[166]以下分為四卷刊本（含抄本一種）、
二卷刊本、景印本、排印本：

### (1)四卷刊本

四卷刊本有三種，建泉堂文台堂刊本、林羅山抄本、雙峰堂新
刊本分述如下：

①建泉堂文台堂刊本。有萬曆二十六年序文與木記。建邑書林
余氏建泉堂刊本。首萬曆二十六年（1598）余象斗自序。全名《新
刻皇明諸司廉明公案》。正文分兩欄，上圖，下文。半葉十行，行
十七字。藏於北京圖書館。

②林羅山抄本。四卷 103 則，有余象斗序，林羅山加註訓讀。

---

[165] 其生平詳見蕭東發：〈明代小說家、刻書家余象斗〉，見春風文藝出版社
　　編：《明清小說論叢》第四輯（瀋陽：春風文藝出版社，1986 年），頁
　　197-198。

[166] 〔日〕大塚秀高：《增補中國通俗小說書目》（東京：汲古書院，1987
　　年），頁 54。

藏於日本內閣文庫。

　　③據各家著錄，萬曆二十六年尚有余象斗氏「雙峰堂新刊」本，「三台館新刊」，未見。

**(2)二卷刊本**

　　二卷刊本共有三種，蓬左文庫本、富岡鐵藏齋舊藏本、萃英堂宗文堂刊本分述如下：

　　①蓬左文庫本。三台館余氏雙峰堂刊本 2 卷 103 則。

　　②富岡鐵藏齋舊藏本。余氏雙峰堂刊本則數不詳，萬曆三十三年刊。[167]

　　③萃英堂宗文堂刊本。上下二卷本。明建安鄭氏萃英堂宗文堂刊本二卷 103 則（大塚秀高有誤，應 105 則，二則〈鄧太巡批人命翻招〉、〈范侯判逼死節婦〉）僅存目無文，《新鍥蕭曹遺筆》有此二則。〈郭推官判猴報主〉篇名頁以下原闕一頁。《皇明諸司廉明奇判公案傳》上下二卷，謂明建安鄭氏萃英堂刊本，上圈下文，半葉十二行，行二十二字，不題撰人，藏日本內閣文庫，又云有朱筆批註「他本有余象斗自序」云云。

**(3)景印本**

　　景印本現有四種，萃英堂重刊本、余氏雙峰堂刊本、林羅山手抄本、三台館余氏雙峰堂林刊本，分述如下：

　　①1991 年中華書局據萃英堂重刊本影印，收入《古本小說叢刊》第 28 輯第 3 冊。

　　②1991 年上海古籍出版社據余氏雙峰堂刊本影印，收於《古

---

[167] 此版本現僅有日人大塚秀高著錄，因此參照其說法，參見〔日〕大塚秀高：《增補中國通俗小說書目》，頁 54。

本小說集成》第 1 輯第 65 冊。

　　③1985 年天一出版社，《廉明奇判公案傳》據林羅山手抄本影印，輯入《明清善本小說叢刊初編》第 3 輯第 9 冊。

　　④1990 年天一出版社，《廉明奇判公案傳》據三台館余氏雙峰堂林刊本影印，收入《明清善本小說叢刊續編》第 2 輯。

　**(4)排印本**

　　現知見排印本分列如下：

　　①《廉明公案》，收入《古代公案小說叢書》。以萃英堂為底本，參校建堂本刊本，1999 年由群眾出版社印行。然訛誤甚多、將標目與正文不合者，依內文修改，有標目無內文刪去，未能依刊本留存，

　　②《廉明公案》，收入《古代公案小說叢書》。據內閣文庫藏萃英堂宗文堂景印本，參校建堂本刊本，尚有 2000 年由北京中國戲劇出版社印行、2002 年華雅士書店出版。

　**3.《新民公案》**

　　吳還初（？）[168]，萬曆三十三年（1605 年）刻，全稱《郭青螺六省聽訟錄新民公案》，簡稱《新民公案》，四卷，半葉十行，行十七字，四十三則（卷三首二則缺）。原刊本已佚。僅存日本延享元年（西元 1744）抄本。卷首有《新民錄引》，正文前有《郭公出身小傳》，卷一前題「建州震晦楊百明發刊，書林仙源金成章繡梓」，金成章疑為余成章，無金成章，余成章（1560-1631），字先源，建陽人，為當時有名之刻工。[169]《新民公案》卷首有

---

[168] 參見程國賦：〈明代小說作家吳還初生平與籍貫新考〉，《文學遺產》2007 年第 4 期，頁 124-126。

[169] 「余成章」條，參見《中國古籍版刻辭典》，頁 382。

《新民錄引》，題「大明萬曆乙巳孟秋中浣之吉南州延陵還初吳遷拜題」，萬曆乙巳（萬曆三十三年，1605 年）。手抄本，藏於臺灣大學圖書館。刊本外尚景印本與排印本如下：

**(1)景印本**

皆據余成章刊本手抄本，分述如下：

①1990 年中華書局出版，據日延享元年（乾隆九年，1744年）據仙原余成章刊本手抄本影印，收入《古本小說叢刊》第 3 輯第 4 冊。

②1991 年上海古籍出版社，題名《郭青螺六省聽訟錄新民公案》，據日延享元年（乾隆九年，1744 年）據仙原余成章刊本手抄本影印，收於《古本小說集成》第 3 輯第 19 冊。

③1985 年天一出版社，題名《郭青螺六省聽訟錄新民公案》，據日延享元年（乾隆九年，1744 年）據仙原余成章刊本手抄本影印，[170]列入《明清善本小說叢刊初編》第 3 輯第 5 冊。

**(2)排印本**

1999 年北京群眾出版社馬玉梅以余成章刊本手抄本為底本點校，收入《中國古代公案小說叢書》，尚有 1999 年延邊出版社、1999 年大眾文藝出版社、2000 年中國戲劇出版社、2003 年中國文史出版社、2000 年及 2003 年時代文藝出版社、2001 年內蒙古人民出版社、2006 年天津古籍出版社。

**4.《海剛峰先生居官公案傳》**

簡稱《剛峰公案》，李春芳撰，此書至清代尚有刊本，又有與《龍圖公案》的合編本，足見流行。又作《海忠介公居官公案》，

---

170　著錄為「金成章」，顯為「余成章」之誤。

或增「新刻」、「新鍥」、「全像」等字，或無「傳」字。版心題「剛峰公案」。卷一附〈皇明都御史忠介公海剛峰傳〉。有圖，合頁連式，22幅。

以下分為刊本、合編刊本、景印本、排印本分述如下：

**(1)刊本**

現有萬卷樓刊本、郁郁堂本、煥文堂刊本、郁文堂刊本、清文錦堂刊本五種分述如下：

①萬卷樓刊本。周曰校萬卷樓萬曆三十四年（1606年）刻，卷端有「海公遺像」，李春芳有序〈新刻全像海剛峰先生居官公案傳序〉，末署「萬曆丙午年」，尾署「萬曆丙午歲夏月之吉晉人李春芳書於萬卷樓」中有陰陽文鈐各一方，正文卷首題「新刻全像海剛蜂先生居官公案」，署「晉人齋李春芳編次」，「金陵萬卷樓舟生鐫」，附有故事全像四十二幅。《新刻全像海剛峰先生居官公案》，四卷 71 則，有圖，半葉十二行，行二十三字，中國國家圖書館（北京圖書館）、首都圖書館、天津圖書館、北京大學圖書館藏。

②郁郁堂刊本。天啟年刻《新鍥全像海忠介公居官公案》七十一回，著錄於《明代版刻綜錄》。

③煥文堂刊本。萬曆三十四年楊春榮煥文堂刻《新刻全像海剛峰先生居官公案》四卷，七十一回，臺灣中央圖書館、日本東京大學東洋文化研究所藏。

④郁文堂本。明刊本（明天啟年間），《新刻全像海剛峰先生居官公案》四卷七十一回，有圖（《西諦書目》著錄）。泉城郁文堂刻本重印《海剛峰先生居官公案傳》四卷七十一回（《中國通俗小說總目提要》著錄）。中國國家圖書館（北京圖書館）、上海博

物館藏。

⑤清文錦堂刊本。《新刻繡像海公案》六卷 71 則，覆明萬卷樓本，有圖一葉，半葉十二行，行二十三字，藏中國國家圖書館、北京大學圖書館。

**(2)合編刊本**

嘉慶十四年本衙藏本。《龍圖剛峰公案合編》十二卷一百五十四回選集清嘉慶十四年刊本，題「金陵雲崖主人」，內封右欄為「嘉慶十四年新鐫」，中欄為「龍圖剛峰公」，左欄為「案合編」，下為「本衙藏版」。首序，署「嘉慶十四年己巳秋月金陵雲崖主人題並書」。卷首有嘉慶十四年（1809 年）己巳金陵雲崖主人序，說明合編的原由，蓋取兩書明刊本重編而成。書分上下兩層，開頭有《皇明都御史忠介公海剛峰傳》，上層為「剛峰公案」，下層為「龍圖公案」。「剛峰公案」六卷 65 回，每半葉十行，行七字，「龍圖公案」六卷 85 回，無圖，每半葉十二，行十六字，行七字。藏復旦大學圖書館、美國哥倫比亞大學圖書館、吉林大學藏、傅惜華舊藏刊本[171]。

**(3)景印本**

現有萬卷樓刊本、煥文堂重校刊本二種，分述如下：

①1990 年中華書局據萬卷樓刊本影印，收於《古本小說叢刊》第 7 輯第 1 冊。

②1991 年上海古籍出版社據萬卷樓刊本刊本影印，列入《古本小說集成》第 3 輯第 18 冊。

---

[171] 僅見大塚秀高著錄，〔日〕大塚秀高：《增補中國通俗小說書目》（東京：汲古書院，1987 年），頁 52。

③1985 年天一出版社，題名《新刻全像海剛峰峯先生居官公案》，即根據煥文堂重校刊本影印，收於《明清善本小說叢刊初編》第 3 輯第 4 冊。

**(4)排印本**

1999 年北京群眾出版社由劉漱石據萬卷樓刊本為底本點校，收入《中國古代公案小說叢書》。尚有 1997 年中州古籍出版社、濟南出版社及新疆人民出版社 2001 年出版以《海公案》出版。

**5.《名公案斷法林灼見》**

明刻本，天啟元年（1621）刊行，全稱《合刻名公案斷法林灼見》，簡稱《法林灼見》，清盧子撰，號湖海山人，生平不詳。四卷四冊，下欄半葉十行，行十七字，有 40 則，正文分為上下欄，上欄半葉九行，行九字。分為上下段，上段分為姦情、盜賊、人命、婚姻、戶役、田宅、墳山、鬪毆、騙害、呈狀、執照、說帖，內容近於訟師秘本；下段分為十類有姦情、竊盜、人命、婚姻、爭占、威逼、拐帶、脫騙、孝子、節婦為故事內容。

刊本兩種：蓬左文庫本、北京圖書館本。

①蓬左文庫本：書題為「湖海散人清盧子編，閩建書林高陽生刊」，有尾陽文庫印記，寬永十一年（1635）買本，日本蓬左文庫藏。[172]

②北京圖書館本：殘本，存卷首、二卷，上欄九行，行九字，下欄十行十七字，白口，左右雙邊，藏於北京圖書館（現中國國家圖書館）。

---

[172]〔日〕莊司格一：《中國の公案小說》（東京：研文出版社，1988年），頁 266。

## 6.《皇明諸司公案》

又稱《皇明諸司公案傳》《續廉明公案傳》，余象斗撰，萬曆建陽余氏三台館刻，刊行年不詳，六卷 59 則，上圖下文，半葉十行，行十七字，五十八則，正文實有五十九則。全稱《全像類編皇明諸司公案傳》封面題「續廉明公案傳」，目錄題「新刻皇明諸司公案傳」，署「山人仰止余象斗編述書林文台余氏梓行」，藏中國藝術研究院戲曲研究所[173]、日本國會圖書館[174]、傅惜華舊藏[175]。

### (1)景印本

景印本皆據三台館余氏刊本。

①1990 年中華書局據東京國立國會圖書館藏三台館余氏刊本影印，收入《古本小說叢刊》第 6 輯第 4 冊。

②1991 年上海古籍出版社，據東京國立國會圖書館藏三台館余氏刊本影印，列於《古本小說集成》第 1 輯第 64 冊。

③1985 年天一出版社，題名《皇明諸司公案》，據東京國立國會圖書館藏三台館余氏刊本影印，收於《明清善本小說叢刊初編》第 3 輯第 10 冊。

### (2)排印本

排印本皆據三台館余氏刊本。1999 年由群眾出版社、2000 年北京中國戲劇出版社印行。

## 7.《詳刑公案》

---

[173] 僅《中國古代小說總目（白話卷）》提及，參見石昌渝編：《中國古代小說總目·白話卷》（太原：山西教育出版社，2004 年），頁 147。

[174] 缺原卷五，葉四十四後半，葉四十五前半。

[175] 大塚秀高僅提及有此本，該書卷數等資料闕如，參見〔日〕大塚秀高：《增補中國通俗小說書目》（東京：汲古書院，1987 年），頁 54。

　　明刊本，全稱《新鐫國朝名公神斷詳刑公案》，或稱《詳明公案》[176]，寧靜子撰，生平不詳。八卷 40 則，上圖下文，半葉十一行，行十八字。以下有刊本、抄本、景印本、排印本分述如下：

**(1)刊本**

　　刊本現存有二種：慈眼堂藏本、大連藏本。

　　①慈眼堂藏本。題「京南歸正寧靜子輯，吳中匡直淡薄子訂」，題「明德堂梓」，卷一末題「新鐫國朝名公神斷詳明公案」，它卷皆題「詳刑」，牌記題「南閩潭邑秌林劉氏太華刊行」，卷二卷中缺二葉半，書藏日本日光晃山慈眼堂[177]。

　　②大連藏本。書末牌記「南閩潭邑秌林劉氏太華刊行」，題「京南歸正寧靜子輯，吳中匡直淡薄子訂」，版式、圖樣與慈眼堂藏本相同，連卷一末題「新鐫國朝名公神斷詳明公案」亦同，惟缺卷端題「明德堂梓」之頁，缺卷一卷首二葉、卷二末葉缺半，缺頁之處與與慈眼堂藏本不同，大連市圖書館藏。

**(2)手抄本**

　　大谷大學圖書館藏本。八卷四冊。為神田喜一郎博士手澤本。完本。[178]

　　日本學者認為慈眼堂藏本、大連藏本、大谷大學圖書館藏本三種本子實為同一版本。[179]

---

[176] 參見陳桂聲：《話本敘錄》，頁448。

[177] 缺卷一首頁，葉一、二，卷二，葉二缺半，葉十八缺下半，葉十九缺上半，當為後印。

[178] 參見〔日〕莊司格一：《中國の公案小說》（東京：研文出版社，1988年），頁317-318。

[179] 大塚秀高：〈公案話本から公案小說集へ——「丙部小說之末流」の話本

### (3)景印本

現有慈眼堂藏本、大連藏本二種，分述如下：

①1990 年中華書局出版，題名「國朝名公神斷詳刑公案」，據日光晃山慈眼堂劉太華明德堂刊本影印，收入《古本小說叢刊》第 4 輯第 3 冊。

②1994 年上海古籍出版社出版，據大連圖書館南閩潭邑劉太華明德堂刊本影印，收入《古本小說集成》第 1 輯第 66 冊。

### (4)排印本

1999 年北京群眾出版社劉漱石點校，以明德堂刊本影本為底本，據大連藏明刊本校補，輯入《中國古代公案小說叢書》，尚有2000、2010 年北京中國戲劇出版社出版、2002 年北京華雅士書店出版。

### 8.《古今律條公案》

全稱《新刻海若湯先生彙集古今律條公案》，簡稱《律條公案》，署名湯顯祖，學者或以為偽托。全書正文，首卷為律例等，正文七卷，卷二有目無文四則，共四十六則。上圖下文，半葉十行，行二十字。卷一端題前題「新刻海若湯先生彙集古今律條公案」，署「金陵陳玉秀選校書林師儉堂梓行」。牌記題「書林蕭少衢梓行」[180]。前面有「六律總括」、「五刑定律」、「擬罪問答」、「金科一誠賦」、執照類、保狀類。「六律總括」包括了「八字西江月」、「編次納贖則例歌括」、「納紙則例」。大塚秀高著錄為「師會堂」顯然有誤，「師儉堂」是明萬曆年間福建建陽

---

研究に占める位置〉，《集刊東洋學》第 47 號（1982 年），頁 66。

[180]「蕭少衢」誤為「蕭少衡」，參見王清原、牟仁隆、韓錫鐸編纂：《小說書坊錄》（北京：北京圖書館出版社，2002 年），頁 9。

人蕭騰鴻及其子蕭少衢等的室名，[181]《古小說集成本》亦作「師儉堂」，《話本敘錄》亦誤為「師僧堂」，[182]書藏日本內閣文庫。

**(1)景印本**

以下二種皆據蕭少衢師儉堂刊本影印：

①1991 年上海古籍出版社，據明書林蕭少衢師儉堂刊本影印，收於《古本小說集成》第 4 輯第 21 冊。

②1985 年天一出版社出版，據明書林蕭少衢師儉堂刊本影印，列入《明清善本小說叢刊初編》第 3 輯第 8 冊。

**(2)排印本**

1999 年北京群眾出版社劉漱石點校，以日本內閣文庫刊本為底本，將卷首法律條例等內容移置書末附錄影響全書體例甚大，及將音注、小字說明刪節，不利於研究明代俗字與類書，列入《中國古代公案小說叢書》，尚有 2000 年由北京中國戲劇出版社、2004 年中國文聯出版社印行。

**9.《明鏡公案》**

葛天民、吳沛泉編，二人生平不詳。殘本，原七卷十類 58 則，今僅存四卷六類廿五則，半葉十行，行十六或十七字。後三卷僅存目錄。記「三槐堂梓行」，封面書「精采百家諸名公名鏡公案」，目錄題「新刻名公匯集神斷名鏡公案」，明三槐堂王昆源刊本，刊行年不詳。三槐堂王崑源梓，題「葛天明吳沛泉匯編」，編者生平不詳。上圖下文，藏於日本內閣文庫。

---

181　參見瞿冕良編著：《中國古籍版刻辭典》（增訂本）（蘇州：蘇州大學出版社，2009 年），頁 132。

182　參見陳桂聲：《話本敘錄》（珠海：珠海出版社，2001 年），頁 437。

刊本外尚景印本與排印本如下：

**(1)景印本**

皆據三槐堂本影印，分述如下：

①1991 年中華書局《古本小說叢刊》第 32 輯第 1 冊。

②1991 年上海古籍出版社《古本小說集成》第 4 輯第 20 冊。

③1985 年天一出版社《明清善本小說叢刊初編》第 3 輯第 11 冊。

**(2)排印本**

1999 年北京群眾出版社點校，以三槐堂刊本影印本為底本，列入《中國古代公案小說叢書》，尚有 2004 年中國戲劇出版社出版。

**10.《詳情公案》**

題名陳眉公，或偽托。書中標名「丘兆麟」、「李卓吾」亦可能偽托。上圖下文，半葉十行，行十七字。現存刊本皆藏於日本，卷數皆不同。以下分刊本、景印本、排印分述如下：

**(1)刊本**

有四種刊本分別為原刊本、東大本、蓬左文庫刊本、內閣文庫本，分述如下：

①原刊本，佚。[183]

②東大本：六卷，十一門，29 則。內封題「眉公陳先生選」，「詳情公案」，「存仁堂陳懷軒刊」，首卷題「新鐫國朝名公神斷李卓吾詳情公案之首」，門類與蓬左文庫刊本、內閣文庫本

---

[183] 參見〔日〕大塚秀高：《增補中國通俗小說書目》（東京：汲古書院，1987 年），頁 53。

相異，日本東京東洋文化研究所藏。

　　③蓬左文庫刊本：上圖下文，七卷（首卷，卷一至卷六），十五門，共 39 則，半葉十行，行十七字。內封題「眉公陳先生選」，「詳情公案」，「存仁堂陳懷軒刊」，首卷題「新鐫國朝名公神斷陳眉公詳情公案之首」（陳眉公三字係挖補），署「臨川毛伯丘兆麟訂」，「建邑懷軒陳□□梓」，卷末題「□□公案首卷終」，卷一首題「新鐫國朝名公神斷□□□詳情公案卷之一」，卷二至卷五首題剜去三字處皆同，卷六首題「新鐫國朝名公神斷李卓吾詳情公案卷之一」（蓋「李卓吾」係原刻），蓬左文庫本藏。

　　④內閣文庫本：覆本，書已殘。僅存卷二至卷四，存三卷，七門，22 則。上圖下文，半葉十行，行十七字。版心與每卷所題書名剜去二三字。卷二卷為題「李卓吾公案卷二終」（「李卓吾」係原刻，與陳懷軒刊本同），卷二、卷三、卷四卷首「新鐫國朝名公神斷□□□詳情公案卷」剜去三字皆同。與蓬左文庫相較，缺卷之首、卷一、卷五、卷六外，內容皆同。內閣文庫藏。

　　三本實系出同源，三本故事則數相加去重，共七卷，四十七則。由剜去的空格得知，蓬左文庫刊本早於內閣文庫本、東大本。而由莊司格一所整理的門類詳表，[184]由版式內容與標題、版畫對照可知內閣文庫本為蓬左文庫本之覆本。東大本之卷四卷首題「新鐫國朝名公神斷李卓吾詳情公案卷之四」不同於蓬左文庫本之剜去「李卓吾」三字可知，非直接承繼，相同故事之版式內容、版畫皆同的情況，然其卷五首題「新鐫國朝名公神斷□□□詳情公案卷之

---

[184]　參見〔日〕莊司格一：《中國の公案小說》（東京：研文出版社，1988年），頁 293-297。

五」及之版式內容、版畫又同於蓬左文庫本，知是同一系統，時間早於蓬左文庫本。

**(2)景印本**

現知見版本如次，內閣文庫明刊本、蓬左文庫刊本、存仁堂陳懷軒刊本[185]、東大本，分述如下：

①1991 年中華書局據內閣文庫明刊本影印，收於《古本小說叢刊》第 37 輯第 5 冊。

②1991 年上海古籍出版，據蓬左文庫刊本影印，列入《古本小說集成》第 4 輯第 20 冊。

③1985 年天一出版社出版，題名《詳情公案》，據「存仁堂陳懷軒刊本」影印列於《明清善本小說叢刊初編》第 3 輯第 7 冊。

④1990 年天一出版社出版，題名《詳情公案》，據東大本影印，收入《明清善本小說叢刊續編》第 2 輯第 25 冊。

**(3)排印本**

1999 年北京群眾出版社馬玉梅點校，以內閣文庫本為底本，據蓬左文庫本校補，刪除正文中雙行夾批及回末評語，該書列入《中國古代公案小說叢書》。

**11.《神明公案》**

明，不著撰人，全稱《鼎雕國朝憲臺折獄蘇冤神明公案》，殘卷。現存明萬曆年間金陵雕刻本。圖四幅於正文中，全書原卷數不詳，現殘存兩卷共十則，其中篇幅完整的卷一有三則，卷二有四

---

185 天一出版社著錄「存仁堂陳懷軒刊本原八卷崇禎初刊」，東大本及蓬左文庫刊本皆署「存仁堂陳懷軒」，驗諸圖文，難以分辨版本，其云「原八卷崇禎初刊」不知所據為何，參見國立政治大學古典小說研究中心編：《明清善本小說叢刊初編目錄》（臺北：天一出版社，1985 年），頁 5。

則，另卷二有五則則殘缺不全。原書半葉十行，行二十四字。因首尾俱失，故無從考查撰作者。在現存兩卷中，原有半葉插圖四幅，案件共十二則。卷一卷末及卷二卷首題「鼎雕國朝憲台折獄蘇冤神明公案」，版心題「神明公案」，藏於中國社會科學院文學研究所。「與富春堂刊本傳奇的格式構圖相似」。[186]刊本外尚景印本與排印本如下：

**(1)景印本**

1991 年上海古籍出版社，據中國社會科學院文學研究所所藏明萬曆年間金陵雕刻本影印，收入《古本小說集成》第 5 輯第 2 冊。

**(2)排印本**

1999 年北京群眾出版社李永祜點據金陵雕刻本為底本，列入《中國古代公案小說叢書》。

**12.《龍圖公案》**

又名《龍圖神斷公案》、《神斷公案》（《百斷奇觀》？）[187]、《包公奇案》、《包公案》、《包公七十二件無頭奇案》、《百斷奇觀》。撰者不詳。孫楷第以為有簡、繁本之別。繁本有百則。孫目提到有簡本有六十六則，未述及何種版本，驗諸版本，難

---

[186] 參見路工：《訪書見聞錄》（上海：上海古籍出版社，1985 年），頁156。

[187] 《施公案》同書異名亦有《神斷公案》。而石派書講唱包公與眾俠行俠仗義的故事亦叫《龍圖公案》，後改寫成《龍圖耳錄》，又改為《三俠五義》，然存本很少，體制與明《龍圖公案》相差大，參見馬幼垣：《實事與構想——中國小說史論釋》（臺北：聯經出版事業公司，2007 年），頁38-39。

符事實。序署「江左陶烺元乃斌父題於虎丘之悟石軒」。《龍圖公案》現存發現最早皆為清刻本，由於清代盛行屢遭禁毀不絕，又因刻本又分繁本、簡本、節選本、則數不詳四種，以下一刻本、石印本、鉛印本、景印本、排印本分述如下：

### (1)刻本，百回本（繁本）

繁本共計 25 種，依刊刻時間分述如下：

①乾隆四十一年（1776 年）四美堂（種書堂，大塚註記）：《龍圖公案》十卷一百則，版心題「種書堂」，藏大連市圖書館、哈佛大學哈佛燕京學社漢和圖書館、靜嘉堂文庫、京都大學文學部鈴木文庫、筑波大學、東京文理大學、早稻田大學、岡山大學池田家文庫、上田市立圖書館花月文庫、北京大學。

②乾隆五十六年（1791 年）西園藏刊本：「乾隆辛亥年新鐫繡像龍圖公案西園藏板」，首有《包龍圖神斷公案》序，末署「江左陶烺元乃斌父題於虎丘之悟石軒」，十卷五冊一百回，無圖，半葉十一行，行二十四字，私人收藏。

③同治七年（1868 年）維經堂本，十卷一百則，六冊，半葉十一行，行二十四字，白口，左右雙邊，內封面鐫：「同治戊辰年新鐫」、「太平街維經堂藏板」，藏北京師範大學圖書館、中國人民大學、趙景深舊藏、廣島大學文學部。

④同治英文堂刊版：內題「繡像龍圖公案」，十卷六冊一百則，半葉十一行，行二十四字，題有「新評龍圖神斷公案」，私藏。

⑤天德堂刊本，《新評龍圖神斷公案》十卷，圖十葉，半葉九行，行二十字，藏北京大學圖書館（二本）。

⑥嘉慶十三年（1808 年）務本堂刊本，《重訂龍圖公案》十

卷，藏天津師範大學圖書館。

⑦嘉慶十三年（1808 年）經文堂刊本，《龍圖公案》十卷一百回，半葉八行，行十六字，題「包孝肅公百斷奇觀龍圖公案」，序有「嘉慶十三年戊辰春月孝岡李西橋題」，首都圖書館藏。

⑧嘉慶十三年（1808 年）藻文堂序刊本，刻《百斷奇觀龍圖公案》十卷 100 回，書前有「嘉慶十三年春月孝岡李西橋序」，卷首有繡像十幅。其正文文字與陶元烺序本有異。[188]

⑨嘉慶十四年（1809 年）三讓堂刊本，刻《龍圖公案》十卷一百則，版心題「龍圖公案」，無聽五齋評，藏於遼寧圖書館、東京大學東洋文化研究所。

⑩嘉慶十四年（1809 年）文富堂刊本，四冊，半葉十一行，行二十六字，內題「百斷奇觀重訂龍圖公案文富堂藏本」，序署「嘉慶十四年戊辰春月孝岡李西橋題」，私人收藏。

⑪嘉慶十五年（1810 年）增美堂，刻《龍圖公案》一卷一百則，藏於英國皇家亞洲學會。

⑫嘉慶二十一年（1816 年）一經堂刊本，《龍圖公案》一百則，藏於英國博物院、巴黎國家圖書館。

⑬兩餘堂嘉慶刻《龍圖公案》八卷一百則，十二行，行二十六字，題「繡像龍圖公案」，藏浙江省圖書館、天津市人民圖書館、巴黎國家圖書館、美國加州柏克萊東亞系、京都大學人文科學研究所、譚正璧舊藏、韓國成均館大學圖書館[189]。無窮會織田文庫所藏不同，八卷十二行行二十六字，圖五葉。

---

[188] 顧宏義：〈考證〉，收入《包公案》（臺北：三民書局，1997年），頁 4。
[189] 此本僅《中國古代小說總目（白話卷）》著錄，頁 217b。

　　⑭文奎堂刊本，嘉慶間，封面原版題「百斷奇觀龍圖公案」六卷，半葉十一行，行二十六字，李西橋序，私人藏本。

　　⑮貴文堂刊本，圖十葉，半葉九行，行二十字，封面原版題「繡像龍圖公案」，藏北京大學圖書館，殘本。另有中國國家圖書館存卷一及封面。

　　⑯貴文堂重刊本[190]，道光元年（1821 年）《新評龍圖神斷公案》十卷，圖十葉，九行，行二十字。有明代風格，[191]哈佛大學圖書館、耶魯大學、東洋文庫。

　　⑰清刊本：北京大學圖書館[192]、大阪府立圖書館。[193]

　　⑱道光十二年（1832 年）文星堂刊本，四冊十卷，半葉十一行，行二十六字，內題「百斷奇觀重訂龍圖公案文星堂藏板」，有序，末署「道光十二年壬辰春月孝岡李西橋題」，私人收藏。

　　⑲道光二十三年（1843 年）蔡照樓刻《龍圖公案》十卷，一百回，小字，重刊本，首都圖書館藏。

　　⑳同治十三年（1874 年）即墨莊刊本，《龍圖公案》五卷一百則。此由益智堂刊本二枚印章斷定，大塚秀高存疑，[194]《小說

---

190　《小說書坊錄》標明出自「寶文堂」經核《增補通俗小說書目》頁 49-55，查無「寶文堂」，僅見「貴文堂」刊年與之相同，可知形訛之誤。「寶文堂道光元年（1821 年）刻《龍圖公案》一百則（10）」，參見王清原、牟仁隆、韓錫鐸編纂：《小說書坊錄》，頁 64。

191　參見〔日〕大塚秀高：《增補中國通俗小說書目》，頁 50。

192　缺卷一，九行，行二十字，參見〔日〕大塚秀高：《增補中國通俗小說書目》，頁 50。

193　缺卷六後半 6 則、卷七後半 4 則，參見〔日〕大塚秀高：《增補中國通俗小說書目》，頁 50。

194　參見〔日〕大塚秀高：《增補中國通俗小說書目》，頁 51。

書坊錄》則加以著錄。[195]

㉑光緒十八年（1892 年）濰陽成文信本，《龍圖公案》六卷一百則，半葉十二行，行二十八字，內題「新刻繡像包公案」，有序，末署「嘉慶十三年戊辰春月孝岡李西橋題」，日本東京東洋文化研究所雙紅堂文庫藏。

㉒榮文堂刊本《龍圖公案》十卷，藏貴州省圖書館。

㉓金閶種書堂刊本，《龍圖公案》八卷，圖五葉，半葉十行，行二十二字。版心有「種書堂」，首題「金閶種書堂」校梓，藏於九州大學文學部。

㉔益智堂刊本，刻《龍圖公案》五卷一百則，圖五葉，半葉十三行，行二十八字或二十九字，題「繪像龍圖公案」。內文不諱康熙帝諱「玄」字，藏於日本內閣文庫、天理圖書館平出文庫、東北大學狩野文庫。

㉕敬書堂刊本，刻《繡像龍圖公案》八卷，有圖，題「百斷奇觀繡像龍圖公案」，中國國家圖書館藏、韓國高麗大學圖書館六堂文庫[196]。

**(2)刻本，簡本（62 則）**

簡本有七種，依刊刻時間先後分述如下：

①清初陶烺元序刊本[197]，《包龍圖神斷公案》十卷六十二

---

[195] 參見王清原、牟仁隆、韓錫鐸編纂：《小說書坊錄》，頁89。

[196] 《中國古代小說總目（白話卷）》將「敬書堂」書為「敬業堂」，隔頁所書仍為「敬書堂」，故知手民之誤。《中國古代小說總目（白話卷）》，頁 217b。

[197] 《中國古代小說總目》誤置為一百回，將之歸類為繁本系統，由其提要驗檢實為六十二則。

則。首有《包龍圖神斷公案》序，末署「江左陶烺元乃斌父題於虎丘之悟石軒」，目錄題為「新評龍圖神斷公案目錄」，圖有十幅。正文卷端題《新評龍圖神斷公案》，半葉九行，行二十字，有眉批及有聽五齋評語。有殘本及全本，全本藏於東京大學東洋文化研究所倉石文庫[198]，殘本藏中國社會科學院文學研究所，阿英及吳曉鈴提及殘本應屬相同。孫楷第所提簡本有 66 則，經核驗有誤，實為 62 則，所指《三公奇案》本所據亦非，實為 58 則。[199]

　　②乾隆四十年（1775 年）書業堂刊本，《新評龍圖神斷公案》十卷，形式與四美堂同，有圖，半葉九行，行二十字，版心題「種書堂」，間有聽五齋評，亦題「李卓吾評」，然實無李卓吾評語，光緒辛卯（十七年）上海正誼書局排印《三公奇案》，遼寧省圖書館藏、北京大學、哥倫比亞大學。

　　③嘉慶七年（1802 年）本衙藏本，圖五葉，半葉九行，行二十字，有明李贄評，題為「新評龍圖神斷公案」，藏美國加州大學柏克萊東亞系、內閣文庫（二本）、天理圖書館、東京大學文學部。[200]

　　④道光二十九年三讓堂刊本，《龍圖公案》六十二則，藏於天津市人民圖書館。

---

[198] 參見〔日〕大塚秀高：《增補中國通俗小說書目》，頁 49。

[199] 參見孫楷第：《中國通俗小說書目（外二種）》（北京：中華書局，2012 年），頁 85。

[200] 魯迅於〈關於小說目錄兩件〉提到內閣文庫所藏《龍圖公案》中二種版本，細節皆與以上有所出入，蓋魯迅所據為日籍友人辛島驍所錄，延襲其誤。參見《集外集拾遺補編》，編入《魯迅全集》第 8 卷（北京：人民出版社，2005 年 11 月），頁 206。

⑤光緒十四年（1888 年）本，十卷，五冊，圖五葉，半葉十行，行二十三字，內題「光緒戊子年新鐫繡像龍圖公案」，題有「新評龍圖神斷公案」，序署「江左陶烺元乃斌父題於虎丘之悟石軒」，私藏。

⑥光緒十六年（1890 年）武林三餘堂刻《新評龍圖神斷公案》十卷，藏北京大學圖書館。

⑦光緒十七年（1891 年）經畬山房刊本，內題「光緒十七年新鐫包孝肅公百斷繡像龍圖公案經畬山房梓」，六卷，半葉十行，行二十三字，序署「江左陶烺元乃斌父題於虎丘之悟石軒」，私藏。

**(3)刻本，節選本**

有三種：文益堂本、嘉慶十四年本衙藏本、嘉慶本衙藏本，依刊刻時間分述如下：

①文益堂本，乾隆二十七年（1762 年）刻《龍圖神斷公案續編》，卷、則數皆不詳，存卷一、卷二，九行行二十字，圖四葉，藏於中國社會科學院文學研究所。大塚秀高由小說未收取的八則故事，推斷此系統於乾隆二十七年之前已有。[201]

②嘉慶十四年本衙藏本（1809 年），《龍圖剛峰公案合編》，85 回，復旦大學、哥倫比亞大學藏。

③嘉慶本衙藏本，《龍圖剛峰公案合編》，85 回，吉林大學藏，傅惜華舊刊本。

**(4)刻本，則數不詳**

刊本有八種，分述如下：

---

[201]　參見〔日〕大塚秀高：《增補中國通俗小說書目》，頁 52。

①嘉慶大文堂刊本：卷數與則數皆不詳，譚正璧舊藏。[202]另有光緒十四年（1888 年）大文堂刊本：十卷，則數皆不詳，藏於遼寧省圖書館。

②同治六年（1867 年）經餘厚刊本：內題「同治丁卯新鐫綠竹山房較訂繡像龍圖公案經餘厚梓」，私藏。

③道光十八年（1838 年）錦順堂刻《龍圖公案》十卷，藏中國藝術研究院戲曲研究所。

④光緒十九年（1893 年）以文堂刊本：《龍圖公案》，小字，長澤規矩也舊藏。

⑤經元堂刊本：（清中後期，1736-1911）刻《龍圖公案》八卷六十二則（八冊），十二行二十六字，白口，四周單邊，北京師範大學藏。

⑥聚元堂刊本[203]：刻《龍圖公案》，山東省圖書館藏。

⑦文華樓本：刻《龍圖公案》八卷，名古屋大學藏。

⑧光緒二十九年（1903 年）廈門會文堂刊本：《龍圖公案》五卷，藏首都圖書館。

**(5)石印本**

有六種，分述如下：

①上海書局光緒二十六年（1900 年）改名（包公七十二件無頭案》，四卷。

②鑄記書局，《繡像包龍圖公案》四卷，藏東北師範大學圖書館、華東師範大學圖書館。

---

[202] 現不存，參見〔日〕大塚秀高：《增補中國通俗小說書目》，頁 52。

[203] 著錄為「聚文堂」，參見王清原、牟仁隆、韓錫鐸編纂：《小說書坊錄》，頁 74-75。

③上海進步書局，民國《繪圖包公奇案》十卷，藏吉林省圖書館。

④壽記書莊，光緒三十一年（1905 年）《繪圖包公奇案》四卷藏浙江省圖書館。

⑤上海大成書局，1926 年《繪圖包公奇案》四卷，藏北京大學圖書館。

⑥上海自強書局《新刻繪圖三公案全傳》六卷，藏首都圖書館。

**(6)鉛印本**

有三種，分述如下：

①光緒十七年（1891 年）上海正誼書局《繪圖三公奇案》，二十卷（包公案十卷，施公案八卷，鹿公案二卷），編者海上鳴松居士，首有赤城珊居士序，藏北京大學圖書館。

②清光緒十七年（1891 年）上海美華書局《繪圖三公奇案》（包公案十卷）。

③1902 年日本芥川文庫《繪圖三公奇案》，包公案上下卷，施公案三卷 8 冊，藍公奇案三卷 1 冊。

**(7)景印本**

以下皆由天一出版社出版。

①1973 年《刻本龍圖公案》，據同治姑蘇原本十三年重刊本影印，收入《罕本中國通俗小說叢刊》第一輯。

②1985 年《新評龍圖神斷公案》，據清嘉慶七年刊本影印，收於《明清善本小說叢刊初編》第三輯第 3 冊。

③1985 年《新鐫純像善本龍圖公案》，據乾隆四十一年金閶種樹堂刊大字本影印，列入《明清善本小說叢刊初編》第三輯第 2

冊。

**(8)排印本**

　　①《包公案》，馮不異據嘉慶十三年藻文堂刻本整理點校，由北京寶文堂書店 1985 年、中州古籍出版社 1996 年出版。

　　②《包公案》，顧宏義據清代翰寶樓刊本為底本，校以嘉慶十三年藻文堂刻本，由三民書局 1998 年出版。

　　③1999 年北京群眾出版社李永祜、李文苓、魏水東點校，以書業堂刊本為底本，參校四美堂刊本，列入《中國古代公案小說叢書》。

　　④1935 年大達圖書供應社，三公奇案（清）藍鼎元等著，朱太忙標點收《包公奇案》、《李公案奇聞》、《藍公奇案》3 篇，每篇若干則；1987 年時代文藝出版社，五虎平南（龍圖公案、楊門女將，2 冊全）、2009 年敦煌文藝出版社，龍圖公案、1989 年華嶽文藝出版社包公奇案、1990 年寶文堂書店三公奇案，鳴松居士編；戈人校、1993 年包公奇案尚志文化出版社、1995 年及 2005 年三秦出版社，《包公案》（龍圖公案）、2003 年時代文藝出版社，《龍圖公案新民公案》。

　　以下將十二本公案小說集整理成簡表以利閱讀，而《龍圖公案》的各版本較為複雜，另立一表：

### 表 1-4　明代公案小說版本表

| 公案小說 | 刻本 | 抄本 |
|---|---|---|
| 百家公案 | 1.與畊堂刊本，十卷一百回<br>2.楊文高刊本，十卷一百回，兩種<br>3.萬卷樓刊本，殘本，缺卷三，六卷一百回 | 無 |

| 廉明公案 | 1.四卷本<br>　建泉堂文台堂刊本<br>　雙峰堂新刊本，則數不詳<br>2.二卷本<br>　蓬左文庫本，三台館余氏雙峰堂刊本 2 卷 103 則<br>　富岡鐵藏齋舊藏本，則數不詳<br>　萃英堂宗文堂刊本，二卷 105 則 | 林羅山抄本，四卷，103 則 |
|---|---|---|
| 諸司公案 | 三台館刻本，六卷 59 則，三種 | |
| 神明公案 | 金陵刻本，卷數不詳，現殘存兩卷共十則，其中篇幅完整的卷一有三則，卷二有四則，另卷二有五則則殘缺不全。 | |
| 新民公案 | 已佚 | 日本延享元年抄本，四卷，半葉十行，行十七字，四十三則（卷三首二則缺） |
| 剛峰公案 | 1.七十回本<br>　萬卷樓刊本，四卷 71 回，四種<br>　郁郁堂刊本，71 回<br>　煥文堂刊本，四卷 71 回<br>　清文錦堂刊本，六卷 71 回，覆明萬卷樓本<br>2.節選本（與龍圖公案之合編本，請參表格 3） | |
| 明鏡公案 | 三槐堂本，殘本，原七卷十類 58 則，今僅存四卷六類 25 則 | |
| 詳刑公案 | 1.明潭陽書林劉太華刊本，目錄有四十則，卷一，僅存一條。<br>2.大連藏本，四十則。 | 大谷大學圖書館藏本抄本，八卷四冊，完本。為神田喜一郎博士手澤本 |

| 律條公案 | 師儉堂本，七卷，卷二有目無文四則，共四十六則 | |
|---|---|---|
| 詳情公案 | 1.東大本，六卷，十一門，29則<br>2.蓬左文庫本，七卷（首卷，卷一至卷六），十五門，共39則<br>3.內閣文庫本，僅存卷二至卷四，存三卷，七門，22則 | |
| 法林公案 | 明天啟元年刻本，四卷四冊，有 40 則，二種。 | |
| 龍圖公案 | 因版本複雜另立一表 | |

表 1-5　《龍圖公案》刊本一覽表

| 刻本 | 百回本 | (1)乾隆四十一年（1776 年）四美堂，十卷，知見十種 |
|---|---|---|
| | | (2)乾隆五十六年（1791 年）西園藏刊本，十卷五冊 |
| | | (3)同治七年（1868 年）維經堂本，十卷一百則，六冊，知見五種 |
| | | (4)同治英文堂刊版，十卷六冊 |
| | | (5)天德堂刊本，十卷 |
| | | (6)嘉慶十三年（1808 年）務本堂刊本，十卷 |
| | | (7)嘉慶十三年（1808 年）經文堂刊本，《龍圖公案》十卷一百回 |
| | | (8)嘉慶十三年（1808 年）藻文堂序刊本，十卷 |
| | | (9)嘉慶十四年（1809 年）三讓堂刊本，十卷 |
| | | (10)嘉慶十四年（1809 年）文富堂刊本，四冊 |
| | | (11)嘉慶十五年（1810 年）增美堂刊本，一卷 |
| | | (12)嘉慶二十一年（1816 年）一經堂刊本，兩種 |
| | | (13)嘉慶刻本兩餘堂，八卷，八種 |
| | | (14)嘉慶文奎堂刊本，六卷 |
| | | (15)貴文堂刊本，二種，其一為殘本 |
| | | (16)貴文堂重刊本，道光元年（1821 年），十卷，三種 |
| | | (17)清刊本，二種 |
| | | (18)道光十二年（1832 年）文星堂刊本 |

| | |
|---|---|
| | (19)道光二十三年（1843 年）蔡照樓刻，十卷，重刊本<br>(20)同治十三年（1874 年）即墨莊刊本，五卷<br>(21)光緒十八年（1892 年）濰陽成文信本，六卷<br>(22)榮文堂刊本，十卷<br>(23)金閶種書堂刊本，八卷<br>(24)益智堂刊本，五卷，三種<br>(25)敬書堂刊本，八卷，三種 |
| 六十二回本 | (1)清初陶烺元序刊本，十卷<br>(2)乾隆四十年（1775 年）書業堂刊本，十卷<br>(3)嘉慶七年（1802 年）本衙藏本，四種<br>(4)道光二十九年（1849 年）三讓堂刊本<br>(5)光緒十四年（1888 年）本，十卷，五冊<br>(6)光緒十六年（1890 年）武林三餘堂刻，十卷<br>(7)光緒十七年（1891 年）經畬山房刊本 |
| 則數不詳 | (1)嘉慶大文堂刊本<br>(2)同治六年（1867 年）經餘厚刊本<br>(3)道光十八年（1838 年）錦順堂刻，十卷<br>(4)光緒十四年（1888 年）大文堂刊本：十卷<br>(5)光緒十九年（1893 年）以文堂刊本<br>(6)經元堂刊本，清中後期，1736-1911，八卷，八冊<br>(7)聚元堂刊本<br>(8)文華樓本，八卷<br>(9)光緒二十九年（1903 年）廈門會文堂刊本，五卷 |
| 節選本 | (1)嘉慶十四年本衙藏本（1809 年），《龍圖剛峰公案合編》，85 回，二種<br>(2)嘉慶本衙藏本，《龍圖剛峰公案合編》，85 回，二種<br>(3)文益堂本，乾隆二十七年（1762 年）刻《龍圖神斷公案續編》，卷、則數皆不詳，存卷一、卷二 |
| 鉛印本 | (1)光緒十七年（1891 年）上海正誼書局《繪圖三公奇案》，二十卷（包公案十卷，施公案八卷，鹿公案二卷），編者海上鳴松居士，首有赤城珊居士序，藏北京大學圖書館。 |

| | (2)清光緒十七年（1891 年）上海美華書局《繪圖三公奇案》（包公案十卷）。 |
| | (3)1902 年日本芥川文庫《繪圖三公奇案》，包公案上下卷，施公案三卷8 冊，藍公奇案三卷 1 冊。 |
| 石印本 | (1)上海書局光緒二十六年（1900 年）改名《包公七十二件無頭案》，四卷。 |
| | (2)鑄記書局，《繡像包龍圖公案》四卷，二種。 |
| | (3)上海進步書局，民國《繪圖包公奇案》十卷。 |
| | (4)壽記書莊，光緒三十一年（1905 年）《繪圖包公奇案》四卷。 |
| | (5)上海大成書局，1926 年《繪圖包公奇案》四卷。 |
| | (6)上海自強書局《新刻繪圖三公案全傳》六卷。 |

　　除簡表整理版本外，民國以後尚有景印本與排印本兩種刊行於世，然數量雖多，問題亦不少，如由排印本，群眾出版社有系統出版了《古代公案小說叢書》，包羅了明代公案小說集與散篇公案小說，由於點校不精等問題，學者引用時容易出錯，排印本中少有點校較佳的版本。而蕭相愷點校由齊魯書社所出之《包龍圖判百家公案》，與顧宏義點校三民書局所出版《包公案》（《龍圖公案》），或馮不易點校，由寶文堂書店出版之《包公案》（《龍圖公案》）可資參酌外，其餘皆參考景印本。而臺灣天一出版所景印公案小說集，收編於《明清善本小說叢刊》系列小說，呈現原書不全，尤其對於核對版本等相關封面與編者等資料的闕如造成不便，因此傾向於使用上海古籍出版社出版《古本小說集成》與中華書局所出之《古本小說叢刊》。

　　公案小說集編纂內容包括通俗小說與訟師秘本，依此編纂的兩種方式：一為依照案件性質分門別類且近似訟師秘本的編排方式，以《廉明公案》為代表；承繼章回小說方式繫以章回，以《百家公

案》為代表。以章回編排者有《百家公案》百回、《龍圖公案》百回、《剛峰公案》七十一回。明代公案小說集的故事總數有七百一十七則。[204]

　　從形式觀察，可以從篇目與小說類目中看到案件的分布情形，亦即從社會發生的案件考量，這種依照法家書（更準確地說是訟師秘本）的分類方法，映現明代社會對於秩序的現實觀點，公案小說集將「人命類」置於分類之首，反映了古代「人命關天」的思維，其次為奸情相關類別，對於閱讀者而言，人之情感流動關涉庶民生活的重心。

### 表 1-6　明代公案小說集案件性質分類

| 公案／則數 | 人命相關 | 情感婚姻相關 | 威逼強盜竊盜 | 騙害 | 爭占 | 其他 | 冤情相關 | 旌表 |
|---|---|---|---|---|---|---|---|---|
| 廉明／105 | 人命18 [205] | 姦情8 婚姻5 拐帶3 | 盜賊9 威逼4 | 騙害12 | 爭占16 墳山2 繼立4 | 債負5 戶役5 鬥毆3 脫罪3 執照5 | | 旌表3 |
| 諸司／64 | 人命9 | 姦情8 | 盜賊12 | 詐偽11 | 爭占10 | | 雪冤9 | |
| 明鏡／58 [206] | 人命5 | 姦情4 婚姻5 | 盜賊10 | 索騙2 | | 圖賴4 附古2 古案20 | 雪冤1 理冤4 雪冤1 | |

---

[204] 公案小說集往往刊印多次，每次刊印偶出現內容的增減，造成版次不同或有故事數量不同，因此以下則數的統計以經過汰重，並將有目無文篇目計入，均予以標示，故此說明。

[205] 含有目無文 2 則。

[206] 有目無文有 32 則，包括盜賊類（1 則）、雪冤類（1 則）、圖賴類（4則）、理冤類（4 則）、附古類（2 則）、古案類（20 則），全書共五十八則。

| | | | | | | | | |
|---|---|---|---|---|---|---|---|---|
| 詳刑／40 | 人命4 妒殺1 | 奸情9 婚姻5 奸拐2 | 威逼1 竊盜2 搶劫4 強盜2 | | 謀占3 | 除精2 除害1 | | 節婦1 烈女1 雙孝1 孝子1 |
| 詳情／47 207 | 人命10 妒殺1 謀害4 | 奸情 婚姻4 奸拐2 | 強盜2 搶劫4 竊盜2 威逼1 | 索騙1 | 謀占3 | | 雪冤5 | 節婦1 烈女1 雙孝1 孝子1 |
| 律條／46 208 | 謀害7 妒殺1 | 強姦4 奸情3 婚姻4 拐帶2 淫僧4 | 強盜5 竊盜2 | | 謀產5 混爭2 | 除精2 除害1 | | 節孝4 |
| 新民／41 | 人命6 謀害5 | 奸淫5 | 劫盜4 | 欺昧6 賴騙5 | 霸占6 | | 伸冤4 | |
| 法林／42 | 人命9 | 姦情6 婚姻5 拐帶2 | 竊盜4 威逼4 | 脫騙1 | 爭占7 | | | 孝子1 節婦1 |

　　就上表呈現的案件類別的分布，人命類與姦情類的故事數量，而僅就《廉明公案》與《諸司公案》的人命類與姦情相關故事，占了該書約五分之二左右，《詳刑公案》與《律條公案》的姦情相關故事更超過了人命類的數量，《詳情公案》雖與《詳刑公案》、《律條公案》二書大量重疊，其人命與姦情故事的比重趨勢大抵與《廉明公案》相同。

---

207　此總計根據蓬佐文庫本 39 則、東大本 29 則、內閣文庫本 22 則匯整而成，參見〔日〕莊司格一：《中國の公案小說》，頁 297。

208　此外本書尚有〈六律總括〉、〈五刑定律〉、〈金科一誡賦〉、〈執照類〉、〈保狀類〉等律法知識內容，此書的〈執照類〉、〈保狀類〉內容與《廉明公案》承繼《蕭曹儀筆》的內容近似，但置於卷首，顯然不認為是公案故事。

公案首見以法家書分類者為《廉明公案》。《廉明公案》繼承《蕭曹遺筆》的類目事實，《廉明公案》增立威逼類、拐帶類與旌表類，《律條公案》增立淫僧類，《詳刑公案》增立節婦類、烈女類、雙孝類、孝子類，其用意在於反映社會現實與樹立典型。各本公案集重複類目反映出相近案件的多發與頻率，具有社會觀察的意義，遂在公案集類目分目的增減有所反映。公案的大量案件呈現兩種類型：因色害命、貪財忘義，以《廉明公案》類型分類說明，除公事文書的範例性質，若脫罪類、執照類，尚有典範性質的旌表類外，人命類、姦情類、盜賊類、爭占類、騙害類、威逼類、拐帶類、墳山類、婚姻類、債負類、戶役類、鬥毆類、繼立類幾乎不脫於此。其他以案件類型作為區分的公案小說集《諸司公案》、《明鏡公案》、《詳情公案》、《詳刑公案》、《律條公案》、《神明公案》亦不脫《廉明公案》分類方法與範圍。

雖然公案小說集互相襲引的風格，在類目細部仍有變化，這些變化反映社會關注的轉移，如《詳刑公案》及《律條公案》之除精類特別標誌妖怪現象，反映淫祀的情況，從門類的增減趨勢反映了讀者對於案件類型的關注。

公案小說集之類別除以罪案以外，尚包括正面典型的官府旌表案件，諸如孝子類、節婦類、烈女類、雙孝類、旌表類皆屬於此類，此類案件強調於勸懲風教，為官府所重。其他尚有類似法家書訟師秘本的文書製作，若執照類、脫罪類、戶役類、債負類、保狀類，雖然缺乏單純三詞結構人物與情節的敷演，仍與官方受理文書有關，公案小說亦予以吸納。

## （二）時代範圍

本書所討論的公案小說為明代成書的公案小說集，目前所知為

《百家公案》，其成書於萬曆中期（萬曆二十二年），是第一部公案小說集。[209]從小說承繼題材來源觀察，《百家公案》成書影響後來諸多明代公案小說集。這十二本公案小說集雖然全然無法明確成書時間，但都指向大約晚明至明朝覆亡的這段時間。

小說故事年代指涉清官真實與虛構皆有，除《百家公案》、《龍圖公案》中的包拯外，多為明代循吏，尚有明前法家書記載的歷史清官故事。明代公案小說集的真實故事較少，多與清官生平斷案故事不合，亦有張冠李戴的情況，例如《百家公案》，僅第九十一回〈卜安割牛舌之異〉與真正包公斷案有關，其他故事多為嫁接清官，缺乏直接證據。其他與歷史清官的史書記載多集中於明代，例如張選、張淳等清官，其事蹟具見於史書，只是故事相對於整體數量仍為少數。但這亦說明公案小說集故事取材聚焦於明代的特徵。

至於內容反映時代的問題，從題材與時事的交涉，可以明確此項特徵，例如《皇明通紀集要》卷二十三〈丁酉成化十三年〉記載「桑沖」案件，在公案小說中援引法家書「二形人」故事改寫成《諸司公案‧彭理刑判刺二形》，情節多與「桑沖」案件相近，而「二形人」的人物特徵卻採用法家書《移獄集》。另外如《明史‧佞幸傳‧門達傳》構陷袁彬的史事，公案小說加以改寫成《諸司公案‧楊御史判釋冤誣》，歷史事件涉及的楊暄為漆畫家，小說改寫為御史。趁機營救袁彬的故事多能符合史實，後來馮夢龍擷取此故事，仍以事件中的漆畫家楊暄原貌呈現，見於《智囊‧術智部權奇》「楊倭漆」條。公案小說的改寫出現人物身分的轉變可能與

---

[209] 參見楊緒容：《百家公案研究》，〈緒論〉，頁3。

「楊暄」之名，可能受到明代進士楊暄的影響，為了配合清官形象而改變。更貼近於史實加以改寫，說明公案反映明代的社會問題。

其次，明代公案小說集中的《龍圖公案》與《剛峰公案》的流行時間延續明清兩代，這二本書目前仍可見清代的合編本，《剛峰公案》使用的底本為明代版本，而《龍圖公案》現在尚未發現明代版本前，尚參考根據清刻本的點校本。至於《龍圖公案》與《剛峰公案》流行於清代的問題，尚有明清兩代律法承繼的時代等因素，不在本書考察的範疇，不擬深入討論。

從上述討論，本書聚焦明代成書的十二公案小說集，從故事內容反映著明代社會的情況，並由這些材料進而處理文本對應文化內容的闡釋。

# 第四節　研究方法與進路

本書以小說為文本，設定以重構社會秩序為主軸，因而以小說文本進行的文化闡釋必然涉及了兩個部分：一者為情節的分析，一者為文化內容的討論。藉由文本情節的分析，進而對人物與故事的書寫方法與文學技巧有初步的理解基礎，由此開展對於文化內容的討論，對於社會意識與文化意涵作更為深入的剖析。因此研究方法採用文本分析法與文化研究。

## 一、研究方法

本書採用文本分析與文化研究兩種方法並行。

（一）文本分析：對相近的題材進行整理，對同一類型的題材的個案比附其他個案，此種分析方法，先對主題相關的發展歷程或

題材源流處理，以作為基礎討論的背景。其次，呈現案件類型或犯案內容，以便整理出案件類型的分布與數量。

文本分析的進路可由結構、技巧或人物三方面進行。以情節建構法式以冤魂案為例，「冤魂現身」與後代流行的公案故事或冤案故事的模式非常近似，此模式大量運用於公案小說幾乎成套式，然大體相似卻有諸多亞型，這些亞型在公案集互相參照又流衍出更多的變異類型。因此在分類析出基礎模式外，並提出題材轉作的可能發展，與改作的基本原則，方能比對出冤魂案在公案小說中的可能性發展。這些懸念布置如何沿著讀者的心理定勢，就必須考慮讀者對社會文化的基礎認知下而安排，這些營構涉及了文本的美學技巧、讀者心理的預設及情節的構設技巧，才能形成對讀者興趣的導引。這也是冤魂案往往表徵出類似情節，又有不同細節的原因。類型被不斷地援引改造的美學設計原則，因而開展冤魂案文本的定位與價值。公案中的死亡現象的相關情節又涉及了民間的民俗觀點，以致冤魂案又能以此進行說服策略，使得文本的故事在題材相近，人物又大相逕庭的情形下召喚讀者進入恐怖又具興味的美學氛圍之中。

晚明公案集的故事數量近七百則，這些故事中從公案集外部繼承的故事來源比較複雜，有筆記小說、法家書、志怪、傳奇小說等皆經過一定的改造，以符合公案文體的性質，更多的是公案集間的近親繁殖，因此要釐清這些來源、改寫等問題需要比較大的篇幅呈現，雖已有陳麗君以此方式討論公案集流變，惟成書時間承襲前說沒有新發現。學界對此仍有不同意見，其中對於題材來源參照前人研究，因此在討論細節上並未進一步詳加運用，以致諸多空白，復以公案集的成書時間與此有關尚未清楚之前，其難度更高，實不容

易在單篇中予以完整呈現。

（二）文化研究：本書借用了貝格爾在《神聖的帷幕》一書中的理念，貝氏研究神學問題時從個人體驗切入，而研究社會的世俗問題時，則兼採社會學與宗教學方法。而就其定義的文化範疇，貝氏採取較象徵符號更為寬闊的定義。[210]人類社會會進行建造世界的活動，主要聚焦於宗教與世界的關係，說明社會建造世界的功效問題，從個人與社會的互動關係，認為人藉由外在化與內在化、客觀化形成建造世界的歷程，[211]將其理論運用方法，圖示如下：

建構世界（人的天性）

文化（人的第二天性）

### 圖 1-1 建構文化社會的方法

---

[210] 「文化一詞意指人類的一切產品的說法，遵循的是美國文化人類學的流行說法。社會學家們慣向於使用狹義上的『文化』一詞，它僅僅意指所謂符號象徵領域（由此而有帕森斯的『文化體系』概念）。儘管在其他理論背景中有很多選擇這種狹義說法的理由，我們仍然認為，在我們目前的論述中，採用此詞的廣義說法更為恰當。」參見〔美〕彼得・貝格爾（Peter Ludwig Berger）著，高師寧譯，何光盧校：《神聖的帷幕：宗教社會學理論之要素》（上海：上海人民出版社，1991 年），頁 12。

[211] 參見〔美〕彼得・貝格爾（Peter Ludwig Berger）著，高師寧譯，何光盧校：《神聖的帷幕：宗教社會學理論之要素》（上海：上海人民出版社，1991 年），頁 7-12。

　　根據貝格爾觀點，人誕生後即具未完成性特徵。個體藉由不斷地與社會互動形成更大的意義，其一即是秩序，一旦失去秩序（失範）即陷入恐懼中，必然形成重新建構的行動。人與社會的關係互為其產物，因此人與社會的溝通是一種尋求不斷的動態平衡，而文化包括了物質與非物質的雙重面向，就由此展開。

　　此以西方觀點的理論方法如何援用？又涉及對象的特性，兩千多年來中國靠著「儒家的玄想」來維持的，包含了關於人類秩序與自然秩序相互作用的理論、關於君主對社會與宇宙和諧負責的理論、關於依賴對禮儀的示範與遵守，強調禮教甚於律法的精神中，又有超越世俗的宇宙思維，這種特殊觀點構成了中國人的哲學與文化範式。[212]必須輔以法律文化的研究成果，更多的角度與方法參考瞿同祖在《中國法律與中國社會》中的觀點，瞿氏從宏觀視角觀察了中國的家族、婚姻、階級、巫術與宗教、儒家思想與法家思想更貼合本書對於公案小說的文化詮釋。[213]其次，關於有關法律文化涉及的秩序觀點，參考梁治平《尋求自然秩序中的和諧》更為系統與集中的闡述理念。以上這些觀點是由歷史的事實出發所歸納的研究成果，與小說內容映射的社會現實有所不同。

　　關於法律文化相關材料，我們可從官方紀錄的正式文書找到，亦可從民間流傳的故事、文人筆記、小說、民間戲曲等等取得，尤其歷代流傳的案獄故事，更是直接提供了我們探索古代法律文化的材料。雖然這些資料散見，並不如歷代律法規章的紀錄來得明確與清晰，卻能從這些資料還原古代的局部生活面貌，為補充法律文化

---

212　參見梁治平：《尋求自然秩序中的和諧──中國傳統法律文化研究》（北京：中國政法大學出版社，1997 年），頁 3-4。
213　參見瞿同祖：《中國法律與中國社會》（北京：中華書局，1981 年）。

甚及法律的相關文化提供了更多線索。梁治平在《尋求自然秩序中的和諧——中國傳統法律文化研究》一書提到研究中國傳統法文化的困難在於如何抽取其文化性格與古代法之精神，古代的話本小說的文化內容並不比聖賢經典更少，[214]道出小說作為一種社會史料的觀點，基於小說映現社會的現實層面外，小說提供的細節往往映現當代生活的具體內容，因而小說特質成為研究古代文化的有利路徑。

　　除進行整理之外，希藉由這些史料能析出文化內容，從而建構出明代社會的更具體的生活景況，使我們進一步對於明代社會取得詳盡整體的文化內涵。在晚明社會中公案文體的形成，儘管對它的評價不一，其反映的文體特徵及社會、文化等面向，皆對晚明社會的變化有所發明，回顧清官文化的脈絡、女性禮教性格的呈現、公案中記異題材的發展、宗教僧人的敗壞等呈現了晚明由盛轉衰的見證。

## 二、研究進路

　　當社會失序之後，社會必須重回正常軌道之時，所以回歸的並非原來的社會狀態，因此社會秩序的重建歷程可以視為重新建構社會的新秩序，這樣的新秩序的重新建構架築於公案小說編纂對於新秩序的想像。而這樣圖像的想像是否真的是庶民所共同所意願的社會秩序的理想，有待於研究者的檢驗。因此在研究的進路中，首先援引理論對於社會秩序的重構方法與理想的檢視，藉由理論的視角

---

[214] 參見梁治平：《尋求自然秩序中的和諧——中國傳統法律文化研究》（北京：中國政法大學出版社，1997年），頁2。

切入考察文本的諸多內容所映射之內涵與意義。

　　文化層面涉及社會學、文學等領域，援引相關理論討論，聚焦於社會秩序的重構，就貝氏觀點，行動者不斷地與社會互動建構世界，而公案中的清官藉由審案與斷案的行動建構了社會秩序（虛擬世界的秩序），而這種建構就是在讀者的心中形成了「重構」心理，進而達成讀者心中的期望秩序，這種期望必然重塑讀者對於正義的理解，因而對於公案的文化內容形成新的闡釋意義。

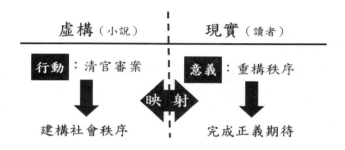

**圖 1-2　公案文本與預設讀者的對應圖**

從以上的圖示，清官作為建構秩序的主體，清官審案與斷案屬於行動者，小說藉由審案歷程完成建構社會秩序，在此虛構世界中不斷地進行變動中的失序重整，證成清官的存在目的，因此當清官停止了審案實踐正義時，清官存在的意義必然消失，社會重新回到失序狀態。

　　其次，建構世界的意義必須經讀者的詮釋才能完整。讀者行動

在於閱讀公案本身，而內在化歷程在於理解公案小說的建構社會秩序的意義，作者經由文本內容直接呈現的案件歷程，其中包括發案、審案、議斷，善惡獎懲的完成，讓讀者達成心理期待，又藉由作者身分的介入發言，形成敘事干預[215]，或者按語形式，以達到效果。

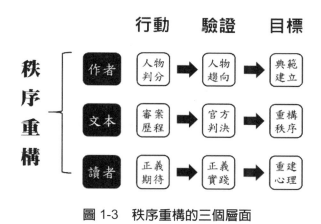

圖 1-3　秩序重構的三個層面

從文本的涉入空間場域可分為天界、人間、冥界，以人物性質區分，有：神明、人類、鬼魂、妖與獸類，多數案件發生於人間，少部分涉及陽官前往冥界斷案。本書採人物與空間的對映可用圖表予以呈示如下：

---

[215] 這種說法常見於中國白話小說，作者幾乎都會採取這種干預敘事的策略，徐志平提出此為「敘事者干預」的說法，王德威稱此為「說話人虛擬修辭策略」，參見徐志平：〈清代中期話本小說敘事模式析論〉，《中正漢學研究》第一期（總第 21 期）（2013 年 6 月），頁 166。

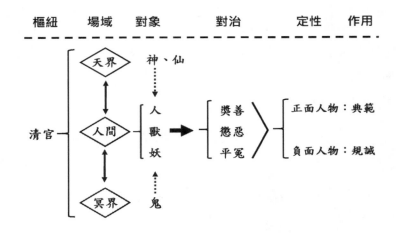

**圖 1-4　清官審案主體空間結構圖**

　　從上圖可以得知清官為天界、人界、冥界的斷案樞紐，在天、人、冥三界的正義趨向下，清官對所有不公、不義，或不符合人間律法、天道律則，或妖怪越界進入人間惑亂人類生存，或不屬人間管轄的冥界糾紛，一律秉持公正處理。公案故事藉由清官處理三界內的偏移天律、法律、冥律律則的事務，清官除人間法律的執行者外，又為天道意志的代理人，因此對於人間善惡，或天界秩序的危害，冥界有失公允之事皆能匡扶正義。人間正義的實踐反映於判決者，多能獎勵善良，懲罰罪惡。

　　本書聚焦於文本之人間場域，兼及冥界，至於妖怪作祟等面向尚未觸及，以待未來繼續開展，因此從「重構秩序」謀劃篇幅，將章節安排如圖示：

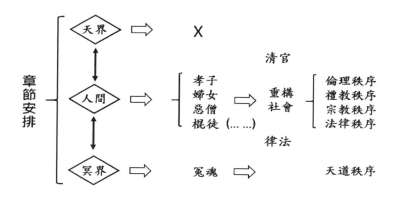

**圖 1-5　本書架構圖**

　　本書章節的安排，首先確立正義的樞紐清官，公案正義的實踐角色在於清官，重構秩序必然涉及的運作方式與面貌，就從清官形象的建構方法，確立公案故事對清官的想像與期待。

　　人物的頻譜，從亟待扭轉的負面人物到正面典範人物排序。僧人是世俗中的神聖性象徵，公案中成為負面人物代表，為重構社會秩序的首要對象。

　　其次，女性為弱勢、隱藏身分的代表，除了是罪僧迫害的對象外，又是游移禮教邊緣的人物。另外，就平冤視角揀擇代表受害者的冤魂題材為對象，以彰顯公案的正義實踐方法。正面人物的典範作為社會秩序的理想範型，因而以孝道典型的「割股療親」為先；至於其他破壞社會秩序，直接干犯律法的棍徒、盜匪等負面人物，本書雖未及於專章討論，亦為重構人間社會秩序之環，將於第七章〈秩序重構：公案作為觀察社會的視角與方法〉有關社會失序的內容中，以小節呈現。

　　除人界（人間）人物以外，尚有天界神明人物尚未專章處理，限於時間等諸多條件，將待於未來繼續。綜合以上進而由圖將章節安排如下：

重構人間秩序──明代公案小說所示現之文化意蘊

第一章　緒論

第二章　正義化身：清官範型建構與形象的對蹠性

第三章　辨識神聖：罪僧故事的承衍、模式、議斷及其啟示

第四章　性別論述：女性對禮教的踰越及清官的決斷

第五章　亡者控訴：鬼魂訴冤故事的傳統意涵、敘事模式與群眾心理

第六章　割股療親：公案中孝道的踐履歷程及其意義

第七章　秩序重構：公案作為觀察社會的視角與方法

第八章　結論

　　本書各章節的基本敘寫方式為先敘寫相關主題的歷史背景或主體背景。其次，就案件相關情節進行文本析論，清官議斷案件內容，最後部分書寫文化內涵或社會意識。

　　公案題材的分類參照訟師秘本，故事的呈現方式又近於個案（單一案件），因而操作上，以個案為基礎討論後，又以擴大對近似類型的案件加以歸納，進而對於群體類似的負面罪案或正面典型的相同事件，提出見解與詮釋。在文本細部的梳理上，旁涉了神話、民俗、心理、人類學等學科或領域的步驟與方法進行分析，在此方法下，討論以對照正反人物的章節布置進行。

　　緒論以開掘「重構秩序」命題的重要性與明代公案小說文體對於命題操作的合宜與必要，作為本書的研究目的與動機，並從梳理前人研究，進而評述目前研究成果與進展，發現明代公案小說的研究空缺，為本書開展研究方向。其次，對命題相關定義與研究範疇

予以交代，以釐清研究範圍。並整理出明代公案小說的現有基礎文獻，諸如版本、作者、成書時間等，以擇選適合的討論文本。為了進行情節討論與歸納，亦須對於公案小說集既有分類方式做一區分與說明，以利明確各章節的進行。而關於研究方法則採納貝格爾觀點《神聖的帷幕》中「建構世界」的觀點作為理論基礎，開展出本書的研究架構，從而析分「秩序重構」的三個層面，進而建構本書的章節架構，並由章節討論的各種關涉「秩序重構」的主題，而導出研究成果。

　　第二章作為公案之樞紐人物清官為討論對象，以其形象的建構作為重構社會秩序的關鍵人物，亦是正義的象徵。在近七百則公案故事中，清官為代表官方主體，以近五十反面人物官吏與權貴的映襯書寫。擬由官吏形象正、反、合建構方法，重新探勘明代清官與惡吏的形塑方法，清官箭垛式方法及因襲其他文本方法；清官正面形象以清官名號、循吏人物、立傳營構、牧民法程四種建構方法，又輔以反襯清官的借鑑歷史人物、吸納流行題材、貪官汙吏對照三種文學手法，由此清官呈現出的善惡、陰陽、真假的三種融合特徵。進而討論明代公案中清官性質的轉變對於清官文化的影響，提出公案小說集的清官文化意義與價值。

　　第三章以負面人物罪僧為對象。以僧犯案件為例，梳理前代僧犯案件題材，由其來源辨分公案集的題材與文體的關係，呈現出公案文體的形成部分原因；由案件類型的發展變化，整理出明代公案集的案件消長，凸顯宗教環境的變化，及晚明律法的適應與調整；繼公案集之後的艷情小說如何援引僧犯案件，演述晚明的宗教敗壞情況，成為閱讀市場的熱門讀物。

　　第四章以女性情慾違犯禮教作為對象，討論社會對晚明女性的

情慾觀點。以女性題材討論公案小說女性觀點，尤其重視女性精神層面所受到侷限，身體層面所受到暴力與侵害。由案件性質的分析，的確可追索女性受到身體的侷限與傷害，以映現出男性對於女性的精神與身體的雙重暴力，公案文本的敘事往往環節了犯案歷程、偵查、破案及案斷，除能呈現犯罪人與受害者的對應關係，亦能表現其兩者的意志傾向，甚而由三詞析分出清官的議斷內容所代表的官方立場與多數民眾的觀點，由此更能彰顯女性來自加害人或作為犯罪人之外的社會壓力，並因此梳理出女性在個人情感與生理的選擇偏向受到的外在影響，因而對於女性受害可能或犯罪意圖更能表呈。因著對清官對女性案件議斷傾向，恰能反映法律與禮教的融合內容，進而呈現出晚明社會對於女性總體態度的觀察。

　　第五章聚焦於冤魂現身故事。公案又特別以「鬼魂現身」凸顯受害人的冤情，進而關注社會正義的實踐問題，因此將此主題列為討論範疇，彰顯公案小說強調的社會公義。除此，以清官為樞紐，由清官環節起天界、人間與冥界。清官作為案件的裁斷者，代表人間正義與天道意志的趨向。

　　第六章以正面形象以「割股療親」的典範性為中心。討論公案改寫「割股療親」風俗，如何形塑成孝道典型，在情節上添加敘事因素而造成的效果，並對現象的社會背景因素，綜理出案件發生與社會風俗、官方政策的互動關係。

　　第七章「重構秩序」作為貫串起全書，以「重構秩序」的主軸在公案小說的操作方法與模式。本章以評騭失序、重構方法、重構意圖三個步驟，作為鼇定公案文本的順序，完整示現公案作為方法的進路，提示以公案重構社會秩序的寓示。公案小說集與此呼應，於是在秩序的重新建構中援引了法律語境下的刑名弼教之思維，因

此以案件作為故事的核心，以清官作為公義的判準，用刑罰勸懲庶民，兼採以天道報應，以案為喻，在審理案件中呈現社會秩序重構的實際運作，以為公案為重新導回社會秩序正軌的象徵，公案核心思維得以實踐，公平正義的實現與禮教社會的秩序的藍圖，得以示現。

　　最後一章結論，收攝各章節的討論與研究結果，將本書研究置於公案小說研究視野中，以此定位本書的價值、意義與貢獻。檢討本書未完部分，並說明研究侷限，作為提供未來研究的參考與鞭策未來努力的方向。

# 第二章　正義化身：
# 清官範型建構與形象的對蹠性

　　本章擬對清官形象正、反、合建構方法，重新探勘明代清官與惡吏的形塑方法，清官形象的箭垛式方法及因襲其他文本方法；清官正面形象以清官名號、循吏人物、立傳營構、牧民法程四種建構方法，又輔以反襯清官的借鑑歷史人物、吸納流行題材、貪官汙吏對照的三種文學手法，由此清官呈現出的善惡、陰陽、真假的三種融合特徵，進而討論明代公案中清官性質的轉變對於清官文化的影響，提出公案小說集的清官文化意義與價值。

## 第一節　問題提攝

　　晚明公案小說的出現表徵清官文化發展的高峰，包公文學是最為盛行的公案題材與類型，歷久不衰，因此明代較早的公案小說集《百家公案》，其後開啟公案集期間長達四五十年盛行的景況，呈現出公案故事的風行。通俗小說的市場銷售受眾面的擴大，及逐漸因科舉、民眾識字率提升、書籍售價低廉等因素有關，公案小說作為通俗小說的一支，公案集的文筆拙劣、詞采不彰，其中的錯訛或

注音等情況[1]，反映受眾面較為廣闊。然而就其作品接受的層面而言，作為研究作品的集體意識而言，正說明不僅文人間的流動，呈現了通俗小說的流播，在商業操作下的推波助瀾的作用，亦可以說明清官文化的開枝散葉的現象，公案集收納諸多明代清官的新面孔，對於理解庶民的清官理想形象亦有幫助，而其採用當代人物作為清官代表，除映現明代社會對循吏注目與庶民期望外，顯然對於時政關注，隨著明代社會時政而關心增強，期間並出的時事小說，若《戚南塘平倭全傳》、《警世陰陽夢》、《近報叢譚平虜傳》、《勦闖小說》、《七峰遺編》、《遼東傳》等，更直指對社會的關注，反映讀者對於時局關注，而公案小說多反映現實性質介於其間，亦相符合發展規律。以社會狀態而言，反映明朝時局由穩定到傾危的歷程，映射人民的不安逐漸強烈，公案集聚焦於社會現象外，對清官期待投射時代焦慮與不安。清官在此成為衰世中的英雄象徵，成為在紛亂不安的時代力挽狂瀾的清流。

　　明代清官文化的發展脈絡與平民百姓的心理緊密縮合，說明社會「失範」現象，百姓期望清官的心理強烈反映有關。[2]在各種公案文類中，晚明公案小說流行，凸顯清官文化的盛行，公案集以包賅清官諸種面目，對於清官意象的轉化起著關鍵性影響。清官文化包括神話、文學、民俗、信仰等諸面向，不僅關涉現實政治互動與歷史文化交融。從文學面向來看，清官形象是公案文學的主題之一，清官話語具有官方與民間的雙重複調，晚明公案小說突出表現

---

[1]　此一類錯訛對於研究公案小說版本或故事的承襲為文本中的重要訊息，至於文本音注現象正反映了讀者的知識階層。

[2]　參見魯德才：《魯德才說包公案》（北京：中華書局，2008 年），頁 6。

它的形象對蹠性[3]，其中以公案集尤為顯著。公案集不但繼承前代清官特徵，並開展具有明代的清官特色，不論是題材流衍或形象的轉化，清官群像表現清官文化中的關鍵特徵，左右後來清官故事發展，小說匯集並改造其他文類的清官判案，賦予清官的多重面貌。而清官原始意象作為社會典範、權力範型的思考，其觀念呈現廉與清的理想人格的想像，而庶民理解的清官形貌如何組建成清官想象，形成對清官形象的真實與虛構的對蹠性。公案集揭示了清官形象的轉變歷程，職是，清官情節、清官文化、清官崇拜或清官典型均為晚明的社會文化的現象，進而可以化約成為一種文化符號與象徵，此一象徵延續了中國政治對循吏典範的思考，亦體現晚明的清官文化特點，因而欲對清官崇拜的討論，當回歸於對晚明公案集關注，尤其對於清官文化的理解。清官文化不單只清官本身，而是清官形象如何被援引、指涉、象徵、轉化暗示晚明社會變遷訊息。

　　明代清官形象研究有包公之屬，若朱萬曙〈包公與清官文化〉、包鵬〈古代小說中包公形象的演變〉、錢錦〈包公形象的時代變遷〉、姜暢〈從「神」到「人」──淺析《龍圖公案》和《三俠五義》中包公形象的演變〉，其他尚有竺洪波〈清官乎？贓官乎？──析《滕大尹鬼斷家私》中滕大尹形象〉，形象研究多注意

---

[3]　在所見譯本中有甘陽及劉述先，甘陽譯為基本的兩極性（polarity），劉述先所譯具有相反相成的意義，更能說明公案清官的形象特徵，故採用之，參見歐因斯特‧卡西勒（Ernst Cassirer），劉述先譯：《論人──人類文化哲學導論》（臺中：東海大學，1959 年）；甘陽譯為基本的兩極性（polarity），參見卡西勒（Ernst Cassirer），甘陽譯：《人論──人類文化哲學導引》（臺北：桂冠圖書公司，2005 年），頁 324。

到包公形象歷時性演變或其形象特點，[4]其他尚有以清官群體作為研究對象。而特別能注意到清官文化與時代互動不多，尚有王毅〈明代通俗小說中清官故事的興盛及其文化意義——兼論皇權制度下國民政治心理幼稚化的路徑〉，何世劍以文化詩學視角切入討論外，其他論述多屬泛論，篇幅短小不足深入。[5]

公案小說集近七百則的故事，每一個故事呈現清官的面貌不同，卻有著共同的趨向，文本書寫呈現出正反形象的對照，而反襯清官的貪官汙吏、職責不彰的官員，或具有皇親貴戚的權貴階層，數量卻少得許多，近五十則，以下先從清官建構形象的法式討論。

---

**4**　曾玲：〈白話公案小說中判官形象的發展和演變〉，《牡丹江師範學院學報（哲學社會科學版）》第 2 期（2008 年）、曾玲：《白話公案小說中的判官形象》（湘潭大學文學與新聞學院碩士論文，2008 年）、葉佳琪：《明代公案小說中的官吏形象與官場現象》（國立臺灣師範大學國文研究所碩士論文，2011 年）、邱婉慧：〈明代公案小說形塑「清官典型」的社會意義〉（成功大學歷史研究所碩士論文，2006 年）、竺洪波：〈清官形象與清官意識——關於公案小說的文化思考〉，《上海教育學院學報》第 2 期（1993 年）。

**5**　集中於對清官文化的現象，有何世劍有五篇論文著力於清官的文化詩學論述，詳參何世劍：〈公案小說的精神風尚與清官文化的美學質性〉、〈公案小說的世俗品格與清官文化的民間情懷〉、〈公案小說之演進與清官文化傳播〉、〈公案小說思想分野與清官文化構建表現〉、〈試論弋陽腔文學視野中的「包公戲」及清官崇拜〉，收入氏著：《中國藝術美學與文化詩學論稿》（南昌：江西人民出版社，2013 年）、冉海燕：〈黑暗中想像的光芒——淺談明清小說中的官場文化現象及清官理想〉，《昭通師範高等專科學校學報》第 2 期（2006 年）、林國清：〈元曲公案戲中的清官與陰陽文化〉，《重慶社會科學》第 5 期（2008 年）。

# 第二節　清官典範的建構法式

　　公案小說為清官文化發展中的產物，反映了古代禮法社會下的清官典型，為社會現實、政治理想、庶民心理的三者交錯影響下的結果，因此文學作為反映社會語境的載體，在交互影響下其內容亦可能受到社會、政治、律法諸因素的左右，宋代文學中私情公案、花判公案名目呈現文體發展的成熟。[6]元代出現公案劇[7]，反映元代的政治苛政及人民疾苦的情況，表現呼喚清官的內容，明成化出現包公詞話八種，[8]可以略知包公故事的流行，及其呈現社會接受程度。期待清官與政治清明與否呈現反差？而公案書既作為社會語境的載體，反映時代的社會觀點與寄託，其公案書內容、特徵、性質或有不同，不同時代諸種清官範型承載當代社會的補償心理，從包公形象的演變大致可以得到這樣的結論，是故，期待清官典型的出現視為社會集體焦慮，亦可詮釋為對社會秩序失範的回應，公案小說的觀點呈現可視為現實社會不滿的映射，投射晚明社會失序的焦慮呈現，在學者眼中的中國超穩定結構與儒教提倡的宗族制度高度

---

6　參見苗懷明：《中國古代公案小說史論》（南京：南京大學出版社，2005年），頁31。

7　《元曲選》中，有十一部包公故事，詳參趙景深：《中國小說叢考》（濟南：齊魯書社，1983年），頁481-483。

8　《明成化刊本說唱詞話》的發現具有極其重要的文學史意義，於 1967 年在上海嘉定縣被發現的，其時間為明代中葉成化七年到十四年（1471-1478 年）間的作品，在《說唱詞話》的作品種數和分類上，眾多學者議論紛紛、見仁見智，分為講史類三種、公案類八種和宗教類二種來進行研究，其中包公相關故事有八種，詳參張守連：《明成化刊本說唱詞話研究》（上海：復旦大學中國語言文學系博士論文，2003年）。

相關。[9]

　　《百家公案》為現所見晚明最早的公案小說集，延續包公審案故事的系列，元代包公戲已經演繹出成熟的包公形象[10]，明代的包公戲有《胭脂記》、《袁文正還魂記》、《珍珠記》、《觀音魚籃記》、《桃符記》等，然明前期受到了政治力的影響，已不能與元代比肩。[11]除此尚有明代成化年間刊印的說唱詞話刊本十六種，其中有包公故事居半，[12]「明成化刊本說唱詞話」的發現對於《百家

---

9　以徽商為例，說明了經營勢力與宗族結盟的結果反而加強了封建制度，參見金觀濤、劉青峰：《興盛與危機──論中國社會超穩定結構》（香港：中文大學出版社，1992 年），頁 169-170。

10　現存元雜劇有《元刊雜劇三十種》、玉陽仙史《古名家雜劇》、尊生館《陽春奏》、李開先《改定元賢傳奇》、息機子《元人雜劇選》、顧曲齋《古雜劇》、趙琦美《脈望館鈔校本古今雜劇》、繼志齋《元明雜劇》和臧懋循《元曲選》（又名《元人百種曲》）《盛世新聲》、《雍熙樂府》、《詞林摘艷》、《詞謔》、《太和正音譜》等，包公審案故事俱見於臧懋循《元曲選》中，有《包待制三勘蝴蝶夢》、《包待制智勘後庭花》、《包待制智斬魯齋郎》、《包待制智賺灰闌記》、《包待制智賺生金閣》、《包待制陳州糶米》、《包龍圖智賺合同文字》、《玎玎璫璫盆兒鬼》等，參見陳富容：《明代流傳之元雜劇版本及其曲文改編研究》（臺中：國立中興大學中國文學系博士論文，2007 年）。

11　有目可查有九種，剩下僅剩四種，除《桃符記》為崑山腔，其餘為弋陽腔，參見朱萬曙：《包公故事源流考述》（合肥：安徽文藝出版社，1995 年），頁 107-108。

12　這八種為《新刊全相說唱包待制出身傳》（與《新刊全相說唱包龍圖陳州糶米記》、《新刊全相說唱足本仁宗認母傳》合刊）、《新刊說唱包龍圖斷曹國舅公案傳》、《新編說唱包龍圖斷歪烏盆傳》、《新編說唱包龍圖斷白虎精傳》、《全相說唱師官受妻劉督賽上元十五夜看燈傳》、《新刻全相說唱張文貴傳》，參見《明成化刊本說唱詞話叢刊》，參見朱一弦校點：《明成化說唱詞話叢刊》（鄭州：中州古籍出版社，1997 年）。

《公案》的形成提供重要的來源參考，《百家公案》多重來源的故事吸納與改編，建立包公具有明代特徵的清官形象，由此進而影響以書傳體系統公案集的發展趨勢，尤其對《新民公案》、《海剛峰公案》形制而言，幾乎是《百家公案》的翻版，當然對《龍圖公案》的影響亦不小，而《龍圖公案》是對《百家公案》故事的另一種發展，豐富包公故事的多元面向，間接影響清代包公系列故事。

公案集中大量援引真實人物作為臧否人物的基礎，人物從清官到底層百姓角色皆然。其中出現最多的是包公，其次是海剛鋒、郭新民等紀傳體公案集，其次是諸司體的清官，再其次是零星的編氓人物，就社會事件而言，公案皆多所造作，與真實事件有所不同，因此人物與事件兩者有截然不同的處理手法。依作者角度而言，必然有其創作心理與題材編纂原則，然就其對清官的關愛，往往涉及作者對於作品接受者（讀者）、作品影響層面、社會等的評估而採取的寫作策略。公案集大致分為紀傳體公案小說有四部：《百家公案》、《海剛鋒公案》、《新民公案》、《龍圖公案》，諸司體有八部：《廉明》、《諸司公案》、《詳刑公案》、《律條公案》、《詳情公案》、《神明公案》、《明鏡公案》、《法林灼見》。此一發展脈絡紀傳體與諸司體互見，影響最大應屬於紀傳體，其中尤以包公最著，諸司體對於傳記體的模仿，揭示了紀傳體公案集的開創之功，至清代尚見《龍圖公案》或《龍圖剛峰公案合編》的公案集故事[13]。由明成化時出土的說唱詞話顯示包公故事已呈現成熟的

---

[13] 上海復旦大學藏有《龍圖剛峰公案合編》一書，卷首有嘉慶十四年己巳金陵雲崖主人序，說明合編的原由，蓋取兩書明刊本重編而成。書分上下兩層，上層為「剛峰公案」，每半葉十一行，行十字。下層為「龍圖公案」，每半葉十二行，行十六字。參見譚正璧、譚尋：《古本稀見小說匯

敘事模式，包公文學在明代的進一步發展對於公案小說的促進功不可沒，其體現的成果主要在於《明成化說唱詞話》、《百家公案》、《龍圖公案》。[14]

由於公案集除《百家公案》來自多種不同文體的故事來源外，明代公案集故事的雷同與相仿，為後來的研究者所詬病。而不可否認的，除包公、海剛峰、郭新民外，明代公案中的清官形象群表現出金字塔現象，包公作為元級的清官，海剛峰、郭新民作為受影響次級清官，再加上其他較不受注目的歷史清官或虛構清官，架築起龐大的清官群體，因此公案集的清官形塑當代理想清官的形像，說明小說對於清官的理解與期望具有高度的現實性與認知，此為明代公案集的特徵之一，反映公案小說對於時代的關注，亦可為區別擬話本公案故事的特徵之一。

清官形象的營構最為人所熟知為胡適提出的箭垛式清官的說法，[15]認為其他清官審案事蹟依附於特定人物，豐富了人物形象，以公案小說中的人物包公為例，此種書寫現象雖然準確，卻不夠周全，因此以下從人物形塑、人物擇選、史傳取材、故事嫁接四方面進行細緻討論：

## 一、比附清官名號

大部分公案小說集，均以「公案」二字鑲嵌其中，標榜著公案

---

考》（杭州：浙江文藝出版社，1984 年），頁 171。

14　參見楊緒容：《百家公案研究》（上海：上海古籍出版社，2005 年），頁 237。

15　參見胡適：《胡適古典文學研究論集》（上海：上海古籍出版社，1988年），頁 73。

群體的特質，並附以清官之名強調。其篇名或書名的構成在於高舉清官的形象與能力，並且互相附庸，以形成公案集的市場聲勢。

公案集轉輾抄襲參考的歷程，不僅存在內容、情節與題材，書名都是抄襲的路徑。像書名中以包公為主角的系列，皆標舉「包龍圖」、「龍圖」之名，以清官名人。其後《廉明公案》在內文頁首出現「皇明諸司廉明奇判公案傳」之「傳」，皆有承繼《百家公案》的味道，只是《廉明公案》是書判體（又名諸司體）系列，清官群眾多，難以一一選列像包公本事的〈國史本傳〉等，何況清官群中尚有諸多虛構清官人物位列其中。

公案抄襲路徑呈現的相繼現象，對於考訂版本差異與公案集間的互相影響，提供線索。例如，《諸司公案》的內頁中，封面直提「全像續廉明公案傳」，直接表明繼承的對象，也提示成書時間在《廉明公案》之後，這種現象也出現於《明鏡公案》，其書末尾分別題為「新刻諸名公奇判公案」（卷一）、「新刻續皇明諸司廉明公案」（卷二）、「精新刻皇明諸司廉明奇判公案」（卷三）、「新刻諸名公廉明奇判公案」（卷四），看似卷題不同的混淆現象，在於比附前書「諸司」、「廉明」之名，以宣傳書名作為號召，間接強調了清官，亦說明此書性質與內容與抄襲公案的強調。

鑲嵌「名公」二字遂成為諸司體公案集的書名必然的結果，諸如《詳刑公案》、《詳情公案》、《法林灼見》等，皆呈現相繼的現象，此一類名公幾乎都明代知名的朝臣循吏，鄒元標、張淳、彭紹、曾泉、崔恭、周新、余員等皆名望重於一方的清官，更不論單獨以專書為名的號召，若包公、海剛峰、郭青螺具有顯赫斷案事蹟。援引清官的名號，雖然小說紀錄的斷案內容與真實史實相差甚遠，卻得力於這些歷史人物的聲名，吸引讀者的目光增加書籍販賣

的銷路，以致援引名公（或清官）成為編書者的策略之一。

援用知名清官外，在書名的冠名亦注意到其他有名人氏，若《詳情公案》的書名冠上「李卓吾」或「陳眉公」，李贄在當時名聲之外，其特立獨行的言論，最後招致死亡，在於其影響力之大，以致遭當局所忌。而《律條公案》冠上「湯海若」亦是此例，這些人不見得在小說成書有密切關係，冒用名人的名號已成為公案書冠名的策略之一。晚明人士追求聲名或以知名人士招睞讀者的注意，可能是一種社會現象，一窩蜂地追求當代的流行，當時所謂山人故意作意好奇的舉動引起社會輿論的關注，公案集的編纂者意識到此種援引知名人士的名號，亦是推薦自己編纂書籍的有利方法，因此在同一本書在不同版本出現不同知名人士的冠名情況，這也呈現書籍的銷路情況，映現讀者的閱讀傾向與市場的變動需求，所以公案集不僅具有商業性格，亦同有通俗的文化性格，陳大康以雙重性格概括晚明小說的特徵，可謂貼切。[16]

書名取名或篇名的取用，圍繞著清官之名，已成為公案集的編輯策略之一，相較於書名，篇名需要採用的篇名組構較為複雜與多元。以清官為名的書傳體，除《百家公案》部分回數尚存有包公之名外[17]，其他《新民公案》、《居官公案》、《龍圖公案》篇名已

---

[16] 陳大康以精神產品及文化商品解釋書坊主熊大木干預創作的現象，然從成書性質觀察，確實存在著此兩種性質或特徵，陳大康：〈熊大木現象：古代通俗小說傳播模式及其意義〉，《文學遺產》第 2 期（2000 年），頁99。

[17] 有第二十七回〈拯判明合同文字〉、第五十一回〈包公智捉白猴精〉、第七十三回〈包文拯斷斬趙皇親〉、第九十五回〈包公花園救月蝕〉，顯示《百家公案》的回目設計上存在著不足，從其三個版本相同內容篇名異動亦然，若〈國史本傳〉、〈包待制出身源流〉改為〈包孝肅公前後國史本

無包公之名，「龍圖」職銜已明確指涉包公。諸司體的公案的篇名命名，除少數不冠清官循吏外[18]，皆以清官的審案提攝全篇綱目，例如《廉明公案》有〈郭推官判猴報主〉、〈項理刑辨鳥叫好〉、〈董巡城捉盜御寶〉、〈滕同知斷庶子金〉、〈詹侯批和息狀〉等，《諸司公案》有〈曾大巡判雪二冤〉、〈章縣令辨燒故夫〉、〈熊主簿捉謀人賊〉、〈商太府辨詐父喪〉、〈杜太府察誣母毒〉，《詳刑公案》有〈呂縣尹斷誣奸賴騙〉、〈陳府尹判惡僕謀主〉、〈岑縣尹證兒童獲賊〉等，諸司體組構篇名公式可以歸納如下：

表 2-1　公案篇名組構公式

|  | 清官名<br>（姓，職銜） | ＋ | 動詞<br>（斷、判、辨、捉等） | ＋ | 事件 |
|---|---|---|---|---|---|
| 例一 | 郭推官 |  | 判 |  | 猴報主 |
| 例二 | 項理刑 |  | 辨 |  | 鳥叫好 |
| 例三 | 董巡城 |  | 捉 |  | 盜御寶 |

以《百家公案》公案為例，羅列出篇名中的審案有關動詞的頻率，得出「判」、「決」、「斷」三字為高，且以「判」總數接近三分一強。[19]其他不論諸司體或書傳體公案集，「判」與「斷」的用字居高不下。從書名、章回（篇名）到公案故事的三詞，公案集

---

傳〉、〈包孝肅公出身源流總覽〉可能是為了與後面回目七字數相齊，參見楊緒容：《百家公案研究》，頁4。

[18]　其中諸司體公案集僅有《詳情公案》及《法林灼見》有此情形，不過《法林灼見》仍有部分篇目以清官為名，此書呈現較為粗糙。

[19]　參見李小龍：《中國古典小說回目研究》（北京：北京大學出版社，2012年），頁214。

的形制之完全確立，的確可證成公案小說集的獨立及有意識的造作
了具有明顯特徵的小說類型的企圖，並非就一般的擬話本公案小說
的故事編纂的意圖可以比肩。

由篇名或書名呈現清官名號得出構設清官名號對於讀者購買意
願的結論，呼應公案集在於以清官斷案為中心的本質傾向，亦回應
晚明出版市場上常以名人作為號召的商業行為，凸顯晚明文化流行
中的英雄崇拜心理，與時至今日產品廣告，商品尋求知名人士代言
有異曲同工之妙。

## 二、援引循吏人物

公案小說的清官居半均非現實中的人物，因為清官本屬理想化
的產物，清明政治下清官是不突出的，舉世皆濁，方能顯其清。因
此公案小說呈現濁世對清的渴望，公案中「清」官、「循」吏一般
都編入史傳，可見當時已為知名人物。少部分從法家書轉錄前代的
清官，不多但皆為知名的審案故事，援引知名或當代清官，意圖以
典範樹立循吏治理的典型，呼應庶民對吏治的理想與期望，由此公
案可知小說的現實性考量，公案小說並非是當作一種正式的文體被
看待，而是期待與讀者互動，藉由這些人物的名號重新形塑事蹟與
庶民對清官想像進行對話，《廉明公案》有一則「張一包」的審案
故事，其說如下：「此時縣主張淳，清如水蘗，明比月鑒。精勤任
事，剖斷如流。凡訟皆有神機妙斷，人號曰『張一包』。言告狀者
只消帶一包飯，食訖即訟完可歸矣。[20]」張淳事蹟後來被列入《明

---

20　〔明〕余象斗編：《廉明公案》（北京：中華書局，1991 年），頁
　　1022。

史》「循吏列傳」中，顯見將之視為史實而載記，《明史》卷二百八十一〈列傳第一百七十〉〈張淳傳〉：

> 張淳，字希古，桐城人。隆慶二年進士，授永康知縣。吏民素多奸黠，連告罷七令。淳至，日夜閱案牘。訟者數千人，剖決如流，吏民大駭，服，訟浸減。凡赴控者，淳即示審期，兩造如期至，片晷分析無留滯。鄉民裹飯一包即可畢訟，因呼為「張一包」，謂其敏斷如包拯也。巨盜盧十八剽庫金，十餘年不獲，御史以屬淳。淳刻期三月必得盜，而請御史月下數十檄。及檄累下，淳陽笑曰：「盜遁久矣，安從捕。」寢不行。吏某婦與十八通，吏頗為耳目，聞淳言以告十八，十八意自安。淳乃令他役詐告吏負金，繫吏獄。密召吏責以通盜死罪，復教之請以婦代繫，而己出營貲以償。十八聞，亟往視婦，因醉而擒之。及報御史，僅兩月耳。[21]

　　由張淳同列入公案集與正史來看，可以得到二種觀點：一是張淳中進士之後，歷任永康知縣、建寧知府、浙江副使、陝西布政使等職。建寧知府一職使他聞名於當地，與《廉明公案》的編纂時間相近不遠。其二，「張一包」的名號除說明其審案有效率之外，「包」之一字有意與包拯比附，對其清官之聲名有所肯定。另一個例子是周新，正史中的有三件判案史實：

---

21　〔清〕張廷玉等編：《明史》卷二百八十一，〈列傳一百六十九〉，頁7215-7216。

還朝，即擢雲南按察使。未赴，改浙江。冤民繫久，聞新
至，喜曰：「我得生矣。」至果雪之。初，新入境，群蚋迎
馬頭，跡得死人榛中，身繫小木印。新驗印，知死者故布
商。密令廣市布，視印文合者捕鞫之，盡獲諸盜。一日，視
事，旋風吹葉墜案前，葉異他樹。詢左右，獨一僧寺有之。
寺去城遠，新意僧殺人。發樹，果見婦人屍。鞫實，磔僧。
一商暮歸，恐遇劫，藏金叢祠石下，歸以語其妻。旦往求金
不得，訴於新。新召商妻訊之，果商妻有所私。商驟歸，所
私尚匿妻所，聞商語，夜取之。妻與所私皆論死。其他發奸
摘伏，皆此類也。[22]

《百家公案》有三則周新故事改編為包公審案，[23]在公案中
《明鏡公案》〈周按院判僧殺婦〉對其形象描繪如次：

周新，廣東南海人。初以經學舉鄉試，授官御史。公直不
阿，彈劾權貴，京師士民稱為「冷面寒鐵」。政聲籍籍播
聞，吏部陞浙江按察使。浙之屬官清廉固多，昏闇亦眾。郡
縣淹繫囚犯不能一一得理冤，抑者十有二三。一聞新按察

---

22　〔清〕張廷玉等編：《明史》卷一百六十一，〈列傳四十九〉，頁
　　4374。
23　三則故事為第九回〈判奸夫盜竊銀兩〉、第四十五回〈除惡僧理索氏冤〉
　　及第四十六回〈斷謀劫布商之冤〉，大塚秀高及楊緒容皆有討論，詳參
　　〔日〕大塚秀高：〈包公說話と周新說話──公案小說生成史の一側
　　面〉，《東方學》66（1983 年 7 月），頁 62-64；參見楊緒容：《百家公
　　案研究》，頁 82-84。

至，欣欣喜曰：「冷面寒鐵來，吾冤可白矣。」及新至，繕
（翻）閱諸郡案卷，所活者十之七八。異政日著，不特生負
屈者求伸，雖死銜冤者亦求洩也。[24]

公案與正史的描繪相差甚微，《明史·周新傳》：「周新，南
海人。初名誌新，字日新。成祖常獨呼『新』，遂為名，因以誌新
字。洪武中以諸生貢入太學。授大理寺評事，以善決獄稱。成祖即
位，改監察御史。敢言，多所彈劾。貴戚震懼，目為『冷面寒
鐵』。京師中至以其名怖小兒，輒皆奔匿。[25]」除演繹其善決獄形
象外，對其忠諫以身殉亦有描繪：「帝愈怒，命戮之。臨刑大呼
曰：『生為直臣，死當作直鬼！』竟殺之。他日，帝悔，問侍臣
曰：『周新何許人？』對曰：『南海。』帝嘆曰：『嶺外乃有此
人，枉殺之矣！』後帝若見人緋衣立日中，曰『臣周新已為神，為
陛下治奸貪吏』云。後紀綱以罪誅，事益白。[26]」周新死後，杭州
城盛傳他成為當地城隍，故有「周城隍」之名，《西湖二集》三十
三卷〈周城隍辨冤斷案〉，對於其「冷面寒鐵」的形容，將其不苟
言笑的形象，亦與包拯比肩，云「那包拯生平再不好笑，人以其笑
比之黃河清，又道：『關節不到，有閻羅包老。』所以人稱之為
『閻羅包老』。我朝這尊活神道人都稱他為『冷面寒鐵周公』。永
樂爺亦知其名，命他巡按福建及永順、保河，凡所奏請，無有不

24　〔明〕吳沛泉輯：《明鏡公案》，頁 14-15。
25　〔清〕張廷玉等編：《明史》卷一百六十一，〈列傳四十九〉，頁
　　4373。
26　〔清〕張廷玉等編：《明史》卷一百六十一，〈列傳四十九〉，頁
　　4375。

從，後擢雲南按察使，又改浙江按察使。[27]」其他小說，若《西湖
遊覽志餘》亦可得見周新故事，[28]為《西湖二集》的故事來源，[29]
周新其審案事蹟不僅見於正史或公案集，在其他法家書亦可見著，
若《仁獄類編》有二則周新故事[30]，〈周新辨爭傘〉、〈風葉得婦
冤〉。由張淳或周新的例子，清官形象往往與包公比附，形成包公
形象的次級化現象，成為清官形象發展的重要特徵之一：箭垛式。
在公案小說中，箭垛式人物的構成分為二部分，真實歷史人物與虛
構人物性格。其人物性格單一化，將清官理想性格或品質，藉由案
件堆集到人物身上，形成聚集同類案件之矢的「箭垛」的特徵，清
官人物皆是具有代表性的人物，又反過來促使人物性格進一步集中
和強化，由大肆渲染而終至於神明化發展。周新的殉義不僅彰顯人
格的高標，甚至其亡未久，已出現靈異情節而言，清官職能具有延
續的作用，斷案與清官職能的一體化在故事發展歷程中，具有指標
性意義。清官英雄的千人一面代表著其人類學的共同意義，其形象
箭垛式象徵著清官文化發展的特徵之一。

## 三、營構歷史清官

　　公案集的書傳體、書判體兩種系統對於清官形象的建立方法有

---

27　參見〔明〕周清源輯纂，陳美林校點：〈周城隍辨冤斷案〉，《西湖二
　　集》（南京：江蘇古籍出版社，1994年）卷三十三，頁560-568。

28　參見〔明〕田汝成：《西湖遊覽志餘》（上海：上海古籍出版社，1980
　　年），頁130-131。

29　參見戴不凡：《小說見聞錄》（杭州：浙江人民出版社，1980年），頁
　　194。

30　詳見《仁獄類編》有二則周新故事，〈周新辨爭傘〉、〈風葉得婦冤〉。

趨同的地方。首先建立人物的生平，其後才對清官審案加以鋪陳，這種定式為公案集的人物形象建立的共同模式。公案集的重心在於審案之上，而以人為先的思維建立了對清官人格的信仰，因此清官的道德性基礎必須予以強調，才能發揮審案故事的說服力。如何強化清官的形象偉岸與審案的奇能，小說必然在清官生平上予以著墨，此所以《百家公案》何以將〈國史本傳〉、〈包待制出身沿流〉列於書前部分的原因，除著重真實事蹟外，對於清官的異能亦不能忽略。第二部分的審案故事，除真實記載外，往往橋接其他清官審案故事，雖然明白歷史事實的讀者可能覺得不類，廣大的庶民讀者的知識水平可能難以分辨真實與否。

　　《百家公案》形制為後來的公案集提供參照，其書結構大致可以分為三部分：〈國史本傳〉、〈包待制出身沿流〉及百則審案故事。[31]〈國史本傳〉、〈包待制出身沿流〉為包公人物的形象基礎，審案故事則建立清官形象的審案基調。從《百家公案》的取材與編輯對於來源改動甚微的情形判斷，呈現編者文學造詣並不高明，內容不夠細緻的缺點，反映於前述三部分更為明顯，說明《百家公案》停留嘗試階段，[32]因此包公的形象在此均有出入。

　　而〈國史本傳〉[33]以近於史傳角度，敷寫包拯的生平事蹟，標

---

[31] 《百家公案》現見三種版本楊高文本、與畊堂本及萬卷樓本結構皆同，惟卷、回數與次序有出入，參見楊緒容：《百家公案研究》，頁 1-3。

[32] 程毅中：〈『包龍圖判百家公案』與明代公案小說〉，收入《程毅中文存》（北京：中華書局，2006 年），頁 420。

[33] 〈國史本傳〉參照曾鞏《宋書》中的〈國史本傳〉，而非《宋史》卷一三六〈包拯〉傳，參見〔日〕阿部泰記：〈關於《通俗孝肅傳》的底本〉，收入《第三屆中國俗文化國際學術研討會暨項楚教授七十華誕學術討論會論文集》（北京：中華書局，2009 年），頁 138-140。

明「國史本傳」有意與其他部分虛構章節並舉。熊大木《新刊大宋演義中興英烈傳・序》中稱：「至於小說與本傳互有同異者，兩存之以備參考」「稗官野史實記正史之未備」，其旨與《百家公案》相合，引此為證，說明《百家公案》尚未脫化出明代講史演義的影響。此一情形可以從其萬卷樓本《新鐫全像包孝肅公百家公案演義》題名得到驗證，[34]版心題名「包公演義」，程毅中據此對於萬卷樓本簡稱《包公演義》，[35]從《百家公案》三種版本的次序中，萬卷樓本為再修訂的刊本而言，除後出轉精，文字較為雅馴外，認為這本小說有意編纂與講史演義比肩的意圖明顯。

　　再者，〈包待制出身沿流〉與《明成化刊本說唱詞話叢刊》中《新刊全相說唱包待制出身傳》相差無幾。[36]從包拯出生敘述到當縣令為止。《百家公案》有十三回與《明成化刊本說唱詞話叢刊》相近，[37]《明成化刊本說唱詞話叢刊》對於《百家公案》有舉足輕重的影響，對於包公形象有神化的跡痕，比較接近「演義」的描繪。受此種形制影響，《新民公案》有〈新民錄引〉、〈郭公出身小傳〉及四十則公案故事，《海剛峰公案》有〈新刻海剛峰先生居官公案傳序〉、〈海忠介公全傳〉及七十一回公案故事，《龍圖公

---

34　楊高文本及與畊堂本等三個版本題名皆有「演義」二字。

35　程毅中：〈韓國所藏「包公演義」考述〉，《北京圖書館館刊》第 2 期（1998 年），頁 93。其他書目亦以此為稱，如劉世德主編：《中國古代小說百科全書（修訂本）》2006 版、石昌渝主編：《中國古代小說總目》2004 版、《中國通俗小說總目提要》1997 版。

36　蕭相愷：〈《百家公案》與戲劇考論（上）〉，收入崔永清主編：《海峽兩岸明清小說論文集》（南京：河海大學出版社，1991 年），頁 195。

37　參見楊緒容：《百家公案研究》，頁 48-64。

案》有〈龍圖公案序〉、〈國史本傳〉及百回公案故事[38]。《百家公案》為明代短篇小說目前發現較早及影響最大的公案小說，《龍圖公案》則是傳播範圍最廣、歷時最久的公案小說，直至臺灣日治時期尚可見登在於報紙的日文改寫故事，這二本小說奠立包公形象的傳播基礎。由《百家公案》的來源討論，其文類的交雜多種，有小說、法家書、詞話、說唱文學種類，呈現包公形象傳播的多元性，民間對包公故事的容受與傳播層面廣闊。而《百家公案》小說影響清官形塑的脈絡發展，其基本延續著以史為傳的傳奇色彩，其真實與虛構相掩的程度各有不同，除受到明代講史演義的影響，表現著意為清官樹立典型的意圖。手法上繼承〈國史本傳〉、〈包待制出身沿流〉的精神，其商業考量當然不言可喻，對於延續《百家公案》暢銷路數，呈現通俗市場的抄襲與模仿，已是晚明行銷的操作方式，其後《剛峰公案》也不脫於此。兩書成書時間相近，呈現內容、形式的近似，在既有認知下有意拾《百家公案》的唾遺。因而運作模式與《百家公案》相同，除抄撮或沿襲成書方式外，揀選清官角色必然成為招睞讀者的銷售策略。海瑞或郭子章在民間輿論中頗有聲名，因而公案集主要三位清官包公、郭子章、海瑞的編纂或成書方式有所因襲，在商業運作下難以避免。

　　書傳體外，尚有書判體書，其中清官群尚多有明代循吏，此類

---

[38]　《龍圖公案》的版本較為複雜，約分為有評本及無評本，回數亦有百回與六十回之分，據日人阿部泰記的研究，有評本出現時間早於無評本，部分有評本仍可見〈國史本傳〉，若國立公文書館內閣文庫藏本即有，參見〔日〕阿部泰記：〈關於《通俗孝肅傳》的底本〉，收入《第三屆中國俗文化國際學術研討會暨項楚教授七十華誕學術討論會論文集》（北京：中華書局，2009 年），頁 144。

清官往往耳熟能詳，若《明鏡公案》〈陳風憲判謀布客〉中的清官陳選，文前如此形容：

> 陳選，字士賢，天臺臨海人。髮髻齠時，即立志以古聖賢自期待。奉身甚約，操履甚端。登黃甲，每居一官，必欲盡職；每行一事，必欲盡心。視去就為其輕，惟屬意於生靈國脈，名重海內。士大夫無問識與不識，論一時正人，必僉曰：「陳選。」

這一段記載與正史相差幾微，尤其後一段「士大夫無問識與不識，論一時正人，必僉曰：『陳選』。」更是巧妙的點出了陳選個人風評的得當，這種形塑清官形象的方法在公案中非常常見，如前述「張一包」、「郭白日」、「冷面寒鐵」等，這些評價在清官在世時已有流傳，小說借此方法形塑清官面目。

清官不僅是在小說中盛行，在地方志的書寫中或晚明其他文類中也參與清官故事的流傳，擴大清官形象的影響。若《明鏡公案》〈陳縣丞判錄大蛇〉中的陳祖，其錄大蛇的事蹟亦見於《皇明日記》，[39]陳樂之「葉孔」審案故事亦被嫁接至《百家公案》第十二回〈辨樹葉判還銀兩〉，此則故事亦見於《長樂縣志》[40]。

---

39 此故事見於其書卷四感德類〈斷蛇建祀〉，然文後建祀一事公案集並未提及，詳參豫章樂莘逸士編：《鼎鍥國朝史記事實類編評釋日記故事》明萬曆年間刊本收藏於日本東洋文化研究所。

40 參見〔明〕夏允彝修纂：《崇禎長樂縣誌》明崇禎十四年（1641）刻本，收錄於《福建師範大學圖書館藏稀見地方志叢刊》（北京：北京圖書館出版社，2008 年），頁 73。

公案故事中的清官斷案故事或可能真實發生而被載記下來，然從發展趨勢而言，真實清官或真實故事的組成產生斷裂，因此重新組成的公案故事產生對更多清官形象的渲染，強化了形象的斷案印象，又因此有助於清官英雄群的陣容擴大，除此注意了清官的真實事蹟是公案集考量入選的主要原因，此部分在當代人物的影響已經具備了相當的聲名。

## 四、揀選折獄示例[41]

以樹立清官典範的思維形成的書傳體或單傳體，每每在序中強調清官的人格之高標，附會審案事例作為清官的過往事蹟，強調清官能實踐「世鮮冤民」、「惠在黎庶」或「東海無久日旱之冤，燕獄無飛霜之號」的理想，關鍵在於「萬世牧林總者法程也」。從清官形象的塑造上，審案法程不僅驗證了清官的片言折獄，編者亦希望以公案作為案牘參考，提供循吏治世良。具體在讀者（循吏）實踐或操作中，是否真有如此影響或僅是編者意圖，或作為說服讀者的編寫策略，需要進一步考察，公案小說與律法現實的聯繫。然就公案內容或書籍成書的精細程度，恐未如編寫所言，以下舉《剛峰公案》〈序〉為例：

> 先生生於瀕海之外、前有丘瓊山先生以文章著海內，後有海

---

41　此語摘自《新民・新民錄引》：「非貢諛也，欲俾公今日新民之公案，為萬世（民？）林總者法程也。有志而喜，於是乎樂譚而鏤之剞劂。」能發其書意旨於此相合，特予以採用，參見〔明〕吳遷：《新民公案》，《古本小說叢刊》第 3 輯第 4 冊（北京：中華書局，1990 年），頁 1783-1785。

　　　剛峰先生以直聲震朝野，後先繼美，非聖朝作人弘化，詎能
　　　於瀕海外得人，亦若斯盛乎？且所稱稱諫者，不貴口而貴
　　　改，不貴說而貴繹，先生之於肅皇帝，蓋不徒改而繹者。穆
　　　皇帝擢召用，俾得見諸實事。馴至今上，猶能大為擢拔，使
　　　得二三臣如先生者，布列中外，何患天下之不治平哉？然而
　　　決獄惟明，口碑載道，人莫不喜譚之。時有好事者，以耳目
　　　所睹記，即其歷官所案，為之傳其顛末。[42]

　　《居官公案》內容的粗糙或故事的銜接錯落，並不如其〈序〉
所言，再者編輯方式因襲前人甚多，僅憑〈序〉的聲稱難以成證
明。此〈序〉著重以海瑞行誼為張本，供循吏效仿，因而〈序〉所
言：「馴至今上，猶能大為擢拔，使得二三臣如先生者，布列中
外，何患天下之不治平哉？」認為循吏布列於天下，天下大治的藍
圖即可實現的想法，於是「然而決獄惟明，口碑載道，人莫不喜譚
之。時有好事者，以耳目所睹記，即其歷官所案，為之傳其顛
末。」因此其成書的意圖總是高舉利國興民的思維，認為天下大治
的樞紐在於清官理想的實踐。影響循吏以樹立典型之外，提供清官
審案故事，讓循吏亦有所遵循。而審案的繁細與複雜，必然在公案
中予以呈現，方能凸顯清官的審案職能。余象斗在《廉明・序》
中，將其編書意圖、成書編纂方法、來源，甚而是意圖加以呈現：

　　　乃取近代名公之文卷，先敘事情之由，次及訐告之詞，末述
　　　判斷之公，彙輯成秩，分類編次。大都研窮物情，辨雪冤

---

42　〔明〕李春芳編：《海剛峰先生居官公案傳》，頁 129-130。

滯，察人之所不能察者，非如包公案之捕鬼鎖神，幻妄不經
之說也。其在良善者雖一時染逮而終，必釋在惡逆者雖百計
巧避而意伏辜，使善有所勸而民復朴，惡有所懲而俗式，澆
漓且執法者鑑往轍之成敗，因此以識彼察細民之情，偽而推
類以盡餘，則東海無久日旱之冤，燕獄無飛霜之號，其以明
允優聖治寧有量哉，然皆諸公之廉明不冤，繼張干平恕追李
枚，默養國家長久之福者終必賴之也，異日信史所載稱循良
吏盛而政平民安者，寧讓漢宣時哉不侫，於是上嘉而樂道
之。[43]

　　余象斗在編纂公案集中，有意區別於《百家公案》，文體特
徵、文本材料來源、形式、清官類別等，因而形成現階段對於公案
集文體的不同認識，若《百家公案》為書傳體，《廉明公案》為單
傳體、有時稱為諸司體或書判體，由其文體特徵多元而產生的觀
點，足以說明余象斗的編纂方式對公案集發展具有重要影響。從清
官主角多元，或文本體制章回對散篇，或小說對法家書的編輯方
法，余象斗確實打開一條公案集的不同道路，雖然可歸諸於余象斗
對於書籍出版的敏銳，亦可能與大環境的變化有關。公案集擇選清
官除標舉公案之外，有意以清官名號作為公案集銷售的號召，才出
現清官故事的嫁接情形。
　　以《廉明公案》為例為說，〈楊評事片言折獄〉故事原出自周

---

[43]　臺灣中央研究院傅斯年圖書館藏有影印本，參見〔明〕余象斗：〈序〉，
　　《廉明奇判公案傳》，林羅山抄本，內閣文庫藏余氏雙峰堂刊本（1605
　　年）。

新審案故事，[44]這個公案的懸念是在其他小說《北窗炙輠錄》、《前聞記》、《廉明公案》、《智囊》、《百家公案》、《西湖二集》、《新可笑記》亦見得。[45]前所述及周新三件判案案例，《廉明公案》皆成為其他清官的故事，若〈金州同剖斷爭傘〉，此則故事亦見於《水東日記》的周新斷傘[46]。其他在《明鏡公案》〈陳風憲判謀布客〉末段的審案故事「蠅蚋迎馬首」、「布客遺木印」，又是橋接周新真實審案故事。然周新公案集中出現頻率反不及民間流傳多，在時間向度上，周新與其他被採用的明代清官距離時間較遠之外，周新形象並非不突出，在公案集的清官群中，周新不被採用而其詳細原因，不在此文考察範圍，茲不贅。

## 第三節　貪官罪惡的反面寫照

公案襯托清官的方法，多以反面人物來映現清官形象。公案清官不僅有現實人物，亦有虛構人物，其形象趨向理想化性格，因此表現出為官清廉、道德高尚、賢明能力，反襯出反面書寫的對象具有世俗的罪惡特徵。這類題材三種類型：其一多借鑑歷史人物，其二多引用流行題材，其三以貪官汙吏作為反面對照，以下就此論

---

44　參見〔明〕周清源輯纂，陳美林校點：〈周城隍辨冤斷案〉《西湖二集》（南京：江蘇古籍出版社，1994 年）卷三十三，頁 560-568。

45　佐立治人將諸書的相關人物列表以作比較，參見〔日〕佐立治人：〈不自然な呼びかけ——宋代の難事件からアイザック　アシモフまで〉，《關西大學圖書館館刊》第 11 號（2006 年），頁 6。

46　參見〔明〕葉盛：《水東日記》（北京：中華書局，1986 年）卷六「周新遺事」條，頁 64。

述：

## 一、採用歷史事件的借鑑

公案小說援用現實發生的事件進行故事改寫，激發讀者對於事件的省思，藉此吸取教訓，並以評隲人物正反的評價。這些援用歷史事件的書寫不容易追溯出處，但故事樣貌涉及真實人物的姓名，又有史書可供核實，其真實程度不容否認，公案小說集之所以搜羅此類故事，用意除延伸對於事件的關注外，更大程度是為了強調公案故事的清官敘事真實性。

這類故事的共同特徵為集中於明代史實，部分原因在於小說編纂的歷史意識受到明代的時代氛圍的影響，就如前所述明代「時事小說」的形成一般，[47]關切時事反映現實的評隲與公案小說的重構秩序的意識有關，藉由重新審視事件，予以事件的定位，亦反映讀者心理對於此評價。而公案小說描繪的歷史事件時間跨距不僅晚明，而是整個朝代。若《明鏡‧顧察院判黜贓官》描寫明代永樂時期左都御史劉觀父子貪贓為顧佐所黜的故事：

> 時左都御史劉觀與男劉福父子專權，贓貪狼藉，騁私滅公，脅制諸道，無所忌憚。顧佐耳目其事，怒曰：「風憲所以警肅百僚，憲長如此則不肖，御史效之不肖，御史差出四方，其行如此則不肖，有司效之。況大不除，則黨惡周知自欽。今新奉明旨，令佐考黜不肖，洗滌積弊。試觀今日不肖無如

---

47　晚明的時事小說多達十幾部，多描述閹黨惑亂朝政危害百姓故事。參見朱恒夫：〈論明清時事劇與時事小說〉，《明清小說研究》第 2 期（2002年），頁 16。

劉觀，積弊亦無如劉觀，所當考滌洗滌者亦無如劉觀也。劉
觀父子所為貪污如此，不以法繩之，何以肅官聯而清仕路，
會科道？」有本劾觀，遂逮觀父子下獄，案驗其罪。[48]

　　人物記載歷程中小錯誤，劉觀之子名為劉輻記為劉福，這件事
在《明史》卷一五一中載記為：

永樂元年，擢雲南按察使，未行，拜戶部右侍郎。……十九
年命巡撫陝西，考察官吏。……時未有官妓之禁。宣德初，
臣僚宴樂，以奢相尚，歌妓滿前。觀私納賄賂，而諸御史亦
貪縱無忌。三年六月朝罷，帝召大學士楊士奇、楊榮至文華
門，諭曰：「祖宗時，朝臣謹飭。年來貪濁成風，何也？」
士奇對曰：「永樂末已有之，今為甚耳。」榮曰：「永樂
時，無逾方賓。」帝問：「今日誰最甚者？」榮對曰：「劉
觀。」又問：「誰可代者？」士奇、榮薦通政使顧佐。帝乃
出觀視河道，以佐為右都御史。於是御史張循理等交章劾
觀，並其子輻諸贓汙不法事。帝怒，逮觀父子，以彈章示
之。觀疏辯。帝益怒，出廷臣先後密奏，中有枉法受賕至千
金者。觀引伏，遂下錦衣衛獄。明年將置重典。士奇、榮乞
貸其死。乃謫輻戍遼東，而命觀隨往，觀竟客死。七年，士
奇請命風憲官考察奏罷有司之貪汙者，帝曰：「然。向使不
罷劉觀，風憲安得肅。」[49]

---

[48]　參見〔明〕吳沛泉輯：《明鏡公案》，頁 55-56。

[49]　參見〔清〕張廷玉等撰：《明史》，頁 4184-4185。

公案與史書的相同架構下，特別書寫永樂帝詢問楊士奇推薦顧佐的內容，並且書寫顧佐治事之才：

> 上悟士奇言，怒曰：「朝廷用一好人，輒為小人所排。如此欲將訴吏下法司深罪。」士奇曰：「此末事不足上干聖怒，但付佐自治，則恩法並行矣。」上隨以訴狀授顧佐，使自治之。佐退，召趙高示之以狀，吏恐甚，請死。佐曰：「聖上命我治汝，我姑容汝。但約今伊始，務要改過自新，不可仍前稔惡不悛。」竟不治之，人皆心服。上聞之喜曰：「顧佐得大體矣！」及為右都御史，位愈尊，權愈重。凡枉法有司，非對章糾之，則奏疏劾之，甚至，按其罪而罷黜之。[50]

顧佐後來揭發劉觀父子貪贓事實，以肅風憲。這個故事強烈對比出清官與貪官的差異，讓故事得以選列其中。公案小說作者於故事末，道出：「蒞官清白玉無瑕，冰檗紅顏雅操華。顧佐廉明清仕路，劉觀謫戍警官邪。」清官形象的形成離不開貪官的烘托，二者在道德、觀念、行為皆是對立的，因此二者之間的水火不容的關係必然存在。[51]然而在此對立關係中，貪官蒙蔽昏庸的帝王，帝王昧於事實包庇貪官，致使貪官陷害忠良、荼毒百姓、收刮斂財，其罪行更罄竹難書。

在《諸司・楊御史判釋冤誣》反映這種帝王與忠奸臣屬的三方關係，遭陷害的忠良最後平反的故事。故事中的權臣門達因參與

---

[50]　參見〔明〕吳沛泉輯：《明鏡公案》，頁 54-55。

[51]　參見于鐵丘：《清官崇拜談：從包拯到海瑞》（濟南：濟南出版社，2004年），頁 216。

「奪門之變」有功，晉升指揮同知，不久又升指揮使，然而門達憑皇帝恩寵，權傾中外，橫恣羅織。依附自己者，則不次超遷；忤逆自己者，則重罹禍譴。門達以為朝中能以是非進言只有李賢與袁彬二人，因此打算剪除二人以絕後患，羅織罪名欲置二人死罪，皇帝因與袁彬有「土木堡之變」相惜之情，告誡門達：「從汝拿問，只要一個活袁彬還我。」然而門達依然百般重刑拷掠，體無完膚，欲置死獄。時遇御史楊暄知袁彬受人誣陷，於是向皇帝上疏極力搭救，並條陳門達二十餘件罪事，結果亦遭門達構陷，身陷獄中，門達鞫問楊暄：

> 「誰教汝論救袁彬、條陳我許多陰事？此必李賢老兒主使也。汝從實供來則汝有生理。」暄懼拷死獄中事不得白，乃佯應曰：「此實李閣老教我為之。但我言於此，無人証見。不若請著多官廷鞫。我一一對眾言之，則彼得無詞。」達信暄言，次日，轉聞於上。上命中官同法司官等訊於午門。暄大言曰：「我死則死，何敢妄指他人？鬼神照鑒，此實門指揮教我扳誣李閣老也。」達聞暄言，失色計沮。彬遂得從輕調南京，暄亦得免。[52]

故事中，楊暄因著搭救袁彬而身陷羅網，遭到權臣毒手陷害不能脫身。小說淡化皇帝的人物功能，而直指門達構害忠良的行徑，於是文末的結語回歸庶民對於門達的痛恨：「百姓惡其誤國，競磔裂其屍，啖食其肉。」又附以詩作「僉士從來心險艱，織羅人罪伐

---

52　參見〔明〕余象斗編：《皇明諸司公案》，頁 2155-2156。

多般。李賢不遇楊暄直，幾入安排陷阱圈。」關於門達最後下場，並非是遭百姓「啖食其肉」，小說如此書寫無非以此警示為政者當戒慎恐懼。而二者不同公案故事，作者非同，卻在文末附「以詩為證」的評議，反映對於清官人物的歌頌。[53]

## 二、吸納流行題材的改寫

小說的貪官汙吏故事，在包公系列故事中援引甚多，包公不畏權貴的突出形象，敢於挑戰威權，秉公處理案件。小說承襲這類題材，情節較為曲折，人物個性較其他公案故事更為豐滿，包公形象已較前代包公形象溫和，反映包公故事的時代特徵。[54]而故事中的權貴與惡吏的類型多集中於利用權勢影響力攫取百姓財富或擄走百姓婦女，致使百姓家破人亡。

例如《百家・東京判斬趙皇親》中，描寫皇親霸佔劉都賽妻而殺害其全家，包公審理此案的經過，故事據考證是由明成化詞話〈劉都賽看燈傳〉改寫而成的，[55]《龍圖公案》後來又繼承這個故事改寫成〈黃菜葉〉，公案系統的故事演化成較為簡略與篇幅短小，但結構相近。

從〈劉都賽看燈傳〉到《百家・東京判斬趙皇親》，以至《龍圖公案・黃菜葉》情節出入最大者，在於故事結尾的安排，《龍圖公案・黃菜葉》中「師馬」作「師馬都」，包公審問趙、孫由司馬都對質，無劉都賽告狀事，末亦無師馬受封官職一事，唯將趙王家

---

53　參見何世劍：《中國藝術美學與文化詩學論稿》（南昌：江西人民出版社，2013 年），頁 327。

54　參見楊緒容：《百家公案研究》，頁 265。

55　參見楊緒容：《百家公案研究》，頁 61。

財判分為一半入官充公，一半賞張院公。[56]就情節來說，《劉都賽看燈傳》到《百家·東京判斬趙皇親》，《明成化說唱詞話》的故事較為粗糙，情節漏洞或不近情理處，到了《龍圖公案》（《包公案》），故事作了改動使之較為合理。[57]例如，劉都賽的故事在〈劉都賽看燈傳〉中劉都賽在趙府，太白金星化作蟲兒，咬碎劉都賽衣服，劉都賽要織匠來補，才與織匠丈夫師官受見面。而《龍圖公案》中劉都賽衣服為老鼠咬碎，寫成日常生活情事更為合乎情理。其次，《詞話》結尾時，把受迫害的師馬都（師官受的弟弟）封為西京府主，「鎮守西京一座城，掌管西京河南府」。師馬都是為織匠，受冤屈，卻被封為「西京府主」，所以，《龍圖公案》將之改為：「發遣師馬都甯家，劉都賽仍轉師家守制」更符合情節邏輯。[58]從《明成化說唱詞話》、《百家公案》、《龍圖公案》一貫延續的袁文正、趙皇親的包公故事中，揭露權貴或官僚殘害百姓的內容。

　　這類題材的流行多少與現實發生的事件有某種內在的聯繫，題材流行投射庶民對於權貴枉法的心理反映，這類史實與援引歷史題材不同，在於故事本身具有反映庶民生活背景的共同性，不特定指向固定的人、事、物，卻能召喚讀者或閱聽者領略故事傳達的意旨。事例甚多，且舉一例，《明英宗實錄》天順二年四月乙酉記載：「皇親公侯伯文武大臣中間多有不遵禮法，縱意妄為，有將犯

---

56　參見譚正璧：《評彈通考》，收錄於譚塤、譚篪編：《譚正璧學術著作集》第 11 冊（上海：上海古籍出版社，2012 年），頁 385。

57　參見齊裕焜：《獨創與通觀——中國古代小說論集》（上海：上海三聯書店，2009 年），頁 249。

58　參見齊裕焜：《獨創與通觀——中國古代小說論集》，頁 249。

罪逃避并來歷不明之人藏留夥用者，有令家人於四外州縣強占軍民田地者，……能自首者俱免本罪，若被人首發或體訪得知，必重罪不宥，其家人及投托者皆發邊衛永遠充軍。」[59]公案故事的時間設定於宋代，雖與現實發生事件不同，其案件性質共同指向權貴階層的恣意妄為，不顧王法而視庶民如草芥的心態，反而因著故事的時代遠隔更能書寫庶民的心聲。故事發展到結局，權貴罪行經由清官審判，更能張揚清官無畏權貴的無私形象。

## 三、援引貪官污吏的對照

　　訟師秘本的公門類對於官吏的惡劣形象用詞與行徑的描繪有：貪官、酷官、虐官、鱷官、暴官、貪吏、汙吏、權吏、勢吏、奸吏等三十餘種，而其惡劣行徑描繪有：非刑屈招、徇私枉法、受囑偏斷、藉官為勢、誣贓枉法、羅織成招、妄人民罪、侮弊沈案等十餘種。這類的常用套語用於小說中並不如訟師秘本中常見，而在公案小說援引訟師秘本的事例中亦不多見，而公案小說對於公門惡劣事蹟之故事多集中於《百家公案》、《龍圖公案》、《諸司公案》三書。這類貪官惡吏在情節的功能在於映襯清官的形象。故事中的官吏負面形象有三種：私行不檢、未盡職能、徇私舞弊。

　　多數為惡的官員多屬低階官吏，極少數為職級較高的官員，《廉明‧洪大巡究淹死侍婢》即屬此類，[60]故事內容大意說某一巡按外地當官，升任知府回鄉接家小一同赴任。回家後疑心妻子與販

---

59　參見〔明〕陳文等奉敕撰：《明英宗實錄》，收入中央研究歷史語言研究所編《明實錄》三十六冊（臺北：中央研究院歷史語言研究所，1967年），頁 6203-6204。

60　這個故事後來抄錄改寫成《龍圖公案‧賣酒死賣色》。

珠商客姦情，從婢女口中得知姦情屬實，為免婢女口風不緊，推入魚池溺死，又藉口夜深想喝酒，催促妻子至酒榼處取酒，趁其不備推入酒榼中溺死。當得知珠客寓居華嚴寺中，以靈柩寄靈於寺院中，將珠寶取出後又誣為賊所盜。知府以緝盜之名扭送邱繼修送縣，地方官知縣用嚴刑拷打屈打成招，於是治以死罪。知府以急於赴任之名，請知縣盡速結案。不料婢女愛蓮亡魂現身於洪巡按面前，異象引起洪巡按疑竇，重審案情，最後真相大白。洪巡按以三大罪狀數落張英：

> 「你閨門不肅，一當去官；無故殺婢，二當去官，開棺賴人，三當去官。更赴任何為？」張英跪曰：「此事並無人知，望大人遮庇。」洪院曰：「你自幹事，人豈能知？但天知、地知、你知、鬼知。不是鬼告我，我豈能知？你夫人失節該死，丘繼修奸命婦該死，只愛蓮不該死。若不淹死愛蓮，則無冤魂來告，你官亦有做，醜聲亦不露出。繼修自合就死，豈不全美乎？」說得張英羞臉無言。[61]

因著妻子紅杏出牆而殺害無辜婢女，又利用職權暗地施壓相關官員達成個人掩飾案情的目的，最終因為婢女冤魂現身而案情急轉，知府不得不認罪，居於其中的知縣雖然昧於命案，終究上級洪大巡能夠明察秋毫，將犯罪人知府張英繩之以法。

另外冤案形成，除案件隱蔽，清官智判受限外，部分原因與官吏無法善盡職能有關，例如《諸司・趙縣令籍田舍產》中因為質借

---

61　〔明〕余象斗編：《廉明公案》，頁 1074-1075。

田產發生糾紛，導致冤告無門，原告鄭穆又反成被告，范邑宰（范令）苦思不得法亦無法解決，竟然建議當事人認賠了事，若云：

> 范令曰：「誠疑爾冤，奈先日納錢，無人在證。不如爾認此百千緡錢，使鄭穆重出五萬，高泳少得五萬罷。」鄭穆又訴於州，州亦不能理。聞得趙和政聲，乃越江而訴於趙。令曰：「縣職甚卑，且復逾境，何能理也？」鄭穆冤泣曰：「老爺若不代理，此屆終無由白也。」趙令曰：「汝第止此，試為爾思之。」[62]

　　原告鄭穆不甘損失，找上「片言折獄，甚著能聲」的趙縣令，希望他能為己申冤。這個故事與《諸司·彭知府判還兄產》均是越縣上訴田產糾紛的案件，兩個故事性質相近，原告均被誣陷而不得不越級上訴，這種因冤情沒有得到處理的田產糾紛案件在《諸司公案》較多，余象斗特別將兩故事並舉，寫下按語：「按：趙公之斷高泳，與彭公之斷趙懌相同，皆以異縣騶提，指以賊贓，彼必供出得財之故矣。然趙公必經宿乃得此計，使早聞彭公之案，則不待思索而成跡可法矣。愚故俱表出之，以為設術反賺之助。」故事中賢明清官與平庸官吏的對比在於清官能夠計賺嫌犯吐實。這類故事凸顯清官審案的聰明才智，屬於公案中的「智判」類型，僅靠清官智慧破案，亦佔公案故事數量一定比例。

　　然而，公案中利用職權瀆職犯案的官員並非闕如，官員與地方惡霸狼狽為奸。《百家·潘用中奇遇成姻》、《百家·續姻緣而盟

---

[62]　參見〔明〕余象斗編：《皇明諸司公案》，頁 2059-2060。

舊約》、《百家‧旋風鬼來證冤枉》等故事即是屬於此類,這三則故事均為男女私情受到阻擾,導致其中一人因官府中人受到賄賂而受害,其中以《百家‧旋風鬼來證冤枉》較受歡迎,故事尚有其公案承襲改寫。

這類故事的官員犯罪動機多與錢財相關,受到金錢引誘而犯下違背良心的案件,錢財成為驅動官吏的來源,良心成為可以出賣的工具。在《百家公案‧劾兒子為官之虐》中甚至以包公之子書寫著貪財而出賣靈魂的故事。故事是這樣,包公因貶黜張轉運,宋仁宗拔擢為直諫大夫。子包秀救揚州知縣,包秀卻受財貪贓,任滿回鄉攜回許多寶貨,包公怒而上奏朝廷,並自請辭直諫大夫,仁宗因其直言無隱,盛贊包公剛直。包公在《百家公案》的諸多故事,不畏權貴,勇於揭露官吏的形象特別鮮明,當遇到自己的兒子還能「大義滅親」舉發,更強化包公剛正無私的正義形象。

## 第四節　清官形象的對蹠性

清官崇拜興起與案獄有關,宋代大量案獄故事的形成,影響了包公故事的流播,在清官文化的流衍故事以包公文學為大宗,它涵蓋文學、戲曲中各種文類,種類之多令人目不暇給,舉凡小說、戲曲、彈詞、鼓詞等。案獄故事呈現社會的矛盾與衝突,必然賦予官吏審案的理想與期望,形成清官的英雄崇拜,若將包公置於宋代的社會環境脈絡下檢視,發現其具備理想清廉官吏典型特徵。由於他成為宋代以來最有影響力的清官原始意象(primordialimages),宋代以降清官形象皆有包公民間形象的影響痕跡。包公從對清官觀念的理想化到清官原始意象,形成古代特有的清官文化,使清官題

材成為文學中的主要類型之一。[63]

　　包公形象中不僅具備權力，甚至有近似巫者原型的特徵。[64]這種兩種原型首見於榮格的分類，原型代表著人類心靈的共同心理特徵，亦是人類思維形式。[65]清官作為官吏文化的代表，意味守護秩序、統治、能力與智慧，成為庶民信仰的人物。另一方面融入巫術的特質，成為溝通陰陽兩界的特殊人物。在榮格的心理類型的分類中，權力原型分類中，其原型意象有國王、英雄、神與魔、神職人員、騎士與龍、貪官與清官以及金錢與法律等。[66]其中清官作為俗世的低階權力類型，與人民關係更為親近，在明清話本研究中清官的諸種系譜中有：完美型清官又包括斷案清明型、廉潔無私型、正直為民型、懲惡揚善型四類。[67]有將其特徵概括為強制性、普遍性、神性及雙重特性，其中將清官處置貪官視為雙重特性。[68]無論

---

[63] 榮格認為先形成觀念，原始意象（原型）賦予情感加以分化，並進而具體化，因此若提煉出觀念時，「清官」的形象更為清晰，參見榮格（Carl Gustav Jung）著，吳康、丁傳林、趙善華譯：《心理類型》（臺北：基礎文化創意公司，2007 年），頁 482-483。

[64] 依照榮格的分類，清官形象比較接近於權力原型與巫術原型，參見胡邦煒、〔日〕岡崎由美：《古老心靈的回音：中國古典小說的文化──心理學闡釋》（成都：四川文藝出版社，1991 年），頁 50。

[65] 參見霍爾（James A. Hall）著，廖婉如譯：《榮格解夢書：夢的理論與解析》（臺北：心靈工坊出版社，2006 年），頁 16。

[66] 本文觸及的原型分類，主要依據榮格的說法，原型一詞有不同的指涉，因此從榮格、弗萊、弗雷澤中不同學派的闡釋有多種說明，本文僅就概念借用以說明自己的觀點，對於意義歧出不加以細論。

[67] 馮英華：《明清話本小說中的清官形象研究》（寧夏大學人文學院碩士論文，2014 年）。

[68] 李巍：〈權力原型及其文學表現從神話圖騰到中國文學中的貪官與清官敘

如何分類，其對蹠性質特徵為其兩極化常態，在公案集不僅呈現了道德形象的對蹠性，呈現出陰陽判案不同，另外對於援引神怪內容的清官故事，對比出清官權力形象的本質性問題，豐富了清官文化的多元性質，以下以道德性格、陰陽屬性、真假身分分述，道德品格呈現了俗世性質的對蹠與相融，陰陽屬性代表清官權力領域的區分與交涉，真假身分表現了清官的辨識與考驗。

## 一、善惡性質的交融

清官之「清」在於不貪財，所以清、廉二字具有近似相同指涉的涵義。清官文化以道德作為官吏選才標準的檢視，到了明代公案發生的變化。尤其是指涉清官廉吏，雖此類故事在公案集中例子並不多見，總體影響了我們對於晚明公案集中對於清官的定義。清官形象若在道德出現瑕疵，其作為崇拜對象是否值得信賴，影響讀者的質疑，若此，公案集將此類置入公案中，是否隱藏了作者對於公案中的清官重新審視的可能，性格的廉與貪的對立決定清官的道德高度。

公案集中的審家產紛爭例子不少，多數公案集中有此題材，或專列一門類收錄這類故事，以印證對於錢財的貪心，可見財產紛爭古今皆然。《廉明公案》有爭占類，專門一類為家產爭奪的故事，其中相似有〈韓推府判家業歸男〉、〈滕同知斷庶子金〉等，其故事種類繁多不勝枚舉。而就此主題開展出與清官主角相涉的內容，說明對清官的人性考驗及百姓對清官的質疑，其中《廉明・滕同知斷庶子金》就是典型的例子，滕同知在審案過程中，將一部分家產

---

事〉（廣東技術師範學院碩士論文，2014 年），頁 14。

作為己有的漁利故事，較早出現於《晉書》汝陰隗炤事，後來為馮夢龍《喻世明言‧滕大尹鬼斷家私》所繼承[69]；另一類型是廉的類型，有公案集中《海剛峰公案》第五十九回〈判給家財分庶子〉和《龍圖‧扯畫軸》出現了，後來的傳奇《長生像》中包公是分文不取的也出現了[70]，說明了這種清官性格的轉變有其必然。若《廉明‧滕同知斷庶子金》云：

> 滕公乃給一紙，批照與善述子母收執置業。自取謝金一千兩而去。只因看出畫中以手指地之情，遂使善述得銀，滕公得謝。雖設計騙金，是貪心所使，然驟施此計，亦瞞得人過，所以為判斷之巧。若善繼知霸家業，而不知父留與弟之銀，亦足相當。倪守謙恐以銀言於先春，慮其改嫁盜去，而不知滕公已騙其千金。乃知財帛有命，而善繼之強佔、守謙之深謀，皆無益也。[71]

　　滕大尹之所以令人注目在於他利用審案技巧將案主的一千兩銀子變成了他自己的，貪之性格出現在清官身上，以致呈現同一清官性格在不同小說中的對蹠性，滕大尹性格中有為自己謀私的想法

---

69　胡士瑩認為此篇改編自《龍圖公案》中的〈扯畫輕（軸）〉，而程毅中、陶成濤、何研不同意此說，認為出自《廉明‧滕同知斷庶子金》，參見胡士瑩：《話本小說概論》（北京：中華書局，1980 年），第十四章第一節，頁 543；程毅中：《明代小說叢稿》（北京：人民文學出版社，2006年），頁 246；陶成濤、何研：〈「滕大尹鬼斷家私」故事淵源綜論〉，《天中學刊》第 1 期（2014 年），頁 73。

70　陶成濤、何研：〈〈滕大尹鬼斷家私〉故事淵源綜論〉，頁 73。

71　〔明〕余象斗編：《廉明公案》，頁 1166。

外，他還具體地實踐想法。雖然聞後提出「乃知財帛有命，而善繼之強佔、守謙之深謀，皆無益也。」以為此千兩銀為滕同府命中該有，不然強取一無所獲的定命觀點作為詮解，映射官吏取財自我合理化，清官在審案歷程中可能作手的現實，在晚明商業大潮中官吏操守受到大環境功利的薰染，是一個值得注意的面向，金錢（財）在公案故事，或在律法實踐歷程中的位置與影響，可能藉由文學中的法律（公案中的律法實踐）探勘出晚明吏治的現實反映，或者在訴訟中金錢操作審案的結果將是一個有趣問題，此文聚焦於清官的道德性格，不擬就此深論，將擇篇更為系統地論述金錢在晚明公案中的運作與影響。

　　清官對於公私領域的劃分不清，是道德問題，而清官之所以是清官，首先必須符合道德合法性的資格，因此在公案中援引滕大尹例子的根本原因在於大眾認同貪財行為，呈現清官文化轉變的關鍵，雖然是公案集中少見的例子，其原因是值得深思的。多數對此「取財」的合法性產生質疑，甚而認為滕大尹是「贓官」，認為打破包公樹立的清官與貪官的界線。[72]此外鮮少深刻論述此故事效應的引發，表徵清官新形式產生的跡痕，像這樣的轉變跡象在公案集中所萌發的意識，到了「三言兩拍」之後更加的成熟，對於清官採取了更為貼近人性自然的觀點，認為清官不必然高高在上的神聖性，然而亦有認為此種情節乃為有意諷刺的創作意圖。[73]

　　其次，必須予以留意的是清官在公、私領域的作為除呈現情、

---

72　任曉燕：〈清官乎？贓官乎？——析《滕大尹鬼斷家私》中滕大尹形象〉，《黑龍江農墾師專學報》03 期（2000 年），頁 27。

73　王立興：〈劉鶚筆下的清官形象的平議〉，收入崔永清編《海峽兩岸明清小說論文集》（南京：河海大學出版社，1991 年），頁 358。

理、法的態度轉變，所受到利益的衝擊是此類故事對於晚明官吏斷案受到金錢等因素影響的證據，亦即晚明庶民質疑清官是否能公正斷案，因此才呈現出同一則故事有兩條對立的發展脈絡。當然有人以為嫁接到包公系統之後，「不收分文」是對包公形象的最佳詮釋，若此，《海剛峰公案》應亦如是，雖然真實歷史人物的斷案屬於同一系的考量下可能如此改寫，因為包公歷史定位已經蓋棺論定。至於晚明官吏的餉銀（月俸）的貧乏，多有學者討論，因而在實務審判中從中漁利的可能，復加以晚明商業發達之後，官吏審案受到金錢利益因素的影響，即使清官自清，周圍胥吏上下其手，或與訟師利益交換的可能，公案集亦不無描繪。清官的偉岸形象受到滲透波及官場上的歪風皆有可能。

## 二、陰陽領域的交涉

從權力觀點而言，小說賦予清官具有兩種權力：陽間權力及冥間權力，由此清官入冥執行判案，穿越陰陽兩界成為公案小說的習見內容。因著公案集對於清官的陰陽兩界涉入與表現意義在不同文本中皆有出入，就形制與內容最為近似公案集《百家公案》和《龍圖公案》，就有顯著的不同。就清官的陰間官吏性質而言，呈現差異適足以說明清官所涉陰陽兩界的權力性質與陽間律法的執行範圍並非一致，不僅映現清官層面，並旁涉其他人物若冤魂、妖怪、神祇等，這些層面的搜羅考察就能拼成陰陽兩界律法運作的圖像。

以陽間或冥界而分，從陽間層面觀察，陽世清官的權力基礎建立於俗世官僚系統與架構，行使權力必有其現實因素的侷限性。因而小說必須援天道、報應、冥間審判等因素鋪設情節，一方面增加小說趣味性，一方面強化清官審案的情節、人物，避免內容過於單

薄。往往此類題材特別能夠召喚讀者心理傾注,若陽官入冥故事
〈唐太宗入冥記〉書寫崔判官冥間判案與唐太宗互動的故事。[74]因
陰陽兩判的權力來源不同形成司法權衝突,情節中崔判官以判案為
由要脅太宗,呈現出陰陽兩界的權力屬性與位階的不同。冥判的判
官大致有二種:生人入冥或本為冥司。公案集的主要場域為陽間,
出現陽官入冥司審案。出現情節集中於《百家公案》、《龍圖公
案》,沿襲了包公前代既有「包公日斷陽、夜斷陰」的印象,在此
方面公案集並沒有突出的轉變。

　　公案中陰陽的對蹠性充分體現出對立相成效果,在諸本公案集
中,因編者不同及公案集互相抄錄的結果,清官展現的權力內容亦
有所不同。舉冥間官吏城隍神與包公互動為例,明代公案篇數計有
千餘篇,呈現陰陽兩界故事亦不少,其中以城隍神的出現次數最
多,城隍信仰在明代興起,與祭祀受到官方重視有關,明代朱元璋
重視城隍的政治教化功能,促使城隍地位提昇,賦予城隍冥間職能
全面監管陰陽兩界的糾紛。城隍成為明代地方神祇的重要角色,往
往起到教化民間與解決紛爭的功能。小說中,城隍與清官關係密
切,包公具有陰陽兩判的性質,多少涉入了城隍爺的職權範圍,因
此城隍神退位成為協助清官斷案的配角。

　　城隍神出現情節偶而與判官角色重疊,尤其是清官主角為包公
時,產生人物輕重分配有失當處,或可解讀為民間信仰與強調官方
話語的矛盾與衝突。城隍成為陰間秩序的維護者,陽間所不及者皆
須由城隍處理,然而亦出現了包公先聲奪人,致使情節中出現陰陽

---

74　參見陳登武:《從人間世到幽冥界:唐代的法制、社會與國家》(臺北:
　　五南圖書公司,2005 年),頁 333。

位階混亂的情況，若《百家公案》第一回〈判焚永州之野廟〉云：

> 包公聞報，心不為動，乃歎息曰：「吾居官數年，只是為國
> 為民，未曾妄取百姓毫釐之物，今既有此妖邪，吾當體正除
> 之。」遂即急往城隍廟，禱之曰：伏以寂然不動，陰陽有一
> 定之機；感而遂通，鬼神有應變之妙。明見萬里，事悉秋
> 毫。至如賞善勸惡，亦乃職分當為。永州廟荼毒生靈，某所
> 不忍；永州境流離黔首，神其能安？乞施雷電之威，拯彼水
> 火之患，則一州幸甚，而包拯亦幸甚也。禱畢。過了三日，
> 只見風雨大作，雷電交轟，遙聞永州廟中，隱隱有殺伐之
> 聲，移時之間方息。是時，包公率百姓前往視之，但見野廟
> 已被雷火燒毀，內有白蛇，長數十丈，死於其地焉。於是其
> 怪遂息，百姓無少長皆歌舞於道曰：「吾一州百姓盡蒙更生
> 之恩者，實賴包公之德也。」至今頌之不衰。[75]

　　陰間妖異之事由城隍轉知天帝，其呈現的是城隍為當地陰間轄
司，包公無法處理，因此將此民情上達。《百家公案》妖異事件多
為此種模式，由情節是知，賦予包公形象近於人間官吏的職能，在
此書中並無統理陰間職司的權力，與《龍圖公案》的冥司審案亦有
分別。在第二十九回〈判劉花園除三怪〉中，包公赴陰床到地府質
問閻羅王：「拯有心救民，剿此妖孽，恨力未能，因特到此。萬望
閻君著落判官，看是何處走了妖怪，即當剿滅，與民除害。」後來
知是三妖作怪，遂秉天庭處理。除妖仰仗的力量來自天庭，而妖異

---

[75]　參見〔明〕安遇時編，蕭相愷校點：《包龍圖判百家公案》，頁44-45。

事件以外的事包公皆能親自作法，第九十五回〈包公花園救月蝕〉：

> 拯次日侵早，差人拘喚李先生。主人甚恐，先生道：「不
> 妨，非干你事，我見判府自有理說。」先生遂與吏人同往，
> 到廳跪下。拯問先生：「你道夜來月食九分，因何不食？」
> 先生告判府：「夜月當食九分，被文曲星在後園內披髮仗
> 劍，喝住月字不得無禮，所以字星過宮不得，月明到曉。」
> 拯大驚道：「先生妙術甚精！」遂安排酒席，厚待之而去。
> 申奏朝廷，乃後事也。[76]

第十七回〈伸黃仁冤斬白犬〉中，出現了明示包公的職能與城
隍有別：「次日拯便誠心禱告城隍云：一邦生靈，皆寄爾與我焉。
爾斷陰事，予理陽綱，其責非輕。今黃仁死于妻手，其事未判真
假，乞神明示，以振紀法可也。謹告。」呈現小說不僅淡化包公的
職能，有意將此職能分工於城隍。從此點可知公案清官的全能僅體
現於陽間事務。其二，城隍角色安排在於協理陽間官吏處理案情，
若第三十三回〈枷城隍拿捉妖精〉云：

> 包拯祝罷回衙後，是夜城隍便差小鬼十餘人，限三日定要捉
> 到妖精。小鬼各持槎牙棒、鐵蒺藜，繞城上下、寺觀山林、
> 古冢墳墓，莫不尋遍。一鬼托化到城東，忽聞樹林中有婦人
> 哭聲。小鬼隨聲奔入林中，見一古墓，掘開如盆大，有一佳

---

人在內。鬼使持劍喝問原因。佳人道：「妾在城裏住，夫是
銀匠王溫，為妖怪所迷至此。」小鬼聽得，遂挽婦人隨風而
去。忽然遇著妖怪，頭生兩角，身披金甲，手持利劍，喝
問：「誰將我妻兒何處去？」鬼使道：「我奉城隍牒命，來
捉妖怪。」其一鬼在黑風中與妖精持劍交戰，遂被妖精斫
死。小鬼急將婦人抱走。其有眾鬼知之，徑回廟中告城隍。
城隍再遣陰兵捉捕。陰兵遂圍定妖精所在，不能走脫，遂被
陰眾捉縛，同阿劉押入城隍司。司王道：「此係包大人要根
勘。」即令取大枷枷著妖精，同阿劉解入府衙。正遇拯在城
上判事，忽一陣黑風，塵霧四起，良久，阿劉與妖精同到廳
前。拯一見之，方知是參沙神作怪。[77]

　　由篇名〈枷城隍拿捉妖精〉的設計，城隍神作為陰間統轄與陽
間清官的對應分屬位階與性質有異，何以陽間清官近似威脅口吻城
隍神，就《百家公案》諸多故事的情節脈絡觀察，確實出現包公對
廟宇祭祀現象多有口氣不善，此類是否為淫祀不得而知。若由歷代
城隍神的神格遞升歷程而言，明代開始確立且有系統城隍神成為官
方祭祀，在城隍被官方承認而納入後，包公將城隍視為下級官員而
發號司令，去城隍廟枷了城隍後，又枷了兩個夫人，枷梢上寫著：
「你為一城之主，反縱妖怪殺人，限你三日捉到，如三日無明白，
定表奏朝廷，焚燒廟宇。」而在第四十八回〈東京判斬趙皇親〉中
甚至威脅口吻說道：

---

77　參見〔明〕安遇時編，蕭相愷校點：《包龍圖判百家公案》，頁 156-
　　157。

> 張公道：「他侵早來告狀，並無消息。」拯知其故，便著張
> 公去西牢看驗死屍。張公看罷，放聲大哭，正是師馬矣。拯
> 沉吟半晌，即令備鞍馬徑來城隍廟，當神祝道：「限今夜三
> 更要放師馬還魂，不然焚了廟宇。」祝罷而回，也是師馬不
> 該死，果是三更復醒來。次日獄卒報知于拯，拯喚出廳前問
> 之。師馬哭訴被孫文儀打死情由。拯分付只在府裏伺候。[78]

　　因此清官代表包公具有陰陽兩界的權力性質。這樣性質表明清官的特殊性，必須指出的是，體現於《百家公案》的包公形象有著近似民間巫術的色彩，清官文化中有著巫術殘留跡痕，代表古代清官文化並非理性開化的結果，而是雜揉文化的各種因素，若俗民、宗教、律法等，絕非單純為心理因素或政治因素等而已，因著清官文化有著多種交涉面向，以致無法由單一面向理解其發展。公案小說中充斥許多在巫術思維的成分，這些成分與清官審案脫不開關係，對其分析結果將能解開清官職能涉入庶民生活的程度，提供清官審案的非律法因素側面觀察，有助理解清官文化的發展脈絡。這些超自然現象包括了三個部分，案發前的奇異現象：如瓜異、陰陽人等，案發後線索，如冤魂出現、風吹葉，審案手段，若死人同舌、與死人同睡、清官入冥的手段。這些超自然的現象，圍繞著清官的周圍而發生，因而形塑了清官的巫者色彩，卻又不能等同於清官是巫者的結論，是原始神判巫術的遺跡，神判是多神崇拜觀念的產物。[79]

---

78　參見〔明〕安遇時編，蕭相愷校點：《包龍圖判百家公案》，頁 207-208。

79　參見富育光、郭淑雲：《薩滿文化論》（臺北：臺灣學生書局，2005

## 三、身分的真假辯證

　　公案中的清官真假身分的故事有兩種：以陰陽屬性可分為妖精變化作怪、冒充身分認親；以清官與官司兩造而分，有真假清官、真假受害人。冒充身分認親的故事多出自於才子佳人相關系列，以此情節營造故事的懸念，以歹人角色製造男女主角的情愛多生波折，最後才子佳人終成團圓，公案中的故事發展結果往往以悲劇收場，錯誤悲劇作為檢驗清官才能，此種錯認與誤認往往造成斷案困難，清官必須發揮智慧明辨真假方能解決懸案，還當事人清白。而妖怪變化作怪的故事常含括陰陽兩界，妖精變化人身誘騙無知的青年男女，冒充彼此雙方，一旦事蹟發露，造成雙方關係難以挽回。而清官所涉的本尊身分真假的故事，其故事更具隱喻意義，其涉及的內涵不惟有身分的變換寓意，公案集中「五鼠鬧東京」即是明顯的例子，以下以此故事作為討論對象：

　　「五鼠鬧東京」故事流傳有緒而歷經兩次重大的改變。[80]其故事流傳系統分為：有包公判案情節及無包公判案情節。其中包公判案情節，講述著真假包公審案的故事，這個故事在明代有多種變形，流傳甚廣，在《輪迴醒世》卷十七〈妖魔部・五鼠鬧東京〉、《五鼠鬧東京》、《三寶太監西洋記通俗演義》第九十五回〈五鼠精光前迎接五個字度化五精〉、《百家公案》第五十八回〈決戮五

---

年），頁144。

[80]　「五鼠鬧東京」故事流傳有緒，歷經了兩次重大的改變，第一次受到明代公案小說的影響，增加包公判案情節，第二次清代中後期受到俠義公案說唱及小說的影響，精怪蛻變為俠客。參見潘建國：〈海內孤本明刊《新刻全像五鼠鬧東京》小說考〉，《文學遺產》第5期（2008年），頁102。

鼠鬧東京〉、《龍圖公案》卷六〈玉面貓〉中皆可見得相似情節，除小說外其他文類尚有多種。[81]向來少有學者論及真假包公的對蹠性問題，這種真假主角的內容，《西遊記》中的孫悟空與六耳獼猴的爭戰中亦出現過，「二心之爭」魯迅認為可能來自「五鼠鬧東京」[82]。到了清代的俠義公案小說發生重大的情節轉變，如「五鼠」，由以前作惡多端的五隻鼠妖，變成行俠仗義之士。由「五鼠鬧東京」的故事發展的兩條不同情節的脈絡，一路角色集中於包公斷案，故後來有以此為名「雙包案」，另一路以五鼠為重心，發展鼠妖轉化成為人類的俠義公案系統。

　　真假故事反映晚明時事的政治傾軋，明代中期以後，宦官、佞臣、權臣、黨爭，貪賄亂政，諂媚者奉承阿諛之亂象，導致政治、社會亂象蜂起，明朝國勢走向衰敗局面，《西遊補》等小說反映此時的朝政情況。《五鼠鬧東京包公收妖傳》，藉由宋仁宗受盡妖怪迷惑故事道出心聲：

---

81　鼓詞有《繪圖五鼠鬧東京大鬧開封府》、《五鼠鬧東京大鬧開封府》，福州評話有《五鼠鬧東京》，寶卷有《五鼠大鬧東京寶卷》，歌仔冊有《包公審鼠精歌》、《新編五鼠鬧宋宮歌》，秦腔有《收五鼠》、戲劇《鬧東京》、皮黃《雙包案》、中央研究院史語所藏之《雙包案總講》、中央研究院史語所所藏之《雙包案》、遼寧漢族民間故事〈真真假假〉、北京延慶縣民間故事〈神貓將軍〉、浙江縉雲縣民間故事〈貓的來歷〉、四川木里藏族民間故事〈五鼠鬧東京〉，詳參高琬婷：《「五鼠鬧東京」故事研究》（國立中正大學中國文學系碩士論文，2004年）。

82　參見魯迅：《魯迅小說史論文集》（臺北：里仁書局，2006年），頁188；胡適：《中國古典小說研究》，收入於《胡適作品集》13冊（臺北：遠流出版事業公司，1986年），頁52。

朕聞君有諍臣，則身不失其國家。正如子弟之衛父兄，手足
之禕頭目者也。朕今卻被妖怪迷惑，朝廷內外混亂不明。朕
心日夜憂煩，寢食不安。滿朝文武，皆無撥亂誘正之法，妖
勢猖狂，危于旦夕。詔書到日，即便回朝，除滅怪異，掃蕩
妖氣，計功升賞，無負朕心。[83]

　　妖怪危害社稷之隱喻奸臣危害朝廷，惟有忠臣能倚靠的不二人
選，關於兩個施俊、兩個王丞相、兩個國母、兩個宋仁宗、兩個包
公，在一真一假的對立中，公案對於的真假驗證，安排身體特徵作
為辨識。如何辨識真假包公在《百家公案》第七十四回〈斷斬王御
史之贓〉中出現端倪，仁宗生母為劉后所害而流落宮外，仁宗不
知，而後包公到桑林鎮歇息，仁宗生母得知前來告狀：

　　忽有一個住破窯的婆子聞知，走來告狀。張龍、李虎把住
門，見婆子臭污特甚，不與其進。婆子於門外喊叫，包公知
之，令喚入。婆子進至階前，包公見那婆子兩目昏眊，衣弊
垢惡，因問：「汝是何人？要告甚麼不平之事？」那婆子連
罵聲：「說起我名，便該犯罪。」包公笑問其由，婆子云：
「我的冤情除是真包公來方斷得，恐爾不是真的。」包公
云：「你如何認得是真包公還是假包公？」婆子云：「我眼
看不見，要摸腦後有個肉塊的方是真包公，那時則伸得我之
冤枉。」包云：「恁爾來摸。」那婆子走近前，抱住包公

---

[83]　不著撰人：《五鼠鬧東京包公收妖傳》，《明代小說輯刊》第二輯（成
　　都：巴蜀書社，1995年），頁438-439。

頭，伸手去摸，果有肉塊，知是真的，連在拯臉上打兩巴掌。……包公云：「娘娘生下太子時，有何留記為驗？」婆子道：「<u>生下聖上之時，兩手不二，那妃子挽開看時，左手有『山河』二字，右手有『社稷』二字。</u>」包公聽罷，即抱婆子坐於椅中下拜：「娘娘，望乞赦罪。」因令取過錦衣裳換著帶回東京。[84]

　　情節揭示辨識真假包公的方法在於身體部分具有明顯的特徵，此回中亦揭示仁宗皇帝亦具類似辨認方法。其中特別強調其冤情唯有真包公能斷出，這與《五鼠鬧東京》的別名《斷出假仁宗》有異曲同工之妙，肯定包公斷案的神能。情節中呈現的真假內容，多少亦考驗清官的斷案智慧：

　　四鼠精被監一獄，面面相覷，暗相約道：「包公說牒知城隍，必證出我等本相。雖是動作我們不得，爭奈上干天怒，豈能久遁？可請鼠一來議。」眾妖遂呵起難香，是時鼠一正來開封打探消息，聞得包丞相勘問，笑道：「待我作個包丞相，看你如何判理。」[85]

　　真假辯證的關鍵在於人的智慧對於妖怪性質的認識，投射真假而賦予忠奸之辨、正邪之分、善惡之別。故事案情大白的線索常環

---

[84] 參見〔明〕安遇時編，蕭相愷校點：《包龍圖判百家公案》，頁 327-328。

[85] 〔明〕無名氏，顧宏義校注，謝士楷、繆天華校閱：《包公案》（臺北：三民書局，1998 年），頁 257。

節起天道力量，不論是《西遊記》或公案集的「五鼠鬧東京」，情節可以追躡如來佛（佛祖）作為最高（權力）指導角色。故事的變異性發展，隱含佛道的爭競，而「五鼠鬧東京」故事系統中，鑑別妖邪人物為張天師而非包公，若《輪迴醒世》一書，在此類情節中張天師無法除妖之時，須由佛教人物出面善後。關於真、假的觀點在《龍圖公案》中的有評本系統中，有如此的評語：

> 聽五齋評曰：此兩宗公案，可謂幻絕特摘而入之，誌幻也。
> 噫！天下事如斯而已，何必幻，何必不幻，連吾之批評，亦
> 誌幻也，亦何必誌幻，何必不誌幻？搆訟者，情其極其假，
> 聽訟者，又誰得其真，世無真包公，不見假包公，世無假包
> 公，又誰識真包公，真真假假總在包公肚裡。又道世人「宜
> 假不宜真」，這句話與這部書何如？[86]

　　兩宗公案指的是〈玉面貓〉及〈金鯉〉兩篇故事，皆為妖怪變化人身擾亂人間秩序，引動天庭派下神佛剿除妖怪，聽吾齋評論的關鍵在於指出「幻」之一字，對於佛教義理而言，人生本是虛幻，人間俱足種種幻象，誰又能真正勘破生死及世間真相，聽吾齋將重心聚焦於公案之上，對於清官包公或當事人（搆訟者）的真假予以評論，延伸指涉本書的真假如何，頗有談禪說道的意味，對於真假包公及真假當事人，誰能分辨得了的問題，作為一「公案」，其謎團有待於讀者的心證而留下無限想像的空間。

---

86　〔明〕無名氏，顧宏義校注：《龍圖公案》，頁 259-260。

# 小　結

　　晚明清官的形成與社會對於局勢的焦慮與吏治的期待有關，在社會法律信仰之下尤為特出，因此律法知識的實用化，多少促成成為公案集的書判體形式的形成，以人物為名號點出了公案集的重要趨向，以清官為主體作為編纂方式開展以下四種清官形象與內容的模式：比附清官名號、援引循吏人物、營構歷史清官、揀選折獄示例。

　　此四種模式在以胡適提出箭垛式清官的概念後，進一步深化清官形象特徵的內聚與發散做了清晰的剖析，發現清官形象的形塑包括清官名號、真實事蹟、傳說與附會，而且傳說的斷案內容（案例）重組，已不只是箭垛式之形構方式，而是藉由不同題材改寫重新組合完成晚明公案集中相近題材故事並發展出指向不同清官的編纂方法，藉由讀者對於清官崇拜，或者是對於循吏的期待心理，創作或改寫策略型塑了晚明公案集的清官形象。其中清官除包公以外特別集中於明代，尤以近於明代中期以後清官為多，其實是反映民眾對於吏治的期待，因此斷案內容的重組印證了對於清官審案能力的重視，有意在塑造清官形象的脈絡下，延續近於《諸司職掌》的案牘參考，從中發現公案小說的清官形象的承衍時有別於其他文類的方式，以因襲方式進行因而有雷同化取向。

　　其次，清官的權力原型的對蹠性觀察，公案集中的清官形象呈現善惡性質、陰陽領域及身分真假三種對蹠性，此三種恰反映了三個層面俗世律法對吏治的要求、清官故事的大小傳統、映現君臣的忠奸心理辨正，由此呈現晚明清官文化的多重性與多元，從中注意清官的性質變化已有染濁的傾向，其中陰陽職能分工的矛盾，視為

清官的職能分軌的表現，清官從冥司職能分化逐漸專注於陽世的判案，將冥界事務歸諸於城隍神，並採取聯合辦案分工，此點與明代城隍神的信仰進入官方祭祀系統有關，進而影響官方與民間信仰的不同詮釋。至於真假清官的忠奸之辨與明代的君臣關係的變化發展有關，藉由真假清官的辯證，引導出對忠臣或奸臣的辯正，忠奸的辯證存乎一心或表現於行為困境，唯有回歸天道方能辨正邪的結論，適足以映現明代政治對於官吏期望與態度。

# 第三章　辨識神聖：罪僧故事的承衍、模式、議斷及其啟示

　　本章聚焦於公案小說中宗教亂象，以佛教僧人違犯社會秩序為討論對象，從其犯罪歷程至案件揭發所涉及的內容討論。明代艷情小說中普遍具有此種僧徒犯淫故事，雖艷情小說與公案小說各有側重，大體有此趨勢。艷情小說著重於淫僧姦情內容的演述，公案小說表現犯罪類型凸顯罪僧案件的性質，更能反映時代變遷下罪僧形象的變化，因此基於前人在罪僧題材研究基礎上，擬由此為進路，觀察明代公案集的罪僧形象及其案件，在承衍歷程的轉化及其特徵，如何表現了罪僧的時代特點，並由清官斷案結果反映社會意識，進而理解罪僧故事的寓示。

## 第一節　問題提攝

　　明太祖朱元璋出身於佛門特別留意元代宗教腐敗，因而對宗教政策有所規範，其具體措施表現於官方宗教政策，在《大明律》條文中，體現對官方宗教的保護與民間宗教的禁制。在此之下，官方宗教發展，以佛教最為令人注目，度牒濫發造成僧侶人數大增，其素質良莠不齊致使民間觀感不良，出家成為避稅與不事生產的最佳

藉口。明代中期以後，僧尼犯罪情況日趨嚴重，百姓視為破壞社會秩序的群體之一。反映於文學之中，罪僧題材成為眾多文學的創作元素之一，現存晚明日用類書「笑談門」更立有「嘲僧」一類，顯見僧人故事的流行，亦得見民間對僧人的觀感與態度。題材亦多見於笑話書，若馮夢龍創作的《笑府》、《古今譚概》等晚明笑話集，甚且是《笑林廣記》等系列的接受與影響。

　　晚明小說大量表現僧尼負面形象的情節內容，無論是直接參考犯罪事實或影射事件的內容外，已成為小說主要故事類型之一。明代諸多小說的發展趨勢相近，將僧人置於檢討與反省之列，如《僧尼孽海》、《風流和尚》、《禪真逸史》、《燈草和尚》的專集出現，其他大量記載者有：晚明以公案為名的專集，或變相公案小說《杜騙新書》、甚且風行的《金瓶梅》等小說，皆以僧徒為主角，發展故事以演繹僧人游走於佛教戒律、官方法律之邊緣的故事。形成了有別於前代的形象與故事風格，因此晚明的僧人形象確實具有特殊的意涵。在小說一類中，更能細緻地反映故事情節發展的脈絡及庶民的生活內容。在諸多載記僧人故事的小說中，大致分布於世情小說與公案小說二系列，世情小說情節充滿了各色人等與社會生活面向，表現了僧人的人性矛盾與性格特點。明僧故事亦集中世情小說與公案小說，此二類多敷演僧人的負面形象居多，世情多形塑其色僧面目，公案小說多是形塑其惡，對僧徒的負面形象演繹，呈現對社會秩序的衝擊與背離。

　　職此，罪僧題材在各朝代演繹的不同與遞變，不僅反映時代變遷，也呈現了題材不同的特色，其歷時性的差異具有歷史意義外，加上於明代公案集的「罪與罰」特點，更反映於社會對僧徒團體的社群性格的關注，與對其社會行為的批判。

　　犯僧形象研究，專注於宋代僧人者有柳立言，以《宋代的宗教、身分與司法》兼論僧人的犯罪現象，[1]而明代小說研究者有日人澤田瑞穗[2]、徐志平[3]、陳益源[4]、林珊妏[5]、林雅清[6]、大木康[7]多集中於世情小說，若《水滸傳》、《金瓶梅》、《三言》、《兩拍》等，對於僧人罪案的情節多有關注，另注目於公案小說有日人莊司格一討論了公案小說中的淫僧形象[8]、林璀瑤以「奸、邪、淫、

1　詳參柳立言：《宋代的宗教、身分與司法》（北京：中華書局，2012年）。

2　〔日〕澤田瑞穗：〈寶蓮寺奸僧事件〉，收入《宋明清小說叢考》（東京：研文出版社，1996年）。

3　徐志平：〈從「三言」看明代僧尼〉，《嘉義農專學報》第 17 期（1988年 4 月），頁 25-34。

4　陳益源：〈《歡喜冤家》的和尚形象及其影響〉，香港浸會大學「中國小說與宗教國際學術研討會」論文，後收入《古典小說與情色文學》（臺北：里仁書局，1988年）。

5　林珊妏：〈明代短篇小說之僧人犯戒故事探討〉，《南大學報人文與社會類》第 1 期（2005 年 4 月），頁 17-36；林珊妏：〈《杜騙新書》之僧騙故事探究〉，《人文暨社會科學期刊》第 2 卷第 2 期（2006 年），頁 87-96。

6　〔日〕林雅清：〈魯智深像の再檢討（上）〉，《千里山文學論集》（2008 年），頁 A71-A88；〈魯智深像の再檢討（下）〉，《同誌》（2008 年 9 月），頁 A21-A40；〈明代通俗小說に描かれた惡僧說話の由來——仏教における「戒律」と「淫」の問題を手掛かりに〉，《京都文教短期大学研究紀要》（2009 年），頁 1-11。

7　〔日〕大木康：〈明末「惡僧小說」初探〉，《中正漢學研究》20 期（2012 年 12 月），頁 183-212。

8　〔日〕莊司格一：〈明代公案小說における僧尼說話について〉，《中國の公案小說》（東京：研文出版，1988 年），頁 384-399。

盜」四種形象概論僧人形象[9]。日人大木康提出「惡僧小說」一詞，說明注意大量僧人罪案在小說所反映的意義，惟其文化研究所涉及社會現象，尚有開發空間[10]。

## 第二節　罪僧公案的承衍

公案集關涉僧人犯案，其故事題材來源多接續前代小說或法家書、訟師秘本，少部分歸於小說，對其他公案故事來源的差異，現尚無其他人對此進一步分析，公案集中的僧徒罪案題材多數成於明代，少數見於明代之前，或出自法家書、或出自筆記小說、或公案集中首見。僧徒罪案類型多數已見《百家公案》、《廉明公案》、《諸司公案》，繼此之後的公案集的故事，其相承關係影響甚大。僧徒犯案的故事為公案小說主要類型之一，占總故事數量約十分之一，大量僧徒故事的出現與明代社會環境的變化有密切關係。以下以犯案類型作為區分，可得知在公案集的側重與承衍得到大致的面貌，除此可以得知僧人在公案故事的形象及反映明代社會的情況。

### 一、歸納僧徒的犯案類型

僧徒故事中的僧徒幾乎都是加害人，而且皆為男性，其犯罪類型依照一般律法文書的分類，人命類、姦情類、威逼類及其它。公案小說集中的分類，首見於《廉明公案》，其依照大體《蕭曹遺筆》為主，有：人命類、盜賊類、墳山類、爭占類、騙害類、婚姻

---

9　林璀瑤：〈奸，邪，淫，盜：從明代公案小說看僧侶的形象〉，《歷史教育》第 9、10 期合刊（2003 年），頁 143-167。

10　〔日〕大木康：〈明末「惡僧小說」初探〉，頁 183-212。

類、債負類、鬥毆類、繼立類、姦情類、脫罪類、執照類，與《蕭曹遺筆》不同的有：威逼類、拐帶類、旌表類、戶役類四類。僧徒犯案的類型在《廉明公案》集中於人命類、姦情類、威逼類、拐帶類。其後以案件作為門類的公案集，幾乎以此參照，其門類或有小異，若人命類或稱為謀害類，姦情類或稱為姦拐、姦淫，威逼類或稱為強盜類或搶劫門，拐帶類或稱為奸拐類，其他類類型若取財、謀叛因其數量較少，歸於其他計。因此以下分類以人命類、姦情類、威逼類及拐帶類、其他類四種區分，作為討論的基礎：

表 3-1　公案小說集的罪僧犯案類型與數量簡表

| 公案名／總則數 | 人命 | 威逼及拐帶 | 姦情 | 其他 | 總計則數（%） |
|---|---|---|---|---|---|
| 百家公案（100） | 2 | 0 | 2 | 0 | 4（4） |
| 廉明公案（113） | 5 | 6 | 1 | 0 | 12（10.6） |
| 諸司公案（69） | 1 | 0 | 2 | 2 | 5（7.2） |
| 明鏡公案（25＋？） | 2 | 1 | 1 | 0 | 4（16） |
| 詳刑公案（40） | 0 | 2 | 1 | 0 | 3（7.5） |
| 律條公案（46） | 0 | 2 | 1 | 0 | 3（6.5） |
| 新民公案（41） | 2 | 1 | 1 | 1 | 5（12.1） |
| 剛峰公案（71） | 3 | 4 | 2 | 1 | 10（14） |
| 詳情公案（47） | 2 | 2 | 1 | 1 | 6（12.7） |
| 法林灼見（18）[11] | 1 | 0 | 0 | 0 | 1（5） |
| 神明公案（12＋？） | 0 | 0 | 0 | 0 | 0（0） |

[11] 《法林灼見》書藏於北京國家圖書館，殘本。其書則數因日本與中國皆有藏書以致有二種說法，有一說為四卷四十則，此說據石昌渝所編《中國古代小說總目》（白話卷）；另一說為十八則，持此說有陳桂聲、劉世德、黃岩柏，黃岩柏於《中國通俗小說總目提要》中詳列其篇名、故事簡略、類目、行字等資料，故較為可信。

| 龍圖公案（100） | 3 | 5 | 3 | 0 | 11（11） |
| 總則數（684）[12] | 21 | 23 | 15 | 5 | 64 |

## （一）人命類

　　人命類題材多見於《百家公案》與《廉明公案》，相近題材多襲引自其他明代小說，然與襲引內容差異較大，公案專集間的抄錄，差異較少。

　　（1）《廉明‧蘇按院詞判奸僧》[13]：本事或出於《綠窗新話‧蘇守判和尚犯姦》[14]、《醉翁談錄‧子瞻判和尚遊娼》[15]、《北窗瑣語》、《西湖遊覽志餘》卷二十五[16]、《繡谷春容‧詩餘摭粹》〈蘇東坡詞判奸僧〉[17]、《僧尼孽海》〈靈隱寺僧〉後半故事[18]、《歡喜冤家‧一宵緣約赴兩情人》及《情史》卷十八〈僧了

---

[12] 公案集中故事則的計算，以目前所見版本為主，並且不同版本間皆汰重後計算，若《龍圖公案》常見分為百回及六十二回等，若《詳情公案》的版本至少有三種，其則數亦有三種，因此本表計次主要歸納出公案罪案的類型及內容趨向，因此數量僅供參考。

[13] 〔明〕余象斗編：《廉明公案》，頁 1087-1092。

[14] 〔宋〕皇都風月主人編：《綠窗新話》（臺北：世界書局，1975 年），頁 62-63。

[15] 〔宋〕羅燁：《醉翁談錄》（上海：古典文學出版社，1957 年），頁79。

[16] 〔明〕田汝成：《西湖遊覽志餘》（臺北：世界書局，1975 年），頁458。

[17] 〔明〕赤心子編，俞為民校點：《繡谷春容》（含《國色天香》）（南京：江蘇古籍出版社，1994 年），頁 741-744。

[18] 〔明〕佚名：《僧尼孽海》，收入陳慶浩、王秋桂編：《思無邪匯寶》（臺北：臺灣大英百科公司，1994 年），頁 88-90。

然〉[19]，上開各則故事，情節相同，文字詳略不同。[20]《風流和尚・賊虛空癡心嫖妓》故事情節相似，內容變異更為大。公案集中《剛峰・判奸僧殺妓開釋詹際舉》[21]故事相承，內容互有詳略[22]。

　　（2）《百家・妖僧攝善王錢》[23]：故事見於《三遂平妖傳》[24]，《新平妖傳》[25]亦改編此故事，此故事原型早見於宋代，公案故事僅擷取部分情節。

　　（3）《百家・除惡僧理索氏冤》[26]：此則原型為歷史故事，已見於法家書《仁獄類編》卷十六〈風葉得婦冤〉[27]，又見於《明史・周新傳》[28]，《西湖二集・周城隍辨冤斷案》亦有記載，[29]

---

[19]　〔明〕馮夢龍：《情史》，收於魏同賢主編：《馮夢龍全集》（上海：上海古籍出版社，1993 年），頁 1545-1546。

[20]　黃東陽由豔情小說觀點整理了相關本事考原與比較，參見黃東陽：〈人性的寓言——明末豔情小說《僧尼孽海》對僧尼持守色戒之詮解〉，頁 104。

[21]　〔明〕李春芳編：《海剛峰先生居官公案傳》，《古本小說叢刊》第 7 輯第 1 冊，頁 448-455。

[22]　陳益源：〈《歡喜冤家》的和尚形象及其影響〉，《古典小說與情色文學》（臺北：里仁書局，1988 年），頁 132、139、137。

[23]　〔明〕安遇時編，蕭相愷校點：《包龍圖判百家公案》，頁 176-179。

[24]　參見楊家駱主編：《平妖傳》（臺北：世界書局，1978 年），頁 188-201。

[25]　〔明〕馮夢龍：《新平妖傳》，收入《古小說集成》（上海：上海古籍出版，1993 年）。

[26]　〔明〕安遇時編，蕭相愷校點：《包龍圖判百家公案》，頁 191-193。

[27]　參見〔明〕余懋學：《仁獄類編》影印明萬曆三十六年直方堂刻本，收入《續修四庫全書》第 973 冊（上海：上海古籍出版社，1997 年），頁 779上。

[28]　參見〔清〕張廷玉等撰：《明史》卷一六一，列傳四九〈周新傳〉，頁 4374。

《明鏡‧周按院判僧殺婦》[30]與《詳情‧判僧殺婦》[31]，亦皆為周新事。而《龍圖‧賣真靴》[32]與《百家‧除惡僧理索氏冤》，皆包公為判官，其地點、人物、情節皆有敷演，與其他相同類型故事公案稍有差異。

（4）《廉明‧張縣尹計嚇兇僧》[33]：《法林灼見‧兇僧強姦致死》亦有[34]、《龍圖‧阿彌陀佛講和》[35]，情節相同，《龍圖公案》文字更為白話。

（5）《廉明‧雷守道辨僧燒人》[36]：見《野記》「秦中有僧」條[37]，《仁獄類編》卷十二〈止炬得僧奸〉[38]與《野記》同，又《仁獄類編》卷十二〈餘令廉僧姦〉[39]故事相近，然情節簡單。

---

29　楊緒容提出有關周新判案的三則《百家公案》的歷史故事，有第九、四十五、四十六回，詳參楊緒容：《百家公案研究》（上海：上海古籍出版社，2005 年），頁 82-84。

30　〔明〕吳沛泉輯：《明鏡公案》，《古本小說叢刊》第 32 輯第 1 冊（北京：中華書局，1991 年），頁 24-25。

31　〔明〕佚名：《詳情公案》，《古本小說集成》第 4 輯第 20 冊（上海：上海古籍出版社，1991 年），頁 252-262。

32　佚名，馮不異校點：《包公案》（北京：寶文堂書店，1985 年），頁 100-102。

33　〔明〕余象斗編：《廉明公案》，頁 1019-1028。

34　故事梗概參考黃岩柏於《中國古代小說總目提要》之簡介，參見江蘇省社會科學院文學研究所編：《中國古代小說總目提要》（北京：中國文聯出版公司，1997 年），頁 285-286。

35　佚名，馮不異校點：《包公案》，頁 1-5。

36　〔明〕余象斗編：《廉明公案》，頁 1214-1218。

37　〔明〕祝允明：《野記》（臺北：臺灣商務印書館，1979 年），頁 61。

38　參見〔明〕余懋學：《仁獄類編》，頁 734 上。

39　參見〔明〕余懋學：《仁獄類編》，頁 719。

又有《新民‧淨寺救秀才》[40]，情節相似，文字不同，詳略不同。

（6）《廉明‧舒推府判風吹休字》[41]：見於《新民‧強僧殺人偷屍》[42]、《神明‧紀三府斷人命偷屍》[43]，情節相近，各有詳略。

（7）《廉明‧項理刑辨鳥叫好》[44]：與《明鏡‧張主簿判謀孀婦》[45]、《詳情‧判謀孀婦》[46]情節相同，文字有異。

（8）《廉明‧曾巡按表揚貞孝》[47]：情節同於《耳談》卷十一〈雙烈女祠〉，亦見於《龍圖‧三寶殿》[48]，情節相同，文字相近。

（9）《剛峰‧僧徒奸婦》[49]：與《耳談類增》〈林公大合決獄〉[50]與《仁類類編》卷十五〈大合察僧奸〉[51]情節相同而文字不

[40]　〔明〕吳遷：《新民公案》，《古本小說叢刊》第 3 輯第 4 冊（北京：中華書局，1990 年），頁 1783-1799。

[41]　〔明〕余象斗編：《廉明公案》，頁 1041-1046。

[42]　〔明〕吳遷：《新民公案》，《古本小說叢刊》第 3 輯第 4 冊，頁 1553-1564。

[43]　〔明〕佚名：《鼎雕國朝憲台折獄蘇冤神明公案》，《古本小說集成》第 5 輯第 2 冊（上海：上海古籍出版社，1991 年），頁 31-40。

[44]　〔明〕余象斗編：《廉明公案》，頁 1046-1051。

[45]　〔明〕吳沛泉輯：《明鏡公案》，頁 25-35。

[46]　〔明〕佚名：《詳情公案》，收入《古本小說集成》第 4 輯第 20 冊（上海：上海古籍出版社，1990 年），頁 262-272。

[47]　〔明〕余象斗編：《廉明公案》，頁 1291-1303。

[48]　〔明〕佚名，馮不異校點：《包公案》，頁 121-125。

[49]　〔明〕李春芳編：《海剛峰先生居官公案傳》，《古本小說叢刊》第 7 輯第 1 冊，頁 18-20。

[50]　〔明〕王同軌：《耳談類增》，收入《續修四庫全書》，子部第 1268 冊，據明萬曆三十一年唐晟唐昧刻本影印（上海：上海古籍出版社，1997

同，《歡喜冤家》第十一回〈蔡玉奴避雨撞淫僧〉故事相承自《僧尼孽海》〈江安縣寺僧〉[52]。《諸司・韓大巡判白紙狀》[53]情節相近，人名、文字全異。《初刻拍案驚奇・鹽官邑老魔魅色會骸山大士誅邪》之入話[54]與前揭故事，情節與內容皆異。

（10）《剛峰・貪色破家》[55]。

## （二）姦情類

題材多據社會現實案件改編成小說，情節大體相同，文字差異大，題材來源時代跨距較人命類大。

（1）《百家・伸蘭嬭冤捉和尚》[56]：與《清平山話本・簡帖和尚》[57]題材相同，或有關係。[58]題材早見於《新校輯補夷堅志・

---

年），頁 45-46。

[51]　參見〔明〕余懋學：《仁獄類編》，頁 772。

[52]　陳益源：〈《歡喜冤家》的和尚形象及其影響〉，《古典小說與情色文學》（臺北：里仁書局，1988 年），頁 126、〔明〕佚名：《僧尼孽海》，收入陳慶浩、王秋桂編：《思無邪匯寶》（臺北：臺灣大英百科公司，1994 年），頁 138-144。

[53]　〔明〕余象斗編：《皇明諸司公案》，《古本小說叢刊》第 6 輯第 4 冊（北京：中華書局，1990 年），頁 1766-1779。

[54]　〔明〕凌濛初著，劉本棟校注，繆天華校閱：《拍案驚奇》（臺北：東大圖書公司，1981 年），頁 268。

[55]　〔明〕李春芳編：《海剛峰先生居官公案傳》，《古本小說叢刊》第 7 輯第 1 冊，頁 194-197。

[56]　〔明〕安遇時編：《包龍圖判百家公案》，頁 105-107。

[57]　〔明〕洪楩輯，程毅中校注：《清平山堂話本校注》（北京：中華書局，2012 年），頁 15-55。

[58]　詳參楊緒容：《百家公案研究》（上海：上海古籍出版社，2005 年），頁 73-74。

支志景‧卷三王武功妻》[59]，亦見於《剛峰‧捉圓通伸冤》[60]、《龍圖‧偷鞋》[61]、《情史‧金山僧惠明》[62]、《繡谷春容》卷二〈戛玉奇音‧下堂歌〉[63]、《燕居筆記》卷二〈歌類‧下堂歌〉[64]。《古今閨媛逸事》卷五〈淫僧狡計〉[65]。《僧尼孽海》〈僧海潮〉後附〈永寧寺僧〉為據《百家‧伸蘭嬰冤捉和尚》刪節[66]。

　　（2）《百家‧杖奸僧決配遠方》[67]：出自於《江湖紀聞前集‧夫疑其妻》[68]，《龍圖‧烘衣》[69]與《僧尼孽海》〈西冷寺

---

[59]　參見〔宋〕洪邁，何卓點校：《夷堅志》（北京：中華書局，2006 年 10 月），頁 902。後有《涇林雜記‧淫僧狡計》、《僧尼孽海‧募緣僧》、《情史‧王武功妻》皆為衍生的相同故事，主角、情節皆同。

[60]　〔明〕李春芳編：《海剛峰先生居官公案傳》，《古本小說叢刊》第 7 輯第 1 冊（北京：中華書局，1990 年），頁 267-272。

[61]　〔明〕佚名，馮不異校點：《包公案》，頁 67-68。

[62]　〔明〕馮夢龍：《情史》，收於魏同賢主編：《馮夢龍全集》（上海：上海古籍出版社，1993 年），頁 1257-1258。

[63]　參見〔明〕赤心子編，俞為民校點：《繡谷春容》（含《國色天香》）（南京：江蘇古籍出版社，1994 年），頁 780-781。

[64]　〔明〕林近陽：《燕居筆記》，收入《古小說集成》（上海：上海古籍出版社，1990 年），頁 155-157。

[65]　《情史類略‧王武功妻》、《古今閨媛逸事》卷五〈淫僧狡計〉引自《境林雜記》，字句全同，而〈王武功妻〉故事系統，到了明代發展出的變型，兩種均並行於小說，若《情史類略》將兩種類型並陳，參見譚正璧：《三言兩拍流源考（上）》（上海：上海古籍出版社，2012 年），頁 268-271。

[66]　參見黃東陽：〈人性的寓言——明末豔情小說《僧尼孽海》對僧尼持守色戒之詮解〉，頁 105。

[67]　〔明〕安遇時編：《包龍圖判百家公案》，頁 241-244。

[68]　詳參楊緒容：《百家公案研究》（上海：上海古籍出版社，2005 年），頁 37。

僧〉[70]所承，〈西冷寺僧〉略改寺名與人名，情節同，文字小異。

　　（3）《廉明·汪縣令燒毀淫寺》[71]：早見於宋代《行都紀事》[72]，情節相似，皆以祈禱生子引婦人上當，文字、行文略異於《詳刑·蔡府尹斷和尚奸婦》[73]、《律條·蔡府尹斷和尚奸婦》[74]、《詳情·斷和尚姦婦》[75]、《僧尼孽海》〈水雲寺僧〉[76]、《智囊補·僧寺求子》[77]五則。[78]又有另一類型見於《律條·曾主

---

69　佚名，馮不異校點：《包公案》，頁 69-71。

70　〔明〕佚名：《僧尼孽海》，《思無邪匯寶》（臺北：臺灣大英百科公司，1994 年），頁 109-112。

71　〔明〕余象斗編：《廉明公案》，頁 1092-1101。

72　參見明陶宗儀等編：《說郛三種》百卷本（上海：上海古籍出版社，1988年），頁 367。抄斬淫僧型故事見於宋代陳晦撰《行都紀事》，另一「抄斬淫僧型」異文，見《古今說海》，卷一二四〈說纂八〉收錄宋代趙葵撰《行營雜錄》「廢精嚴寺」條，參見祁連休：《中國古代民間故事類型研究》（石家莊：河北教育出版社，2007 年），頁 71；經比對之後，可知兩則異文僅數字之異。

73　〔明〕寧靜子輯：《國朝名公詳刑公案》，頁 1145-1153。

74　〔明〕陳玉秀選校：《新刻海若湯先生匯集古今律條公案》，收入《古本小說集成》第 4 輯第 21 冊（上海：上海古籍出版社，1991 年），頁 164-172。

75　〔明〕佚名：《詳情公案》，收入《古本小說集成》第 4 輯第 20 冊（上海：上海古籍出版社，1990 年），頁 95-106。

76　〔明〕佚名：《僧尼孽海》，收入陳慶浩、王秋桂編：《思無邪匯寶》（臺北：臺灣大英百科公司，1994 年），頁 121-125。

77　〔明〕馮夢龍：《增廣智囊補》，收入《零玉碎金》第二輯（臺北：新文豐出版公司，1978 年），頁 172。

78　黃東陽提及《廉明公案》與《詳刑公案》、《僧尼孽海》文字行文有異，參見黃東陽：〈人性的寓言──明末豔情小說《僧尼孽海》對僧尼持守色戒之詮解〉，頁 105。

事斷淫僧拐婦》[79]、《詳刑·曾主事斷和尚奸拐》[80]、《詳情·斷和尚奸拐》[81]，此三則有相承關係。

（4）《諸司·彭理刑判刺二行》[82]：早見於《夷堅支乙》卷三〈妙淨道姑〉、宋周密撰《癸辛雜識》前集〈人妖〉，其情節相近而文字不同。本事出自《補疑獄集·彭節齋額刺二形》[83]、《仁類類編》卷二十四〈節齋額刺二形〉[84]，《僧尼孽海·江西尼》亦同一故事[85]。《輪迴醒世·假尼恣奸》[86]有相近情節。明代亦發生真實案例有明成化年間石州人氏桑沖犯案的社會案件，《耳談·桑沖醫昧法》、《庚巳編·人妖公案》、《聊齋誌異·人妖》、《堅瓠癸集》卷三〈黃司·理刑〉、《楮記室》、《留日青札·假師姑》、《寄園之所寄·滅燭寄》、《醉茶志怪》卷一均有載記。《初刻拍案驚奇》第三十四回〈聞人生野戰翠浮庵靜觀尼晝錦黃沙

---

79　〔明〕陳玉秀選校：《新刻海若湯先生匯集古今律條公案》，收入《古本小說集成》第 4 輯第 21 冊，頁 190-194。

80　〔明〕寧靜子輯：《國朝名公詳刑公案》，頁 1208-1212。

81　〔明〕佚名：《詳情公案》，收入《古本小說集成》第 4 輯第 20 冊（上海：上海古籍出版社，1990 年），頁 187-192。

82　〔明〕余象斗編：《皇明諸司公案》，頁 1827-1831。

83　〔五代〕和凝撰，〔明〕張景增補：《疑獄集》收入《四庫全書珍本五集》（臺北：臺灣商務印書館，1974 年），卷八，頁 1。

84　參見〔明〕余懋學：《仁獄類編》影印明萬曆三十六年直方堂刻本，收入《續修四庫全書》第 973 冊（上海：上海古籍出版社，1997 年），頁 823下－824 上。

85　〔明〕佚名：《僧尼孽海》，收入陳慶浩、王秋桂編：《思無邪匯寶》（臺北：臺灣大英百科公司，1994 年），頁 173-174。

86　〔明〕無名氏撰，程毅中點校：《輪迴醒世》（北京：中華書局，2008年），頁 202-211。

術〉[87]入話與《僧尼孽海》〈雲遊僧〉[88]相同，唯〈雲遊僧〉更為文言。

（5）《諸司・齊太尹判僧犯奸》[89]：與《僧尼孽海》〈僧員茂〉[90]、《國色天香》卷六上欄〈僧奸判〉情節相同[91]、《燕居筆記》卷四〈僧姦判〉[92]所記幾同。

（6）《新民・和尚術奸烈婦》：見於《龍圖・嚼舌吐血》[93]，情節相近，文字略同。

## （三）威逼類及拐帶類

題材反映了明代僧人窩藏婦女的現象，不同故事間的雷同程度高，同一類故事的變異型較為多元。題材來源集中於明代。

（1）《廉明・康總兵救出威逼》[94]：與《龍圖・桷上得穴》情節相近，人名與文字相近。故事早見於《補疑獄集・府尹捕姦僧》[95]與《仁類類編》卷十七〈府尹捕姦僧〉[96]同一系統，相承關

---

87　〔明〕凌濛初著，劉本棟校注，繆天華校閱：《拍案驚奇》（臺北：東大圖書公司，1981年），頁390。

88　〔明〕佚名：《僧尼孽海》，收入陳慶浩、王秋桂編：《思無邪匯寶》（臺北：臺灣大英百科公司，1994年），頁91-96。

89　〔明〕余象斗編：《皇明諸司公案》，頁76-80。

90　〔明〕佚名：《僧尼孽海》，收入陳慶浩、王秋桂編：《思無邪匯寶》（臺北：臺灣大英百科公司，1994年），頁86-87。

91　〔明〕赤心子編，俞為民校點：《繡谷春容》（含《國色天香》）（南京：江蘇古籍出版社，1994年），頁1401-1402。

92　〔明〕林近陽增編：《燕居筆記（上）》，《古小說集成》（上海：上海古籍出版社，1990年），頁226-227。

93　佚名：馮不異校點：《包公案》，頁10-15。

94　〔明〕余象斗編：《廉明公案》，頁1125-1234。

95　〔五代〕和凝撰，〔明〕張景增補：《疑獄集》收入《四庫全書珍本五

係明顯，《耳談類增》卷五十四〈臨安僧〉與其情節相似，《初刻拍案驚奇・奪風情村婦捐軀假天語幕僚斷獄》之入話[97]，亦情節相似，發生地皆在臨安。其它見於《剛峰・擊僧除奸》[98]與《僧尼孽海》〈臨安寺僧〉[99]兩則情節更為相近。《龍圖・桶上得穴》[100]地點與情節略有差異，不知所據。

　　（2）《廉明・戴典史夢和尚皺眉》[101]：與《龍圖・和尚皺眉》[102]情節同，人名相近。《耳談類增》卷五十四〈江都盜僧〉與《新民・江頭擒拿盜僧》[103]、《海剛峰居官公案・斷問奸僧》[104]相近，人數亦有出入，與《詳刑・張判府除遊僧拐婦》[105]、《律條・張判府除遊僧拐婦》[106]、《詳情・除遊僧拐婦》[107]情節

---

　集》（臺北：臺灣商務印書館，1974 年），卷六，頁 5-7。

[96]　參見〔明〕余懋學：《仁獄類編》，頁 79-791。

[97]　參見〔明〕凌濛初著，劉本棟校注，繆天華校閱：《拍案驚奇》（臺北：東大圖書公司，1981 年），頁 289。

[98]　〔明〕李春芳編：《海剛峰先生居官公案傳》，收入《古本小說叢刊》第 7 輯第 1 冊，頁 241-245。

[99]　〔明〕佚名：《僧尼孽海》，收入陳慶浩、王秋桂編：《思無邪匯寶》（臺北：臺灣大英百科公司，1994 年），頁 252-258。

[100]　佚名，馮不異校點：《包公案》，頁 303-306。

[101]　〔明〕余象斗編：《廉明公案》，頁 1249-1253。

[102]　〔明〕佚名，馮不異校點：《包公案》，頁 312-313。

[103]　〔明〕吳遷：《新民公案》，收入《古本小說叢刊》第 3 輯第 4 冊，頁 1771-1776。

[104]　〔明〕李春芳編：《海剛峰先生居官公案》，收入《古本小說叢刊》第 7 輯第 1 冊（北京：中華書局，1990 年），頁 233-235。

[105]　〔明〕寧靜子輯：《國朝名公詳刑公案》，頁 1201-1208。

[106]　〔明〕陳玉秀選校：《新刻海若湯先生匯集古今律條公案》，收入《古本小說集成》第 4 輯第 21 冊，頁 182-190。

相近，文字不同。

（3）《廉明・黃通府夢西瓜開花》[108]：與《龍圖・西瓜開花》[109]情節同，人名同。

（4）《廉明・余經歷辨僧婦人》[110]：囚禁三種類型有離家出走、避雨情節[111]、祈雨情節。《廉明・余經歷辨僧婦人》屬第一種，現未見有相同情節。第三種祈雨情節有《補疑獄集・節齋集觀音認姦僧》[112]、《仁獄類編》卷十五〈觀音認姦僧〉[113]、《明鏡・林侯求觀音祈雨》[114]為相同情節，文字相近。

（5）《廉明・邵參政夢鐘蓋黑龍》[115]：與《龍圖・觀音菩薩托夢》[116]情節相近，人名與文字皆異。另一類型是《詳刑・晏代巡夢黃龍盤柱》[117]、《律條・晏代巡夢黃龍盤柱》[118]、《詳情・

---

[107]　〔明〕佚名：《詳情公案》，收入《古本小說集成》第 4 輯第 20 冊，頁 179-187。

[108]　〔明〕余象斗編：《廉明公案》，頁 1253-1257。

[109]　佚名，馮不異校點：《包公案》，頁 314-315。

[110]　〔明〕余象斗編：《廉明公案》，頁 1241-1249。

[111]　此類型見人命類，另有數則。

[112]　〔五代〕和凝撰，〔明〕張景增補：《疑獄集》，收入《四庫全書珍本五集》（臺北：臺灣商務印書館，1974 年），卷七，頁 8-9。

[113]　參見〔明〕余懋學：《仁獄類編》，頁 763 下－764 上。

[114]　〔明〕吳沛泉輯：《明鏡公案》，頁 75-82。

[115]　〔明〕余象斗編：《廉明公案》，頁 1234-1241。

[116]　佚名，馮不異校點：《包公案》，頁 6-9。

[117]　〔明〕寧靜子輯：《國朝名公詳刑公案》，《古本小說叢刊》第 4 輯第 3 冊，頁 1213-1222。

[118]　〔明〕陳玉秀選校：《新刻海若湯先生匯集古今律條公案》，收入《古本小說集成》第 4 輯第 21 冊，頁 173-182。

夢黃龍盤柱》[119]、《龍圖・三官經》[120]情節相同，內容詳略有異。《剛峰・大士庵僧》[121]不同於前之情節。

（6）《剛峰・斷問猴精》[122]。

## （四）其他

題材近半來源自明前法家書，同一故事的抄引改寫幅度小，變化不大。

（1）《明鏡・崔按院搜僧積財》[123]：本事見《折獄龜鑑・崔黯》[124]及《棠陰比事・崔黯搜帑》[125]、《補疑獄集・崔黯搜帑》[126]、《仁獄類編》卷十二〈崔黯搜帑幣〉皆有此相同情節[127]，亦見於《詳情・搜僧積財》[128]，其情節更為漫長。

---

[119] 〔明〕佚名：《詳情公案》，收入《古本小說集成》第 4 輯第 20 冊，頁 192-202。

[120] 佚名，馮不異校點：《包公案》，頁 353-356。

[121] 〔明〕李春芳編：《海剛峰先生居官公案傳》，《古本小說叢刊》第 7 輯第 1 冊，頁 100-101。

[122] 〔明〕李春芳編：《海剛峰先生居官公案傳》，《古本小說叢刊》第 7 輯第 1 冊，頁 241-245。

[123] 〔明〕吳沛泉輯：《明鏡公案》，頁 48-52。

[124] 〔宋〕鄭克：《折獄龜鑑》據墨海金壺本，收入《叢書集成初編》（北京：中華書局，1985 年），頁 64。

[125] 〔宋〕桂萬榮撰，吳訥輯：《棠陰比事原編》據陶越增訂《學海類編》，收入《百部叢書集成》（臺北：藝文印書館，1967 年），頁 26 左。

[126] 〔五代〕和凝撰，〔明〕張景增補：《疑獄集》，收入《四庫全書珍本五集》（臺北：臺灣商務印書館，1974 年），卷五，頁 5。

[127] 參見〔明〕余懋學：《仁獄類編》，頁 721 上。

[128] 〔明〕佚名：《詳情公案》，收入《古本小說集成》第 4 輯第 20 冊（上海：上海古籍出版社，1990 年），頁 286-290。

（2）《諸司・張主簿察石佛語》[129]：本事出自《疑獄集・張輅察佛語》[130]或《折獄龜鑑・張輅》[131]，亦見於《棠陰比事・張輅行穴》[132]、《仁獄類編》卷十二〈張輅察佛語〉[133]，《智囊補・張輅》[134]故事略有敷演，以上判官人名皆同。

（3）《諸司・武太府判僧藏鹽》[135]：見於《補疑獄集・行德捕桑門》[136]、《仁獄類編・行德捕桑門》[137]。

（4）《新民・判問妖僧誑俗》[138]：見於《剛峰・謀舉大事》[139]，情節相近，詳略有別。

以上的案件分類與罪僧犯案內容仍需細部說明，案件分類主要依公案小說的原有分類方式，然在案件類型仍重疊之處，例如姦情與人命，或者姦情與威逼、拐帶，往往是連帶一起的，難以分割，

---

129　〔明〕余象斗編：《皇明諸司公案》，1960-1970 頁。

130　〔五代〕和凝撰，〔明〕張景增補：《疑獄集》，頁 10。

131　〔宋〕鄭克：《折獄龜鑑》據墨海金壺本，收入《叢書集成初編》（北京：中華書局，1985 年），頁 64。

132　〔宋〕桂萬榮撰，吳訥輯：《棠陰比事原編》，據陶越增訂《學海類編》，收入《百部叢書集成》（臺北：藝文印書館，1967 年），頁 17右。

133　參見〔明〕余懋學：《仁獄類編》，頁 721。

134　〔明〕馮夢龍：《增廣智囊補》，收入《零玉碎金》第二輯（臺北：新文豐出版公司，1978 年），頁 173。

135　〔明〕余象斗編：《皇明諸司公案》，頁 1923-1929。

136　參見〔五代〕和凝撰，〔明〕張景增補：《疑獄集》，頁 11。

137　參見〔明〕余懋學：《仁獄類編》，頁 730 上。

138　〔明〕吳遷：《新民公案》，《古本小說叢刊》第 3 輯第 4 冊，頁 1757-1771。

139　〔明〕李春芳編：《海剛峰先生居官公案傳》，《古本小說叢刊》第 7 輯第 1 冊，頁 248-251。

公案將人命類列為首要，乃是依據人命關天、人命為大的傳統思維。再者《蕭曹遺筆》或清代流行訟師秘本等，亦是以人命類為首。其次，案件罰刑的量度亦為此考量，因此人命類中亦包含先姦後殺，並依不同程度犯行，死刑亦有斬首、凌遲等不同處置。這屬於犯行的細部討論，大體而言，各主要犯案類型的量刑仍有細微差別。

　　至於同一系統的情節變異，可以從人名、地名、清官及其處置區別出公案系統與其他類型小說的差異。公案小說間的傳鈔，地名與人名等細節變異程度較小，並且著重於判案及其量刑。而公案小說之外的類型，情節變異程度較大，對於清官審案著墨較少。

　　公案小說傳鈔來源的故事多屬於法家書系統或具有案獄內容的流行故事為大宗，各種案件類型皆是如此。而且與明代發生的罪僧案件性質近似，例如《詳情‧搜僧積財》系列，僧人不守清規娶妻生子，騙取財物，與明代濫發度牒制度有關，時至今日，中國大陸的宗教亂象，寺院如同公司，上下班制，下班回家過常人生活，照樣娶妻生子，並不二致。顯然公案小說的取材觀點具有高度的洞察力，並能符合時代的脈動。對讀者而言，能夠契合於心理期望與想像。公案小說的流行，絕非讀者的消遣讀物，而是反映社會的重要材料，因此，題材的承衍代表著對於社會問題的關注，與文化現象的演變。要之，理解時代的變化特徵，從改寫趨向切入正是較佳的觀察視點。

## 二、理解類型的改寫趨向

　　從題材來源分布觀察公案集所擷取的內容，不只有法家書而是對筆記小說中流行的題材亦予以包容，此類流行內容多見於類書，

公案集其後小說亦能尋得，顯示公案集在擷取內容時，對於題材能夠留意貼合社會大眾的想法，雖然總體上，僧徒案件的比重約有十分之一，較書中各色人物出現頻率已不算低。從整理的表格中可知公案集中的僧徒公案亦為話本小說及艷情小說所襲用，可見公案集中的僧尼故事對其後的影響，不論直接引自公案小說或參考相近故事，公案集確實反映當時的庶民觀點，其以社會秩序擾亂的案件而論，道士出現的頻率相對於僧人較少，角色定位為從犯，呈現僧人為破壞社會秩序負面形象而成為公案議斷對象。

## 表 3-2　罪僧犯罪類型與相關故事表

| 類別 | 公案集首見題材 | 公案集中相近故事 | 公案集之外相近故事 |
|---|---|---|---|
| 人命類 | 1.《廉明・蘇按院詞判奸僧》 | 《剛峰・判奸僧殺妓開釋詹際舉》 | 《綠窗新話・蘇守判和尚犯姦》<br>《醉翁談錄・子瞻判和尚遊娼》<br>《北窗瑣語》<br>《西湖遊覽志餘》卷二十五<br>《繡谷春容・詩餘摭粹》〈蘇東坡詞判奸僧〉<br>《僧尼孽海・靈隱寺僧》<br>《歡喜冤家・一宵緣約赴兩情人》<br>《情史》卷十八〈僧了然〉<br>《風流和尚・賊虛空癡心嫖妓》 |

| | | |
|---|---|---|
| 2.《百家・妖僧攝善王錢》 | | 《三遂平妖傳》<br>《新平妖傳》 |
| 3.《百家・除惡僧理索氏冤》 | 《明鏡・周按院判僧殺婦》<br>《詳情・判僧殺婦》<br>《龍圖・賣真靴》<br>《百家・除惡僧理索氏冤》 | 《仁獄類編》卷十六〈風葉得婦冤〉<br>《明史・周新傳》<br>《西湖二集・周城隍辨冤斷案》 |
| 4.《廉明・張縣尹計嚇兇僧》 | 《法林灼見・兇僧強姦致死》<br>《龍圖・阿彌陀佛講和》 | |
| 5.《廉明・雷守道辨僧燒人》 | 《新民・淨寺救秀才》 | 《野記》「秦中有僧」條<br>《仁獄類編》卷十二〈止炬得僧奸〉<br>《仁獄類編》卷十二〈餘令廉僧姦〉 |
| 6.《廉明・舒推府判風吹休字》 | 《新民・強僧殺人偷屍》<br>《神明・紀三府斷人命偷屍》 | |
| 7.《廉明・項理刑辨鳥叫好》 | 《明鏡・張主簿判謀孀婦》<br>《詳情・判謀孀婦》 | |
| 8.《廉明・曾巡按表揚貞孝》 | 《龍圖・三寶殿》 | 情節同於《耳談》卷十一〈雙烈女祠〉 |
| 9.《剛峰・僧徒奸婦》 | | 《耳談類增・林公大合決獄》<br>《仁類類編》卷十五〈大合察僧姦〉 |

| | | | 《歡喜冤家》第十一回〈蔡玉奴避雨撞淫僧〉《僧尼孽海‧江安縣寺僧》《諸司‧韓大巡判白紙狀》《初刻拍案驚奇‧鹽官邑老魔魅色會骸山大士誅邪》 |
|---|---|---|---|
| | 10.《剛峰‧貪色破家》 | | |
| 奸情類 | 1.《百家‧伸蘭嬰冤捉和尚》 | 《剛峰‧捉圓通伸冤》《龍圖‧偷鞋》 | 《清平山話本‧簡帖和尚》《新校輯補夷堅志‧支志景‧王武功妻》《情史‧金山僧惠明》《繡谷春容》卷二〈戛玉奇音‧下堂歌〉《燕居筆記》卷二〈歌類‧下堂歌〉《古今閨媛逸事》卷五〈淫僧狡計〉《僧尼孽海‧僧海潮》《僧尼孽海‧永寧寺僧》 |
| | 2.《百家‧杖奸僧決配遠方》 | 《龍圖‧烘衣》 | 《江湖紀聞前集‧夫疑其妻》 |

| | | 《僧尼孽海・西冷寺僧》 |
|---|---|---|
| 3.《廉明・汪縣令燒毀淫寺》 | 《律條・曾主事斷淫僧拐婦》<br>《詳刑・曾主事斷和尚奸拐》<br>《詳情・斷和尚奸拐》<br>《詳刑・蔡府尹斷和尚奸婦》<br>《律條・蔡府尹斷和尚奸婦》<br>《詳情・斷和尚姦婦》 | 《行都紀事》<br>《僧尼孽海・水雲寺僧》<br>《智囊補・僧寺求子》 |
| 4.《諸司・彭理刑判刺二形》 | | 《夷堅支乙》卷三〈妙淨道姑〉<br>《癸辛雜識》前集〈人妖〉<br>《補疑獄集・彭節齋額刺二形》<br>《仁類類編》卷二十四〈節齋額刺二形〉<br>《僧尼孽海・江西尼》<br>《輪迴醒世・假尼恣奸》<br>《耳談・桑沖醫眛法》<br>《庚巳編・人妖公案》<br>《聊齋誌異・人妖》 |

| | | | |
|---|---|---|---|
| | | | 《堅瓠癸集》卷三〈黃司·理刑〉《楮記室》《留日青札·假師姑》《寄園之所寄·滅燭寄》《初刻拍案驚奇》第三十四回〈聞人生野戰翠浮庵靜觀尼晝錦黃沙衖〉《僧尼孽海·雲遊僧》 |
| | 5.《諸司·齊太尹判僧犯奸》 | | 《僧尼孽海·僧員茂》《國色天香》卷六上欄〈僧奸判〉《燕居筆記》卷四〈僧姦判〉 |
| | 6.《新民·和尚術奸烈婦》 | 《龍圖·嚼舌吐血》 | |
| 威逼類及拐帶類 | 1.《廉明·康總兵救出威逼》 | 《龍圖·桷上得穴》《剛峰·擊僧除奸》 | 《補疑獄集·府尹捕姦僧》《仁類類編》卷十七〈府尹捕姦僧〉《耳談類增》卷五十四〈臨安僧〉《初刻拍案驚奇·奪風情村婦捐軀假天語幕僚斷獄》之入話《僧尼孽海·臨安寺僧》 |

| | | | |
|---|---|---|---|
| | 2.《廉明·戴典史夢和尚皺眉》 | 《新民·江頭擒拿盜僧》<br>《剛峰·斷問奸僧》<br>《詳刑·張判府除遊僧拐婦》<br>《律條·張判府除遊僧拐婦》<br>《詳情·除遊僧拐婦》<br>《龍圖·和尚皺眉 | 《耳談類增》卷五十四〈江都盜僧〉 |
| | 3.《廉明·黃通府夢西瓜開花》 | 《龍圖·西瓜開花》 | |
| | 4.《廉明·余經歷辨僧婦人》 | 《明鏡·林侯求觀音祈雨》 | 《補疑獄集·節齋集觀音認姦僧》<br>《仁獄類編》卷十五〈觀音認姦僧〉 |
| | 5.《廉明·邵參政夢鐘蓋黑龍》 | 《龍圖·觀音菩薩托夢》<br>《詳刑·晏代巡夢黃龍盤柱》<br>《律條·晏代巡夢黃龍盤柱》<br>《詳情·夢黃龍盤柱》<br>《龍圖·三官經》<br>《剛峰·大士庵僧》 | |
| | 6.《剛峰·斷問猴精》 | | |
| 其他 | 1.《明鏡·崔按院搜僧積財》 | 《詳情·搜僧積財》 | 《折獄龜鑑·崔黯》<br>《棠陰比事·崔黯搜帑》 |

| | | 《補疑獄集·崔黯搜帑》<br>《仁獄類編》卷十二〈崔黯搜帑幣〉 |
|---|---|---|
| 2.《諸司·張主簿察石佛語》 | | 《疑獄集·張輅察佛語》<br>《折獄龜鑑·張輅》<br>《棠陰比事·張輅行穴》<br>《仁獄類編》卷十二〈張輅察佛語〉<br>《智囊補·張輅》 |
| 3.《諸司·武太府判僧藏鹽》 | | 《補疑獄集·行德捕桑門》<br>《仁獄類編·行德捕桑門》 |
| 4.《新民·判問妖僧誆俗》 | 《剛峰·謀舉大事》 | |

　　公案小說集取材的來源多種，以《百家公案》為例，《百家公案》據楊緒容考察，多數出自小說，法家書僅有九則相近。[140]《廉明公案》和《諸司公案》近半有出自訟師秘本或法家書，[141]顯然公案集的流行轉向與律法實用層面，因此纂輯者余象斗適應潮

---

[140] 《江湖紀聞》有十二則，《明成化刊本說唱詞話叢刊》六則，傳奇小說有五則，《清平山堂話本》四則，歷史故事四則，文言小說六則，法家書七則，講唱文學九則，參見楊緒容：《百家公案研究》（上海：上海古籍出版社，2005年），頁33-132。

[141] 《廉明公案》大半抄錄《蕭曹遺筆》，《諸司公案》大半參考法家書《疑獄集》、《仁獄類編》等。

流採錄更多法家書內容，由此而言，余氏作為書商具有敏銳的市場
嗅覺。其後公案集除參照其前已經出版的公案集，後又參考訟師秘
本《折獄明珠》等，此轉向更近於法律實務的操作了，是一個注意
的出版現象，故晚明的公案集反映了律法的庶民需求，且公案集至
萬曆後期大量出版的流行高峰，顯示庶民的好訟情況。

　　其中僧案題材多與法家書有關，公案集抄錄訟師秘本的案件尚
未見得，並且依公案集各書的僧案比例，除《百家公案》、《法林
灼見》與公案集殘本外，晚明後期的公集大量引用訟師秘本，僧案
比例並未降低，顯示了僧人案件問題嚴重並未緩解，當然此從小說
反映推得社會景況，未必完全符合現實。

　　僧案故事來源大部分始於明代作品，其中《西湖遊覽志餘》載
記宋代時聞，雖有學者視為反映宋代僧人的情況，[142]但成書畢竟
於明代，仍有明代時風影響，若已見於宋代者當然不必存疑。公案
集的前代案件與明代的分布，可以整理如下表：

表 3-3　明前與明代公案罪僧故事出現的時間與類型

| | 人命類 | 姦情類 | 威逼與拐帶類 | 其他 | 總則數 |
|---|---|---|---|---|---|
| 明代之前 | 1 則 | 3 則 | 0 則 | 2 則 | 6 則 |
| | 小說 1 | 小說 3 | | 法家書 2 | 小說 4<br>法家書 2 |
| 始於明代 | 9 則 | 4 則 | 5 則 | 2 則 | 20 則 |
| | 筆記小說 2<br>法家書 3<br>公案集 4 | 筆記小說 2<br>法家書 1<br>公案集 2 | 筆記小說 2<br>法家書 2<br>公案集 1 | 公案集 2[143] | 筆記小說 6<br>法家書 6<br>公案集 9 |

---

[142] 柳立言：《宋代的宗教、身分與司法》（北京：中華書局，2012 年），
頁 32。

[143] 此二類皆與錢財有關的騙術。

　　以上公案集的故事類型已呈現了明代數量確實多於前代。若就僧徒犯案的數量分析，宋代已有的故事亦非少數，柳立言於《宋代的宗教、身分與司法》中對於宋代社會的僧徒犯案有詳盡的討論，由其研究成果與明代公案小說的內容對照，其中共同點有：犯罪類型、律法處置、對罪僧的態度相近，明代僧人犯罪反映於公案集類型多屬重大案件，輕罪較少。其二是犯罪手法更為繁複，或反映於筆記小說者、或史傳有載錄者、或與法家書有關皆有具有時聞、逸事、歷史性質，其中以《西湖遊覽志餘》一書最著。公案集有意吸取歷史教訓作為成書的編纂策略，此點須由其他面向一起合論，更為全面。除目前尚未於公案集外查考故事原型者，僧徒罪案故事未能查考出者，其原型故事者約有四種類型，[144]餘者可以從法家書或小說得知者，佔大多數，以下以法家書與小說兩脈分述：

## （一）法家書故事題材的遞演

　　公案集承襲法家書自《疑獄集》始，《折獄龜鑑》、《棠陰比事》、《祥刑要覽》、《慎刑錄》、《仁獄類編》、《補疑獄集》等，至明代庶民對於律法概念的接受，使得公案故事的表現不在單一地附著文學的觀點，而是轉向對律法實用層面思考，此點值得關注。[145]

---

[144]　《西湖遊覽志餘》卷二十五〈委巷叢談〉載記宋元兩代僧人故事近十則，僅有一則與公案小說集有完全相同，與相涉程度無多，其犯罪類型相近而已。

[145]　明代開國皇帝朱元璋堅信律法完備能使帝國長治久安，因此無論是官方制定的律法或獎勵民間收藏律法的相關措施，都使我們相信民間對於律法的接受程度甚高，晚明大量的類書刊載相關的內容，特別分門別類的編輯方式，足證律法的內容為民眾所熟知，此種類書門類的編纂方式甚至影響了清代的日用類書的發展，特別是「萬寶全書」系列的類書。

　　明代公案小說的惡僧題材屬於前代法家書僅有二種類型（石佛語、僧積財），[146]此種類型與僧人利用身分或詐術取得錢財有關。第一則首見《諸司公案》〈張主簿察石佛語〉，此種故事本事出於《疑獄集》，[147]散見於《折獄龜鑑》、《棠陰比事》、《祥刑要覽》、《仁獄類編》，《諸司公案》主要承繼《仁獄類編》大部分故事，雖論者多以為出自《疑獄集》。[148]《諸司公案》到底自《仁獄類編》、《疑獄集》各擷取幾篇，仍須另文詳細查考，不在此贅文。至於〈敏中疑無贓〉、〈獻卿揣殺僧〉、《疑獄集》中僧人犯案故事有〈德裕泥模金〉、〈張輅察佛語〉、〈張詠勘賊僧〉，《補疑獄集》有〈崔黯搜帑〉、〈柳冤瘞奴〉、〈府尹捕姦僧〉、〈節齋集觀音認姦僧〉、〈彭節齋額刺二形〉、〈鐵工姓名〉、〈啅犬起屍〉，《折獄龜鑑》有〈柳渾〉、〈向敏中〉（僧墮井中）、〈李德裕〉、〈王長吉〉、〈崔黯〉、〈張輅〉，《棠

---

146　其它則列於《補疑獄集》為明代張景所增，不復列入。

147　〔明〕張景所增補之《疑獄集》，其故事分為明代之前與始於明代，始於明代者皆為卷五之後，本文稱為《補疑獄集》，避免造成與原《疑獄集》的時間相混。

148　有二個證據如下：《諸司公案》的篇目名較近於《仁獄類編》，遠於《疑獄集》。另一為《仁獄類編》具有《諸司公案》中的篇目，為《疑獄集》所無，若〈許大巡問得真屍〉，出自《仁獄類編‧給問得真屍》，〈許太府計或全盜〉出自《仁獄類編‧設計獲全賊》，〈楊御史判釋冤誣〉出自《仁獄類編‧楊暄直袁彬》，〈崔知府判商遺金〉出自《仁獄類編‧察冤自引咎》。多數學者多根據日人莊司格一、日人阿部泰記所整理表格，然莊司格一已於《中國的公案小說》（中譯名），明確指出，尚有諸書未予以按核，所以在其〈關連篇目〉中並無《仁獄類編》一書，參見〔日〕莊司格一：《中國的公案小說》（東京：研文出版社，1988 年），頁 440-446。而日人阿部泰記所整理表格篇名與《疑獄集》所列尚有出入。

陰比事》有〈向相訪賊錢推求奴〉、〈崔黯搜帑張輅行穴〉，以前
揭書而論，明代之前法家書以《疑獄集》搜羅僧犯故事較多，《疑
獄集》中的案件各有輕重，然而取材前代的這二則故事均是輕罪，
若〈敏中疑無臟〉、〈德裕泥模金〉等，表現起來與公案集中殺
人、擄人的重罪相較輕得許多，前代法家書的內容與公案集所選相
較，僅載記犯案歷程與破案經過，簡單許多。而公案集所選錄的兩
則皆可見於此三書，顯然此二則較受歡迎而收錄，說明僧人貪財或
因財犯案題材為社會中民眾熟知的現象，這一類題材抄引集中於
《疑獄集》（含《補疑獄集》）與《仁獄類編》，以下將公案小說
與法家書的題材襲引情況整理如下表：

### 表 3-4　明代公案小說集與法家書中的罪僧故事簡表

| | 公案集 | 補疑獄集 | 折獄龜鑑 | 棠陰比事 | 祥刑要覽 | 仁獄類編 | 敬由編 |
|---|---|---|---|---|---|---|---|
| 1 | 百家・除惡僧理索氏冤 | | | | | 風葉得婦冤 | |
| 2 | 廉明・康總兵救出威逼 | 府尹捕姦僧 | | | | 府尹捕姦僧 | 卷十二第 14 條 |
| 3 | 廉明・雷守道辯僧燒人 | | | | | 止炬得僧奸 | |
| 4 | 諸司・武太府按僧藏鹽 | 行德捕桑門 | | | | 行德捕桑門 | |
| 5 | 諸司・彭理刑判刺二形 | 彭節齋額刺二形 | | | | 節齋刺二形 | 卷十二第 6 條 |
| 6 | 諸司・張主簿察石佛語 | 張輅察佛語 | 張輅 | 張輅行穴 | 張輅行穴 | 張輅察佛語 | |
| 7 | 明鏡・崔按院搜僧積財 | 崔黯搜帑 | 崔黯 | 崔黯搜帑 | 崔黯搜帑 | 崔黯搜帑幣 | |
| 8 | 明鏡・林侯求觀音祈雨 | 節齋集觀音認姦僧 | | | 節齋集觀音認姦僧 | 觀音認姦僧 | 卷十二第 22 條 |
| 9 | 剛峰・僧徒奸婦 | | | | | 大合察僧姦 | |

　　為了理解題材的改寫方向，更能掌握小說重心及人物形塑，針對相同題材的改寫，有必要進行比對，才能對於法家書的改寫，在文體特徵的表現情況判讀，擇選公案集抄引較多《疑獄集》作為分析對象，以下以《疑獄集·崔黯搜帑》舉例：

表 3-5　《疑獄集·崔黯搜帑》與《明鏡公案·崔按院搜僧積財》
　　　　故事比較表

|  | 《疑獄集·崔黯搜帑》 | 《明鏡·崔按院搜僧積財》 |
|---|---|---|
| 發生地 | 湖南 | 湖南 |
| 判官 | 崔黯 | 崔按院 |
| 犯行 | 命搜其室，妻孥蓄積甚於俗人。既服矯妄，即以付法。 | 斂財<br>娶婦 |
| 三詞 | 無 | 皆有 |
| 犯案歷程 | 有 | 有 |
| 查案 | 有 | 有 |
| 判詞 | 無 | 崔公判曰：審得僧印空，原即廖志遠也。遊手好閒，浪跡無藉。衲衣披體，非欲見性明心；梵宇棲身，惟欲誣民惑世。叩雙鋒而竭五內，鳴法鼓而集方神。祿位由天，乃謂宿緣於彌勒；富壽有命，卻雲借庇於釋迦。募化勸緣，多營粟帛；修齋設醮，廣集貨財。經營三載之間，蓄積千金之業。衣裳稠疊，器物充盈。夜擁百媚之妻，手抱一周之子，是何佛教？有此沙彌玷穢空門，殄越王法。取利既滿，於溪壑投牒，仍歸於裏閭。雖逃釋歸民，當從所願。而騙眾致富，宜沒其貲，妻子付爾歸家，錢帛散之貧 |

| | | 屨。庶不拂反正之念，且少懲罔世之奸。按：僧告歸俗人，惟聽之而已。崔公必問所得若何，遂察出其誣騙之奸，可謂明無遺照也已。 |
| --- | --- | --- |

　　此故事在法家書間頗為常見，在《疑獄集》、《折獄龜鑑》、《棠陰比事》所見文字差異甚小。原文近二百字，在公案集近一千字，然主要結構相同、情節相近，且故事漫長。佛教僧人披著「衲衣披體，非欲見性明心；梵宇棲身，惟欲誣民惑世。」利用出家人身分本易於尋求更多的供養，古今皆然，公案中以廖志遠擅於「豁達能言，交結士夫。修繕寺宇，塑裝佛家。建置疏簿，募勸十方施捨財帛。巧能搖唇鼓舌，夤緣扳附，多得士夫推薦，各處富家巨室皆捐金贈粟。又化善信男女，焚香修醮，合會拜讖，多般設施，皆幻誘愚俗，利其財帛。」而法家書強調依托佛教的罪行。

　　〈張輅〉與〈崔黯〉二則皆有使用詐術特點，〈崔黯〉中惡少「依託佛教，幻惑愚俗，積財萬計。」其按語云：「按矯妄幻惑，乃妖民也，與假鬼神以疑眾，執左道以亂政者同矣，可不懲歟」，而形式上增加了三詞的結構，表現出明代公案集的文體特徵，並且對罪案的對象提出的批判，寄予對宗教族群的關注，呈現作者擇選此類題材的用意。在此例中，法家書的內容與公案集的差異十分明顯，至於其他法家書《疑獄集》、《棠陰比事》、《祥刑要覽》、《仁獄類編》、《敬由編》均近於《折獄龜鑑》，而非《明鏡公案》。說明法家書的文體較為統一，小說幅度彈性較為大，法家書系統相承有明確的依循對象。除此《折獄龜鑑·張輅》亦呈現此種情況，故非特例。

　　至於明代法家書，除此題材增減亦添加當時史實，以《疑獄

集》、《折獄龜鑑》、《棠陰比事》、《祥刑要覽》、《慎刑錄》、《仁獄類編》為例，宋代桂萬榮《棠陰比事》綜合了《疑獄集》、《折獄龜鑑》而成，明代張景續作《補疑獄集》附以驥尾。至於明代法家書取材的僧犯故事。有「府尹捕姦僧」、「觀音足」、「人痾」[149]三種類型，表現了「囚禁庶民」、「殺人」、「姦淫婦女」的案件內容。在公案集中呈現的內容遠比前述的故事異文漫長，且鋪陳情節更為細膩。對應以上三種類型首見於公案集有：《廉明・康總兵救出威逼》、《明鏡・林侯求觀音祈雨》、《諸司・彭理刑判刺二形》。

　　其中「人痾」類型最為轟動應屬「桑沖」案件，假冒女人行騙，使用藥物姦淫眾多女子，後被凌遲處死。《皇明通紀集要》卷二十三〈丁酉成化十三年〉載記此事：

　　　　十一月山西太原府奸民桑沖伏誅，大同山陰縣有男子習女工為婦人裝，以誘淫良家婦女，有不從者用魘魅淫之，沖盡得其術從而效之者七人，沖歷四十餘州縣淫女婦，莫有疑其偽者。至晉州有男子欲強淫之，始知其偽，告官械至京都察院具獄以聞，上以情犯醜惡有傷風化，命凌遲于市且令搜捕七

---

[149] 生理變異，陰陽同體，謂之「人痾」或「人妖」。「人妖」條：「變半者二行人中惡趣也，晉《五行志》謂之人痾。」參見〔宋〕周密：《癸辛雜識》〈前集〉（上海：上海古籍出版社，1991年），頁21-22；莊綽《雞肋篇》卷中：「元祐末已有紹述之論，……已而徐師川在西樞得君，與呂不協，席乃陰與徐結，於時又號為二形人，謂陽與呂合而陰與徐交也。」〔宋〕莊綽：《雞肋篇》（臺北：新文豐出版公司，1980年），頁103-104。

人者誅之。[150]

　　《五雜組》[151]、《賓退錄》、《菽園雜記》、《蓬軒別紀》皆有紀錄，《庚巳編》卷九〈人妖公案〉所載公牘內容更為詳細，當時桑沖罪行重大，由明憲宗下令凌遲極刑，對被害婦女皆以「桑沖以術迷亂其奸，非出本心，又干礙人眾，亦合免於查究。」[152]反映於公案小說為《諸司·彭理刑判刺二形》，明代法家書引用此條有《補疑獄集》、《仁獄類編》，其後有《疑獄箋》、《折獄龜鑑補》，桑沖事件在法家書載記應當受此「社會事件」而收錄，公案小說吸納此類題材加以改編。

　　《補疑獄集》之〈彭節齋額刺二形〉、《仁獄類編》之〈節齋刺二形〉，而《諸司公案》的篇名〈彭理刑判刺二形〉顯示篇名相似，《諸司·彭理刑判刺二形》中案發情節「有少年胡宗用，見董尼有貌，強抱求奸，董堅拒不從，挨纏已久，……」應參考桑沖事件現實所發生而改編，尤其是因桑沖偽裝女性遭人強奸情節，遭人識破報送官府過程，與現實案件相符，說明了小說與法家書的書寫

---

[150]　〔明〕陳建輯，江旭奇補訂：《皇明通紀集要》，收入《四庫禁燬書叢刊》史部第 34 冊，明崇禎刻本（北京：北京出版社，2000 年），頁262。

[151]　此書至清代，因內容多涉女真族史事為清代乾隆、嘉慶年間成為禁書。《五雜組》，俗本訛作《五雜俎》，後世蓋因唐人段成式有《酉陽雜俎》，遂訛為五雜俎，參見鄭憲春：《中國筆記文史》（長沙：湖南大學出版社，2004 年），頁 768；〔清〕周中孚著，黃曙輝、印曉峰標校：《鄭堂讀書記》（上海：上海書店出版社，2009 年），頁 946-947。

[152]　〔明〕陸粲撰：《庚巳編》，收入《叢書集成初編》據紀錄彙編本影印（北京：中華書局，1985 年），頁 208。

側重不同，整理簡表如下：

表 3-6　《仁獄類編》與《諸司公案》人妖故事比較表

| | 《仁獄類編·節齋刺二形》 | 《諸司·彭理刑判刺二形》 |
|---|---|---|
| 發生地 | 江西 | 廣州 |
| 判官 | | 司刑彭節齋 |
| 犯行 | 奸淫 | 奸淫 |
| 三詞 | 無 | 有 |
| 犯案歷程描寫 | 無 | 有 |
| 查案 | 有 | 有 |
| 判詞 | 無 | 彭公判曰：「立天之道曰陰與陽，成人之形為男與女。故陰陽分而有配合，夫婦別而有唱隨。今董師秀身帶二形，不男不女，是為妖物。所歷諸州縣富室大家，作過不可枚舉，豈可復容於天地間耶！當於額刺『二形』兩字，決杖六十，枷令十日，押在摧鋒軍寨，終身拘鎖，勿放之以為民害。」 |
| 按語 | 無 | 此二形之人，本為怪異，世亦時或有之，故記之以示慎守閨門之防。 |

　　這裡的二形人故事涉及我們對於生理男女兩種性徵的認識，公案小說中並未就此種生理變異的原因予以表陳。然就歷史「桑沖」以縮陽的物理鍛鍊，並服藥達到具備女性特徵的目的，當時並非桑沖一人如此。公案小說在判語中亦未清楚交代，僅言及「立天之道曰陰與陽，成人之形為男與女。」違背天地陰陽視為妖物，必須「押在摧鋒軍寨，終身拘鎖，勿放之以為民害。」清官認為此種妖物天性必然危及社會秩序，毫無教化可能，必須予以隔離。

　　在不同文化中對於「二形人」的態度正反面皆有，有的視為禮物，有的視為超自然天譴等等，[153]不同文化對待雌雄兩性人的態度反映對性別認知與對於其生理變異的容忍程度。顯然公案小說將此視為禍害社會秩序的禍源必須予以禁制。

　　故事將歷史與時事兩種題材加以改寫成第三種故事，從故事改寫角度而言，故事結構呈現內容援引桑沖的犯案方法，由此細緻化法家書的內容，並增益清官判決內容。此判決又與桑沖案件的判決有所不同。桑沖的犯案性質是自發改變身體的生理構造以利犯案，公案中的董師秀（未言明是否天生二形人）亦是利用此特點犯案。桑沖最後被官府誅殺，而董師秀被判終身監禁，公案小說編纂者何以全錄此故事？何以在情節援用？而人物特點改編幅度較大，甚至在人物的刑罰有所差異。

　　這樣的改寫其實透顯編纂者對二形人在性別與性欲的潛在觀點，可能認為二形人在性慾與常人不同，其犯案迫於性的力量所驅動。因此在承認其犯案者的困境，但又考慮對社會秩序的危害，必須予以隔離而非誅殺。這與桑沖一類犯案在本質有所不同。

　　公案小說納編這類故事在於強調公案小說故事對於社會秩序的涵蓋面，即使天生違逆於社會秩序的內容，仍舊能予以規範。所以公案小說內容亦有「氣生子」等案例。

　　以上就明代或明代之前的法家書與公案集簡略討論，可以得知情節的內容除詳略有別外，明代或之前法家書的相承內容改易不大，然故事被公案集擷取後，其文字皆在情節相似或相同下進行改

---

[153] 〔美〕吉爾茲（Clifford Geertz, 1925-1995），王海龍、張家瑄譯：《地方性知識：闡釋人類學文集》（北京：中央編譯出版社，2000 年），頁103-105。

寫，著重了故事的敘事性外，對於公案形式元素的加入（若三詞、查案、案發等）特別著墨，顯示公案集的材料改寫具有高度的統一，不啻法家書的記事性質。由公案文體結構的視角分析，法家書缺少了公案集的文學性特質，顯示了法家書的相承較為單一，公案集書寫具有更大的彈性與文學特點。

　　而針對法家書的故事到公案集的單一與繁複，可以由《明鏡公案》中〈林侯求觀音祈雨〉加以說明。《祥刑要覽》、《西湖遊覽志餘》、《補疑獄集》、《仁獄類編》、《疑獄箋》、《敬由編》皆有此故事，其故事情節完全相同，可能是公案集〈林侯求觀音祈雨〉的題材來源。

　　《西湖遊覽志餘》載記了諸多宋代杭州的僧俗交往故事，與明公案集的故事多有交涉，亦具體呈現宋代僧犯圖像，寺院禁錮婦女以供姦淫。現所見二例，《西湖遊覽志餘》卷二十五〈委巷叢談〉第三十條呈現更多婦女主動與僧交好的風流韻事，若云：

> 宋時靈隱寺緇徒甚眾，九里松一街多素食、香紙，雜賣鋪店人家婦女往往皆僧外宅也，常有僧慕一婦人不得其門而入，每日歸寺必買胭脂果餅之屬，在手顧盼不已如是久之，婦人默會其意語其良人，設計誘之漸至，謔笑僧喜甚謂可諧矣。婦人曰：良人在奈何！僧盡捐衣鉢使之經商，數日果見整裝赳日戒行，僧於是日到其家呼酒設饌獻酬交錯，已而婦令先解衣就寢，婦取其衣束之高閣，忽叩門甚急，婦人曰：良人必有遺忘而歸矣，僧皇遽不知所為，婦曰：有空籠好避，僧亟竄入籠中，婦遂鑰之。僧不敢喘動，與夫異於遠路，迨曉邏卒見之，異於官府，啟鑰則一髡裸體在焉，京尹袁尚書笑

曰：是為人所誘耳。勿問復鑰籠投諸江。[154]

　　僧人欲交好於婦人，卻為夫婦設計，最後遭官府投江，其情節近似笑談。《西湖遊覽志餘》的重大罪僧案件，均可在公案集中找到相似題材，公案集吸收此類題材凸顯僧人群體的社會問題。

　　法家書的發展到了明代，律法意識提昇亦有所反映，此特點在增補《補疑獄集》與《疑獄集》表現亦明顯，例如《補疑獄集》〈漢武明經〉中，針對繼母殺父案，有附語云：

　　謹按：

　　《大明律》云，凡繼母殺其父，聽告，不在干名犯義之限。今觀漢史所云，防年繼母殺父，因殺繼母，宜與殺人同，不宜以大逆論。竊詳此乃倫理之變。若比殺常人，則故殺者斬；若比父母為人殺，則子孫擅殺行兇人，杖六十，其即殺死者，勿論。盛世倫理修明，固無此事；萬一遇此，所司當體究的確，比擬奏請。[155]

　　《補疑獄集》中尚有〈戴爭異罰〉、〈宗元訴守辜〉皆有引《明律》內容的討論，對於判決內容合宜討論是前揭法家書所無，此點反映對律法意識的轉變，呈現明代整體對律法的認識，內容涉及實務操作討論亦呈現編纂者律法思想的進步。

　　從類型觀察，各種案件的原型均於前代的小說或法家書有所反

---

154　〔明〕田汝成：《西湖遊覽志餘》（臺北：世界書局，1975 年），頁458。

155　〔五代〕和凝：《疑獄集》，頁2。

映，法家書敘寫方式與其他小說，並無太大差異。法家書援引題材，注意到題材的奇特性質以吸引讀者。對短篇法家書成為多數公案題材的來源，性質並不如判牘生硬。其實用性質成為撰作或改編公案的極佳參考，因此公案小說編纂者對於素材極易於加工改造。

公案集繼承法家書。法家書簡短二、三百字的情節著重於案件內容的特點，對相同情節的攝引，改動甚微。而公案集文字與內容差異更為分明，公案集基於結構、情節、人名皆同外，採用更多文字敷演案件發展（偵查、破案、斷案歷程）。對於犯罪細節與主角、判官形象的多所著墨，公案甚至增衍文字多達一千四百多字。有所繼承亦有所發揮，繼承明前故事是否同樣反映了明代的社會寫實，仍須進一步考察，此類繼承明前法家書的故事，在公案集中的分布較明代法家書故事稀少，從編纂者有意的擷取，卻於公案集及其他小說鮮少加以改寫的傳播情況，呈現此類題材較不受讀者歡迎。

## （二）小說類型故事的遞演

小說的真實與虛構為學者所喜論，稗史中可以得見歷史的原貌者不少，此為研究社會生活的重要史料，在明代公案集中確然如此，雖輾轉於諸小說部中，鮮少見於史傳的相關題材，不若史傳中對於人、時、地、物之準確要求，而若《西湖遊覽志餘》亦列為史料記載者，視為社會生活史料，反映了庶民的真實生活景況，與公案集直接取材亦有不同。公案集取材的現實面，反映當代庶民生活為其優先，而對於前代流行題材，除非亦見於當代小說中，不然，亦無收錄。由此特點可以推斷公案集的市場導向，為其編纂選材的重要考量。

諸多取材中，《廉明・蘇按院詞判奸僧》是個特殊例子，故事原型為鼎鼎有名的文學家蘇東坡，圍繞著蘇東坡的軼事甚多。明代

承襲此類故事，此故事聚焦於妓女與犯罪僧人的互動關係。《廉明·蘇按院詞判奸僧》從中擷取奸僧殺妓故事，僧人因買春與妓女產生感情，妓女重錢不重情，了然和尚衣鉢蕩盡，妓女秀奴絕情斷交。僧人重情不守色戒，觸犯必須當眾發露的重戒，律法規定必須發遣歸俗，卻失手將妓女殺死。內容著重於僧人癡心與殘忍，其中有詩云：

> 《踏莎行》詞曰：「這個禿奴，修行忒煞，雲山頂上持戒，一從迷戀玉樓人。鶉衣百結罪無奈，毒手傷人，花容粉碎，空空色今何在？壁間刺道苦相思，這回還了相思債。」[156]

　　故事中安置詩詞為花判公案中為常態，此種敘寫方式延續文言小說作法，明代文言小說亦有承襲。明代小說中「僧妓案件」，另一類型為「紅蓮」、「柳翠」故事，情節更為曲折、繁複，主題聚焦於佛教輪迴，散見於其他類型文學，不似公案小說強調案件的本身。妓女提供性服務謀生，僧人修行戒之在色，由僧人與妓互動的情節張力發展出許多主題，若試煉、輪迴等主題，以妓女考驗修行的堅固與否。眾所週知的《玉通禪師翠鄉一夢》中的玉通禪師與紅蓮，或者「觀音戲目連」故事等，然此故事聚焦於高僧與妓女。小說《輪迴醒世》中僧人與妓女的交往演變為命案兇殺，已失去佛教修行的神聖意味，故事敘事敷演妓女淪為成世俗中鬥爭工具，妓女紅蓮作為知府報復高僧能玄的餌，知府以妓女美色引誘高僧破戒，

---

156　〔明〕余象斗編：《廉明公案》（北京：中華書局，1991 年），頁 1090-1091。

達成個人洩恨之目的。

「秀奴」一名，在宋代著作已知為妓女常用名，《唐語林》、《事類備要》等皆有[157]，其後，《靳史》、《花草粹編》、《天中記》、《堯山堂外記》、《青泥蓮花記》、《堅瓠集》等亦可見。這個故事情節可分為：色僧宿娼、色僧刺臂、妓女絕之、色僧殺妓、官府究責、詞判、市曹處斬。以上情節見於《綠窗新話・蘇守判和尚犯姦》、《醉翁談錄・子瞻判和尚遊娼》、《北窗瑣語》、《西湖遊覽志餘》、《繡谷春容・詩餘掇粹》、《僧尼孽海》、《歡喜冤家》及《情史》，情節相同，文字詳略不同。《廉明公案》吸收此故事後，加以演繹情節，修改了「刺臂」為「刺壁」外，增添「百戶」、「店主」的疑嫌情節及紙片的破案線索。

人物聚焦於僧人與妓女中，亦偶而穿插其他人物的角色，諸如貴宗室、士子、將官。宋代胡仔《苕溪漁隱叢話》前集卷四十七中有「嘗從一貴宗室攜妓遊僧寺，酒闌劇，諸妓皆散入僧房中，主人不怪也，故有曉然夢之非紛紜之句。」僧人與妓女所形成互動關係，成為當時社會附庸風雅的生活面貌之一。

僧人與社會其他階層的人物交往，反映僧俗的互動情況，《昨夢錄》中有一士子與僧交好，卻在通譜之後，發現彼此親屬關係，僧人覬覦其妻，遂用船夫予以加害：

> 建炎初，中州有仕宦者跟蹱至新市暫為寺居，親舊絕無，牢落淒涼，斷其蹤跡，茫茫殊未有所向。寺僧忽相過存問勤屬，時時饋淆酒，仕宦者極感之。語次問其姓。則曰姓湯。

---

而仕宦之妻亦姓湯，於是通譜系為親戚，而致其周旋饋遺者
愈厚。一日告仕宦者曰：「聞金人且至，台眷盍早圖避地
耶？」仕宦者曰：「某中州人，忽到異鄉，且未有措足之
所，又安有避地可圖哉？」僧曰：「某山閒有庵，血屬在
焉，共處可乎？於是欣然從之即日命舟以往。」虜已去，僧
曰：「事已小定，駐蹕之地不遠，公當速往注授。」仕宦者
告以闕乏，僧於是辦舟，贈鍰二百緡，使行。仕宦者曰：
「吾師之德於我至厚，何以為報？」僧曰：「既為親戚，義
當爾也。」乃留其孥於庵中，僧為酌別，飲大醉，遂行。翊
日睡覺時，日已高，起視乃泊舟太湖中，四旁十數里皆無居
人。舟人語啐啐，過午督之使行。良久始慢應曰：「今行
矣。」既而取巨石磨斧，仕宦者罔知所措，叩其所以。則
曰：「我等與官人無涉，故相假借不忍下手，官當作書別家
付我訖，自為之所爾。」仕宦者惶惑顧望，未忍即自引決，
則曰：「今幸尚早，若至昏夜恐官不得其死也。」仕宦者於
是悲慟作家書畢，自沈焉。時內翰汪彥章守雪川，有赴郡自
首者，鞫其情實，曰：「僧納仕宦之妻，酬舟人者甚厚，舟
人每以是持僧，須索百出，僧不能堪。一夕中夜，往將殺
之，舟人適出，其妻自內窺月明中見僧持斧也，乃告其夫。
舟人以是自首。」汪以謂僧固當死，而舟人受略殺命官，情
罪俱重，難以首從論。其刑惟均可也。又其妻請以亡夫告敕
易度牒為尼二事奏皆可。汪命獄吏故緩其死，使皆備慘酷數
月，然後刑之。[158]

---

[158] 〔宋〕康與之：《昨夢錄》，收入《叢書集成初編》（北京：中華書局，

《西湖遊覽志餘》卷二十五也載記了相似的故事，只不過與僧交往的對象，轉向將官。若云：

> 紹興間，崇新門外鹿苑寺，殿帥楊存中郡王所建，以處北地流僧。一歲元宵，婦女闐溢，有將官妻攜其女入寺觀燈，乃為數僧邀入密室，盛酒饌奉款，沈醉，殺其母而留其女，女亦不敢舉聲。及半年，二僧皆以事出，女獨留室中，倚牕見圍外一卒治地，女因呼卒至窗，語以前事，托令往報其父。卒如言而往，將官密以告楊帥，遂遣人報寺，約來日修齋。至日，楊帥到寺，僧行俱候見，王命每一僧以二卒擒之，搜出其女，認二僧斬之。毀其寺，盡逐諸髡。[159]

從以上的情節發現，僧人與妓女故事的發展變化，固定聚焦於僧人與妓女二類人物，增添士子或將官的角色，與發展情節的焦點轉移有關，但仍環繞著僧人角色為中心。在相同主題的不同類型演變，其一為僧人、妓女、士子的三角關係的系列公案故事，早已流行於宋代，明代《西湖遊覽志餘》亦有，明代公案集亦包羅此類型，雖然例子無多，《剛峰・判奸僧殺妓開釋詹際舉》即為此類故事，其題材擴展的痕跡明顯，除增加了士子互動情節外，敷演文言小說中詩詞酬答情節：

> 酒入蒼前不窮戀，□遊朝夕似飄蓬。

---

1991 年），頁 2-3。

[159] 〔明〕田汝成：《西湖遊覽志餘》（上海：上海古籍出版社，1980年），頁 462。

溪邊楊柳浮波綠，郭外江天落照紅。
情憐草色三山遠，心有靈犀一點通。
試問臨皋千里客，可舞佳句托飛鴻？[160]

愛玉當席回曰：

夜宵清夜但論文，金鴨香消手自焚。
更喜同心堪作社，相看□璧不離群。
空庭兔魄無塵染，幽室鴛幃有麝燻。
歲歲只求惟聚首，樂昌終是屬徐君。[161]

原有詩詞的元素予以保留，並增加士子與僧人間互動。這個故事內容講述僧人因愛生恨而嫁禍於人，最後因為字條而冤情昭雪。

某日，主角際舉與妓女愛玉受邀前往遊寺，寺僧正明一見愛玉傾心，當晚散酒而歸後，寺僧喬裝前往妓女家中，求歡不成被拒於門外而懷恨於心。數日後，寺僧（叫夜僧[162]）值勤沿街叫夜，途中遇妓女回家，伺機殺害妓女愛玉，並嫁禍於際舉。在官府審理案情時，將際舉列為嫌疑人，判官後來發現紙條「此事正明，何用遲

---

160 〔明〕李春芳編：《海剛峰先生居官公案傳》，《古本小說叢刊》第 7 輯第 1 冊（北京：中華書局，1990 年），頁 448。

161 〔明〕李春芳編：《海剛峰先生居官公案傳》，頁 448-449。

162 到了近代，中國大陸尚有以僧人、道士叫夜的遺俗，以僧人或道士叫夜除警戒作用外，尚有驅邪的功能，參見中國音樂研究所編，徐美輝修訂：《湖南音樂普查報告》（北京：音樂出版社，1960 年），頁 144；白庚勝、馮華輝：《中國民間故事全書：江西撫州臨川卷（下）》（北京：智慧財產權出版社，2013 年），頁 485。

疑」誤以為際舉是兇手，將其拿下。清官海瑞前往禪關寺而回衙，夜半遇愛玉現身訴冤，案情方才偵破。《剛峰》不僅吸收了《廉明公案》所增情節，並進一步擴展僧人與士子的交往及誤判情節、命案冤魂訴冤情節，使得色僧殺妓情節更為曲折與繁複。從宋代故事原型至公案集的變化，加強公案故事習見元素，更貼合了讀者對公案的認知。

　　《西湖遊覽志餘》卷二十五〈委巷叢談〉中，有十則與僧尼有關的故事，其中一則敘述神通和尚嗜酒被識破道行外，餘者皆為僧尼好色等負面形象之情節，故事的時間雜以當代或前代皆有。《行營雜錄》轉錄《行都紀事》一則故事，後來成為公案小說中習見類型，《廉明・汪縣令燒毀淫寺》與其相近，其原文為：

> 嘉興精嚴寺大剎也。僧造一殿中，塑大佛詭言，婦人無子者祈禱於此，獨寢一宵即有子，殿門令其家人自封鎖，蓋僧於房中穴地道直透佛腹，穿頂而出，夜與婦人合，婦人驚問！則云：「我是佛」州人之婦，多陷其術。次日不敢言，有仕族妻亦往求嗣，中夜僧忽造前，既不能免，即齧其鼻，僧去。翊日其家遣人遍於寺中物色，見一僧臥病以被韜面，揭而視之，鼻果有傷，掩捕聞官。時韓彥古子師為郡將，流其僧廢其寺。行都紀事。[163]

　　惟其中以「佛腹」、「暗道」情節進行或有不同，以寺院為罪

---

[163] 〔宋〕趙葵：《行營雜錄》，收入《叢書集成初編》（北京：中華書局，1991 年），頁 7-8。

案現場，此故事類型數量，明代公案已有明顯增加。情節發展成命案或強擄的重大案件，《廉明公案》〈康總兵救出威逼〉等即為此類情節，此種的發展形成罪僧強盜化、集團化的趨勢，亦間接呈現官府管理僧人不力的景況。

　　僧人的素質低落亦是造成社會不安因素之一，《海剛峰先生居官公案》中叫夜僧殺人情節反映此現實，《廉明公案》〈張縣尹計嚇兇僧〉中亦可見，《龍圖公案》據此改編為〈阿彌陀佛〉，「叫夜僧」題材確為囑目的故事類型，其他小說中亦有，若《耳談》叫夜僧殺人故事有二則：卷十一〈雙烈女祠〉、卷七〈徽某〉。卷七〈徽富人某〉中的冤魂出現，大叫：「和尚還我頭來！」的情節，與〈張縣尹計嚇兇僧〉中縣尹命公差扮鬼嚇色僧的情節相似。《廉明公案》因色殺人而割首故事與《耳談》相近，[164]卷十一〈雙烈女祠〉若云：

> 蘇城內，一處子樓居誦經，聞叫夜僧聲甚苦傷之，投以金錢。僧誤謂女悅己，夜入，逼女。女不從，僧怒斬女，攜首以去。適女母舅宿于家，明日，其家訟於官，謂舅殺之，官加酷訊，不禁，誣伏。而不得首，且再加桎梏。舅女痛父，自斷其首，為女首以獻，官察之，非是，因得其情，大加憫恤，虔禱於城隍神。夜夢神曰：「殺女者某寺某僧，首在廢佛腹中。」搜佛腹，果得首。坐僧死，舅得釋。蘇人建雙烈

---

[164] 龔進輝考訂出，《耳談》五卷本、十五卷本之成書時間，此二則為十五卷本內容，十五卷本成書於萬曆二十七年至三十年間，為《廉明公案》成書之後，參見龔進輝：《王同軌及其《耳談》、《耳談類增》研究》，國立雲林科技大學漢學資料整理所碩士論文，2010 年。

女祠。壬辰何文興過蘇所見。[165]

　　此故事與《廉明・曾巡按表揚貞孝》情節更相似，其主要情節有：僧因色殺女、僧攜首而去藏於佛寺、官府疑伯父（舅父）所殺、孝女為救父自殺、官府查出。《耳談》所記故事較為簡略，公案集故事較為漫長，《吳門補乘參旌表實錄》、《蘇州府志》皆記載同一事，[166]《龍圖・三寶殿》亦為同一故事。

　　叫夜僧殺人，公案集中尚有《剛峰・貪色破家》，其主要情節為：富商悅家婦以利誘、富商與家婦偷情、富商託付媒婆、婦約富商、富商不克前往、叫夜僧潛入竊銀遭家婦誤認、家婦不從被殺、富商被冤、官府查出色僧。此情節亦見於《智囊補》卷十〈詰姦〉「徽商獄」、《二刻拍案驚奇》卷二十八〈程朝奉單遇無頭婦　王通判雙雪不明冤〉、《疑獄箋》卷三「叫夜僧」、《折獄龜鑑補》卷二〈犯姦上〉、《遣愁集》卷七〈一集剖雪〉等，情節相近，內容詳略不同，叫夜僧殺人案件皆自明代始，叫夜僧利用晚上叫夜打更的化緣機會而進行犯案。

　　取自小說題材的公案集故事，多近於社會逸聞。像《西湖遊覽志餘》系列的僧犯故事，與公案集相似度極高，而選錄訟師秘本中故事與僧犯故事皆無涉，顯然公案集在挑選僧犯故事是有針對性，《西湖遊覽志餘》搜羅故事一部分與明代法家書《補疑獄集》、《仁獄類編》、《祥刑要覽》、《棠陰比事補編》僧犯故事的重

---

[165]　〔明〕王同軌：《新刻耳譚》十五卷本，收入《四庫全書存目叢書》子部二四八冊（濟南：齊魯書社，1995 年）頁 660 下－661 上。

[166]　另《奩史》卷二十六〈肢體門〉所載內容與《耳談》幾同，相差數字而已，然謂語出《北山紀事》，蓋不可信。

疊。公案小說在明代盛行的關鍵原因之一,可能編者對於題材選擇能夠回應民眾閱讀消遣的需求,而公案小說互相傳抄與改作的類型雷同,也印證此類故事的盛行。書坊主對於編纂策略的運用相襲,此類故事在轉作間又兼採時聞的觀點,陸續有公案集續作,甚至改作,此種接力現象,代表此類題材具有市場性,符合民眾的既有印象與觀感。

　　僧犯案件的場合、作案手段、對象等,與前代並未有太多差異,而案件類型有移向人命、奸情、威逼三類增多的趨勢反映了社會現實。除此,公案小說集中大量反映了色情案件,其中僧徒犯案故事,對明末小說的影響甚鉅,其中尤豔情小說為最,晚明以僧尼縱樂於慾海的專書《僧尼孽海》多篇兼參考公案集,以《剛峰·僧徒奸婦》改寫成〈江安縣寺僧〉[167],《歡喜冤家》又加以前繼書寫為第十一回〈蔡玉奴避雨撞淫僧〉,其後《巧緣豔史》加以擴充改寫為第四回下半〈王玉奴寺中避難〉至第七回〈禿驢姿意取歡樂,全身一心行方便〉及第九回上半〈縣公公堂大審問〉,《風流和尚》亦續接《歡喜冤家》改寫為第六回〈經婦人避雨遭風波〉至第九回〈弄巧趣釋放花二娘〉[168]。

　　另一《廉明·蘇按院詞判奸僧》取材宋代花判公案故事,此故事為後來小說所徵引,影響不小,《僧尼孽海·靈隱寺僧》情節幾同,「臂見刺字」與《綠窗新話·蘇守判和尚犯姦》、《醉翁談錄·子瞻判和尚遊娼》相近,《歡喜冤家·一宵緣約赴兩情人》雖

---

[167] 參見黃東陽:〈天理、人欲衝突的再思考──解讀《歡喜冤家》對女性情欲的理解與安置〉,《成大中文學報》第十六期(2007 年 4 月),頁110。

[168] 陳益源:《小說與豔情》(上海:學林出版社,2000 年),頁 60。

非全參考於此。亦此系統之衍生，公案集系統與非公案集故事的差異在於《廉明・蘇按院詞判奸僧》增加了查案過程的線索，若「吹片紙上公案」的紙片內容線索：「事實了然，何苦相思」，明示兇手名，而怪風出現的靈異現象，均指向案件之不尋常。《剛峰・判奸僧殺妓開釋詹際舉》中的風吹紙片的情節中，紙片內容寫著「此事正明，何用遲疑」皆破案手法相同，此情節皆為豔情小說所無。

　　在二則故事豔情小說皆有的僧徒罪案故事，情節著重書寫淫色情節，若《歡喜冤家・蔡玉奴避雨撞淫僧》：

> 印空拔了頭籌，覺空又上。老和尚上前來爭，被覺空一推，跌個四腳朝天。半日爬得起來，便叫那兩個婦人道：「乖肉，兩個畜生不仁不義，把我推上一交，你二人也不來扶我一扶。」一個婦人道：「只怕跌壞了小和尚。」那一個道：「一交跌殺那老禿驢。」三個正在那裏調情，不想玉奴被二空弄得淫水淋漓，癡癡迷迷，半響開口不得。[169]

　　而《歡喜冤家・一宵緣約赴兩情人》承繼《廉明公案》及《僧尼孽海》，其僧形象更加淫色，[170]由此理解公案小說中的淫僧與豔情小說的發展路線的不同，表現了編纂者對故事的有意改寫，並呈現情節演化的痕跡，《剛峰・判奸僧殺妓開釋詹際舉》較《廉明・蘇按院詞判奸僧》更進一步對破案內容的補充，《歡喜冤家》

---

[169]　參見〔明〕西湖漁隱主人著，李燁、馬嘉陵校點：《歡喜冤家》，收入侯忠義主編《明代小說輯刊》第 3 輯第 4 冊（成都：巴蜀書社，1999 年），頁 226。

[170]　陳益源：《小說與豔情》，頁 58。

與《僧尼孽海》相較，對淫誨內容書寫與淫僧形象的改造更加豔情，《僧尼孽海》更多故事襲引自公案小說集。以下將襲引篇目呈示如表：

表 3-7　《僧尼孽海》與明代公案小說集相似篇目

| | 僧尼孽海 | 公案集相似篇目 |
|---|---|---|
| 1 | 〈僧員茂〉 | 《諸司・齊太尹判僧犯奸》 |
| 2 | 〈靈隱寺僧〉 | 《廉明・蘇按院詞判奸僧》 |
| 3 | 〈永寧寺僧〉 | 《百家・伸蘭嬡冤捉和尚》 |
| 4 | 〈臨安寺僧〉 | 《剛峰・擊僧除奸》 |
| 5 | 〈西冷寺僧〉 | 《百家・杖奸僧決配遠方》 |
| 6 | 〈水雲寺僧〉 | 《詳刑・蔡府君斷和尚奸婦》 |
| 7 | 〈江安縣僧〉 | 《明鏡・林侯求觀音祈雨》 |
| 8 | 〈江西尼〉 | 《諸司・彭理刑判刺二形》 |

上列圖表僅將相同情節加以表列，另有相似情節若〈募緣僧〉、〈雲遊僧〉、〈六驢十二佛〉、〈募緣僧〉，與公案故事內容近似，唯文字不同。陳益源、黃東陽於豔情小說皆有著墨，其中陳益源對豔情小說考察更為深入，其於《古典小說與情色文學》一書中，特別對《歡喜冤家》的影響進行申論，《歡喜冤家》有部分故事取自《僧尼孽海》，而對《廉明公案》亦有留意，因此明代公案集對於豔情小說的影響深遠，至於「三言兩拍」對公案集改寫使得僧尼故事更能吸引讀者注目。

大體說來，公案小說的色情內容題材，多數被豔情小說援引，並有意對於公案集僧人故事加以改寫，此類援引間接說明公案集的流行性，與題材趣味有關。並呈現公案小說對晚明小說影響，公案

集提供題材承衍發展脈絡的觀察點。

　　從公案集中罪僧題材承衍，比對出法家書、豔情小說及其他小說的互相影響的複雜性，公案小說集二十餘種不同題材及相近類型，從法家書或小說抄撮皆呈現關注前代或當代的流行題材，這些流行題材往往多有不同程度的改寫，呈現變異程度大外，對於題材改寫已呈現固定模式。其次，加入三詞的結構，形塑出公案文體的面貌，尤其呈現於編者或作者的主觀議斷內容，說明了公案「審判」特點與意識，案件內容經此改寫後，皆具備公案文體的形式與特徵。

## 第三節　犯案手段的共同模式

　　作為僧道身分的庶民，不清修守道，以違法犯紀侵犯社會，違背出離世間的教理，在明代成為危害社會的群體，現象反映僧道的庸俗化之外，僧道形同世間的罪犯，藉由文本爬梳，呈現其犯行、犯罪成因、犯罪習癖、準備措施、犯罪方法、犯罪工具等，得以理解僧道犯罪的體貌與犯罪的模式。在明代公案集中，大部分僧道犯案集中於《百家公案》、《廉明公案》、《龍圖公案》三本，而其故事相因皆有脈絡可尋，故事梗概皆有雷同，因此分析其模式，可大致勾勒晚明的佛教僧人犯罪的型態，以下就其模式進行梳理：

### 一、利用庶民迷信心理

　　《廉明・雷守道辨僧燒人》故事中，二位會試舉人到寺閑遊，與僧眾發生糾葛而遭僧徒圈禁，因該寺向來暗行不法，以「超度升仙」作為累積信眾供養錢財的技倆歷年實行，未曾被外人識破，其

情節為：

> 至期，僧眾架起高臺，堆積乾柴於上，又四圍皆積柴為火
> 城，然後鼓樂喧鬧，幢幡擁護。超應（度）二人，端坐高臺
> 柴上，僧道士民，皆望台膜拜，可消災獲福。府縣官員，皆
> 要來行香。拜奠記，乃故着火城，將二人燒化，謂之超度升
> 仙。遞年傳下如此，人皆信之，瞻奉施捨，惟恐弗及。[171]

明代筆記小說《野記》有類似的故事：

> 秦中有僧，約眾期焚身，錢鏹坌積。至時，果就火，士民擁
> 仰。巡按御史聞之，求視。至則令止炬，扣所願三四，不
> 應。御史訝，令人升柴棚察之情，但攢眉墮淚，凝手足坐，
> 不動不言。御史命之下，亦不能，乃諸髡縛著薪上，加以緇
> 袍，而麻藥噤其口耳。伺其甦，訊得之，乃知歲如此，先邀
> 厚施，比期，取一愚髡當之也，遂抵于辟。今有奸僧，道偽
> 作坐亡者，往往以鐵梗入死人穀道，釘著座上也。[172]

　　故事與《廉明‧雷守道辨僧燒人》相近，在《閑道錄》卷十四
中記載了明代林廷選巡撫廣東時所發生「焚身」事件，乞丐遭灌酒
迷醉之後，被綁赴火場以超度昇天作為掩人耳目的幌子，欺騙民眾

---

[171] 〔明〕余象斗編：《廉明公案》（北京：中華書局，1991 年），頁 1214-
1215。

[172] 〔明〕祝允明：《野記》，此據南京圖書館藏明毛文煒刻本，收入《四庫
全書存目叢書》子部二四〇（濟南：齊魯書社，1995 年），頁 65。

以樹立僧道其莊嚴形象。小說使用的騙術之所以成功在利用社會對宗教的崇敬心理，在宗教崇拜之下卻不分辨真相，致使行使詐術的僧徒之計謀未能識破，被害者白白犧牲生命。

焚身的傳統佛教經典《法華經》可見，故事為藥王菩薩前身一切眾生喜見菩薩焚身供養日月淨明德佛事。六朝以來焚身風俗盛行，有焚身、遺身、燒身以身供養佛、菩薩表現了宗教虔敬，象徵大乘佛教利他的精神。[173]此種激烈的宗教信仰行為，直至近世猶有遺俗，若虛雲和尚、一指頭陀月溪法師。明代發生「自焚昇天」時有所聞，《五雜組》不僅提到此風俗，更提出批評。若云：

> 學佛者焚身惑眾，懼人之不信也，而托之火化；求仙者橫罹非命，懼人之見笑也，而托之兵解。則世人惡疾而自焚者，皆佛也；麗法而正刑者，皆仙也？人之愚惑，一至於此。[174]

明蓮池大師《正訛集》「活焚」一節，謂「魔人灌油疊薪，活焚其軀，觀者以為得道，此訛也。……魔入其心而不自覺」及「氣絕魔去，慘毒痛苦，不可云喻。百劫千生，常在火中號呼奔走，為橫死鬼，良可悲悼。」[175]對於《高僧傳》卷 12 及《續高僧傳》卷 27 載記不少僧人自焚事蹟，蓮池提出的宗教性自殺行為，對此的

---

[173] 參見林惠勝：〈燃指焚身──中國中世法華信養之一面〉，《成大宗教與文化學報》第 1 期（2001 年 12 月），頁 60-62。

[174] 〔明〕謝肇淛撰，傅成校點：《五雜組》（上海：上海古籍出版社，2012 年），頁 147。

[175] 參見〔明〕釋袾宏：《正訛集》，收入謝冠生編：《蓮池大師全集》四集（臺北：中華佛教文化館，1973 年），頁 17 右。

反對聲音，試圖將出家僧人的行為與理想的社會行為標準縫合[176]。無論佛教的宗教實踐與否，公案小說反映了此種宗教精神實踐被誤用作為斂財的手段，不僅為官府不許，對於百姓亦造成生命的威脅。

## 二、採取詭謀獲取財色

晚明世風敗壞，騙術盛行，《杜騙新書》一書中，類分二十四種騙術，其中就單列出〈僧道騙〉、〈法術騙〉二章，其它章亦有僧道行騙故事。公案集中的騙詐之術盛行，有《百家公案》〈申蘭嬰冤捉和尚〉、《律條公案》〈蔡府尹斷和尚奸婦〉。《諸司·張主簿察石佛語》故事：有人發現魏州冠氏縣畫林寺有一石佛，長可丈餘，其心中空，口耳有孔，且歷年良久不知何時所置，民眾難辨其質地，只稱是石佛。僧人醒潭遂發計謀，認為可以「藏人入中，詐為佛言，報人禍福，講說經典，謬稱垂教，真可誘動十方施捨財帛，則我寺興發不難矣。」其中以「寺興發不難」，作為犯案罪行的自我合理化，不僅自欺欺人，亦是違背出家人「積攢錢財」的名利追求，完全將出家修行追求解脫的初衷置於九霄雲外。於是散播謠言，偽稱石佛能語。若云：

> 妝造已定，便四處傳言。畫林寺中石佛忽然能語，自言佛教
> 將興，世尊降世傳教，普度一切眾生。不數日，人來聽者駢
> 肩累跡。待夜靜時，人間吉凶者，逐一在佛耳邊禱祝，佛果

176 參見〔荷〕許理和著，李四龍、裴勇等譯：《佛教征服中國》（南京：江蘇人民出版社，2005 年），頁 351-352。

一一指示吉凶。或有問難明之事者，佛便不答其事，但說些大段道理。[177]

百姓盲目從眾的心理，致使騙術能夠利用人性弱點騙取錢財，而騙徒（罪僧）自以為天衣無縫。然因所得供養錢財甚多，一年之內，寺中得獻身帛以千計。消息自然流傳各府州縣，為官府所知，其中軍門劉鎬遣衙將尚謙，資香設醮，命探驗其事，密察其真偽。縣主簿張格能明察秋毫，云：「昔春秋時石言於晉。平公問之。師曠曰：『石不能言，抑或憑依焉，不然民聽濫也。』今石佛與人應答如影響，豈有是理乎！」以常理自能辨明，何以愚民如此之久。張主簿率眾前往實地勘驗，發見石佛中空並能偽作佛語，僧各合掌跪拜。高聲喝曰：

> 石佛本不能言，你僧詐設詭謀，在後房中暗開穴道，藏人人佛腹，詐稱佛言，哄騙士民財帛不計其數。將去買好衣、置美食、醉醇醪、饜膏梁、蓄侍者、養婆娘、交遊長者、請召朋情，百般淫亂，言不能盡。至哄劉爺亦差使進香。你眾僧煽惑良民，欺罔官長，皆當死罪。我本寺伽藍，故指出作惡如此，可盡殘除之。

犯案僧徒的作案動機顯然是為了「誘動十方布施」，僧徒不事生產又不安於本分，因而採取詐術欺瞞眾生以供養為由，騙取錢財。破案並非由官府的主管所破，而是由主簿張格所決行的。其中

---

[177]　〔明〕余象斗編：《皇明諸司公案》，頁 1962。

張格的智識明辨的歷程，可視為此類詐術破解之道。張主簿與周縣令的對話如下：

> 張主簿：「……吾料石佛無言，中必有弊也。昔春秋時石言於晉。平公問之。師曠曰：『石不能言，抑或憑依焉，不然民聽濫也。』今石佛與人應答如影響，豈有是理乎！」
>
> 周縣令曰：「吾與三長官日前亦去看矣。佛堂光淨，其傍舍皆朗朗無壅。夜間果聲自佛出。但世間那有真佛，不過妖狐野怪所托而已。」
>
> 張主簿曰：「亦非狐怪也。凡妖媚皆畏官星、畏正人。今自佛言之後，名公巨卿來往瞻拜，中間豈無正人名宦？彼皆敢與酬對，何怪若此之大也。況日前所聞之語，皆平平無奇，來見瑰異卓見。彼所識者，我識更精；彼所辨者，我辨更透。只似野僧聲口，不似怪媚見解也。」
>
> 周縣令曰：「然則如何以察之？」張簿曰：「堂尊可出票，仰合寺僧人到縣設醮，然後我去勘之，必有分曉。」

可整理成以下：

> 周縣令認為石佛能言≠真佛
>
> →認為有妖怪
>
> →謎團

周縣令認為石佛能人言為異象，人間無真佛，意味世道晦暗不明，有妖怪危害，卻又苦思不得破解之法。

> 張主簿認為石佛能言→非常理，亦非狐怪
> →其語皆平平無奇
> →似野僧聲口
> →進行實地勘驗

　　主簿張格主張非常理聲音為人言的可能，又不受於世俗崇拜佛教而迷失理智的影響，才能破解謎團。故事對比愚民與賢能官員對於怪異現象的不同態度，說明詐術與騙行僅能對付愚昧的百姓，騙徒藉由製造奇異傳說以行騙，利用民間「物老成魅」的思維，百姓對看似無生命物件，可能加以膜拜，並訛傳此類事件，為行騙事件提供詐騙機會。在這類事件中百姓愚昧易於受騙，而破案線索往往由官方人物掌握，彰顯有清官的賢能與智識，強調此類事件的開解之道在於智識與辨明的能力。

## 三、臨時起意作案殺人

　　因財、色或細故殺人的故事比重最大，反映僧人世俗化，且與強匪重犯無異，晚明的筆記小說或社會史料皆有呈現。陳寶良於《明代社會生活史》中，將之歸納為「僧道的無賴化」，[178]律法對於僧人規範形同虛設，僧人無視於官府的三令五申，其犯罪情形更加嚴峻，政府怠政致使人民人身與財產的難以保障，人民陷於精神恐慌。

　　犯罪模式趨近於強擄或威逼致死，其時機分為隨機者居多，以

---

[178] 陳寶良：《明代社會生活史》（北京：中國社會科學出版社，2004年），頁135-136。

《龍圖・阿彌陀佛講和》為例。主角許獻忠與屠戶之女蕭淑玉有姦情，每夜以白布相約暗通款曲，某夜為路過叫夜僧明修所見，僧人明修欲偷白布，不意被扯上樓，因見淑玉美貌，求歡不成，持刀殺害淑玉，致使屠戶告官誤以為獻忠殺人，案件遂進行審理。最後包公派遣手下扮成女鬼現身，驚嚇叫夜僧，終使真相大白。

在另一故事中，殺人致死的僧人具有日夜呈現不同面目，若《新民・強僧殺人偷屍》，富僧一空下鄉收租，一言不合將租農黃質打死，黃質妻告官，富僧一空統惡僧一群，扮作強盜，黑夜明火持槍將屍體搶走，埋於寺中園內。告官受理卻苦無證物，兩方相持不下，清官郭青螺焚香祝禱於上蒼，夜半忽聞四句詩「屬耳垣牆不見天，斗峰寺裏是神仙。人間莫道無明報，新土離離舊草添。」因而啟悟前往「斗峰寺」起出屍體，讓強盜僧一空等伏法。

此類故事多涉及人命，其犯行重大，因而破案契機往往伴隨神啟或靈異的出現。其破案多不屬人智偵查範圍，其線索有紙片飛來、葉子飛來、空中聞聲、夢見字謎、夢見黃龍、夢見和尚等情節、神啟擲筊。

除此，僧人殺人的地點多在寺院，在六十九則中，九成均是，因此寺院成為危險地點，成為犯罪現場之一，清官破案或清理犯罪的手段中，往往包含了「焚寺、毀寺、寺產充公」的情節單元，寺院作為私密的空間，引人窺探的欲望。殺人現場雖不在寺院，埋屍的現場卻移至寺院園中，作案歷程始終與寺院的意象勾連，輕則失身失財，重則喪失性命。

## 四、濫用宗教崇敬犯奸

《剛峰・僧徒奸婦》描繪發生淳安縣婦人遭擄喪命故事，有一

婦女因從娘家回歸途中，躲雨於野寺中，僧徒二人見有姿色欲染指婦人，然婦女鍾意於其徒，僧徒之師不遂其願，將婦女擊殺於園中。此案件起因於婦人不守婦道，又引起僧徒心生貪色之念而失去性命。《明鏡·林侯求觀音祈雨》亦是相同躲雨情節，故事女主角柯氏因與夫口角而逃家欲歸，途中為僧人哄騙而遭圈禁寺中，僧明融雙腳爛瘡，因柯氏柔順為僧明融敷藥，感動於心遂放歸回家。兩則相似情節，兩女的結局卻有不同，「色」一字為關鍵，婦人主動投身者，往往喪命。《諸司·齊太尹判僧犯奸》中女性亦主動與僧人燕好，故事如次：

> 關西有伍氏名愛卿者，國色傾城，性情柔婉，雅有風月意趣。其夫與之相愛，朝夕眷戀，情不能捨。因色慾過度，染成癆症而死。伍氏本不能守節，但家長命其待三年服滿，然後改嫁。伍氏惟抑鬱無聊，度夜如年。時請鄰僧員茂者來家誦經。夜深之際，伍氏出靈席奠酒，故挨行僧傍。員茂捻其手不應，奠酒訖，復入內，員茂復捻其手，伍氏亦以手挽之，二人意下都許矣。少頃家人多去打睡，伍氏出招員茂，攜入臥房偷情一次。自是，約僧每夜靜而來，黎明而去。如此者半年。[179]

因為往來頻繁，為鄰里發覺扭送官府，雙人皆各杖八十，僧員茂枷號擬罪，婦發官賣，以儆示尤。《律條·蔡府尹斷和尚奸婦》中，和尚設「求嗣壇會」，而婦女前往燒香絡繹於途，而回家之後

---

[179] 〔明〕余象斗編：《皇明諸司公案》，頁 1762-1763。

往往轉說於他人,若云:

> 次日回家,道及于無子之婦,昨夜果有一禿頭仙,親身下
> 降。將雲雨之事大畧口說一番。媾婦皆以為定,其後求嗣者
> 源源而來,寺門轎馬不斷。如是者一年懷胎者十有一二。于
> 是風聞遠近,士庶無子者無不深信,紛紛而至。有等淫蕩之
> 婦,求嗣不孕,貪其通宵快樂,藉此為名又復去者有之,並
> 無人覺是謬事也。求嗣之婦,亦不肯吐出雲雨快樂真情于
> 人,而人何以知其謬矣![180]

晚明由政府浮濫發放度牒,致使出家僧尼良莠不齊,出家寺院
成為逃避稅負等躲避場所。一部分莠民或可偽裝為出家人,四處遊
方犯案,嚴重甚則鬧出人命,影響遊方僧人形象。小說中出現遊方
僧人的性犯罪案例,隨機犯罪挑選對象而殺害未婚女性。此種案件
性質不僅是佛教戒律的重罪,在律法層面亦是罪行嚴重的人命案
件,對應宗教的嚴格戒律規範,僧人發生性侵案件顯得更為諷刺。

## 第四節　僧徒犯案類型與清官議斷

在公案小說中,僧徒犯案其意義不同於其他類型的小說,在於
其性質本身具有議斷的情節,即藉由議斷平衡世間冤情的基礎思
維。公案集中不僅情節中安排審案判官加以議斷案件,於故事末尾

---

**180**　〔明〕陳玉秀選校:《新刻海若湯先生匯集古今律條公案》,收入《古本
小說集成》第 4 輯第 21 冊(上海:上海古籍出版社,1991 年),頁 166-
167。

亦附以按語，呈現編纂者對案件破案、性質等觀點。

　　編撰者往往於故事末尾補充按語，即所謂的「按、案」，若余象斗所編纂《廉明公案》、《諸司公案》、《杜騙新書》中，其按語形式內容有增多的趨勢，後所繼承的公案集予以繼承，因此按語本身的議斷內容，在案類文體發展中為其必然趨勢，符合案件審判的補充功能，亦能彰顯編纂者的主觀思維。[181]以律法分類，刑事案件多於民事案件，在案件類型以人命類最夥，姦情類、威逼類及詐術類次之。並以此分析案件類型的議斷內容，理解公案對僧尼犯案的反省與期待。

　　明代的刑律分五：笞、杖、徒、流、死。最重者為死刑，其分為二：絞、斬（包含凌遲，且以凌遲為重）。小說中僧人幾乎犯行多為死罪，可見小說欲強調僧人族群不同於其它犯罪族群，對此，討論僧人犯罪內容的處置當然映現了公案觀點與社會反映，由此亦可得出小說將僧徒犯案至於公案小說的意義與用心，呈現小說在閱讀市場上所欲展現的市場區隔，以下就其罪刑輕重加以依次討論：

## 一、人命類議斷

　　在小說中僧人犯案全是男性出家人，[182]多數命案都與女色有關，少部分與財相涉。犯案人數多以群體為主，可能與出家人群聚生活有關。在小說命案審判中，明律有明確僧道違犯律法罪加二等

---

[181] 按語在文體中的評議功能為案類文體的重要特徵，參見何大安：〈論斷符號──論「案」、「按」的語言關係及案類文體的篇章構成〉，收入熊秉真編：《讓證據說話（中國篇）》，頁331。

[182] 《諸司・彭理刑判剌二形》中唯一一個例外是具有雙性性徵的案例，但亦因女色而犯案。

的規定，因此文本所見的刑罰以死刑居多，死刑有分絞、斬二種，
絞者為輕，可以全屍。斬者為重，又細分梟首與凌遲，凌遲重於梟
首。在十二公案小說的罪刑處置，有三則故事分見於《百家‧伸蘭
嫂冤捉和尚》、《剛峰‧捉圓通伸冤》、《新民‧淨寺救秀才》，
前二則是同一類型的故事，敘述了東永寧寺僧吳員成貪戀有夫之婦
韓氏，設計陷害使丈夫以為有染，因而休妻，三年後僧吳員成還俗
央媒娶親，韓氏得知事實後自縊身亡。《百家‧伸蘭嫂冤捉和尚》
末云：「包拯將馮仁家產給官，判斷馮仁罪合凌遲。自此則韓氏之
冤得以明伸，天下之沙門莫不望風而畏謀。」[183]此故事近於《清
平山話本‧簡帖和尚》，應是所本。[184]然故事末尾與公案結局截
然不然，顯然改寫後，用意於和尚所謀的不正當手段，與此類計謀
不甚道德的觀點有關，著意譴責出家人用心機拆散別人家庭，因此
案斷懲罰凌遲之刑。《剛峰‧捉圓通伸冤》延續了此種思維，除人
名與地名加以修改外，對於情節結構變動不大，顯然公案小說對於
此類的行為觀點一致。然此種故事有其變形，另一則《百家‧杖奸
僧決配遠方》，婦人因憐惜僧人衣服沾濕而收留，以致夫婦反目，
其結果差異甚大，僧人僅得到決杖脊配千里之刑，公案的此類故事
結局，夫妻往往難以團圓，究其因，妻子為保貞潔之名而自縊，此
故事提醒庶民，收留僧人或與僧人交接頻繁，可能造成後患無窮。

　　凌遲刑罰的另一例是《新民‧淨寺救秀才》，故事大意是以僧
人火化昇天作為招睞香客的吸金手段，而以書生假冒僧人坐化，贏
得官民的稱頌。此事亦見於筆記小說《野記》，為寺廟圈禁民眾的

---

[183]　〔明〕安遇時編：《包龍圖判百家公案》，頁 107。

[184]　參見楊緒容：《百家公案研究》（上海：上海古籍出版社，2005 年），
　　　頁 74。

犯罪類型，形成犯罪淵藪場域的典型，多數研究明代公案多指出此種罪僧案件，而僧人犯罪以凌遲處死，與明代律法規定略有出入。《大明律集解附例》所附的弘治十年奏定的《真犯雜犯死罪》中「凌遲」有十三款，其中第一款有「謀反及大逆，但共謀者，不分首從。」及第六、七款「謀殺一家非死罪三人，及支解人者。採生折割人者。」其餘皆是親族之間所犯重罪，與僧人所犯仍有不同，小說處置僧人的罪刑較為嚴厲。明代律法對於僧道犯紀的處罰，以罪加二等論。除重大犯行，若謀叛等，方處以凌遲，因此斬刑算是重刑之重了，而僧人所犯皆以斬刑為主，小說呈現對僧人群體的憂慮，欲藉由書寫案情對社會的宗教亂象予以回應，此點亦扣合讀者的期待。

其它命案發生多以因色犯案致死居多有二十六則之多，多數犯案地點在寺宇，少數在庶民人家，犯案性質多為群體性犯案，個別有過失致死，或事跡敗露而犯案。因色殺人者，清官以無論首從皆處以死刑，為首者處以斬刑，從者處以絞刑，嚴重者，甚至是毀寺（焚寺）或將廟產充公，此例證見於《廉明‧雷守道辨僧燒人》等例。[185]而其它因財殺人的處置則較輕微，若《新民‧強僧殺人偷屍》，主謀取斬，從者擺站三年，[186]對一般殺人沒有親屬主僕關

---

[185] 其他尚有《廉明‧汪縣令燒毀淫寺》、《詳刑‧蔡府尹斷和尚姦婦》、《律條‧蔡府尹斷和尚姦婦》、《詳情‧斷和尚姦婦》、《律條‧曾主事斷淫僧拐婦》、《詳刑‧曾主事斷和尚奸拐》、《詳情‧斷和尚拐婦》等七則。

[186] 「擺站」的處置屬於明代因應犯罪的國情變化所訂定的，屬於罪贖的一種，一般雜犯或明代的贖罪則例有律贖則例、例贖則例兩種。「擺站」是以役易贖的一種方式「役贖是指罪犯向國家無償提供勞動力，通過承擔種地、運糧、運灰、運磚、運水、運炭、做工、擺站、哨嘹、發充儀從和煎

係的殺人案件，明律均處以絞罪處置。然兩則故事相較，凸顯編撰者對於有關僧人違犯色戒、殺生、取財三者的觀點與態度的差異，此點置於文本的情節脈絡中，亦有相似的情況，大半公案集呈現男性僧人的形象幾同於強盜犯、強姦犯、殺人犯的認知，女性在公案文本中淪為弱者與受害人的情形居多，雖有少數女性主動與僧人和姦，整體反映了公案小說中對於性別認知的傾斜，亦表現了公案小說集編纂者在性別觀點上有所偏置。

## 二、姦情類議斷

姦情類之罪有二種：刁姦、和姦。公案中對違犯奸情而未犯及重罪僧犯處理的情況與刑罰出現並不一致，與《大明律》中規定亦相差甚多。大部分罪僧案件，多數的犯案類型都涉及了奸情，人命類或威逼類往往以「性」為目標，人命類的案情由於強奸不成而殺人滅口，威逼類則以拐賣婦女，挾持婦女或圈禁於寺院中以供淫樂，因此在類型分析上往往以所犯主要重罪作為分類依據，然其罪責往往不限一種而是多重，區別所犯案件，清官每每以毀寺將群僧處死，全部剿除作為處置，對僧道所犯案件，罪責以罪加二等為原則，小說與現實律法的實施有一定差距，說明小說對於罪僧處置以「重其所重」為原則，此與《大明律》立法精神相同。

公案故事中婦人主動與僧人和姦例子無多，類似《詳刑‧蔡府尹斷和尚奸婦》民婦為求子而受騙於僧的例子卻不少，而《剛峰‧貪色破家》中的民婦因夫不常在家，與商人通姦，商人遇害未能赴

---

鹽炒鐵等勞役以贖其罪。」詳參楊一凡：《明代贖罪則例芻議》，收入陳金全、汪世榮主編：《中國傳統司法與司法傳統》上冊（西安：陝西師範大學出版社，2009 年），頁 378-379。

約而為叫夜僧所趁，事後此婦方覺遂大聲呼叫，僧人驚懼將她殺害，僧人後以死刑大辟定罪。在小說中的姦情發露有二則：《剛峰·僧徒奸婦》及《諸司·齊大尹判僧犯奸》。前一則因師徒爭鋒吃醋，師將其女殺死埋於園中，案發後清官捉拿僧人抵命，其他僧徒擬以充軍。《諸司·齊大尹判僧犯奸》的案情為僧人與寡婦和姦，清官判其「遂將伍氏與僧各杖八十，仍以伍氏官賣。員茂枷號擬罪，發遣歸俗。」而《僧尼孽海》〈僧員茂〉、《國色天香》〈僧奸判〉均處以「卿著另嫁良人，僧宜發配千里」，兩則故事的處置不同，而〈萬曆問刑條例〉「居喪及僧道犯姦」條：「凡居父母及夫喪，若僧尼道士女冠犯姦者，各加凡姦罪二等。相姦之人，以凡姦論。」[187] 若發現和姦，女性無論僧俗身分皆作官賣，男則以擬罪論處，此處公案內容並未對僧人作出進一步的論斷。

明代僧道娶妻或僧道斂財並不少見，明律亦有規範，〈萬曆問刑條例〉「僧道娶妻」條規範如下：

> 凡僧道娶妻妾者，杖八十，還俗。女家同罪，離異。寺觀住持知情，與同罪。不知者不坐。若僧道假託親屬，或僮僕為名求娶，而僧道自占者，以姦論。[188]

《明鏡·崔按院搜僧積財》有此案例，廖志遠娶妻生子，自投牒於崔按院，崔按院將其個人私財沒收以濟貧窮，令其還俗過塵世夫妻生活，念其自首僅加以責罰而已。

---

[187] 黃彰健：《明代律例彙編》，收入中央研究院歷史語言研究所專刊之七十五（臺北：中央研究院歷史語言研究所，1994 年），頁 943。

[188] 黃彰健：《明代律例彙編》，頁 509。

在二則相近的故事《百家‧伸蘭孆冤捉和尚》與《百家‧杖奸僧決配遠方》中，僧人均設下詭計，故事中婦人皆落入陷阱中，被夫家逐回娘家，僧人因而還俗後重新娶妻，而僧人所受責罰有所不同，前則故事犯案僧人被捆打枷號，將其家產給官，判斷僧人罪合凌遲。後則將僧犯決杖脊配千里。

而集體犯姦僧人的下場反而趨於一致，若《詳刑‧蔡府尹斷和尚奸婦》與《詳刑‧曾主事斷和尚奸拐》二則故事，前則故事為「戮誅其首，梟首允協其宜。水雲惑眾，其巢皆應折毀；寺院藏奸，其藪合令火焚。」，第二則為「寺院藏奸，盡行煨燼；僧人拐婦，悉發典刑。」群體性犯罪有礙於風俗，所以從重處置。

## 三、威逼類議斷

此類的犯行遂未致死，然犯行與前述相近，因其多為群體性犯罪，對於社會造成危安及與人宗教觀感不佳。其清官處置亦同前。惟因僧人威逼往往成為強盜集團，其首從處置不同。在明律中，包括〈胡瓊集解律例〉、〈嘉靖問刑條例〉、〈萬曆問刑條例〉中對於「強占良家妻女，強奪良家妻女強占為妻者，律絞。」[189]內容的逐次修訂，增加部分條款，可以得知此因社會現實的反映不得不更新的作法，而公案集中卻反映處的不同情況，以下就此討論：

---

[189]　「強占良家妻女，強奪良家妻女強占為妻者，律絞。（萬寶全書引此款至此止）強奪良家妻女配與子孫弟姪，律絞。男女不坐。（龍五十四）據致君奇術、龍頭律法、明律正宗、折獄指南、一王令典、刑台法律增。大明律例附解，大明律例汪宗元陳省王藻刊本、萬書萃寶、五車拔錦、萬用正宗、萬卷星羅、學海群玉及清順治律『比附律條』均無此款。」參見黃彰健：《明代律例彙編》，頁1058-1059。

　　《廉明公案》中專列威逼、拐帶二類，此類為所承《蕭曹遺筆》中所無，其後《詳刑公案》、《律條公案》、《詳情公案》亦繼承此種分類，顯示此為編纂者視為反映社會現實的重要門類。《廉明公案》此二類別所列入加害人多為僧人或其團體，其後三書，故事或有出入，《律條公案》甚至出現了「淫僧類」，相同故事在《詳刑公案》、《詳情公案》列於拐帶、威逼類，知是公案集中的威逼或拐帶多指出僧人在此種犯行的大宗，不得不探討其案件所具意義。繼前述所言，公案對此種犯行的處置出入，顯示公案集編纂者的不同觀點，亟需釐清，以《廉明公案》為例，此二類共有七則，僧人占六則之多。有：〈邵參政夢鐘蓋黑龍〉、〈余經歷辨僧婦人〉、〈黃通府夢西瓜開花〉、〈戴典史夢和尚皺眉〉、〈康總兵救出威逼〉、〈雷守道辨僧燒人〉。《廉明公案》所包羅的其他內容亦為威逼或拐帶類尚有〈汪縣令燒毀淫寺〉，此故事與前述寺院窩藏婦女為同一類型，在《詳刑公案》、《詳情公案》列為姦情類。

表 3-8　公案小說集中擄人拐帶故事類型簡表

| 類型 | 篇目 | 犯行 | 議斷 |
|------|------|------|------|
| 威逼類 | 《廉明‧雷守道辨僧燒人》 | 囚禁百姓 | 擬死、拆毀其寺 |
| 威逼類 | 《廉明‧康總兵救出威逼》 | 囚禁百姓 | 未進入審判程序 |
| 威逼類 | 《廉明‧邵參政夢鐘蓋黑龍》 | 囚禁並強姦婦女 | 首謀梟首，其餘充軍 |
| 拐帶類 | 《廉明‧余經歷辨僧婦人》 | 囚禁並強姦婦女 | 合徒二年，發遣歸俗 |
| 拐帶類 | 《廉明‧戴典史夢和尚皺眉》 | 謀夫拐妻 | 不分首從俱正典刑 |

| 拐帶類 | 《廉明・黃通府夢西瓜開花》 | 殺人拐帶 | 全部梟首 |
| --- | --- | --- | --- |
| 威逼類 | 《詳刑・晏代巡夢黃龍盤柱》 | 利用寺院作為奸宿場所 | 梟首、拆毀其寺 |
| 威逼門 | 《詳情・夢黃龍盤柱》 | 利用寺院作為奸宿場所 | 梟首、拆毀其寺 |
| 淫僧類 | 《律條・晏代巡夢黃龍盤柱》 | 利用寺院作為奸宿場所 | 梟首、拆毀其寺 |
| 奸拐類 | 《詳刑・張判府除遊僧拐婦》 | 殺夫拐妻 | 絞罪 |
| 奸拐門 | 《詳情・除遊僧拐婦》 | 殺夫拐妻 | 絞罪 |
| 淫僧類 | 《律條・張判府除遊僧拐婦》 | 殺夫拐妻 | 絞罪 |
| 奸拐類 | 《詳刑・曾主事斷和尚奸拐》 | 殺夫拐妻 | 梟首、拆毀其寺 |
| 奸拐門 | 《詳情・斷和尚奸拐》 | 殺夫拐妻 | 梟首、拆毀其寺 |
| 淫僧類 | 《律條・曾主事斷和尚奸拐》 | 殺夫拐妻 | 梟首、拆毀其寺 |

　　明律規定僧人犯罪，罪加二等，因此「強占良家妻女」平民為絞罪，罪加二等相當於凌遲或梟首，上開整理的表格中，未見凌遲之刑，並且尚有刑罰不一的情況，相同犯行卻有不同處置，編纂者在對待僧人態度的反覆反映於其議斷內容，後來《詳刑公案》、《律條公案》、《詳情公案》所呈現的處置相當一致，並由其特立淫僧一類，已明確僧人犯罪的性質與量刑，可以窺見對僧人的社會觀感已趨一致。

## 四、詐術類議斷

　　公案集中僧人多行宗教之名詐偽，編纂者往往將此與正統佛教切割，認為僧人為「左道」。《廉明・雷守道辨僧燒人》中故事末尾，有云：「此時，雷道除此燒人之毒，又出示，使人知聖道之當尊，佛說之為妄，皆信服其化。大巡聞其能，保薦推為第一，遂超

升河南布政。其後子孫累世科甲相繼，則以其陰德及人，能辟<u>左道</u>之妄也。」而於《諸司‧張主簿察石佛語》中張簿判曰：

> 審得僧醒渾、僧醒淵、僧寒谷等，<u>挾外道以欺人，肆邪術而惑眾</u>。暗通地道，藏人於石佛腹中；巧托神言，垂教於清平世上。怪誕不經之說，布在里閭；荒唐謬戾之談，蕩人耳目。應報未來之災異，預定有准之吉凶。使福愚民，瞻奉靡及；至風聞官長，禮拜有加。亂民之惡無窮，惑世之奸滋甚。黃巾紅中之禍，<u>並起邪途</u>；大巫小巫俱投，方快人意。為首者即時議絞，為從者千里遠流。[190]

編纂者余象斗將此類不法行徑有意劃歸左道或外道，認為非正即邪的思維。而在〈明律名例律〉「禁止師巫邪術」有：

> 凡師巫假降邪神，書符呪水，扶鸞禱聖，自號端公、太保、師婆，及妄稱彌勒佛、白蓮社、明尊教、白雲宗等會，一應左道亂正之術，或隱藏圖像，燒香集眾，夜聚燒散，佯修善事，扇惑人民，為首者，絞。為從者，各杖一百，流三千里。若軍民裝扮神像，鳴鑼擊鼓，迎神賽會者，杖一百，罪坐為首之人。里長知而不首者，各笞四十。其民間春秋義社，不在禁限。[191]

---

190 〔明〕余象斗編：《皇明諸司公案》，頁 1968-1969。
191 黃彰健：《明代律例彙編》，頁 589。

　　明代律例有仁宣英景四帝，以洪武三十年所定律為主，不許深文的前例，每一帝即位，即將前一皇帝所定條例革去，亦包括憲宗的即位詔。[192]其後〈弘治問刑條例〉、〈胡瓊集解附例〉、〈大明律直引所載問刑條例〉、〈嘉靖問刑條例〉、〈萬曆問刑條例〉皆有條文，其文或有出入，對於邪祀官方採取明顯禁止態度，至於邪祀對社會的影響，另闢專章，不在此申論。

　　僧人詐欺所使用的犯罪手法介於一般詐欺犯與官方認定的邪教擾亂政權的範圍之間。公案集中的案件多屬指向詐財，其本意並非挑戰官方的祭祀等面向，然而文本中對此類利用宗教犯罪仍加以嚴懲，若由他例《明鏡‧崔按院搜積財》不守清規娶妻生子，利用民眾迷信僧侶的身分斂財，對其依明律規定，「及僧道有犯姦盜詐偽，逞私爭訟，怙終故犯，一應贓私罪名，有玷清規，妨碍行止者，俱發還俗。」仍有所不同的處置來看。文本與現實律法的看法基本一致，有邪祀傾向的「應報未來之靈弄，預定有准之吉凶」，對於政權仍有一定的危險性存在，不得不在於萌發之時，加以抑制。

## 第五節　罪僧公案對社會的啓示

　　公案小說集對於佛教僧人的形象與犯罪行徑批判外，對於社會助長宗教的歪風亦有所提醒，尤其對於婦女的違逆禮教規範的內容。並且提醒僧俗關係的合理交往為防微杜漸的良方。公案並將僧俗關係更須對男女有別的分際更為嚴謹，而非縱容。

---

[192]　黃彰健：〈明代律例彙編序〉，收入《明代律例彙編》，頁 1。

## 一、藉由僧人形象揭示宗教亂象

　　僧人成為被害人，僅有一例的現象，足以證實了公案小說中認定了「僧人」是社會罪惡的淵藪，其汙名化僧人傾向無庸置疑。此現象呈現了社會對於僧人的反感與厭惡，小說自然無法擺脫社會對其評價，在案件所呈現的群體分布上，不得不蒐羅更多僧人犯罪的故事。在另一例子中，晚明公案集無一例外地書寫僧人團體的強盜化形象以凸顯社會的觀感，亦有故事改寫中將主角由「道士」改為「僧人」的例子，說明僧人身分作為罪犯更為合適的觀點。

　　公案的僧人角色以人物正反面，可分為三種：（1）改邪歸正。（2）良心未泯，但仍未改過。（3）良心隱沒，反社會人格。公案主要呈現反社會人格的僧徒為多數，公案集為社會犯罪事件的總成，這些負面形象的僧徒又以殺人犯、綁匪、色情暴力犯為大宗，往往以集團形式出現於故事之中。在正、負面形象的頻譜分布以壓倒性傾向於負面形象，晚明僧人出家人數眾多，幾乎占人口總數的半數。出家修道在明代有著現實條件（免除稅徵）與贏得世人崇敬的誘因，加上官方政策（濫發度牒的換糧政策）的影響之下，僧人冒濫影響社會穩定，甚至威脅庶民生活。出家動機可能僅是選擇不同於百姓的生活方式，並非拒絕或脫離紅塵。公案小說中的僧人，嫌少對自我具有反省或改過的能力，或鑑於良心發現的情事，多半表現了「一步錯、步步錯」，且沉溺於惡行，不斷犯錯。故事少有描繪僧人逐漸墮落的歷程，《明鏡・崔按院搜積財》為少數能揭示改過遷善的例子，廖志遠的形象是「惡少廖志遠，儇俠浮薄，不事家人生業」，為了生存買度牒出家，極盡謀生營利之事，「極有機智，又思久恐事露，終是危計」想方設法不擇手段地積累錢

財，最後「印空自去投牒，請脫鉗歸俗。」在馬斯洛的生存五大需求中，廖志遠表現出基本的第一層需求，廖志遠為改邪歸正類型的代表；而於《明鏡‧林侯求觀音祈雨》中，僧人明融憐惜柯氏將其釋放，婦人柯氏最終並未將明融供出，為明融留下一條生路，明融為良心未泯的類型。文本中大多數僧人屬於第三類反社會人格。在人格的自我辯證中，缺反反省能力，不僅為生存取食，甚者鋌而走險作姦犯科，成為社會流毒而到處犯案。

　　明代僧人剃度人數大增，無論是否持有度牒，多數被害人在與僧人交接並無警惕，因此對於僧人即惡僧體認並不足。研究者多指出明代僧徒罪案小說的呈現肇因為佛教世俗化的結果，其形象的惡劣化與負面形象充斥。以殺人犯為例，《廉明公案》中的僧徒殺人案件與所佔罪案六則，其比例最高，為該書百分之五十，有〈張縣尹計嚇兇僧〉、〈項理刑辨鳥叫好〉、〈蘇按院詞判奸僧〉、〈黃通府夢西瓜開花〉、〈戴典史夢和尚皺眉〉、〈舒推府判風吹字〉、〈曾巡按表揚貞孝〉。此六則的犯案動機，前四則與淫色有關，後二則與錢財有關。梳理文本關於殺人犯的形容，僅以《廉明公案》舉例數則加以輔證：

表 3-9　《廉明公案》罪僧形象描繪用詞

| 《廉明公案》 | 形容詞 | 見於他書 |
| --- | --- | --- |
| 〈張縣尹計嚇兇僧〉 | 兇僧、禿子、謀人佛、強姦佛 | 《龍圖‧阿彌陀佛》 |
| 〈項理刑辨鳥叫好〉 | 淫若拐丁，兇同毒蠍 | |
| 〈黃通府夢西瓜開花〉 | 同惡為奸，同謀朋奸實為人間撚狗，與狼心惡行 | 《龍圖‧西瓜開花》 |
| 〈舒推府判風吹字〉 | 兇惡僧、逞惡跳樑，兇故 | 《新民‧強僧殺人偷 |

| | 同於羅剎… | 屍》 |
|---|---|---|
| 〈蘇按院詞判奸僧〉 | 奸僧凶狠 | 《剛峰・奸僧殺妓》 |
| 〈戴典史夢和尚皺眉〉 | 三兄同惡、大逆濟奸 | 《剛峰・斷問奸僧》：賊黨 |

其次，威逼的僧人近於綁匪的形象，小說中的綁匪通常以寺院作為犯罪的根據地，因其風景秀麗，又有宗教面目掩飾，難以發現。犯罪僧徒往往成群結黨同流合汙。《廉明・康總兵救出威逼》中犯僧在受害者的求饒之下說出：「我僧家有密誓願，只削髮者是我輩人，得知我輩事。有發著雖親父、親兄弟，不是我輩人，況契弟乎！」以犯罪集團立下生死狀而同進退，非削髮者，皆非我族類。因此必須保全集團的利益下，犧牲個人情感，其接續說：「一人之命小，寺門之法長。自古人空門即割斷骨肉，那顧私思。任你求，率真肯救你否？」佛家不認三親六戚在此被誤用為冷血的作案托詞。一旦案件被發現必然痛下殺手，避免消息風聲走露。

再其次，淫僧的形象。明代小說中，常將出家人賦與淫僧的形象，在《水滸傳・楊雄醉罵潘巧雲石秀智殺裴如海》云：「一個字便是僧，二個字是和尚，三個字鬼樂官，四字色中餓鬼。」出家人的戒律中首先「色」是為修行中的大敵，不可不防。公案小說的內容更多是僧人為此而作奸犯科，不惜任何手段要達到目的。《百家・伸蘭嬝冤捉和尚》中講述了出家人員成貪戀蘭嬝美色，設計賄託婢女栽贓使蘭嬝丈夫德化誤會，將蘭嬝逐回母家，使得僧人員成奸計得逞。員成蓄髮三年，改名馮仁，向蘭嬝家求姻，因而得以成婚。在此系列故事中，《百家公案》將僧人形塑為工於心計的人，而在《海剛峰先生居官公案》中，其形象更為放蕩，說為「乃一野僧也」。

　　小說將僧為塑造成殺人犯、強盜、色情暴力犯，充斥於文本之中，殺人、綁匪及性犯罪案件為多，顯示明代社會對於僧人犯罪觀感的改變。數量的差異反映姦情類在明代之前為其主流，此點延續了和尚即「色中餓鬼」罪惡的主流形象。而在至明代以後，人命類與威逼類成為犯罪類型的大宗。由前所分類大致可知，公案小說中的主角，負面人物遠甚於正面人物，這些負面人物多具有破壞社會秩序的特徵。其中以官方宗教管理下的僧尼為大宗，不僅反映了明代社會現實，有意突出了明代僧尼在庶民眼中的真正觀感，對於庶民而言，僧尼所承擔社會權利大於社會義務的情形下，卻起著不良風氣的帶頭，雖然晚明解放性靈重視人性的風潮，襲捲明末社會，然出家遠離紅塵的性質，對於禁錮的欲望應有所提醒，反而形成出家成為犯罪的掩護。在此背景下，公案集的僧人呈現個人犯罪，甚而成為犯罪集團，其造成的社會觀感極差，致使晚明公案集中甚難看到正面的僧人形象。

## 二、採用官方規範釐清僧俗交往

　　公案集題材往往援引筆記小說或社會真實事件。若余象斗所蒐羅的題材與其他筆記小說有著重疊性，說明對於時事脈動的掌握，單就《廉明公案》一書而言，就有：〈雷守道辨僧燒人〉、〈曾巡按表揚貞孝〉、〈康總兵救出威逼〉、〈戴典史夢和尚皺眉〉、〈余經歷辨僧婦人〉、〈邵參政夢鐘蓋黑龍〉等篇與僧人罪案有關，公案集的描繪僧人犯案，以僧尼犯案數量比重而言，佔明代公案集故事總量約十分之一弱，顯見將僧人視為違害社會穩定的群體，且其中以殺人、綁架及性犯罪為最高，反映社會對僧人的普遍觀感，皆以男性僧眾為主的犯案，且有群體犯案的趨勢。明前形成

之故事類型，以姦情類最夥，詐財為次，人命最下。始於明代的故事類型不論數量或類型數目皆以人命類最高，此表現了晚明公案集對於僧徒案件的嚴重性，多數罪案的加害人皆是成年的男性。以性別而言，犯罪者多為男性，女性多為屈從或遭脅迫。明代衍變的人命類或姦情類的故事類型，幾乎與筆記小說記載相似，由此得知小說反映社會現實性質，認定違害社會秩序與此有關。而公案集大量集中此類故事，在於認為社會秩序危害與僧人有關，僧人犯案占人命類比例高，透顯了宗教戒律崩解危機。而這危機指向僧俗關係的違常。公案故事反映的是社會犯罪事件，公案中的僧人的犯罪案件，特別的是僧人受到雙重性約束——教戒律（自律）及律法規範（他律），明代佛教走向世俗化，僧俗交往更為活絡，故事反映僧俗交往的社會問題。

　　僧人（男性）如何能夠跨越宗教禁制與婦女進行交往，任何互動均不免啟人疑竇，因而不具有任何正當性。對於婦女而言，小說文本鋪陳僧人出現於婦女面前，暗示危險男性的存在，適對原先的秩序產生破壞。男女性別秩序的崩解首先出現於個人逾越社會（即律法）對男女有別的禮教違犯，如世俗女性進入寺廟、出家僧人進入民家、婦女離開閨院獨自出遊。

　　晚明狂禪風氣的興起，明代僧俗交往有著社會現實層面的原因，僧人與士人的交接為了附庸風雅，有者甚且是趨名附利的緣故。僧人不謹守祖風，參與民間修齋設醮活動，飲酒食肉、治生，過著娶妻生子的生活，《明鏡・崔按院搜積財》中：

> 湖南有一惡少廖志遠，儇俠浮薄，不事家人生業。引誘良家
> 子弟，宴飲遊蕩。利口捷給，談花論酒，放廢禮法。鄉里長

者皆厭惡之。自知不為眾所容，乃買度牒，披剃為僧。改法
名印空，住居靈秀寺。<u>諂達能言，交結士夫。脩繕寺宇，塑
裝佛家。建置疏簿，募勸十方施捨財帛。巧能搖唇鼓舌，夤
緣扳附，多得士夫推薦，各處富家巨室皆捐金贈粟</u>。又化善
信男女，焚香脩醮，合會拜讖，多般設施，皆幻誘愚俗，利
其財帛。[193]

　　僧人為謀生計與庶民宗教需求促進佛教經懺活動興盛，經懺活
動作法不合佛教的修行真諦，佛教中人對此的批評不斷，直至近
代，以經懺換取經濟作法時有所聞，已成為佛教世俗化的特徵之
一。

　　小說中的僧人犯罪場所多於寺院及人家處。且寺院成為殺人命
案的第一現場或第二現場。鑑於此，《大明律疏附例》：「一、嘉
靖五年五月都察院題准：如有婦女出遊寺觀者，一面將婦女拏送官
司，并拘夫男問罪，仍枷號一箇月發落，僧道還俗。如僧道及軍民
人等，因犯姦盜，除真犯死罪外，其有刁姦，及因而引誘逃走，或
誆騙財物，俱發邊衛充軍。住持知情及說合者，一體問發。婦人自
引外人在於寺觀，有犯者，婦人及夫男仍枷號三箇月發落。其地方
人等容隱不舉，一體治罪。[194]」小說反映現實，亦是明律與時調
整內容以對治社會現狀的原因。僧俗本是兩種生活類型，其交涉在
於僧道提供庶民宗教的精神依歸，其分寸自有教理與戒律的約束，
律法修改內容反映晚明社會現實的窘困，佛教世俗化為明代佛教的

---

[193]　〔明〕吳沛泉輯：《明鏡公案》，頁48-49。
[194]　黃彰健：《明代律例彙編》，頁943。

趨向，發生於民家的大量糾紛，與瑜珈僧的經懺、超度亡靈的活動密切聯係，明初官方將僧人改分為三類：講、教、律僧，各有特定顏色的服裝規定。[195]並在此規定下，僅允許教僧（瑜珈僧）可以至民家做宗教活動。大量僧人負面形象呈現現實與律法的差距，叫夜僧或遊方僧的犯罪案件令民眾對僧人的形象交雜著複雜的情緒，因此僧俗交往往往存在著各種焦慮，復以僧伽素質不一，形成部分僧人犯行累及無辜僧伽群體。

　　文本呈現與僧人交往的危險性，許多命案發生確實指向與僧人交接的人際關係網絡。《剛峰・擊僧除奸》中吳國卿與僧人相交久，偶一發現僧人藏婦的罪行，幾被僧人滅口，後以機智逃生，反將僧人送交官府嚴辦。此一類偶而還會波及自己親人。《剛峰・捉圓通伸蘭姬之冤》中野僧與余壽孔交往，卻戀其妻蘭姬，設計使余壽孔休妻，蘭姬因此被逐家門，最終自縊。因此在明律條文中對於僧道在寺院中犯姦，亦有明文《嘉靖問刑條例》：「凡僧道軍民人等，於各寺觀神廟，刁姦婦女，因而引誘逃走，或誆騙財物者，俱發邊衛充軍。若軍民人等，縱令婦女於寺觀神廟，有犯者問罪，枷號一箇月發落。[196]」在此種人際網絡中，寺院既成交往應酬之所在，其環境所呈現的景況，卻反令人鬆懈，若文中所示：

　　　（1）洪熙間；閩嶺有一寺，名曰水雲寺。寺宇軒昂，和尚
　　　　　累百。禪房幽雅，方丈高明。士民游觀者，無不悅心賞目，
　　　　　俱曰：「不啻蓬萊勝景也！」（詳刑・蔡府尹斷和尚奸婦）

---

[195]　參見〔英〕崔瑞德、〔美〕牟復禮編，楊品泉等譯：《劍橋中國明代史》
　　　（下卷）（北京：中國社會科學出版社，2004 年），頁 876-877。
[196]　黃彰健：《明代律例彙編》，頁 588。

（2）廣西南寧府永淳縣，在城有一寶蓮寺，殿宇深宏，禪室明麗。青松翠竹，掩映樓臺，鐘聲磬韻，悠揚疊奏。（廉明・汪縣令燒燬淫寺）

明代官方已注目僧俗混雜的危機出現，採取更進一步規定，以「十房牌」類似民間保甲的措施，用於僧侶團體，一旦有人犯罪，其它人未舉發或發現，皆連坐處分。[197]連坐法至清代，認為刑罰太嚴才取消，說明明代僧人犯罪已經到了刑罰不嚴無以禁止的程度。

士人樂於與僧人交往，在參禪的風氣盛行之下，並非所有僧人皆具有宗教修為，文本所反映亦非全部僧人或所有寺院皆為危險之地。之於寺院外的面對諸種遊方僧人或各種瑜珈僧的誦經超度的危險性，亦多所提及，文本中一面地揭露僧人犯案的恐怖及與僧人交往的危險性。一方面又稱譽清官能夠明察秋毫，對於作姦犯科的僧徒予以法辦。在此危機四伏的宗教環境，文本中不斷提出呼籲：

（1）「不言佛、不惹僧，不以婦女入寺矣。」（廉明・汪縣令燒毀淫寺）
（2）「不通僧與道，便是好人家。」（廉明・邵參政夢鐘蓋黑龍）
（3）「此二形之人，本為怪異，世亦時或有之，故記之以示慎閨門之防。」（諸司・彭理刑判次二形）

<hr>

197　〔美〕牟復禮、〔英〕崔瑞德編，楊品泉等譯：《劍橋中國明代史》（下卷）（北京：中國社會科學出版社，2006年），頁897。

## （4）「宜慎防閨門」（諸司・齊太尹判僧犯奸）

文本提出與讀者心聲呼應的想法，提示婦女謹守婦道為其安全保證。婦女多參與民間宗教的活動，多提及瑜珈僧誦經超度時發生的命案。僧人利用前往民家的宗教法事可能掩護其進行非法勾當，這類僧人並非以宗教為生活核心，多介入家庭，引起家庭紛爭。婦女重則失去生命，輕則失身或逐出家門，呈現了婦女地位的弱勢與不安。

現實環境下的政府管理不彰孳生諸多弊端，成為公案集關注現實問題的切入點，公案集所涉入問題也是讀者（庶民）關心的議題。公案所書寫的是庶民集體焦慮，在無法有效期待官方的作為之時，藉由公案文本書寫的內容提醒，百姓涉入佛教活動的場域，與僧人的接觸與交往中，當提高警覺，因此道出「不通僧與道，便是好人家。」的心聲。

## 三、援引負面案例作為社會儆惕

明代開國皇帝朱元璋雖出身寺院，與佛教淵源深厚，深知佛教與國家政權關係互動牽動。然而自其即位以來，嚴明立法希以律法立帝國不敗之根基，明代歷代皇帝對國家掌理用心卻江河日下，致使國家雖擁有完備官僚體系，逐漸走向衰微。

以度牒換取財政及佛教內部戒律的鬆弛，形成了僧尼素質低落不彰，遊僧人數氾濫，以致成為社會治安潛在危險。生存成為必需面對的困境，大量不落籍寺院的遊僧不在政府管理之列，成為社會不定時炸彈；落籍於寺院的僧人又不以修行作為首要目標，心力投注積累個人財富、個人聲譽，又有部分不滿於獨身生活，私下娶妻

生子,這些現象引起官方警覺,遂明令還俗以正視聽,是否能起到振衰起敝的作用?值得懷疑!明代針對僧道的律法條例的不斷增修,反映官方政策的失能。僧人能免於繇役及僧人身分可獲生活保障的利誘下,良莠不齊更加重了佛教世俗化的危機。出家成為社會各色人等的生活保護傘,多少社會敗類寄居於佛教之中。

作為出家的個體而言,男性僧人所犯的殺人案中多數因色犯案,因僧人身分受限於寺院之中,雖人際往來不受影響,其僧人身分為其限制的同時,又是俗世紅塵宗教信仰的對象,又不若在家居士或庶民生活少有戒律束縛,作為難以超脫世俗情慾因而鋌而走險。其初往往僅為一逞個人情慾,最終演變殺人滅口,又必須繼續從事湮滅證據的惡性循環,寺院中的十甲法連坐演變成為集體共犯的客觀影響因素,出於寺院外的經懺等活動已成為犯罪的機會,《廉明·張縣尹計嚇兇僧》有此情節:

> 僧人心中大喜,曰:「小僧與娘子有緣,今日肯捨我宿一宵,福田似海,恩德如天,九泉不忘矣。」淑玉見是和尚,心中慚悔無邊曰:「我是鸞鳳好配,怎肯失身於你禿子,我寧將簪一根捨你,你快下樓去。」僧曰:「是你弔我來,今夜來得去不得。」即強去摟抱求歡。女怒甚,高聲叫曰:「有賊!」[198]

和尚認為此事天賜良緣,並沒有內心掙扎左右為難,文本形塑的惡僧形象缺乏同理女性心理,且不具有宗教戒律的自我要求,形

---

198　〔明〕余象斗編:《廉明公案》,頁 1020-1021。

同處處尋求犯罪機會的強姦犯，因此其眼中看到的作案機會，自我合理化為「良緣」。而又一例《新民·和尚術奸烈婦》中亦有類似情節：

> 黃氏哀心本勝，況又聞父之言，遂拜哭靈前，悲哀不已，人人慘目寒心。只有淫僧寶慧寂，見黃氏容色，心中自忖曰：「居喪尚有此美，若是喜時，豈不國色天姿？」淫興遂不能遏。[199]

　　淫僧寶慧寂的慾望完全沉醉於自我想像，喪家哀戚的景象全不看在眼底，心中算計著如何詭計得逞，淫僧將經懺超度視為個人野外獵豔計畫中，幻想著以迷魂藥物犯案，獵取美麗寡婦。淫僧的想像世界又是如何形構？文本並無交代，公案多集中於其犯案歷程的形容，對於淫僧犯案動機鮮少深入觸及。

　　色情小說以書寫僧人豔情內容及敘寫僧俗的違常交往作為張揚情節的方向，描繪耽於豔情享樂的圖像，與公案以揭發案情映現社會亂象，彰顯清官職能的主軸有所不同。公案小說與色情小說的豔情內容側重有所不同，故小說情節中豔情內容遂有簡略繁複之別，此二類對於僧人的態度亦有所更替，色情小說表現僧人的人性渴望與常人並非不同。一旦觸發機緣扯下宗教外衣下的神聖偽裝面目，必然天雷地火燎原不可，情節張揚僧人不僅在於心靈對性渴望異於常人，身體的性異能亦不同凡響，說明宗教的禁制反而強化對性追

---

[199]　〔明〕吳遷：《新民公案》，《古本小說叢刊》第 3 輯第 4 冊（北京：中華書局，1990 年），頁 1803-1804。

求的執著；公案小說雖鋪陳豔情內容，卻將此情節視為僧人犯案紀錄的歷程，強調僧人的罪行惡劣與重大，干犯宗教戒律與律法，其形塑面目比附於強盜犯、殺人犯，並著重僧俗交往關係的危機與不當，因此公案小說對於僧人犯案，具有警戒世人與懲惡警惕的雙重用意，滿足庶民對於社會亂象的價值判斷，揭示了社會秩序回歸的期望。

# 小　結

　　本章從釐清罪僧公案的本事來源發現明前罪僧故事數量少於明代罪僧故事，擷取自明前法家書的罪僧故事又多於明前小說。明代罪僧公案多採擷當代時聞加以改寫，其中又以人命類居近半之數，反映明代罪僧公案的時代性。案件又以人命與拐帶威逼類居三分之二，呈現罪僧犯案的趨向，除彰顯與適應明代庶眾對僧人印象外，有意地刻劃了庶民對僧人的認知，公案有意地傳達世俗僧人形象，由此可以理解罪僧公案的現實層面的真實與虛構，呈現其題材發展的脈絡與其時代意義。

　　我們從公案集題材中發現多數與當代筆記或時聞有密切關係，得出公案集的編纂策略，其有意改寫時聞企圖召喚讀者購買，擴大小說在銷售市場的影響。且在相承故事群中雖然因襲內容高度雷同，由承襲脈絡與類型的複雜化二端觀察，題材改寫是成功的。公案罪僧題材為後來豔情小說或其他通俗小說所襲引，亦更加說明公案罪僧題材的流行。

　　從罪僧犯案手段分析犯案模式，利用佛教僧人身分犯案、利用計謀與臨時起意等方式呈現罪僧犯案的複雜性，映現佛教敗壞的景

況，投射對佛教的批判，視僧人成為違法亂紀的負面人物，甚而對佛教觀感的負面，在晚明僧道犯奸的官方文書與社會生活史中紀錄中均有，在諸多公案小說獨鍾情於「罪僧公案」的特點更趨於一致。

明代的三教爭競中，公案集代表的是世俗以律法觀點對佛教世俗化內容的否定，在此類「僧徒罪案」中，幾乎清一色是男性僧人犯案，而女尼闕如，此在公案小說集的分布頗為怪奇，偏向男性出家人一面的傾斜暗喻了男女之間的性別意涵，在此宗教視野中差異與影射，對應於性靈解放的思潮在宗教範疇中的擾動與影響，方能理解此一書寫現象對性別的偏置。

明律對於僧道犯罪的刑罰罪加二等的規定，從人命類、姦情類、拐帶威逼類而言，公案內容呈現較現實更為嚴厲的處置，符合了明律的「重其重」時代特點。而且處置團體犯罪多「拆毀其寺」作為杜絕後患，可見官方對於寺院管理的無力與侷限。

罪僧故事反映社會對於僧人觀點，罪刑的處置映現大眾對於佛教敗壞的厭惡心理，公案作者藉由罪案的書寫重新對於宗教秩序提供重建的可行路徑，亦由此啟示社會在僧俗互動的分際中應有的對待關係。

# 第四章　性別論述：女性對禮教的踰越及清官的決斷

　　本章擬從晚明女性中的負面人物中私合、姦情相關故事，以女性不同身分觀察女性對禮教態度，進而呈現女性的情感[1]與慾望對禮教的反應；其次，從清官的議斷映現社會（官方與民間）對於其依違禮教的包容與判斷，並由此理解公案重構禮教秩序的方法與進路。

## 第一節　問題提攝

　　明代中葉以後，市場經濟活絡、社會流動普遍、識字教育成長及出版文化成果與精神文化（理學與心學、三教合流的推展）的變

---

[1]　本文題旨中「情感」包含慾望及禮教，分別指涉了個體的情感與激情、個體慾望的膨脹與壓力及強制社會機制之間的妥協，情感的外顯是藉由表情、語言或行為呈現，並不能直接觀察，因此研究必然憑藉著對文本中的文字或語言的表露，甚而情節呈現出女性個性與趨向，在情感（emotion）一詞四種定義趨（inclinations）、情態（moods）、情緒（agitations）和感受（feelings）中，參見吉爾伯特・萊爾（Gilbert Ryle）著，劉建榮譯：《心的概念》（臺北：桂冠圖書公司，1992 年），頁83。

化，社會鮮活展現了情教議論、情慾省思及情色書寫。[2]晚明女性
地位在此社會環境下的變遷尤為顯著，官方表揚貞烈女性的人數達
到歷史巔峰，世風開放的薰染下，貞節烈女激烈行徑與社會情慾觀
念的開放相互衝擊，政府旌表女性人數的增長對應著晚明世風的變
化，晚明女性對情感與慾望的矛盾衝擊著禮教藩籬。明代公案小說
集聚焦於現實內容的虛構敘事，有別於其他散篇公案小說對於人性
的虛擬張揚，以庶民的「扁平」面貌映現社會生活內容。為區別出
其他公案文學的稗史，公案小說集中女性所涉案件幾乎均關涉女性
的情感與婚姻，[3]說明晚明社會對於女性慾望與情感的注目。這些
案件呈現的女性負面形象，交錯著官方與庶民對於女性的想像，[4]
這種雙重觀點的交錯適回應現實對女性的期待，有助於理解晚明女
性自身意志與情欲在禮教的開展與變化。

　　在晚明公案小說中的女性研究，呂小蓬、苗懷明等人皆集中於
女性犯案內容，對禮教中的女性正面人物觸及較少，呂小蓬《古代
小說公案文化研究》中亦列一節〈私情公案模式〉，以情節類型析
分男女的情愛糾紛的訴訟問題。苗懷明《中國古代公案小說史論》
中專章〈中國古代公案小說中的婚戀奸情描寫及其文化蘊涵〉論及
兩性情感的互動，揭示其性愛、情欲觀點。黃琬甯特別注意到女性

---

2　參見熊秉真、余安邦編：〈情慾天地的知性探索（總序）〉，收入《情欲
　　明清──遂欲篇》（臺北：麥田出版股份有限公司，2004 年），頁 7。

3　此類的案件在公案集近七百件故事中，約有八十餘則，非此類件約十餘
　　則。

4　公案小說中清官與平民的故事，晚明公案小說集更具有大、小傳統融通性
　　質，除驗證清官崇拜的性質外，側面揭示了公案小說集與散篇話本公案小
　　說的殊異，有關於清官性質在大小傳統的樞紐位置參見余英時：《史學與
　　傳統》（臺北：時報文化出版事業有限公司，1982 年），頁 15。

受害於性暴力的立場，尤關注男性角色。[5]本書更聚焦於著重反映裁判意識的公案小說集，檢驗女性案件的相似故事，在公案議斷、作者意圖、讀者期望中如何回應禮教秩序，從中如何呈現女性意志與態度在禮教的擺盪。

## 第二節　女性對禮教的踰越

何滿子由中國文化格局和男女關係格局論述男女關係的現象表現有三個實質：「一、愛情是為禮教所排斥的，有的只是完成倫常關係的婚姻；二、人類文明所羞於明說的『汙穢的』性關係被掩藏在傳宗接代的倫常道德義務的遮羞布之下；三、在宗法倫理和封建制度等級制度下，以廣衍子嗣為名的公開縱慾和性掠奪，從而製造大量醜聞和男女悲劇。」[6]由男女情感發展成為社會事件，亦是社會關係的多重縮影，純粹愛情往往化約成單純化與理想化的社會關係，若中國流傳甚多的愛情悲劇，若梁祝故事、韓憑故事等。從禮教加以檢驗的話，代表著社會對於男女交往的要求與規範，而非僅從情感意志或情慾流動判斷，即表徵公案小說的基本觀點。

回歸禮教秩序的內容聚焦於女性貞節的內容，女性婚前要求守貞，出嫁後期待守節，貞節精神體現著從一而終，行為上要求男女有別，公案中的女性依違禮教以貞、節為核心內容的開展，呈現正

---

5　黃琬甯：《通俗的性暴力——晚明公案小說集的書寫風格》（新竹：國立清華大學中國文學系碩士論文，2008 年）。

6　參見何滿子：《中國愛情與兩性關係——中國小說研究》（臺北：臺灣商務印書館，2003 年），頁 6-12。

反兩種極端的女性行為，表現出女性踰越[7]禮教的行為有私奔、幽會、婚前偷歡，樹立女性典型有殉節、守寡、自殺、孝順等。

　　女性依其身分大致分為四個族群：官宦閨秀、寡婦、平民婦女、妓女。公案中的女性族群書寫情節：官宦閨秀情節以婚盟故事為多；寡婦情節多無法終身守節；平民婦女案件性質多元，以姦情案件最多，其他次之；妓女多為官府辦案腳力；出家尼姑犯案幾無。著重於書寫女性婚戀，因此範圍聚焦於前三類，以此觀察女性的婚戀相涉案件，因其婚姻（禮教）身分與行為分際有關，在未婚或已婚的女性身分中，小說呈現二種不同趨勢，未婚女性多著重於個人情感的追求，因此表現女性意志與情感的趨向與狀態；已婚女性多著重個人與丈夫的互動，因此丈夫的存在影響女性對婚姻的潛在依賴心理與婚姻生活的期待，呈現丈夫的義務必須滿足妻子的情感與慾望。以下就此分論：

## 一、突破禮教藩籬的未婚少女

　　古代成婚大事由家長決定，私奔視為敗壞綱常。[8]公案從男女結合的情節分類大略分為二種：一為家長決定，協議盟約；一為自身決定，私訂終身。在公案小說內容所呈現第一種情節多因嫌棄男

---

[7]　此概念參考自西人巴代伊對禁忌的踰越思想，本文特別參卓巴代伊在於其指向的範圍於對性禁忌的踰越，此點於此節側重相同，尤其與本文著重情、慾逾越禮教規範有關，故予以參考，其概念詳參〔法〕喬治‧巴代伊（Georges Bataille）著，賴守正譯：〈譯者序〉，《情色論》（臺北：聯經出版事業公司，2012 年），頁 9。

[8]　《孟子‧滕文公下》：「不待父母之命，媒妁之言，鑽穴隙相窺，踰牆相從，則父母國人皆賤之。」參見〔清〕焦循：《孟子正義》（北京：中華書局，1987 年），頁 426。

方家道中落，女方家長不願履行婚盟，由此引發一連串成婚道路的波折。經清官判定婚盟糾紛，多依循婚盟視同契約必須履行，除非律法具文所不許的情況，例如親屬通婚。[9]

第二情節為私訂終身，公案小說呈現其婚姻結局悲喜參半，反映禮教秩序下的游移觀點，須進一步討論。

## （一）締結婚盟後的疏放無度

明代律法規定婚嫁由祖父母及父母主婚，若自行嫁娶要受八十杖。[10]指腹為婚在律法與家規中亦有相關嚴禁的規定。[11]明洪武時期即「下令禁指腹、割襟衫為親者」。[12]小說視締結婚盟後，雙方道義關係，古代的婚盟通常建立於門當戶對，並由家長決定子女婚約。婚盟建立不僅為雙方關係的確立，亦有法律上的保障，一旦單方毀婚往往造成糾紛。公案中的婚盟故事，共有十八則，[13]在這十

---

9　公案中清官判離的例子有《詳刑・趙縣尹斷兩姨訟婚》及《律條・趙縣尹斷兩姨訟婚》，此二則清官斷案語為「兩姨之子妹，安可違禁成婚？各捏虛詞，並應擬杖。聘財入官，男女離異」皆依律法判離，與清官衡量律法而原情的原則相符。

10　為擅定婚約之禁，「若卑幼或仕宦或買賣在外，其祖父母、父母，及伯叔父母、姑、兄、姊，後為定婚，而卑幼自娶妻，已成婚者，仍舊為婚。未成婚者，從尊長所定。違者，杖八十。」參見黃彰健：《明代律例彙編》，卷六〈戶律三婚姻〉，頁499。

11　參見張國剛主編，余新忠：《中國家庭史》第四卷明清時期（廣州：廣東人民出版社，2006年），頁62。

12　參見〔清〕張廷玉等編：《明史》卷五十五〈禮志九〉，頁1043。

13　此類數量較多有：《百家・兩家願指腹為婚》、《百家・獲學吏開國材獄》、《廉明・陳按院賣布賺贓》、《廉明・韓（林）按院賺贓獲賊》、《剛峰・判奸友劫財誤董賢置獄》、《詳刑・蘇縣尹斷指腹負盟》、《詳刑・戴府尹斷姻親誤賊》、《詳刑・趙縣尹斷兩姨訟婚》、《詳刑・章縣

八則婚盟故事，依其命運（代表著對人物的臧否）可概分為：

　　小說中故事大致依內容分為兩類：一為單純由三詞增衍姓名[14]，一為具備敘事完整的情節。前者情節單調，後者較為繁複，其故事常涉及命案和金錢糾紛，因而在女主角擺盪於情感表現與禮教要求之間，其中外在因素左右成婚與否，女主角全由自身意志決定因而成婚道路橫生枝節。

　　情節結構相似於才子佳人小說模式，[15]而公案小說增衍判案情節。男方要求履行婚盟遭遇挫折，情節在此有了不同詮釋，作為綠葉為男女牽線的婢女往往成為被害人，遭到歹人（朋友或親屬等）謀財害命，甚而禍及女主角。歹人行惡多為預謀性犯案。《龍圖公案‧借衣》中演繹了此種情節，在家長同意下，趙家女阿嬌與沈家公子猷盟定秦晉，然而沈家中道沒落，沈父思欲退婚，阿嬌賢淑將以說服父親：「爹爹既將我配沈門，寧肯再適他人？」阿嬌已認定沈家其歸宿，無奈沈家公子沈猷表兄王倍貪圖阿嬌美貌，詐稱沈猷認親，趙夫人因此疏放阿嬌夜出偷情。數日後沈猷前往認親：

---

　　尹斷殘疾爭親》、《律條‧戴府尹斷婚姻誤賊》、《律條‧蘇縣尹斷指腹負盟》、《律條‧趙縣尹斷兩姨訟婚》、《律條‧章縣尹斷殘疾爭親》、《龍圖‧鎖匙》、《龍圖‧包袱》、《龍圖‧龍騎龍背試梅花》、《龍圖‧借衣》、《剛峰‧謝德悔親》等。

[14]　此類故事的原告的狀詞、被告的訴詞、官府的判詞的三詞模式，自明代流行的訟師祕本改編，有《蕭曹遺筆》、《折獄明珠》等。

[15]　據胡萬川的歸納才子佳人模式其包括元素有：才子佳人、世家單生子女、各有佳名、相見相戀、俏丫鬟、歹人攪局、畢竟大團圓、黃粱事業，參見胡萬川：《話本與才子佳人小說之研究》（臺北：大安出版社，1994年），頁208-220。

田夫人心知此是真婿，前者乃光棍假冒，悔恨無及。入對女道：「你出見之。」阿嬌不肯出，只在簾內問道：「叫你前日來，何故直至今日？」獻道：「賤體微恙，故今日來。」阿嬌道：「你早來三日，我是你妻，金銀皆有。今日來遲矣，是你命也。」……言罷即起身要去。阿嬌道：「且慢，是我與你無緣，你有好妻在後，我將金鈿一對、金釵二股與你去讀書，願結下來世姻緣。」……獻不懂，在堂上端坐。少頃，內堂忙報小姐縊死。[16]

　　阿嬌得知假冒後慚愧自縊而死，原本一椿美事，從阿嬌觀點而言，自身被動接受父親的婚事安排，演變到後來為了維護自己名節而自殺。從認親時的歡喜迎接到決意尋死，表現對於自身名節與未來丈夫的忠貞，然因錯認而偷情，阿嬌並非有意違背禮教，而公案強調的是信守婚前關係的貞節，此語藉由阿嬌之父趙進士道出：「未及于歸，獻潛來室，強逼成奸，女重廉恥，懷慚自縊。竊思閨門風化所關，男女嫌疑有別。先後是伊妻子，何故寅年吃了卯年糧。終久是伊家室，不合今日先討明日飯。」作者暗示女方閨閣不嚴，在同一類型的相近故事中[17]，《廉明公案・陳按院賣布賺贓》亦有相似的結論，其按語云：「梁尚賓利人之財，而財終歸於無。污人之妻，而己妻為人所得。此可為貪財淫色、不仁不義之戒。孟夫人雖賢德，然愛女太過，縱與私合，致此生禍，亦姑息之弊耳。田氏絕不義之人，而終得君子之配，非天報善人哉！」[18]結論發自

16　參見馮不異校點：《包公案》，頁294-295。
17　此二則故事有承衍關係。
18　參見〔明〕余象斗編：《廉明公案》，頁1110。

編纂者的心聲，顯然對於女方閨閣不嚴，無法婚前遵守禮教，不能
贊同。在相同故事系統中，卻有不同的側重，《龍圖公案・包袱》
注意到了女方未婚前失貞的境遇不同，道出「似瓊玉之先自私偷，
絕不如季玉之守貞到底。」在既定的名分上對於私情的詮釋仍以謹
守閨範為上策。

　　故事以悲劇收場，呈現多數婚盟故事及才子佳人小說的圓滿結
局有所不同，末尾女婿與義女成親情節亦未脫此模式的範疇，圓滿
成婚後，男主角仕途高陞成為此類結局之多數。而女方歸宿不因男
方家道中落或外貌等外在因素而悔心[19]，其衝突來自於女方家長對
於男方家道中落有所不滿，因而另有所圖，女方遵守婚盟決意從一
而終。兩則故事女主角皆因婚前失貞而以身殉情，信守婚約又不能
履行，以自縊表現對未婚夫的忠貞。

#### 表 4-1　女性婚盟相近故事比較表

| 女性類型 | 故事 | 公案議斷傾向 | 編纂按語 | 故事趨向 |
|---|---|---|---|---|
| 婚前私合 | 《百家・兩家願指腹為婚》、《龍圖・鎖匙》、《詳刑・戴府尹斷姻親誤賊》、《詳情・斷姻親誤賊》、《律條・戴府尹斷婚姻誤賊》 | 仍斷成婚 | 似瓊玉之先自私偷，絕不如季玉之守貞到底 | 侍女喪命 |
| 堅持履盟 | 《龍圖・包袱》、《廉明・林按院賺贓獲賊》、《龍圖・龍騎龍 | 仍斷成婚 | 似瓊玉之先自私偷，絕不如 | 男取得功名 |

---

[19]　周建渝引用韋勒克和華倫（《文學理論》的作者）說明作者與小說角色反
　　　映幻想與現實的關係，進一步提出才子佳人小說中的文人在作者與故事主
　　　角的雙重特徵，參見周建渝：《才子佳人小說研究》（臺北：文史哲出版
　　　社，1998 年），頁 65-66。

| | 背試梅花》、《百家・獲學吏開國材獄》、《詳刑・蘇縣尹斷指腹負盟》、《律條・蘇縣尹斷指腹負盟》 | | 季玉之守貞到底 | |
| 遭辱自殺 | 《廉明・陳按院賣布賺贓》、《龍圖・借衣》 | 無 | 愛女太過，縱與私合，致此生禍 | 收養義女以繼 |

這三種類型均為相近故事，女性的身分階層（代表禮教薰陶程度）與處境亦相近，然女性對於守貞的不同堅持卻對應不同命運與故事趨向。故事在公案集改寫傳鈔，代表這類故事的流行。女性在婚前私合，公案議斷成婚，編纂者按語仍表現對於婚前私合的不同觀點。從人物的意志趨向而言，正面典型以自殺衛護貞節，自殺的人間遺憾由其父母收養義女，以安天年得以彌補，負面人物私偷行徑雖法律允許，故事卻出現侍女被殺的情節，警惕意味濃厚。

## （二）男女互許終身私奔收場

　　私訂終身不合於「父母之命，媒妁之緣」禮法制度，男女私情在家長制下往往被視為踰越禮教，在千方百計地阻隔下往往併發出更具情愛曲折色彩。[20]從才子佳人的情愛的曲折模式，其私訂終身的阻礙因素強調環境的外在因素或其他，多排除第三者歹人破壞之情節，阻礙因素多為可能門當戶對的觀念或機緣不巧等，情節更強化了對私訂終身「踰越」行為的質疑，凸顯踰越禮教必須付出的代價。

　　公案小說男女情愛故事最為精彩的當屬《百家・續姻緣而盟舊

---

**20** 參見葉慶炳：《中國古典小說中的愛情》（臺北：時報文化出版事業有限公司，1995 年），頁 16。

約》，故事內容描繪男女雙方私訂終身，其情節繁複，文字高明。
此故事早見於元代《江湖紀聞》[21]，明清兩代皆有承衍作品[22]，反
映庶民生活的內容，故事雖歷經元明，至清代仍不衰，表現男女交
往的婚戀情節。在四者相近故事中：《百家公案》、《情史》卷三
〈張幼謙〉、《初刻拍案驚奇》第二十九回〈通閨闥堅心燈火鬧囹
圄捷報旗鈴〉、王元壽《石榴花》傳奇，情節各有不同，其中出入
最大者，在於羅惜惜死而復生的情節。

　　《百家·續姻緣而盟舊約》呈現男女私訂終身的私情，情節如
下：「人常戲謂曰：『同生日者，何不結為夫婦？』張、羅私以為
然，密立券約，誓必諧老。兩家父母不知也。年十數歲，尚同席讀
書，常眉來眼去，情意洽浹。一日，私會合於齋東石榴樹下，自後
往來無間。[23]」惜惜由私訂終身至後來幼謙身陷囹圄，父母愛富嫌
貧強將許配辛氏，父母發現惜惜與幼謙兩人私通，而決意密謀強擄
幼謙。惜惜因此投井而死以表達堅貞意志。惜惜父親又誣陷幼謙，
並讓辛氏巨資打通關節欲置幼謙死地，幼謙父親雖作為湖北帥關節

---

21　徐永斌取材《綠窗紀事》、《情史》、《拍案驚奇》三書相近比勘，發現
　　關係較為接近，而楊緒容進一步發現《百家公案》有系統從元代郭霄鳳
　　《江湖紀聞》中取材出十四則故事，因此除說明羅張故事廣受歡迎外，亦
　　提供此故事演變的另一參考，參見楊緒容：《百家公案研究》（上海：上
　　海古籍出版社，2005 年），頁 38；參見徐永斌：《凌濛初考證》（南
　　京：江蘇人民出版社，2010 年），頁 187-190。

22　若明王元壽有《石榴花》傳奇、馮夢龍《情史》卷 3〈張幼謙〉、《綠窗
　　紀事》、《豔異編》、《初刻拍案驚奇》二十九回〈通閨闥堅心燈火鬧囹
　　圄捷報旗鈴〉，清黃振亦有《石榴花》傳奇，均演羅惜惜事等，其中以
　　《輪迴醒世·四魚精成就良緣》情節變異最多。

23　參見〔明〕安遇時編，蕭相愷校點：《包龍圖判百家公案》，頁 245。

安撫亦不能救他死罪，惜惜冤魂眼見危殆投訴包公，包公請來茅山道人救她還魂。以內容而論，情節仍無違夫婦偕老的大圓滿結局及男方登科固定模式。小說中的清官議斷代表維繫社會秩序的禮教觀點，公案又將其敘事改作為才子佳人式圓滿結局，降低了愛情文學中的美感，尤其削弱女主角惜惜表現性格堅貞的悲劇美學意蘊。[24] 此結局合於讀者期待，而女性勇敢追求情愛的一系列行動，反映女性踰越禮教的決心。

對於同樣勇於情感追求的女性，公案中呈現另一種不同的結局。在《百家‧潘秀誤了花羞女》、《百家‧花羞還魂累李辛》兩則連續的故事[25]，以潘秀仰慕花羞作開頭，潘秀利用花羞父母不在佯裝拋牙球入花家，以此因緣與花羞相識，初次相逢花羞以機會非偶然而與潘秀共敘一杯，潘秀的反應「且疑且懼，不敢喏之」，花羞見其不從以告官要脅，潘秀不得不遂從花羞意志，兩人在二人於香閨中逡巡飲罷，在彼此言說未及婚嫁之後，花羞道出：「吾亦未事人，君若不嫌淫奔之名，願以奉事君子。」二人遂同入羅幃，共諧鴛侶，私訂婚盟。

中國古代小說習有以名繫事的例子，小說人物的姓名隱藏作者的用意，在此故事中，花羞女以「羞」為名，揭示了命運轉變的線索。女性不僅因著生理與心理皆與男性有別，[26]男女交往中，女性

---

[24]　參見公案故事追求大圓滿的格局尚有《百家‧潘用中奇遇成姻》、《百家‧汴京判就胭脂記》、《明鏡‧王御史判奸成婚》等。

[25]　此二則後來被《龍圖公案》裁成〈紅牙球〉一篇。

[26]　參見安妮‧莫伊爾（Anne Moir）、大衛‧傑賽爾（David Jessel）著，洪蘭譯：《腦內乾坤男女有別，其來有自》（臺北：遠流出版事業公司，2009 年），頁 1-11。

的態度與心理變化差異亦不小，現象學大家舍勒認為女性的「羞感」創造出一種遮障，是「天然的靈魂罩衣」，像界限一樣圍繞著身體。[27]女性的身體之羞抑或生命羞感，反映於「性」遠比男性強烈。[28]這一類情感主動的女性在心理上需要具備更高的個人價值有關，然而在性的尺度上，無論羞感為天生或後天教育形成的，羞感與道德、身體的關係，對應出良心與靈魂、禮教規範的互動，均可以視羞感為男女交往「遮障」，其中特別反映於女性的表現，復以禮教對於女性與男性接觸的防備尤甚，女性對於中意男性情感的表達，無論如何委婉，均可視為對羞感的「踰越」，花羞女的行為一反禮教對於女性堅持的期待，父母不在私會男性，初次見面翻雲覆雨之後，私訂終身。

表 4-2　女性私通相近故事比較表

| 女性類型 | 故事 | 公案議斷傾向 | 編纂按語 | 故事趨向 |
|---|---|---|---|---|
| 水性楊花 | 《百家・潘秀誤了花羞女》、《百家・花羞還魂累李辛》、《龍圖・紅牙球》 | 斷男主無罪 | 無 | 男主被殺，男主羸疾而亡。 |
| 堅持從一而終 | 《百家・續姻緣而盟舊約》、《百家・潘用中奇遇成姻》 | 斷男主無罪 | 無 | 男主遭人陷害，後兩人成婚。 |

---

27　參見馬克斯・舍勒（Max Scheler）著，羅悌倫、林克、曹衛東譯：《價值的顛覆》（香港：牛津大學出版社，1996 年），頁 159。

28　有關「羞」的理論大至分為三種：教育的結果、貞潔的自然要求、道德的顏面。羞恥感又與個人價值的高低有關，涉及到「性羞感」又有多種說法，其作用在於協調性本能與性愛的關係，參見張志平：《情感的本質與意義：舍勒的情感現象學概論》（上海：上海人民出版社，2006 年），頁 157-165。

　　三類故事（《百家公案》之花羞女故事兩則相續可視為一則，《龍圖・紅牙球》改寫自花羞女故事，可視為同一類）表現女性對情感的態度有的不同反應。未婚女性因追求情愛私訂終身卻有迥然不同的結局：一為大團圓，一為悲劇收梢。同因許諾終身無法相守，羅惜惜不惜投井表明心跡，花羞卻表現出「自怨自悔」的消極情感，不若初見潘秀時的追求勇氣。男女交往可視為禮教外在形式的藩籬，女性羞感可視為內在的遮障。男女情愛如何在自身情感與慾望中適應禮教建構出的社會形式，與在情感與慾望（意圖）衝擊著這些象徵禮教與道德，適反映女性對於情愛與婚姻本質的認識與堅持。

　　故事趨向呈現讀者的期待，能否回應公案的禮教秩序與公案故事的接受有關，第二、三類在公案集系統中尚未見其他直接承衍的相近故事，故事未被改寫，不被採用的原因在於故事結局與情節發展不合於公案的評斷意識或讀者的期待，與公案強調所強調的禮教秩序精神較不契合，故按語亦無相關評斷。而第一則，後來又見於《龍圖公案》女主角花羞因情感不貞，後又與僕人共寢，顯示女性對於情感歸宿的隨意，雖然律法不構成犯罪，卻與禮教規範不合，命運以被殺告終，揭示女性情感應歸屬的方向，情節尚能作為反面教訓的題材。

## 二、難耐情慾流動的已婚婦女

　　飲食男女，人之大欲存焉，其為人生中最基本的兩種需求，人類原始的愛情始於性的關係，婚姻制度亦配合此關係的設計，因此

性、愛、婚姻制度互為因果。[29]婚姻制度的設計在傳宗接代的功能中包含人之大欲。古代夫妻關係中，男性不僅掌握主導權，在傳宗接代考量下可以娶妾，女性則不然，「女無侍二夫之義」。既然丈夫主導家庭的責任必然承接妻子對婚姻的期待，從經濟的物質條件、夫婦的精神生活、兩人的情感依靠與人倫之道的滿足。小說設定女性性格成為情節發展的必然方向，與丈夫的家境、個性適配無涉，說明在傳統禮教的婚姻制度並無不妥，進而凸顯制度下女性情慾出軌的違常。此設定中，已婚婦女的性格與外貌誘惑常成為情欲流動趨向的誘因。因而公案中多有婚姻不諧的婦女離家出走，甚而行兇。不論是否與姦夫聯合設謀犯下殺人案件，或公案揭示的寡婦處境[30]。以下以已婚婦女的婚姻生活情況作為類分三種，並以丈夫的存在狀態列為變因：寡婦、丈夫未歸的怨婦、不滿丈夫憤而紅杏出牆，分別討論在禮教的婚姻制度下婦女對於情感與慾望如何呈現？以此分疏三種類型討論。

## （一）寡婦寂寞難以守節

公案小說特別著墨中對於寡婦此類人物，在三十餘則寡婦情節中，主動犯姦佔有十則，近三分之一數[31]，公案書寫寡婦社會不利

---

29　參見葉慶炳：《中國古典小說中的愛情》（臺北：時報文化出版事業有限公司，1995 年），頁 15-16。

30　鰥夫出現於文本的次數遠少於寡婦，由此可知文本對寡婦的關注，此種關注固然與禮教對貞節特別能由孀婦持守而證明，更因孀婦的貞潔往往與家族的榮譽結合，從社會教育的角度，更具模範，能夠作為官方宣傳的貞節範型。參見〔英〕艾華（Harriet Evans），施施譯：《中國的女性與性相：1949 年以來的性別話語》（南京：江蘇人民出版社，2008 年），頁 18。

31　犯姦故事有《百家・判革猴節婦坊牌》、《百家・神判八旬通姦事》、

的處境，公案內容分為四類：寡婦犯姦、寡婦因美色被殺、寡婦涉入財產紛爭、寡婦正面典型。

孀婦不止於生存層面的辛苦，孤兒寡母缺乏男主人的實質後盾所面臨的社會壓力，甚而來自親族的奪產或欺壓。公案更關注於寡婦情欲層面，寡婦是否能經得起誘惑，《百家‧判革猴節婦坊牌》中借臨終丈夫之口道出讀者疑慮：

> 言罷又一月之間，周安之疾愈加沉篤。父母咸在，舉家環守而泣。安自疑妻必難守節，遂令人喚其知友姓吳者至其家。安乃對父母及妻汪氏曰：「我有心事，久忍不言，但今目下將危永別，故告與父母妻子及外父知之。今吳知友者，為人忠厚樸實，尚未娶妻，待我沒後，令其贅入我家，是我父母喪子而有子，妻之亡夫而得夫矣。雖於禮教有礙，其於我心則為萬幸也。倘有一人不從，使我孝義不伸，九泉之下，永

《廉明‧項理刑辨鳥叫好》、《諸司‧齊大尹判僧犯奸》、《諸司‧彭理刑判刺二刑》、《諸司‧王尹辨猿淫寡婦》、《諸司‧商太府辨詐父喪》、《明鏡‧李府尹遣覭姦婦》、《剛峰‧判謀陷寡婦》、《諸司‧顏尹判謀陷寡婦》、《龍圖‧牙簪插地》。其他因美貌被殺的寡婦有《新民‧和尚術奸烈婦》、《明鏡‧張主簿判謀孀婦》、《詳情‧判謀孀婦》、《龍圖‧三寶殿》、《廉明‧曾巡按表揚貞孝》，寡婦涉入紛爭尚有《律條‧吳按院斷產還孤弟》、《諸司‧江縣令辨故契紙》、《諸司‧彭知府判還兄產》、《新民‧女婿騙妻舅家財》、《新民‧改契霸占田產》、《新民‧羅瑞欺死霸佔》、《詳情‧斷細扣狂嫗》、《廉明公案蘇侯判爭家產》，而表現正面形象的有《詳刑‧周推府申請旌表節婦》、《律條‧周推府申請旌節孝》、《詳情‧申請旌表節婦》、《龍圖‧二陰笞》、《明鏡‧陳縣尹判錄大蛇》、《詳情‧錄大蛇》、《詳刑‧鍾府尹斷虎傷人》、《律條‧鍾府尹斷虎傷人》、《百家‧劉婆子訴論猛虎》等。

為抱恨之鬼也。」眾人亦目相視，俱不敢言。而吳知友遽至
安前答曰：「仁兄之言大有深意，敢不從命？但恐過日有
變，即令宜取何物對眾與我以為信約？」安遂呼妻汪氏近
妝，親自取其髻上銀釵一支與吳知友，曰：「若事有變，持
此銀釵去官告之。」吳得釵痛哭，拜辭而去。舉家皆以大
哭，汪氏亦隨眾而哭，別無異言，眾以為怪。[32]

　　周安認為妻子難以守寡至終，因而希望吳姓友人一旦發覺事情
有變，能代他出面報官。雖然其妻至死沒有改嫁，後來姦情發漏，
發現與猴子發生人獸交情事，包公查出以拆坊牌並充公家產，公案
揭露與異類發生姦情的過程，作為警惕：

不覺光陰似箭，日月如梭。汪氏家養有一雄猴，遂以彩衣與
其穿著，鎖在庭柱之下日久。忽一日，街坊上做戲子弟搬演
《西廂》故事，親鄰邀請汪氏觀之。汪氏不覺害了念頭，欲
動情勝。至晚到家，無人在側，情不能忍。偶見雄猴，即以
手弄其陽物，消其欲情。誰知物類亦有人性，即與汪氏行其
雲雨。自此之後，猶如夫婦一般，親鄰絕無知者。[33]

　　以戲曲《西廂》作為寡婦無法守節的誘因，復以汪氏豢養猴兒
作為引動情欲的關鍵，寡婦一念之差鑄成大錯。引用《西廂》批評
戲曲的觀點及寡婦意志力薄弱，小說對於寡婦失去丈夫的支持，從

---

[32]　參見〔明〕安遇時編，蕭相愷校點：《包龍圖判百家公案》，頁47。
[33]　參見〔明〕安遇時編，蕭相愷校點：《包龍圖判百家公案》，頁48-49。

物質、精神、情感、慾望層面描寫的闕如，一味歸因於孀婦慾望，顯然作者對於孀婦社會不利處境缺乏同理。單就禮教的形式要求，包含對戲曲的否定態度，關於明清社會對《西廂》的觀點因人而異，同屬愛情故事的《牡丹亭》擁有更多的支持者：《西廂記》盛行早《牡丹亭》數百年，一般對《西廂記》無當於風雅的毀譽，恐為時代容受或闡釋觀點的不同。[34]寡婦情欲出軌，小說多歸諸於外因（環境因素或有誘因或其他潛在危險），其中與猴（猿）獸交的故事類型：《百家公案》、《諸司公案》對寡婦的性格塑造亦有出入，若：

> 話說仁宗康定年間，東京有周安者，字以寧，家中巨富，名冠京省。娶妻汪氏，夫婦相敬如賓，敦尚義禮，奉事父母以孝。當時夫婦年近二旬，尚未有子。因家豐富，並無外慕，終日與汪氏宴樂。（《百家・判革猴節婦坊牌》，頁46）

> 獨山州有鄉宦家柴氏，貌雖卑猥。性甚風淫，嫁與唐家為婦。（《諸司公案・王尹辨猿淫寡婦》，頁1790）

兩者故事中的春情發動皆有相同歷程：

寡婦寂寞→雄猴陽物撩弄→引動春心→行其雲雨

---

[34] 參見謝雍君：《牡丹亭與明清女性情感教育》（北京：中華書局，2008年），頁87-89。

以人獸相交的模式予以比擬，視情慾為獸性表現，在《百家‧伸黃仁冤斬白犬》亦有相似情節，丈夫出外經商，其妻寂寞難耐，若云：「值二月天氣，心感燕子雙飛，遂而欲動情勝，難為禁持。意與人通，又恐恥笑。自思無奈，因家有白犬一隻，章氏不得已，引入臥房，將手撫弄其犬厥物，與行交感之歡。那犬若知人道。自此章氏與犬情如夫婦，夜宿一房。[35]」第一例故事的汪氏在丈夫安在之時能夠「夫婦相敬如賓，敦尚義禮，奉事父母以孝」，丈夫歿後轉變成為負面的寡婦形象，與前述的寡婦處境與形象一致，公案情節著墨女性的寂寞難耐，刻意書寫丈夫亡故不能滿足妻子的困境。又內容缺乏由寡婦的發言，僅從「他者」角度言說，不足以說服讀者信服編纂者的觀點，亦難以辨證出寡婦的情感、欲望與禮教的衝突，只能呈現社會壓力凌駕個體壓抑的慾望。在公案集尚有其他不同的觀點，公案集中執照類有一項：《廉明公案》〈江侯判寡婦改嫁照〉，嘗載錄一事，以叔鰥嫂寡不宜同居一屋作為申請改嫁的理由，其文云：

> 景寧縣孫氏，「告批照為懇恩超寡事：阿苦上無公姑，下無
> 子女。不幸夫故家貧，鰥叔傭外，無銀買棺，借銀伍兩殮
> 用，債主坐逼，阿無生路。守制無衣無食，不守恐人刁蹬。
> 乞察鰥寡同居不便，賜照准適，超生感德。上告。」江侯審
> 云：「婦人從一而終，禮也。孫氏夫死家貧，上無公姑可
> 恃，下無子女可從。亦欲律以常道難矣。況嫂叔同居，叔
> 鰥、嫂寡，嫂果曹令女乎？叔果魯男子乎？合與執照。聽其

---

35　參見〔明〕安遇時編，蕭相愷校點：《包龍圖判百家公案》，頁98。

二夫。」[36]

　　此則故事早見於〈蕭曹遺筆〉為法律實用知識之一種：《蕭曹致君術》、《法筆新春》、《法筆驚天雷》、《法筆天油》等皆錄有執照類，並有「寡婦改嫁照」，雖文字略有出入，皆以「叔鰥嫂寡」為由申請改嫁云。上文執照，批文言及「嫂叔同居，叔鰥、嫂寡，嫂果曹令女乎？叔果魯男子乎？合與執照。聽其二夫。」而訟師秘本的角度更近於當事人的代言，因而比較前說的作者（或男性觀點）更近於體諒女性的觀點。這樣的觀點除敘述寡婦的不利處境外，亦考慮禮教規範下的可能出路，認為叔嫂同居易有「亂倫」，考量人情予以批准，上述文本跨明清兩代，寡婦改嫁必須官府批准，且各類訟師秘本幾乎皆有此類文字，表明社會實況對於寡婦改嫁的理解。以下簡略寡婦犯姦故事，以便分析討論：

### 表 4-3　寡婦犯姦故事比較表

| 犯姦對象 | 故事內容 | 清官議斷 | 編纂按語 | 故事趨向 |
|---|---|---|---|---|
| 與動物 | 《百家・判革猴節婦坊牌》、《諸司・王尹辨猿淫寡婦》 | 一死云何贖 | 一以戒人家不可畜猴，一以戒人家不可強留寡婦 | 寡婦自殺 |
| 與僧道 | 《諸司・齊大尹判僧犯奸》、《明鏡・李府尹遣覘姦婦》、《諸司・彭理刑 | 官賣或因子而免於官賣，各杖八十 | 按語一：戒人家有吉凶之禮，晝夜冗雜，宜慎防閨門，勿致釀弊。而寡婦風情重者，不必待三年服滿，即期年半載，皆可即遣，勿致 | 得享晚年 |

---

[36]　參見〔明〕余象斗編：《廉明公案》，頁 1288-1289。

| | | | 生非惹事，反玷家聲、敗風化也。<br>按語二：凡婦人愛子之心最真，然可以奪其愛者，為情夫之欲也。 | |
|---|---|---|---|---|
| 與親屬 | 《百家・神判八旬通姦事》、《龍圖・牙簪插地》 | 押寡婦別嫁，各杖一百 | 老見似可恕，惟亂族房之寡婦不可恕 | 兩人皆受刑罰 |
| 與外人 | 《諸司・商太府辨詐父喪》 | 無 | 無 | 無 |
| 與光棍 | 《剛峰・判謀陷寡婦》、《諸司・顏尹判謀陷寡婦》 | 奸主母者典刑 | 兩告俱為不情，則婦死而無謂 | 寡婦自殺 |

　　寡婦犯姦情節又分為和姦與強姦二種，前四種皆為和姦，第五種為強姦。第一類與動物相姦的情節，尚有其他已婚婦女，多出現於丈夫遠行的故事，婦女所受刑罰為杖五十，流三千里，[37]相較之下，與人通姦罪責較重，然對寡婦因此自殺並無可憐之意。第二類故事，與僧道犯姦，罪刑較一般人更重，編者更注意閨門整肅，言語表露不希望孀婦守寡。第三類與親屬通姦，刑罰更重於與僧道通姦，編纂者更道出「惟亂族房之寡婦不可恕」，視近似亂倫的寡婦如寇讎。第五類故事，寡婦遭僕人設計，懷孕後被告發因而自殺身亡，並沒有得到同情與理解。比較奇特的是第四類故事《諸司・商太府辨詐父喪》，寡婦因有穢行告子不孝，故事關注寡婦通姦之

---

[37]　故事見於《百家・伸黃仁冤斬白犬》，參見〔明〕安遇時編，蕭相愷校點：《包龍圖判百家公案》，頁100。

罪，這則與《明鏡・李府尹遣覘姦婦》相近，內容均為寡婦與外人通姦而告子不孝，編纂者提出「凡婦人愛子之心最真，然可以奪其愛者，為情夫之欲也。」認為男女愛欲之心擾亂禮教秩序，一旦有婚姻關係，寡婦犯姦即觸犯律法，依律治罪。文本中出現提醒杜絕造成寡婦情慾流動的禍端，勸戒不接觸僧道、不養動物。

　　寡婦踰越禮教者多以悲劇收場，能得享晚年者較少，雖然法外可以容情，一旦犯姦，從清官處置刑罰中，顯然寡婦並不適用。

　　然而從編纂觀點，對寡婦處境的體貼與理解，表現對女性處境的深刻觀察[38]，公案編纂者余象斗不惜筆墨在此大費周章闡明道理，因其以一篇幅而得窺全書主旨，故加以佟錄如下，若《諸司公案・王尹辨猿淫寡婦》云：

> 按：王尹觀色察情，誠為明斷。不然幾以穢行濫天恩矣。故記此者，一以戒人家不可畜猴，一以戒人家不可強留寡婦。……而家主多愛婦貞者，彼欲冒名耳，又重擔在人身，彼不知重耳。予謂成名事多，何必苦節。如哀矜孤獨，即成仁名；慷慨無私，即成義名；剛正不阿，即成直名；安分守法，即成善名。……。況孀婦者，違陰陽之性，傷天地之和，豈有家有鬱氣而吉祥駢集者乎？故寡婦之門多世寡，孀婦之子多夭折者，未必非戾氣致災也。人亦何必守難守之節，以成難成之名哉？予閱世故多矣，畧述梗概，未能盡也。惟明者心諒、心信之，無沽美名而傷和氣，亦調燮贊化

---

[38] 參見陳大康：《明代小說史》（北京：人民出版社，2007年），頁364。

之一事也。[39]

　　此篇故事為兩則寡婦守寡的相近故事組合而成。編纂者為闡述情慾的理路，又另引其他故事作為驗證，可見用心。男女大倫使人生充滿生機，因而認為寡婦面帶春風可能有姦情。

　　對於情慾一事，設身處地為孀婦困境加以體貼：「然人家往往多孀婦者，蓋婦人廉恥未喪，心雖有邪，口卻羞言；況夫初死，恩情未割，何暇及滛。歷時未久，何知有苦，故多言守。既言之後，又難改悔。久守之後，恐廢前功，故忍耐者多，豈皆真心哉？豈獨無血氣乃絕欲哉？」[40]認為人之血氣不宜壓抑，應當另尋生機。

　　明代貞節的表揚與家族榮譽息息相關，寡婦是否再醮已由個人情感與慾望轉化成關注家族、社會、風俗教化的問題，從個體的主體性轉移至群體性的複雜算計與考量，因此按語對此的現實認知，提出「人亦何必守難守之節，以成難成之名哉」之慨嘆。

## （二）怨婦空閨紅杏出牆

　　婦女紅杏出牆的原因甚多，公案認為丈夫不在與婦女性格缺陷為主要原因。家中丈夫不在，婦女容易為奸人乘隙而入。女性意志薄弱因寂寞或欲求不滿、嫌貧愛富尋求外遇。既然外遇成為性格發展之必然，情節必然鋪陳男女遇合之契機多有不合軌範，且多有超乎想像的情欲發洩方式，因此當丈夫遠行經商，妻子難以獨守空閨，外遇引發的難解家庭困境由此而生。

　　公案敷演外遇因而兇殺的案件出現，以流傳甚廣「斗粟三升

---

39　參見〔明〕余象斗編：《皇明諸司公案》，頁 1797-1803。

40　參見〔明〕余象斗編：《皇明諸司公案》，頁 1801。

米」故事為代表，丈夫遠遊回家，其妻與姦夫謀害親夫，意外地姦夫殺死姦婦，此故事可以上追溯至《搜神秘覽》[41]，丈夫武侯廟裡抽到的籤詩已經揭示了死亡的危險，男主角不明其意。籤詩更像是揭露給讀者的訊息，傳達一個「惡有惡報」的天理，上天並不容許婦人外遇謀夫的惡行，婦女因此遭誤殺的情節顯然隱含必須回歸禮教規範的意喻。

丈夫為家庭綱常的核心，丈夫因事遠行，妻子在家寂寞無聊又有外緣牽引，夫妻感情可能生變。如果妻子不能念及夫婦恩義而流於個人情慾，難免外交他人。丈夫遠行類似案件中，故事提示遠行商旅的危險性，更強調家庭失序的隱患。《廉明公案》中有一則故事敘述丈夫外地當官，妻子後來為奸所趁的案件，丈夫因妒生恨害死妻子與婢女的案件，若云：

> 張英，江西人，為陝西巡按。夫人莫氏，在家嘗與侍婢愛蓮同游嚴華寺。廣東有一珠客丘繼修，寓居在寺。見莫氏花容絕美，心貪愛之。次日乃妝作奶婆，帶上好珍珠送在張府去買，莫氏與他買了幾兩。丘奶婆故在張府講話，久坐不出。近晚來，莫夫人謂之曰：「天色將晚，你可去矣。」丘奶婆乃去。出到門首，後回來曰：「妾店去此尚遠，妾一孤身婦人，手持許多珍珠，恐遇強人暗中奪去不便，願在夫人家借宿一夜，明日早去。」莫氏允之。令與婢愛蓮在下牀睡一夜。後丘奶婆扒上莫夫人牀上去奸之，謂之曰：「我是廣東

---

41　參見〔宋〕章炳文：《搜神秘覽》，收於《續古逸叢書》（南京：江蘇古籍出版社，2001 年），頁 847-848。

> 珠客，見夫人美貌，故假妝奶婆借宿。今日之事，乃前世宿
> 緣也。」莫夫人以夫去久，心亦喜此，遂樂因承。[42]

　　案件起因於官婦游寺種下廣東珠客覬覦的禍端，多少也傳達寺
院為是非之地的觀點，其次，閨範紊亂導因於奸人偽裝成為女性
（奶婆），利用女性身分取得信任。女性身分縮合三姑六婆職業，
[43]若《諸司・彭理刑判刺二形》中的尼姑也是男扮女裝作案，有時
成為掩飾男女情愛交往的中介，甚至男女發展奸情的催化角色，藉
由女性身分或其職業方便出入閨闥，三姑六婆人物是在禮教森嚴的
社會情境下形成的。[44]而廣東珠客偽裝奶婆登堂入室後犯案，莫夫
人被強迫接受的背後，揭露家中丈夫不在的危險，雖然文中強調
「莫夫人以夫去久，心亦喜此，遂樂因承。」有意引導讀者想像莫
夫人不守婦道，仍然無法否認丈夫缺席的危險。小說書寫婦人被奸
人乘隙的情節導向二種方向，一為婦人樂於接受，若莫夫人例，繼
續與奸人來往；另一種情形則是婦人自殺以證明自身的貞節。公案
的書寫刻意著墨婦人不滿的情慾，又認為個人情慾為生存需要必然
無法泯滅。

　　家庭倫常秩序的維持，在丈夫遠行經商或官員離鄉上任的情況
中歷經考驗，公案指出女性在寂寞狀態中的意志更為薄弱，呈現女

---

[42]　參見〔明〕余象斗編：《廉明公案》，頁 1069-1070。

[43]　參見衣若蘭：《「三姑六婆」：明代婦女與社會的探索》（臺北：稻鄉出
　　　版社，2002 年），頁 108-112；林保淳：《古典小說的類型人物》（臺
　　　北：里仁書局，2003 年），頁 70-80。

[44]　參見衣若蘭：《「三姑六婆」：明代婦女與社會的探索》，頁 115-123；
　　　林保淳：《古典小說的類型人物》，頁 94-97。

性對於個人情感或情慾無法被滿足的狀態，可能因此帶來夫妻關係的顛覆，甚而家破人亡。

## （三）潑婦失德謀害親夫

前面一、二類皆為丈夫早亡或丈夫遠行，婦女在寂寞難耐下發生姦情。在此類型故事，家庭倫常失序的原因眾多，若夫婦關係不良因此妻子基本需求無法滿足，丈夫品行無良所引起的家庭糾紛。這類故事的共同點在於惡化的夫妻關係，無法使家庭功能正常發揮。女性將命運的窘境歸因於丈夫，因而當恩義泯盪婦德無存時，家庭倫常秩序就走向崩解。

小說將這類惡化夫妻關係中的婦女形塑成「情性淫濫」，描繪其淫蕩之行，不僅容易紅杏出牆，更能為出賣丈夫，公案中有三則近似故事[45]，若云：

> 豈知此婦情性淫濫，嘗與人偷奸。福之父母審知其故；詳以語福。福懷怒氣，逐日打罵，凌辱不堪。春蓮乃偽怨其己之父母曰：「當初生我醜陋，何不將我淹死？今嫁此等狠心丈夫，貪花好色，嫌我貌醜，晝夜惱恨。輕則辱罵，重則鞭笞，料我不久終是死的。」父母乃勸其女曰：「既已嫁他，只可低頭受忍，過得日子也罷，不可與之爭鬧。」其父母雖以好言撫慰，其女實恨林福為薄倖之徒矣。忽一日，春蓮早起開門，忽有棍徒許達汲水經過其門，看見春蓮一人悄無人在，乃挑之曰：「春蓮，你今日起來這般早，你丈夫尚未起

---

[45] 《諸司·邊郎中判獲逃婦》、《詳情·判獲逃婦》、《律條·王減刑斷拐帶人妾》三則也是相近故事。

來，可到我家吃一杯早湯。」春蓮曰：「你家有人乎？」許
達曰：「並無一人，只我單身獨處。」春蓮性本淫濫，聞說
家中無人，又思丈夫每日吵鬧，遂跟許達同入門去。許達不
勝歡喜，便開廚門，取果品與春蓮吃了，又將銀簪二根送與
春蓮。遂掩上房門，即抱春蓮上牀交媾，兩情綢繆，雲雨事
訖。[46]

　　妻子春蓮誤認丈夫嫌棄她的外貌，以「貪花好色，嫌我貌醜，
晝夜惱恨」作為個人出走的藉口，因此積怨日久，一旦有人刻意討
好順承心意，就影響了其與丈夫的關係。故事在第三者淫棍出現之
後，情節發生轉折，淫棍以物質利益銀簪、果品等引誘春蓮，春蓮
認定淫棍能為其帶來滿足，於是與其雙宿雙飛。然淫棍並無正常工
作支應開銷，在經濟無援之下，春蓮以妝飾為娼，以豢養許達。丈
夫林福在春蓮離家之後被冤殺妻，最後真相大白，官府判林福領財
禮另娶他人。

　　這類故事中，婦女容易受到花言巧語的撥弄因而上鈎，外緣來
自關係密切的身邊人，不論身分，有自家奴僕、雇工姦夫、丈夫的
契兄弟、義子、生意販，甚至聞風而來的淫棍，在招蜂引蝶下發生
命案。一旦姦情發露，案件由奸情轉變為命案，死者若非奸婦即為
無辜命喪的丈夫，或者為姦夫，這種三角關係的情殺，為中國古代
小說小說中情欲與死亡的常見母題，如《水滸傳》中的武松殺嫂，

---

[46] 參見〔明〕陳玉秀選校：《新刻海若湯先生匯集古今律條公案》，收入
《古本小說集成》第 4 輯第 21 冊（上海：上海古籍出版社，1991 年），
頁 322-324。

彰顯了道德淪落與生命價值的關係[47]。

　　古代雖然是一夫一妻制，丈夫亦可以納妾，其數不限，多見於大戶或官宦之家。然而妻妾成群難以雨露均霑的情況下，更容易引起家庭紛爭，當一家之長無法擺平時，往往後患無窮。公案中最為驚悚的殺夫案件，當屬《詳刑公案·許兵巡斷妒殺親夫》，故事描寫丈夫容易見色思遷，喜新厭舊，每見貌美女子即納為小妾，後來因妒生恨的眾妻妾密謀聯合殺夫：

> 仲亦酩酊晝寢，唐氏四人欲謀下手行事。偶袁通判邀飲公堂，回衙又將趙氏等跪打一番，乃入臥房醉睡。四人候王（至）三更時分，趙氏執一鐵槌，伍一嫂、唐氏執刀，菊花執斧，四人直入床前。趙氏將一槌向頭上打去，仲即時暈死，唐氏以刀斬其頭，菊花執斧砍其臂，趙氏將刀遍身爛剮，仲頃刻死於非命。[48]

　　訴文與判文占全文故事篇幅近四分之三弱，清官最後的議斷：「毆罵親夫，尚不容王朝之律；持刀殺死，安免碎剮之裁！即服凌遲，不足懲其弒夫滅倫之惡。」殺人償命處以斬刑，認為毀壞正倫之大不赦，然而「予觀張仲，閨閣缺刑於之化，房幃少起敬之方，而致殺之由，皆其自取。是望縱情固寵者鑒諸。」認為張仲是自作

---

[47] 楊義提煉出信仰危機的使然，並說「從社會學角度是描摹世情，罵盡諸色；從精神現象的『直觀本質』而言，這種市井智慧的邪惡性運用，體現了信仰危機中的人生觀，重疊著俗濫人欲與死亡意識的雙重陰影。」詳參楊義：《中國古典小說十二講》（香港：三聯書店，2006 年），頁 119。

[48] 參見〔明〕寧靜子輯：《國朝名公詳刑公案》，頁 1300-1301。

自受，情慾氾濫致使命喪家人之手，而趙氏、唐氏等婢女四人，因情慾不滿的嫉妒心理成為殺人動機，最後家破人亡。

殺夫無論事成與否，姦夫淫婦皆得死罪，若《龍圖公案·龍窟》、《居官公案·奸夫淫婦共謀親夫之命》、《百家·決淫婦謀害親夫》等，判決與明律「謀殺祖父母父母、及期親尊長、外祖父母、夫、夫之祖父母父母，已行者。[49]」規定同。另有姦情未發露，常有姦婦遇害，或由姦夫非故意或故意所殺，[50]而姦夫與淫婦出逃過程，姦夫因淫婦不義憤而行兇，較引人關注，若《詳刑公案·彭縣尹斷姦夫忿殺》云：

> 逢春義氣所發，心自思忖：「此婦不是好人！論才貌我不如雄，論溫存我不如雄，其夫待之何等愛惜，此婦待夫毫無情意。我亦不過如此，他反這樣奉承。」遂奮然欲起。趙氏緊抱，求終房事。逢春不得已而卒事。趙氏曰：「我興未盡，如何早起，莫非怪我怠慢你乎？」逢春竟起穿衣，被衣掛動牀頭腰刀響，春曰：「何物響？」趙氏曰：「腰刀。」逢春持刀在手，屬聲曰：「你這無情潑婦，我將殺你！」趙氏以為謔。不意逢春一刀就下，躲避不及，頭隨刀落。[51]

---

49　參見黃彰健：《明代律例彙編》，明律例〈附真犯雜犯死罪〉之斬罪第十五條，頁173。

50　若《龍圖·斗粟三升米》、《百家·判姦夫誤殺其婦》、《剛峰·姦夫誤殺婦》、《諸司·左按院肆赦誤殺》、《剛峰·通奸私逃謀殺婦》、《百家·孫寬謀殺董順婦》、《諸司·孟院判因奸殺命》、《詳刑·彭縣尹斷姦夫忿殺》等。

51　參見〔明〕寧靜子輯：《國朝名公詳刑公案》，頁1073。

　　此種姦夫殺婦的情節並非孤例[52]。夫婦情感關係有變，往往肇因於妻子外交他人，為了與姦夫雙宿雙飛，設下計謀害本夫。[53]婚姻中的第三者出現，往往釀成命案，命案非因夫婦關係不合所引起的[54]，小說書寫婦人性格的兇殘。因姦情而發生的命案中，「殺夫」多於「姦婦」被殺，因姦情發露而殺夫或殺夫未成的案件約十六則。丈夫所死於婦人或姦夫，小說敷寫諸多姦情命案，而姦情又與命案縮合，大明律法「殺死姦夫」條載：「凡妻妾與人姦通，而於姦所親獲姦夫姦婦，登時殺死者，勿論。」[55]《諸司公案·陳巡按准殺姦夫》中引用明律中規定：「狀告為義誅姦淫事：<u>律內一款，凡姦夫奸婦，親夫於奸所捉獲，登時殺死，勿論</u>。淫豪詹升，與寵妻李氏私通有年，里鄰知悉。今月初三夜，親於牀上裸裎捉獲，一時義激，已行並誅，二頭割在，屍尚在房。理合告明，勘驗立案，以杜淫風，以正綱常。上告。[56]」此條登時殺死勿論，與明律所載幾乎相同。[57]小說淫婦往往重色輕財，姦夫正好相反，在美

---

[52]　《諸司·胡憲司寬宥義卜》亦是姦夫義氣殺淫婦之例。

[53]　若《百家·判阿楊謀殺親夫》、《百家·伸黃仁冤斬白犬》、《百家·重義氣代友伸冤》、《諸司·張縣令辨燒故夫》、《諸司·韓廉使聽婦哀懼》、《剛峰·通奸謀殺親夫》、《詳刑·劉縣尹訪出謀殺夫》、《龍圖·龍窟》、《剛峰·奸夫淫婦共謀殺夫之命》、《明鏡·陸知縣判謀懼夫》、《詳情·聽婦人哀懼聲》、《神明·詈御史斷謀命沒尸》、《龍圖·斗粟三升米》、《百家·判姦夫誤殺其婦》等皆然。

[54]　《剛峰·妒妾成獄》此則為少數因家庭情感發生的事件，妻妒嫉丈夫關愛小妾因而下毒，錯殺丈夫而引起命案。

[55]　參見黃彰健：《明代律例彙編》，頁803。

[56]　參見〔明〕余象斗編：《皇明諸司公案》，頁1797-1803。

[57]　殺死姦夫條載：「凡妻妾與人姦通，而於姦所親獲姦夫姦婦，登時殺死者，勿論。若止殺死姦夫者，姦婦依律斷罪，從夫嫁賣○其妻妾因姦，同

色與金錢的選擇，往往二者兼得，迫不得已才捨去美色，因而婚姻的第三者的情節，常書寫姦夫利用手段取走金錢，若《廉明公案·吳縣令辨因奸竊銀》、《居官公案·姦夫盜銀》、《百家·判姦夫竊盜銀兩》、《龍圖公案·陰溝賊》等，讓女性參與的情愛關係更為複雜，在利益與情感的抉擇中，女性對於情感與慾望的重視超過金錢與物質利益。

表 4-4　已婚女性犯姦類型比較表

| 類型 | 故事內容 | 清官議斷 | 編纂按語 | 故事趨向 |
|------|----------|----------|----------|----------|
| 1.寡婦代表人物： | 三十餘則，丈夫早亡，被害或另尋慰藉 | 詳見上表 | 詳見上表 | 難以守節終老 |
| 2.怨婦代表人物：莫氏 | 《龍圖·死酒實死色》、《廉明·洪大巡究淹死侍婢》丈夫遠行，另交外人 | 失節該死 | 莫氏以夫人而貽羞床唾，反不如正姑剛烈 | 輕者官賣，嚴重者被殺。 |
| 3.潑婦代表人物：唐氏 | 《詳刑·許兵巡斷妒殺親夫》，怨懟丈夫，情欲出軌或殺夫 | 毆罵親夫，尚不容王朝之律；持刀殺死，安免碎剮之裁！即服凌遲，不足懲其弒夫滅倫之惡。 | 予觀張仲，閨閣缺刑於之化，房幃少起敬之方，而致殺之由，皆自取。 | 殺夫或被姦夫殺害 |

從已婚婦女犯姦的罪罰處置觀察，婚外情為律法所不許，這與未婚女性私合情況在律法處置有截然不同，對於犯姦或者暴行犯

---

謀殺死親夫者，凌遲處死。姦夫處斬。若姦夫自殺其夫者，姦婦雖不知情，絞。」參見黃彰健：《明代律例彙編》，頁 803。

上，甚而殺夫的女性，處置特別嚴厲，認為悖逆倫理之大惡不容寬宥，清官對於失節婦女（無論守寡或丈夫遠行）皆無容情空間，公案議斷呈現女性死不足惜的相關話語。清官著重人倫綱常的維繫，因此女性犯姦案件一旦涉及倫理，例如亂倫（與親族長輩交）、滅倫（殺夫）、人倫（與動物交）等，皆以維護風教的立場嚴加處置。

編纂者對於女性犯姦的性別態度有別於男性：「淫婦跟人逃走，比比皆是。是大為可恨。……姦夫若犯姦情，決宜倍責姦婦。何以故，……婦人不要養漢，男人決不敢去偷婦。此言不差，請各自理會。[58]」公案編纂者的性別態度仍有別於公案小說中的清官議斷，對於婦女閨範的建議與對女性已婚犯淫態度，一致反映出禮教對於性別的偏置。

在這一類女性犯淫故事結局少有幸運的結局，大圓滿結局多出現於書寫未婚女性堅貞性格與勇敢追求幸福的情節中，對比婚後犯姦的故事結局反差甚大，可見對於婚姻制度所賦予的禮教要求，不僅男女有別，上下有別、親疏有別等亦有別。

## 第三節　清官議斷私情及婚姻的依歸

私情與婚姻案件占公案集多數，案件呈現為社會糾紛的常態，家庭為五倫關係中的核心及社會最小單位，由此表呈公案集對於家庭秩序的重視，其中關涉風化部分，特別予以注意。清官斷案對於

---

[58] 參見〔明〕無名氏，顧宏義校注，謝士楷，繆天華校閱：《包公案》，頁72。

私情特別能以人情考量，體現法外容情的特點。在婚姻案件特別著意於婦女的貞節表彰及人倫關係的維繫，因此關涉人倫風化的事件，清官在審理時往往留意於社會風教。

## 一、呈現法外容情的傾向

古代法律建立於天理與人情之基礎上，依據律法審理案件，考量人情（情理）判決案件，南宋《名公書判清明集》以天理作為審判依據，即為此例，而清代前期律學家王明德於《讀律佩觿》認為「原情斷獄，使無訟之道也」，情法兼備的衡量樞紐，首句有「玉律貴原情，金科慎一誠」，[59]而明律法相關日用類書或訟師秘本、公案小說集，往往附有「金科一誠賦」，[60]此賦為明代「訟師秘本」為常見內容。明代晚期訟師秘本的刊印與編纂的方式具有大量抄襲的時代特徵，在明清兩代的訟師秘本流傳過程中，出現「金科一誠賦」刪減情形，即是清代近似「法筆」的訟師秘本系列中，若《法筆天油》、《法筆驚天雷》、《法筆新春》出現保留與刪削的兩種版本流傳，[61]由此略窺明清律法的繼承與遞變呈現不同的發

---

59　參見〔清〕王明德撰，何勤華、程維榮、張伯元、洪丕謨點校：《讀律佩觿》（北京：法律出版社，2001 年），頁 111-112。

60　日用類書有《文林聚寶萬卷星羅》，訟師秘本有《新刻校正音釋詞家便覽蕭曹遺筆》、《新刻平治館評釋蕭曹致君術》、《折獄明珠》、《折獄奇編》、《新刻法筆天雷》、《警人新書》、《法筆天油》，明代公案小說集有《律條公案》、《名公案斷法林灼見》。

61　若東洋文化研究所所藏《新刻法筆天雷》三種版本均無「金科一誠賦」，而龔汝富所蒐集九種訟師秘本中，所採《新刻法筆天雷》的目錄中有「金科一誠賦」，參見龔汝富：《明清訟學研究》（北京：商務印書館，2008年），頁 288-289。

展。而增入「金科一誠賦」等大量與訟師秘本同樣性質的律法相關內容，從公案集各書的版本流傳為新的發展趨勢，其中《名公案斷法林灼見》有相近內容，除呈現對當代律學思想的影響，說明清官斷案所依據的律學思想與小說互相滲透，反映涉及小說與日用類書、訟師秘本傳播律法文化的問題。

公案對於未婚女性的態度與已婚女性態度截然不同。公案原情內容多集中於女性未婚與寡婦，而對已婚婦女的情慾流動，如果丈夫未亡或經商未歸發生婚外姦情，清官與編纂者的態度傾向於量刑加重。清官體諒女性情慾流動的裁斷，代表禮教規範較為鬆動。因此從前論的未婚女性（已有婚盟、私合者）及已婚女性（寡婦、怨婦、惡婦）五種女性，公案對女性逾越禮教的懲罰程度依序為 1.惡婦 2.怨婦 3.私合者 4.寡婦 5.已有婚盟。

首先，惡婦背離了婦德基本內容，不僅違背七出之條，更是觸及法律與道德的底線，公案判刑的程度加重。其次，怨婦難耐空閨背叛丈夫，情感不再忠一夫，辜負夫婦恩義，為法律不許的通姦罪。再其次，私合女性雖未逾越法律形式內容，實質卻違背自行嫁娶的家長主婚的精神，同樣觸及法律精神與禮教對於男女有別的規範。

公案體貼寡婦的現實困境，在於丈夫亡故，寡婦所忠對象已然消失，現實滿足情慾基本需求闕如，清官從人性需求與生存現實的原情審判，具有寬容的態度。對於已有婚盟或者情感與精神忠於一人（男性）的女性，公案審判的原情程度較高，說明清官所代表的法律或禮教，對於男女的情感忠貞視為道德可以容許範疇，法律仍須薄懲的警惕作用。

而公案小說集與話本小說中的單篇公案小說對待女性貞節觀點

存在重大歧異。公案集的女性形象往往為依順禮教秩序書寫，而話本小說的女性形象往往順著人情與情欲自然天性發揮，若《拍案驚奇·酒下酒趙尼媼迷花機中機賈秀才報怨》中賈秀才妻子巫娘子遭人污辱，沒有責怪妻子反而安慰妻子，若云：

> 賈秀才：「不要短見，此非娘子自肯失身。這是所遭不幸，娘子立志自明。今若輕身一死，有許多不便。」娘子道：「有甚不便，也顧不得了。」秀才道：「你死了，你娘家與外人都要問緣故。若說了出來，你落得死了，醜名難免，抑且我前程罷了。若不說出來，你家裡族人又不肯干休于我，我自身也理不直，冤仇何時而報？」娘子道：「若要奴身不死，除非妖尼、奸賊多死得在我眼裡，還可忍恥偷生。」[62]

　　女性在羞愧難當向丈夫承認的結果，得到丈夫體諒。然而這也體現話本小說的女性貞潔觀與公案集主張大相逕庭，貞節觀的淡化反映當時社會現象。[63]也凸顯公案小說集著重於維護社會秩序與堅持禮教規範的特質。與話本公案小說（散篇小說）偏向反映庶民意識，與社會開放的趨向較為一致，有所不同。

## 二、揭示人倫為先的思維

　　漢地儒家思維以外的收繼婚、轉房婚等皆視為亂倫：《大明

---

62　參見〔明〕凌濛初原著，劉本棟校訂、繆天華校閱：《拍案驚奇》（臺北：三民書局，1981 年），頁 69。

63　參見傅承洲：《明代文人與文學》（北京：中華書局，2007 年），頁 206。

律》規定：「若收父祖妾，及伯叔母者，各斬。若兄亡收嫂，弟亡收弟婦者，各絞。妾各減二等。」[64]公案中諸多亂倫案件，以扒灰遭受最多的譴責。「扒灰」一詞，《吳下諺聯》對此進行了解釋：「翁私其媳，俗稱扒灰。鮮知其義。按昔有神廟，香火特盛，錫箔鏹焚爐中，灰積日多，淘出其錫，市得厚利。廟鄰知之，扒取其灰，盜淘其錫以為常。扒灰，偷錫也。錫、媳同音，以為隱語。」[65]而「扒灰」會汙膝，以諧語作為民俗的勾連，故「扒灰」又有偷媳、汙媳之義。古代亂倫稱為「禽獸行」或「鳥獸行」，其罪之重比照弒君，視亂倫親屬定為「內亂」，屬於「十惡」重罪之一。亂倫在西方社會亦視為重罪，處以死刑。[66]題材演繹多見於公案或笑話文類之中，晚明日用類書中亦多有所見，映現了「扒灰」社會現實，此一亂倫禁忌的普遍性，1978 年之後針對此的國外調查，多少驗證此種觀點[67]，因禁忌呈現揭示邊緣文化的特徵，以嘲弄或倒置技法對禁忌真相的揭露。

　　在古代家長制的長輩掌握生殺大權甚至決定了子女命運。[68]在

---

64　參見黃彰健：《明代律例彙編》，頁 506。

65　參見〔清〕王有光，石繼昌點校：《吳下諺聯》（北京：中華書局，1997年），頁 5。

66　參見〔法〕涂爾幹（Émile Durkheim）著，汲喆、付德根、渠東譯：《亂倫禁忌及起源》（上海：上海人民出版社，2006 年），頁 6。

67　女性人口中高達百分之二十有此種經驗，女性的加害人多來自於家庭成員，男性的加害人多來自家庭之外，詳參〔美〕庫特瓦（Christine A. Courtois）著，蔡秀玲、王淑娟譯：《治療亂倫之痛：成年倖存者的治療》（臺北：五南圖書公司，2002 年），頁 11。

68　「在以男性為中心的家族或家庭中，族長或家長是合模（conformity）的標準。族人或家人的世界觀、社會觀、人生觀、模式行為、價值觀念、教育方式等等，都得向他看齊。他又掌握著經濟、嫁娶、葬喪、營建、遷移

權勢不對等情形下，亂倫往往由男性長輩發動[69]，作為公公具備父
親與男性的雙重角色，一旦發生亂倫，女性必然處於弱勢，故事呈
現犯罪歷程與審案結果，揭示公公利用權威身分姦害媳婦，往往以
公公畏罪自殺收梢，媳婦多自盡以保全名節。此類亂倫故事多出現
翁媳關係，其他亦有叔媳關係、舅母姪關係、義母子關係。世代間
的性關係會帶來人倫的嚴重紊亂甚至顛覆，[70]故事中媳婦其行為大
致分為兩類：貞潔與淫蕩。作為淫蕩象徵的媳婦，不能抵抗公公的

---

諸權力。下一輩的人，尤其是女子，從小就被教導得必須對長輩尊敬、畏
懼、小心、將就、自抑。家長不嘉許的人，他不能接近；家長喜歡的人，
他可不能公開討厭。所謂『孝順』，不只是要提供服務，而且是要順其
心，隨其情，以至於無微不至。中國傳統的家庭是血緣、生活及感情纏織
起来的蜘蛛網。在這個網裡，濃密的情感核心中有一個不可渡讓和不可侵
犯的父親意像（father-image）。這個父親意像輻射出一股權威主義的
（authorilarian）氣氛。」參見殷海光：《中國文化的展望》（臺北：桂
冠圖書公司，1990 年），頁 127-128。公案中的亂倫案件，多為男性作
案，呈現了男性長者占多數，有《百家・神判八旬通姦事》、《龍圖・牙
簪插地》、《廉明・嚴縣令誅誤翁奸女》、《龍圖・房門誰開》、《龍
圖・獸公私媳》、《律條・周縣尹斷翁奸媳死》、《詳情・周縣尹斷翁媳
姦死》、《詳刑・周縣尹斷翁奸媳死》、《剛峰・姦侄婦殺媳抵命》等。
其他亂倫案件，尚有舅母姪通姦的《剛峰・斷問通姦》，姦義母的《剛
峰・劉縣尹訪出殺親夫》。關於長輩的「性權術」（Sexual Politcs）的操
作，康正果對此有深論，參見康正果：〈女權主義文學批評述評〉，《文
學評論》1988 年第 1 期，頁 152-156。

69　陳其南指出亂倫特指不同輩分之間的姦情，「倫」的概念泛指倫理秩序，
　　而非僅限於相姦關係（incest）而已，因此公案集中所發生的亂倫，包括
　　了非直系的族輩親屬亦予含括，參見陳其南：《家族與社會》（臺北：聯
　　經出版事業公司，1990 年），頁 140。

70　參見〔波蘭〕布朗尼斯諾・馬凌諾斯基（Bronislaw Kasper Malinowski）
　　著，費孝通譯：《文化論》（北京：華夏出版社，2002 年），頁 34。

強勢與乘虛而入，演變翁媳苟合的情節，若《詳刑公案·周縣尹斷翁奸媳死》[71]云：

> 泰原府壽陽縣余國禎，為人淫蕩，敗俗傷倫，不顧廉恥。長子春曦，娶妻汪氏。纔歸半載，時遇暑天乾旱，<u>春曦夜往田間，看水未回，汪氏在房洗浴。國禎知之，衝門而入，汪氏初謂夫回，及近才曉是翁，一時穿衣躲避不及。國禎向前抱住，汪氏難以推托，遂而從焉。</u>自後常相往來，終常礙子。國禎乃設一計，次年將銀五兩，令子出外做些小可生意。春曦領銀而去，三月未回，翁媳每夜同寢。春曦甚是獲利，遂不農田。往販棺木發賣，亦頗獲利。過三載，為次子春旭娶妻黃氏。已歸兩月，一晚見伯不在家，入姆房同績，偶遇翁與汪氏雲雨，即欲走避。國禎遂舍長媳而併擒黃氏，黃氏不從，汪氏助之解衣，不得已而從焉。自後兩媳皆有，二子不在，常同飲同睡。隄防甚是縝密，二子皆未知之。[72]

　　內容描繪公公為便於個人與媳婦行樂，設計兒子出外經商，利用兒子不在家進行他的陰謀，故事塑造公公成不滿欲求的男性形象，當二媳婦撞見公公與大房媳婦行樂而捲入人倫罪惡的漩渦，成為公公與大媳婦聯手加害的對象，在被害與加害的惡性循環下，三媳婦亦遭到相同的性侵害，不肯就範的三媳婦石氏羞慚自縊而死，亂倫案因此曝光。三個媳婦均面對道德兩難的處境，情節描繪從

---

[71]　此則故事亦見於《律條·周縣尹斷翁奸媳死》、《詳情·周縣尹斷翁媳姦死》。

[72]　〔明〕寧靜子輯：《國朝名公詳刑公案》，頁1135-1136。

「國禎（公公）向前抱住，汪氏（大媳婦）難以推托，遂而從焉，
自後常相往來。」公公、大媳婦與二媳婦三人「常同飲同睡」，媳
婦們不同強度的羞愧感應對自我情感、慾望、禮教，在可能冷漠、
厭倦、孤立的心理狀態下重新取得平衡面對家人（包括加害人、丈
夫）、鄰里及社會壓力，三人情感轉折的不同，大媳婦的處境在自
我摸索中認同加害人（家長權威），二媳婦遭遇更有前車之鑑，有
了凡我族類的同理之後，認同了大媳婦採取的適應方式。文本並未
直接揭露大媳婦與二媳婦成為「斯德哥爾摩症」的心理轉折，反而
凸顯三媳婦石氏的自殺宣示，說明女性遭受性侵害隨之而來的名譽
損失，超乎其可承擔的客觀責任，這種藉由犧牲完成對羞愧感的終
極救贖，以證明自身清白，從自殺中免於社會的譴責，從道德兩難
中尋回自身的價值。[73]

　　小說書寫女性被迫認同加害親屬的家庭悲劇，三個兒子因父親
而家毀人亡，公案的人倫悲劇映現市井小民對於親屬亂倫的關注，
也表現女性在此類事件中，被動情感反應亦可能淪為幫兇。不論是
合姦或強姦等，亂倫對社會秩序及家庭穩定造成致命的威脅。《龍
圖公案‧獸公私媳》中，以標題融入表達編纂者的觀點，包公以陰
間審案，表現其法網恢恢，天道周全，對此行為進行批判：

　　　　包公又叫拘宋存來。包公道：「宋存，我一見你便有些厭
　　　　氣，如何又與他做見證？可惡，可惡！先將宋存割去舌頭，
　　　　省得滿嘴胡言。」又吩咐鬼卒割去行慶陽物，把火丸入在他

---

73　參見史華羅（Paolo Santangelo）著，林舒俐、謝琰、孟琢譯：《中國歷史
　　中的情感文化──對明清文獻的跨學科文本研究》（北京：商務印書館，
　　2009 年），頁 389。

　　二人口裡，肌肉皆爛，吹一口孽風，又為人身。包公遂批
　　道：審得經有新台之恥，俗有扒灰之羞。施行慶何人？敢肆
　　然為之，不顧禮義，毫無羞恥，真禽獸之不若矣！乃反出詞
　　告媳不孝耶？天下有宋氏之不孝，幾不識孝道矣。更有宋存
　　作證，甚是無禮。此事何事，此人何人，而硬幫相證乎？且
　　餘又何等衙門，輒敢如此，特加重罰以儆。批完道：「施、
　　宋二老，俱發去為龜；宋氏守節致死，來生做一卜龜先生，
　　把二人的肚皮日夜火炙以報之。」各去。[74]

　　故事延續自《廉明公案》等的翁媳亂倫題材，呈現對社會人倫
錯亂的關注，而《龍圖公案》援用包公陰陽兩判的角色特徵，以類
似地獄刑罰予以處置，有別於陽間的律法規定，意在強調人倫秩序
為陰陽兩界及天道所重，對於刑罰處置描繪的細緻化，有別於公案
的陽間律法的刑判，凸顯編纂者對於「亂倫」表現對亂倫的儆示。
《廉明公案‧嚴縣令誅誤翁奸女》有此警語：「又差人去拆毀晏誰
賓之宅，以其地留瀦水之池。蓋其大敗人倫，故與謀反者同罪。大
罪極禍，可儆戒萬世哉！」符合明律的「輕其所輕，重其所重」的
原則，亦凸顯地方官員的風俗教化。

## 三、肯定不事二夫的貞節

　　婚前「室女」守貞在明清漸成風氣，明清政府以賜祠祀、樹坊
表、編列女傳、印女教書籍，確立表彰貞烈的制度，達到影響風化

---

[74]　參見〔明〕佚名：馮不異校點：《包公案》，頁214。

的目的。[75]由此外在社會影響進而內化成婦女的價值系統。貞節一向被詮釋為官方或男性的觀點，女性以「守身」展開貞節婦女形象的書寫。貞節婦女在精神上要求對男性從一而終，在身體上執守對一夫的堅持。貞節作為外在的政治，向家族、個人面向顯露抽象的教化、榮譽、精神，可以說明它不只是社會現象的簡單議題。一般研究多側重於政治教化與家族榮譽的互動關係，鮮少視貞節為女性的價值完成，女性以殉節抉擇生命的價值，又可見其情感與精神的趨向。所有外在禮教內化為精神的轉變歷程往往涉及情感因素，因此對婚姻關係的信守、三從、守身是貞節婦女的道德實踐。殉節或終身守寡在時間長度雖有所不同，其主觀的意志與決定反映其道德情感的強度，「貞節烈女」一詞顯示女性的剛強，凸顯女性傳統形象溫柔婉約的反差。

　　婚前因著對守身的要求，必然在遭遇脅迫時面臨著守貞與求生的兩難之局：《廉明公案・張縣尹計嚇奸僧》中，秀才許獻忠私通屠戶之女蕭淑玉，不幸被和尚明修所殺。事後破案，許獻忠中鄉試而歸，清官張縣尹判蕭淑玉為正室，獻忠再娶的二房為妾，正是對女性忠於一夫的肯定。從其價值完成的向度而言，女之烈與臣之忠的具有相同的道德高度，忠臣烈女的社會價值系統與個人信仰環節起生命的抉擇，死亡成為唯一的道路，貞節烈女必死的結局以證成自我實現。

　　公案小說以大篇幅書寫寡婦的情欲困境，多以悲劇收場，對於再醮婦女亦有所指涉，《百家・義婦為前夫報讎》講述了女性為夫

---

75　參見葉漢明：〈妥協與要求：華南特殊婚俗形成假說〉，收入熊秉真、呂妙芬編：《禮教與情慾——前近代中國文化中的後／現代性》（臺北：中央研究院近代史研究所，1999 年），頁 251。

報仇的故事，黃貴為謀娶李氏而害死其夫，十年後李氏知道真相後決計為前夫報讎，因而投奔官府揭發案情：

> 越十年，李氏在黃貴邊已生二子，時值三月清明節，人家各上墳掛紙。黃貴與李氏亦上墳而回，飲於房中。黃貴酒至醉，乃以言挑其妻云：「爾亦念張兄否？」李氏愴然，問其故，黃貴笑云：「本不告爾，但今十年，已生二子，豈復恨於我哉。昔日謀死張兄於江，亦是清明之日，不想爾卻能承我之家。」李氏作笑答云：「事皆分定，豈非偶然。」其實心下深要與夫報仇矣。[76]

李氏在得知真相之前，在黃貴自我塑造為恩人而周濟生活之下，李氏過了一段「花燭之夕，極盡綢繆之歡。夫婦和睦，庭無逆言，行則連肩，坐則反股」的生活，李氏得知真相後強作鎮定，決然復仇的心態反轉凸顯李氏的堅決義氣，有些不合常理，小說標題為「義婦為前夫報讎」高舉著「義婦」大旗，並將「天理」二字與「義」綰合，文中有詩：「陡生奸計圖人婦，天理昭然不可欺。」、「李氏能酬前夫志，賢侯判出復褒旌。奸謀自露冤仇雪，天理昭然報亦明。」在故事末尾又有李氏與黃貴所生二子，在龍舟競渡中溺死。小說以「此天理以報，故絕其後也。」作為故事註腳，以強調李氏遵從禮教下的女性忠貞前夫的復仇義道。李氏並未從一而終，故從其女性貞節的角度，事實層面已非「不事二夫」，因此李氏反轉其價值全在最後義首黃貴一舉，文本的敘寫有意以黃

---

76　參見〔明〕安遇時編，蕭相愷校點：《包龍圖判百家公案》，頁232。

貴「奸人」對比李氏「義婦」形象，因而包公旌其為義婦，將李氏提高至典範的地位，與貞節烈女同一高度。從李氏得知真相，「心下深要與夫報仇」而首出黃貴一事，李氏心中只有前夫而無黃貴，在精神上已回歸忠於前夫的心理狀態，呈現道德與品行符合古代社會對於女性的期待。

官府肯定女性的節操可從其政策與作為予以觀察，黃貴被押赴市曹斬首後，判黃貴家產歸李氏所有，此案判決雖使得李氏再次成為孀婦，然經由官府的表揚，已轉化李氏命運為官方肯認的女性典範，成為政府宣傳風教的範例。對李氏在精神與物質的雙重獎勵，亦符合明代對於地方風化的鼓勵，由此是知官方認為女性貞節影響地方風化，亦是公案小說著重強調女性貞節的原因。

# 小　結

公案小說集呈現婦女情感或情欲的多樣面貌，表現晚明對於守寡、外遇，性別中的愛戀、情欲等議題的理解，雖然公案集的文學筆觸不甚高明，甚而劣化了愛情文學美感，卻能提供觀察晚明庶民婦女生活的參考，尤其呈現男性（作者或編纂者），甚至社會對女性情感的觀點。在愛情小說的題材如何呈現對女性情感的誤讀，禮教觀點在此成為男性觀察女性與解讀女性情欲的視角，公案小說有利提供禮教思維的批判樣本，作為晚明映照女性的位置與處境。

女性身分的三種類型：未婚前，有婚盟；未婚前，無婚盟；已有婚姻關係。在意志與命運的兩端，男女關係晉升夫妻的夫婦關係，以婚盟作為詮說，既成夫婦之後，又以命運說加以詮解，使得公案小說的男女關係傾向於命運一端，即使在婚前，亦以履行婚盟

作為標的，全然缺乏追求愛情的欲求意志的表現。[77]

　　從公案的死亡案件數量而言，女性姦情案件常常縮合命案，此情節分為三種，女性被殺、殺夫或女性逾越禮教而引起其他人被殺。女性殺夫以求與姦夫雙宿雙飛，呈現女性的一廂情願。女性為姦夫義憤所殺與女性殺夫，顯示女性在慾望與情感的手段激烈，除逾越禮教之外，近乎喪失人性，呈現慾望與死亡的高度聯結。殺夫或女性逾越禮教而引起其他人被殺，更進一步說明公案小說強調禮教秩序的重要，具有逾越禮教的警示效果，揭示了逾越禮教的危險性。

　　從女性的主體性而言，無論順從禮教與違逆禮教，晚明女性皆以激烈的手段張揚自身的主體性，因此從公案中呈現諸多死亡公案的激烈與極端，社會現實形成對女性舒展自我主體性的壓力。女性主體性有以自殺明志，或有以殺夫作為導向，甚至最終被殺作為結局。死之欲與生之欲彰顯女性自我情感追求與慾望張揚。

　　公案小說特別關注寡婦族群，單就寡婦涉入的奸情案件約有十則，無論被動或主動，寡婦作為社會特定弱勢族群，容易為奸所趁，從財產爭奪或情感流動均處於社會不利，更容易成為受害者之一。公案中多有寡婦為自身清白或貞節證明而以死明志者的案件，而寡婦的社會真實處境可能更為不堪，因此由公案文本的意旨或編纂者有意的詮釋（按語）觀察，公案試圖說明禮教秩序下的寡婦在情感與慾望流動難以違逆人性，須安置於倫常秩序下而重新擺正的企圖。

---

[77]　樂蘅軍將意志分為三個層次：意動、意欲、創意，表現男女關係的追求屬第二層次，參見樂蘅軍：《意志與命運：中國古典小說世界觀綜論》（臺北：大安出版社，1992 年），頁 9-13。

　　從情感與慾望觀點而言，文本主張情感與慾望必須在合理的架構下運作，承認人性對於情感與慾望的合理需要下，尋求安置的可能途徑，認為禮教的核心在於倫常秩序的持守，背離了人倫與人性均可能導致倫常秩序的崩解。從具有已婚關係而言，夫妻一方缺席（暫時性或永久性）均難以維持家庭秩序，在夫妻雙方未能共同在夫婦有別或夫婦恩義有所體認，夫妻情感關係必然生變，以致外人或外力的介入導致家庭崩解。從未婚但具婚盟而言，亦視同夫妻關係，但僅止於合乎禮的交往，一旦超出常軌必然引起命案或橫生枝節，二人雖有婚盟亦難以善終。對於未有婚姻關係的女性而言，公案強調媒妁之緣的必要性，在承認男女情感交往雖有逾越禮教之處亦予以承認，以成就姻緣為清官美德，公案並非排斥人性中具有的情感與慾望的可能發展。

　　公案議斷以禮法作為依歸，對於未婚男女案件的處置呈現出清官的人性考量，對已婚女性無論丈夫是否亡故或遠行，女性一旦犯姦則以大明律法規定處置，對於姦情涉及亂倫禁忌，範圍影響人倫綱常與教化的嚴重案件，不僅在以陽間罪罰予以加重處置，復加以近似冥界地獄的酷刑，其處罰相對嚴厲，符合明律的「輕其所輕，重其所重」的原則，亦凸顯地方官員的側重面向。

　　在時代情、欲相關思想與觀念開放的影響，衝擊禮教秩序，文本提示在時代變化的家庭倫理回歸及男女情慾在時代變遷的安置方法，呈現了晚明對於情與欲的依違具有矛盾特徵，彰顯個人情感與慾望的抉擇，喻示情感與慾望的歡樂與危險，引導庶民對於情感與慾望發展趨向。

# 第五章　亡者控訴：鬼魂訴冤故事的傳統意涵、敘事模式與群眾心理

　　本章依循文化對於鬼魂的基本意涵出發，聚焦於鬼魂現身的意志隱喻、破案線索的揭露，如何回應正義的期待，進而開掘庶眾對於正義實踐之心理，以此定位晚明公案小說中鬼魂訴冤型故事及文化意涵。

## 第一節　問題提攝

　　鬼魂復仇故事的演變表徵文化意涵的變化趨勢，從鬼魂自力復仇轉變為向天帝（天）投訴冤情，進而向人間投訴冤情的不同階段，代表著鬼魂復仇故事變化歷程，故事從先秦至兩漢，以至唐宋元明的發展脈絡，呈現著此種趨勢。[1]自漢代始，以天帝統籌人間善惡報的運作模式，經佛教傳入後雜揉成為因果報應，由個人復仇轉為公道機制的運作，作為詮解個人命運橫逆福禍的註腳。[2]魏晉

---

[1]　參見李隆獻：〈先秦至唐代鬼靈復仇事例的省察與詮釋〉，《文與哲》第16期（2010年6月），頁139-202。

[2]　劉兆明將「報」的析分為六種概念及三組對立性質：一、工具性有報答、報復；二、情感性有報恩、報仇；三、因果性有善報、惡報，參見劉兆

南北朝冤魂故事若《搜神記》、《還魂記》、《搜神後記》、《冥祥記》、《宣驗記》、《列異傳》、《靈鬼志》等,已敷演了鬼魂復仇、動物報恩、神明靈驗、人鬼戀情、還陽復生等諸多情節。鬼魂復仇成為敷演天道報應的情節,影響唐代「冥判」的近似人間審判的性質,鬼魂自力復仇的內容受到法律/社會制約,亦反映律法對鬼魂復仇故事的影響,因而鬼魂向人間投訴冤情的故事逐漸增多。[3]然鬼魂向人間投訴冤情之情節性質,又與「冥判」或向天帝投訴冤情不同,因著鬼魂必須與人間合作,藉由徵兆、線索協助官吏才能破案。冤魂故事逐漸向人間靠攏的特徵,已成為元代公案劇創作中習見類型之一,[4]由於元明公案文學的文化意涵相續,明代公案之鬼魂訴冤題材又全然聚焦於人間有司,代表著時代內涵不同,象徵鬼魂復仇故事的脈絡轉變,實具公案小說的時代意義。

　　鬼魂訴冤的題材在其所收錄故事的特徵具有高度相似性,呈現社會心理的趨向,在現有研究中並未獲得足夠的重視,[5]鬼魂訴冤

---

明:〈「報」的概念分析及其在組織研究上的意義〉,收入楊國樞、余安邦編著:《中國人的心理與行為:理念與方法篇(一九九二)》(臺北:桂冠圖書公司,1993 年),頁 294。

[3]　參見李隆獻:〈先秦至唐代鬼靈復仇事例的省察與詮釋〉,《文與哲》第 16 期(2010 年 6 月),頁 139、182。

[4]　據范長華分類元代公案報冤劇分為四種類型,藉助冤魂神祇報冤者共有九本,又分為清官助冤魂報冤五本、神祇助冤魂報冤三本、冤魂自行報仇一本,范長華:〈元代報冤類雜劇的搽旦類型腳色〉,收入《元曲通融》(太原:山西古籍出版社,1999 年),頁 886。

[5]　檢索公案小說集相關研究,呂小蓬《古代小說公案文化研究》以神鬼因素綜論,缺乏對文化意涵的闡釋,除此大陸地區苗懷明《中國公案小說史論》、黃岩柏《中國公案小說史》、張國風《公案小說漫話》、劉洪仁《古代公案文學》措及無多,臺灣地區有王琰玲《明清公案小說研究》、

型故事開展出與鬼魂單純復仇的不同敘事脈絡，不僅表彰公案文學的核心價值——正義意識，並彰顯群眾期待清官的心理。

## 第二節　鬼魂現身所表述的意涵

鬼魂為公案小說受害者「意志」的主體，其現身的敘事表徵特定意念的完成。至於存在人們想像的生命形態，在文化中亦寄寓符號和概念，在明代公案小說集對此思維亦賦予以意義，並在既有文化思維基礎下開展的正義敘事。

### 一、釋名：鬼魂代表的傳統意義

甲骨文已見「鬼」字，引申成為人死後的靈魂。「鬼」既然由實物引申作為形容人死後的靈魂，字義尚有偏於奇偉形容或獸屬一類意義，從古文字方面的文字部首「鬼」、「畏」、「禺」的連鎖性而言，對甲骨文中的「鬼」字四種意義有所驗證。[6]其文字意義所推導出鬼之形象已異於人類，而從商代對人死後何往未有明確觀念，但已呈現害怕家鬼，將致病或不幸的原因歸諸於祖先不滿。[7]

---

楊靜琪碩士論文《《龍圖公案》的成書及其公案性格研究》、鄭安宜碩士論文《《龍圖公案》之公道文化研究》略有涉及。

[6]　沈兼士由甲骨文研究對「鬼」字意義結論有四，其一為類人異獸、異族名、奇譎怪異的形容詞、形容人死後的靈魂，詳見沈兼士：〈「鬼」字原始意義之試探〉，收入《沈兼士學術論文集》（北京：中華書局，1986年），頁190-197。

[7]　參見〔英〕李約瑟，周曾雄等譯：《煉丹術的發現和發明：金丹與長生》，收入《中國科學技術史》第五卷《化學及相關技術》第二分冊（北京：科學出版社，2010年），頁77。

　　《說文解字》云：「人所歸為鬼。從人，象鬼頭。鬼陰气賊害，从厶」，「人所歸為鬼」來自《釋名》一書對於鬼字的聲訓，取「鬼」與「歸」同音。[8]《爾雅·釋言》中有「鬼之為言歸也」的說法，意即人死歸土成為鬼。人死後其歸向如何？商代已出現「天廷」一詞，人間貴族或掌握權力者死後所居之所。[9]至於「黃泉」一說更為人所熟悉，《左傳·鄭伯克段於鄢》中：「不及黃泉，無相見也。」「黃泉」已有地下之意，拈出當時人認為死後居於黃泉的概念。至於相近時期《楚辭·招魂》中有「君無下此幽都些」，「幽都」亦視為死後居所，對於人死後所居之處「都」，已有群居且有后土管轄的概念，死後仍類似生前一般生活，有趣的是其中亦提到「無上天些」，天堂與地獄的說法並現。提示人死後前往的兩種路徑，所受待遇或有不同，已然區別天上、地下世界的生動概念。

　　至於魂魄字義，余英時引用沈兼士文提出商代甲骨文「鬼」已有「死者魂」的意思。漢代最流行的說法，鬼為死人的魂。[10]魂魄之間的區別逐漸消失，神即是靈，魂魄即是鬼。[11]圍繞著「鬼」必然觸及魂、魄與身體的關係。先秦時的魂與魄合用見於《左傳·昭公二十五年》，其文：「心之精爽，是謂魂魄；魂魄去之，何以能

---

[8]　參見王元鹿：《漢字中的人文之美》（香港：中華書局，2014 年），頁99。

[9]　參見余英時著，侯旭東等譯：《東漢生死觀》（上海：上海古籍出版社，2005 年），頁 143。

[10]　參見余英時著，侯旭東等譯：《東漢生死觀》，頁 85。

[11]　參見蒲慕州：〈中國古代的信仰與日常生活〉，收入林富士主編《中國史新論·宗教史分冊》（臺北：聯經出版事業公司，2010 年），頁 35。

久？」當時人是否真正理解二者之不同，靈魂概念從一至分裂為二，至後來三魂七魄，[12]有著陰陽理論對應的影子，《禮記》云：「魂氣歸與天，形魄歸於地。」《禮記·禮運》有「知氣」之言，時人相信人死之後，其生前之氣（即魂氣）則離體飄游，故升屋而號，呼而復之，甚至古人以為生者也有魂魄離散之情事，故有為生人招魂之舉，既然魂已離體，鬼魂代表著人的意識，即令肉體不能存留，卻延展著生前意識，展現近似生時意志的趨向。對於生命存續轉化以佛教傳入中國為分水嶺，佛教傳入漢地之前，民間相信人死後前往幽都、泰山等死後世界，並且有管理者，人的生命延續必須藉由修鍊成仙而得到形體永生。佛教傳入之後，六道轉生、因果報應等觀念與本土道教觀念融合而形成生命轉化的觀點。對死亡又基於對魂、魄氣化論的理解，又勾勒出死亡復生或者因死亡引起的諸多現象的解釋基礎。

既然鬼魂為意志延展，保留生前習氣，對生前人事物種種掛念又影響鬼魂現身的意志，鬼魂回返彰顯意欲表現其完成未盡事宜的企圖。東漢末佛教傳入漢地，其後又有以「中陰身」作為死後六道輪迴中繼的概念，認為人死後靈魂主體，肉體如衣履的思維，並全然改變民間對於生命中鬼魂與肉身關係的基礎想法。認為生命追求永恆與不朽，靈魂再世、輪迴、轉生、或天堂超生等路徑的說法足以滿足心理需求。[13]朱熹對於〈易繫辭〉「精氣為物，遊魂為變，

---

[12] 已見於《黃帝內經素問遺篇》，李約瑟認為此種說法可能早於 1099 年，參見〔英〕李約瑟，周曾雄等譯：《煉丹術的發現和發明：金丹與長生》，頁 83。

[13] 參見錢穆：《靈魂與心》，收入《錢賓四先生全集》（臺北：聯經出版事業公司，1998 年），第 46 冊，頁 9。

是故知鬼神之情狀。」中「遊魂為變」解釋為「若是為妖孽者，多是不得其死，其氣未散，故鬱結而成妖孽。」[14]人死為鬼，鬼者為歸，古人並未否認鬼之存在，雖謂是一種偶然的變態，人死未歸，必有因由。人驟死，如冤死、溺死、或自縊死、或遭強暴死，往往易有鬼魂出現，因此推論死者自我觀強會保存一番記憶。[15]

靈魂死後不滅化為鬼魂歸來現身引動人們心理回應，人死為厲或為疫，引發對於鬼魂的心理恐懼。死者為厲故事常引《左傳》，其文：「子產曰：『鬼有所歸，乃不為厲，吾為之歸也。』大叔曰：『公孫洩何為？』子產曰：『說也，為身無義而圖說，從政有所反之，以取媚也。不媚，不信。不信，民不從也。』及子產適晉，趙景子問焉，曰：『伯有猶能為鬼乎？』子產曰：『能。人生始化曰魄，既生魄，陽曰魂。用物精多，則魂魄強，是以有精爽，至於神明，匹夫匹婦強死，其魂魄猶能馮依於人，以為淫厲。』」[16]厲鬼有意尋找對象作祟，與「鬼有所歸，乃不為厲」中的「歸」意指其所歸屬，《左傳》中尚有其他厲鬼之例，說明當時人相信人死為厲能現身復仇。

鬼魂故事至六朝志怪小說更為興盛，鬼魂故事汗牛充棟，對靈魂不死存在的驗證充斥於小說，而最為熟知《搜神記》作者干寶的親身經歷，其父婢在墓中十餘年未死[17]。早期志怪小說《汲冢瑣

---

14　〔宋〕黎靖德編，王星賢點校：《朱子語類》（北京：中華書局，1986年）卷第三〈鬼神〉，頁45、頁39。

15　參見錢穆：《靈魂與心》，頁158、頁169。

16　楊伯峻編著：《春秋左傳注（修訂本）》（北京：中華書局，1990年），頁1292。

17　故事請參見魯迅：《古小說鉤沉》輯本《孔氏志怪》，收入魯迅先生紀念

語》語多屬諸國卜夢妖怪相書，[18]更多的是鬼怪欄揉占夢卜等內容，風俗、制度、思維模式塑造了我們對世界的看法。[19]「人死為鬼」的觀點反映了人類集體潛識對人非正常死亡必然引發一連串事件，鬼祟或各種奇異事件為兇死之認知，中國人視死後為生前延續，鬼祟在於死者無法入土為安，向陽間尋求協助而顯靈的故事，遂形成人們「陰魂不散」的印象。[20]

## 二、意義：鬼魂現身的文化思維

　　氣成為人生存的決定因素，始於先秦，生死解釋為氣的聚散，[21]中國社會對氣的使用甚為普遍與廣泛，有人品之正邪氣、人際關係之人氣（臭氣相投）、情緒之悶氣或生氣、社會動向之風氣或民氣、藝術之氣韻或文氣、身體之血氣或精氣。其他尚涉及醫學、自然、空間等文化面向。[22]對於人、社會、國家、文化、空間、藝術、宇宙的詮釋方法，已不限囿於觀念層面，展延出一套氣的理論

---

　　委員會編：吳龍輝整理《魯迅全集》第三卷（烏魯木齊：新疆人民出版社，1995 年），頁 653。

[18]　語見晉書卷五十一，〈束皙傳〉：「《瑣語》十一篇，諸國卜夢妖怪相書也」定位了該書性質，詳參李劍國：《古稗斗筲錄——李劍國自選集》（天津：南開大學出版社，2004 年），頁 191-202。

[19]　參見潘乃德（Ruth Benedict），黃道琳譯：《文化模式》（臺北：巨流圖書公司，1983 年），頁 8。

[20]　參見黃東陽：〈唐人小說所反映之魂魄義〉，《新世紀宗教研究》第 5 卷第 4 期（2007 年 6 月），頁 21。

[21]　參見余英時著，侯旭東等譯：《東漢生死觀》，頁 81-82。

[22]　參見余舜德：〈中國氣的文化研究芻議：一個人類學的觀點〉，收錄王秋桂、莊英章、陳中民主編：《社會、民族與文化展演國際研討會論文集》（臺北：漢學研究中心，2001 年），頁 26。

與架構。從戰國時代的「氣一元論」而至分化為二元，乃至與讖緯之學、陰陽五行絪合，解釋人事與天象變化成為理解宇宙（世界）的思維方法。公案的「氣」詞彙已普遍使用，多與身體有關，諸如「氣悶」、「怒氣」、「受氣」，而強調人品有「正氣」、「義氣」等多矣，「氣」更作為與案件有關的線索或氛圍的建構，形成與情節互相攏絡的重要元素，以「氣」作為「異」象的徵兆，並特別賦予清官鑑別此異象的專職，凸顯用意清官的意圖，從而建構起公案故事之神祕氛圍。而陰陽延伸出氣二元的對立概念，氣之善惡、正邪導引成為文本中的重要樞機，又以此與正義絪合，成為敘事的主要特徵之一。

生死是複雜的課題，現代諸多學科對於認為人死後有繼續存在仍存在諸多爭議，[23]因為生命不滅的意識進而對產生的靈異現象得以解釋。古代小說意圖建立靈異現象的詮釋模式，用來解釋天道與人事的關係，特別對於冤案多有著墨。冤案（冤魂）的案件形成大抵分為兩種情形：一為干動自然界天候的預示，貪官製造冤案，呈現自然異象，諭示冤氣沖天，以竇娥冤、東海孝婦等故事為類型；其二為冤魂出現，向清官訴冤，以「鵠奔亭」為代表，[24]明代公案小說集類型與此相同。

---

23 從笛卡兒、斯賓諾莎的哲學論證至邁爾、湯母遜建立科學模型，以致後來貝克提出的能量態意識與生物態意識說明靈異現象的產生，說明了生與死的問題複雜性，參見陶在樸：《理論生死學》（臺北：五南圖書公司，2000 年），頁 61-65。

24 此為小說中出現的第一個公案故事，後代流衍甚多，細節稍異，參見李劍國：《唐前志怪小說史》（北京：人民文學出版社，2011 年），頁 293-294。

　　而公案故事的異常現象發生原由有二：一是妖類禍害，一是冤氣干動。妖類禍害者繼承原有文化中致妖的邏輯：「氣－形－性」概括氣的清、濁、常、異凝聚成形體，內化為本性。[25]氣化原是妖怪生成的主因，而冤氣又與陰陽魂魄的型態解釋有關，兩種「生命之氣」型態皆可見於公案小說，一方面呈現出氣觀念的時代演化，一方面凸顯公案試圖縮合冤魂與天人感應，以此詮解冤魂現象的合理性與冤魂意志不滅的證明。冤氣既然體現鬼魂的意志，從其影響觀點而言，不僅是自主意義的顯化，更為冤魂現身承接著社會正義彰顯。冤魂與動物、或植物、或自然界中的事物交互作用或影響，可追溯漢代天人感應說，為董仲舒基於「天人同類」理論中發展出來的哲學思想，天、人以道德倫理為仲介達到精神情感息息相通，進而說明各種奇異現象顯示。[26]因此公案中冤氣沖天反映了人間現實的無能，對於自然異象的理解，往往是「冤氣升聞，乃所以致災，非弭災也。」雖然有正反兩種見解，[27]其共同趨向皆指正義意識的彰顯。

---

25　干寶對此頗有見地，《搜神記》〈妖怪篇〉之序論，道出妖怪的本質與特徵，妖首先以「氣」依物，物變於外而顯「形」，於卷十六〈變化〉又云：「天有五氣，萬物化成。……中土多聖人，和氣所交也。絕域多怪物，異氣所產也。苟稟此氣，必有此形；苟有此形，必生此性。」參見〔晉〕干寶撰，李劍國輯校：《新輯搜神記》（北京：中華書局，2012年），頁165。

26　參見李惠綿：〈論「天人」關係在《竇娥冤》雜劇之演變及其涵義〉，《臺大文史哲學報》總64期（2006年5月），頁91-92。

27　參見瞿同祖：《瞿同祖法學論著集》（北京：中國政法大學出版社，1998年），頁283。

# 第三節　鬼魂訴冤所開展的敘事模式

　　鬼魂近乎全知，能調動自然力量，其現身既然來自於陰、陽兩界承認，呈現天道的趨向，情節線索又由鬼魂牽引出近似天機的隱語，解開隱語多仰賴清官，此解蔽符合了民眾對於天道不可測的心理預期外，鬼魂現身（真相）對應清官的正義（解蔽）的歷程，又使讀者明正義之道的情節設計反映群眾對於正義的應當實踐。以下先以鬼魂現身首先敘明：

## 一、現身：意志的顯示

　　「冤魂現身」觸及生人無法理解生命中止又回返現實的困惑，卻傳達近乎真相的線索，隱約提示鬼魂示現必然曾出現於冥府而回返。對應於陽間真相尚未露出，鬼魂現身與天道意志的連結，合理說明鬼魂現身所引發的疑慮，或其召喚出各種異象，確然指向真相。鬼現身情節具有天道實踐正義，情節脈絡中鬼魂冤情多向清官直陳，由其辨識出鬼魂及異象意義，較少經由朋友或者親人陳述。

　　這類「鬼現身」情節呈現情節公式化、簡單化，並非走了解決問題的捷徑，[28]或全然是抄襲因素造成的，故事依其身分與現身屬性可以整理如下[29]：

---

28　蘇力：《法律與文學：以中國傳統戲劇為材料》（北京：生活・讀書・新知三聯書店，2008 年），頁 151；鄧紹基：〈論元雜劇思想內容的若干特徵〉，《元曲通融》（太原：山西古籍出版社，1999 年），頁 522。

29　此表依據學者歷來共識認為晚明公案小說集有十二本：《百家公案》、《廉明公案》、《諸司公案》、《神明公案》、《明鏡公案》、《詳刑公案》、《詳情公案》、《律條公案》、《新民公案》、《剛峰公案》、

### 表 5-1　鬼魂現身與異象對應身分簡表

| | 身分對應<br>加害－被害 | 現身<br>（則數） | 異象<br>（則數） | 小計<br>（則數） | 財／色[30]<br>（則數） |
|---|---|---|---|---|---|
| 上對下 | 主－僕 | 4 | 1 | 5 | 1/4 |
| | 妻－妾 | 6 | 0 | 6 | 6/0 |
| 下對上 | 僕－主 | 0 | 3 | 3 | 3/0 |
| 平輩 | 妖－商 | 1 | 0 | 1 | 0/1 |
| | 富人－婦女 | 0 | 1 | 1 | 0/1 |
| | 僧人－婦女 | 10 | 6 | 16 | 0/26 |
| | 權勢－婦（男） | 1 | 6 | 7 | 0/7 |
| | 生意關係 | 10 | 28 | 38 | 38/0 |
| | 妻－夫 | 8 | 0 | 8 | 0/8 |
| | 男－男（友） | 3 | 14 | 17 | 10/4,3[31] |
| | 男－女（友） | 7 | 11 | 18 | 7/11 |
| | 女－男（友） | 0 | 5 | 5 | 0/5 |
| | 共計 | 50 | 75 | 125 | 55/67 |

　　鬼魂故事在元明清公案文學比例之高，[32]然明代公案集特倡冤

《法林灼見》、《龍圖公案》。

[30] 財色以廣義而分類，財包括錢財等物質利益，色包括因慾望、女色、婚姻、姦情等。以謀害主因為準，其他附帶的謀害次要原因，因分類不予並列。

[31] 三則因被責而謀害他人。

[32] 據曾永義的統計粗估，雜劇中的鬼神故事在元代約三分之一強（五十餘種／總數一百六十餘種），明代約四分之一弱（八十餘種／總數三百餘種），清代約七分之一弱（三十餘種／總數二百餘種），當然僅就鬼魂現身或相關情節而言，其比例會更低，其中鬼魂故事數量應不小，參見曾永義：〈雜劇中鬼神世界的意識形態〉，《元曲通融》（太原：山西古籍出版社，1999 年），頁 528。而公案小說集中，據個人統計，鬼魂直接現身者約四十餘種，藉由異象線索（或現象）至少七十餘種，就現存公案小說

魂案，就其冤魂案之廣義範疇而言，其數量已逾一百二十六則，[33] 約公案集故事數量六分之一弱，冤魂人物代表對正義的期望能揭揚正義敘事意義。公案中鬼魂伸冤近乎五十則（強鬼為妖除外[34]），其中四則鬼魂代子伸冤，一則鬼魂代妻伸冤，[35]冤魂親自現身四十餘則，「鬼魂現身」已成為冤情的表徵，無論情節中能否直陳清官，凡有冤情必然揭露，而清官正氣與鬼魂黑氣屬性衝突，又在清官的正義身分下調和，即使如瓦盆烏鬼的意志現身，[36]不合公案中鬼魂訴冤的通例，然其扣合清官正義的合理與正義必然踐履的聯繫，仍能強調正義敘事的必然。

　　冤魂現身代表冤魂的意志主體，又為讀者心理的投射對象，因而冤魂案彰顯面向必然包括正義的集體心理反映，類型與數量比例代表著最受關注案件種類與族群。從案件數量歸類謀殺原因的簡化指向財、色化約了晚明社會風氣方向，大致指出庶眾對於社會失序的詮解。至於故事所呈現人物網絡分布，家庭之外的命案一百一十六則多於家庭內二十二則；其上下關係又多集中於平輩，約一百一

<hr />

集扣除抄襲訟師秘本缺乏情節的故事（約五十餘則）總數共有六百餘則，近六分之一的比例，可謂不低。

[33]　此數量的統計含括冤魂直接現身與命案引起的現場異象、清官託夢、動植物代為申冤的故事，總的來說，此數量為廣義冤魂案的統計；相對地說，冤魂直接現象的數量為近五十則，無論廣義或狹義而言，公案小說充斥神鬼情節的批評並非空穴來風，此傳統至明代公案小說集更為興盛並非虛言。

[34]　此則為《百家·一捻金贈太平錢》。

[35]　代兒伸冤有《律條·戴府尹斷婚姻誤賊》、《詳刑·戴府尹斷婚姻親誤賊》、《詳情·斷姻親誤作賊》、《龍圖·鎖匙》、《百家·兩家願指腹為婚》五則，代妻伸冤有《龍圖·嚼舌吐血》一則。

[36]　公案中《百家·瓦盆子叫屈之異》陰魂怕見清官，僅有一例。

十二則。[37]從遇害地點與倫序關係具體反映出晚明社會的急遽變化：在家庭之外的異地死亡現象，此部分多屬行旅在外的男性，其異地死亡特別又集中於行旅與罪僧種類最多，二者合計近六十四則之多；家內案件多屬妻妾相爭引起命案為主，涉及閨門不肅的問題。以家內紛爭而言，更聚焦於妻害妾故事為代表。其涉及妻妾爭寵與家產分配的問題。公案多強調小妾多貌美，妾年齡常與妻相差懸殊，妻年老色衰爭寵難免，促成家庭中因妒嫉而生的衝突與矛盾。公案中與妾相關的命案大致財色兩種因素為多，夫老妾幼，丈夫一旦歸天就衍生財產爭奪的問題，《龍圖・扯畫軸》等類型的爭產案件凸顯此種困境。

　　公案集中與妾相涉的案件，幾乎為一妻一妾型居多，一妻多妾型僅有一例。二十餘則故事中二分之一弱為嫡庶財產的分配引起紛爭。嚴重者為奪產而傷及性命，最令人驚魂的是妻毒殺妾子案件。正室又無子嗣的情況下，家產紛爭難以迴避，妻子為謀取家產痛下毒手，文本中妻殺妾的鬼魂訴冤的五篇相近故事，[38]且以《百家・判妬婦殺妾子之冤》為例：

　　　　話說江州德化縣，有一人姓馮名叟，家頗饒裕。其妻陳氏貌

---

[37] 上輩對下輩故事分為主謀害僕五則、妻謀害妾六則；下輩對上輩故事為僕謀害主三則；另外平輩部分包括朋友之間不分男女約四十三則、店家謀害商旅者約三十九則、僧人謀害婦女有十六則、利用權勢對弱勢的加害者有八則、殺夫案有八則。

[38] 此五篇又可細分妻有子型及妻無子型分別為《百家・判妬婦殺妾子之冤》、《龍圖・手牽二子》；《詳刑・韓代巡斷嫡謀產》、《律條・韓代巡斷嫡謀妾產》、《詳情・斷嫡謀妾產》兩種。

美無子，側室衛氏生有二兒。陳氏自思己無所出，誠恐一旦
色衰愛弛，家中不貲之產皆妾所有，心懷不平，每存妒害，
無釁可乘。一日，馮叟自思：「家有餘資，若不出外營為，
則亦不免為守錢虜耳。」乃謀置貨物遠行，出往四川經營買
賣。馮叟臨行囑妻陳氏善視二子，陳氏口中亦只應唯而已。
時值中秋，陳氏詒賞月之故，即於南樓設下一宴，召衛氏及
二子同來南樓上會飲。陳氏先置鴆毒放在酒中，舉杯囑托衛
氏曰：「我無所出，幸汝有子，則家業我當與汝共也。他日
年老之時，惟托汝母子維持，故此一杯之酒，預為我身後之
意焉耳。」衛氏辭不敢當，於是母子痛飲，盡歡而罷。是夜
藥發，衛氏母子七竅流血，相繼而死。[39]

　　明律采取「嫡庶無別，諸子均分」的原則，正室無子財產將落
入庶出，妻子因此萌生謀殺妾子的想法，利用丈夫遠行時機毒殺側
室及其子女。析產繼立之紛爭往往在丈夫缺席下展開，就家中權威
而言，妻的地位僅次於丈夫，妾失去丈夫迴護，其處境更為難堪，
「妒」為古代婦女七出之條其一，違背儒教對婦女倫理的規範，妻
妾地位不平等，「妒」顛覆家內秩序的顛覆，而現實處境中是否妻
妾的地位不平等均導致此種冤情，並不見得，有時妾之悍，正室亦
難以招架，然公案此類故事較少。[40]
　　文本表述妾自知身分卑微而更加柔順，格外謹慎與順從，一再
退讓落入險境，斷送自己與子女的未來。此類型的另一篇故事《律

---

[39]　參見〔明〕安遇時編，蕭相愷校點：《包龍圖判百家公案》，頁61。
[40]　故事內容敘述正妻夫死後癲狂為妾所欺，清官明理斷出真相，就筆者所
　　見，僅見《詳情・斷細叩狂嫗》、《諸司・王司理細叩狂嫗》二則。

條・韓代巡斷嫡謀妾產》情節改為正室生有一子，正室後繼有人仍
然容不下妾子，其紛擾根植於財產分配，貪心不足而設下毒殺之
計，兩種類型的故事著重不同，皆描繪妾的卑微地位與處境，公案
又有其他例子足以說明，例如《剛峰・妻妾相妒》因妒肇生事端的
故事，丈夫喜歡小妾的美目盼兮，正室仇視小妾，一日將小妾雙目
挖去獻給丈夫，案件隱匿未發，命案最終因婢女無法承受正妻虐待
而向清官告發。

　　就命案頻發地點以「商旅遠行」引起的命案較多。晚明商業的
興起，商人地位隨著社會風氣而提高，棄農從賈、棄儒從商的人數
日益增多。[41]晚明的日用類書中亦有專為出門在外的商人準備的商
旅的相關日用知識，[42]明代商人編寫的路程書中，對交通路線沿途
的山川形勢、物產種類、商品品種、納稅地點、牙行所在、交通工
具、路費多寡、住宿條件、衛生狀況、社會風氣、治安好壞、名勝
古跡等也多有記載。[43]

　　《龍圖公案》百篇故事涉及商人的篇目佔全書近三分之一，[44]

---

[41] 邱紹雄：《中國商賈小說史》（北京：北京大學出版社，2004 年），頁
　　72-75。

[42] 明代甚為流行的地理類書籍《一統路程圖記》，至少有七種日用類書中的
　　「地輿門」或「地理門」內容與之相關，如《三台萬用正宗》、《萬寶全
　　書》、《萬卷星羅》、《五車拔錦》、《學海群玉》、《萬書淵海》、
　　《萬用正宗不求人》等，以上書名僅以常用簡稱，參見張海英：〈明清水
　　陸行程書的影響與傳承──以《一統路程圖記》、《士商類要・路程圖
　　引》、《示我周行》為中心〉，《江南社會歷史評論》第 5 期（2013 年
　　10 月），頁 3-5。

[43] 南炳文、何孝榮：《明代文化研究》（北京：人民出版社，2005 年），
　　頁 106。

[44] 苗懷明：《中國古代公案小說史論》（南京：南京大學出版社，2005

公案中商旅冤魂現身（或者出現異兆）的命案將近三十餘件，成為冤魂案最大宗（尚不含其他錢財糾紛及商人被殺情節較為簡單的案件），不過「財不露白」揭示出門在外的危險，危機起於隨身僕人、夥伴，或者旅途中的店家、腳伕、馬伕等。

　　公案書寫商人基於生存或致富必須在外經商，正如文前之例，作為丈夫的商人遠行所面臨除諸多凶險外，家中妻妾的紛爭或者妻子不耐寂寞與外人通姦等。異地死亡之模式大致有三種：乘船遇害、陸路受劫、遭受訛騙。[45]公案中的商人命案特別集中於乘船遇害、陸路受劫。命案的凶手少有書寫強盜，多為臨時因財害命為多。公案中的梢公幾乎是命案的凶手之一或幫兇，在浙江一帶的梢公又有「白日鬼」的稱號，[46]商人多與梢公不熟，隻身在外，或者防備不週，商人與家人皆可能遇害，梢公謀害的對象不限於商人。《百家・琴童代主人伸冤》中蔣天秀攜家人外出坐船，為僕人與梢公合謀白銀一百兩，刺死推入河中。由於水域遼闊與行船危險性，一旦落水無人施救或水性不諳皆可能溺斃，亦可能成為歹人下手的對象。如果船家與梢公聲息相通，狼狽為奸，以此行業做無本生意，商人很難逃脫毒手，命亡之後又無人未其伸冤，因此商人遇害總與冤魂情節綰合，此類諸多異兆與鬼魂現身故事，基於情節或者理念的出發，[47]需要指出的是行人在外遭劫或非正常死亡，孤身在外往往無人知曉，命案發露惟藉天道彰顯。文末作者論曰：

---

　　　年），頁 267。

[45]　苗懷明：《中國古代公案小說史論》，頁 270-273。

[46]　陳寶良：《中國流氓史》（上海：上海人民出版社，2013 年），頁 338。

[47]　苗懷明只提出情節因素，對於具體理念乏論及，苗懷明：《中國古代公案小說史論》，頁 271-272。

蔣君重善佈施，雖是大數該盡，而終得僧人收其屍回葬鄉
土，是善報之耳。賊人殘暴，遭包之案，刑戮難逃，是惡報
之耳。嗟夫，善惡報應若是其速，天道豈遠乎哉！[48]

　　天秀從揚州到東京的水路路途遙遠，卻在途中遇害，成為他鄉
孤魂野鬼，天道（正義）的伸張，成為公案重心。話本小說敷演此
類故事若《喻世明言‧楊八老越國奇逢》中以七言詩刻劃公案的商
人處境，最為生動。此涉及了命案發生於在異地，由此又引發了傳
統文化中歸鄉安葬入土為安的潛意識恐懼，因此行旅在外的命案不
僅揭示其正義亟需伸張，又涉及落葉歸根的文化心理，使冤魂案的
意涵更為複雜。而真相的露出在公案中又特別援引「隱語」方式，
環節起冤魂的心聲，彰顯冤魂案與踐履正義的必然聯繫。

## 二、手法：隱語的組構

　　隱語體例約起於戰國末年荀卿〈蠶賦〉，[49]唐傳奇〈謝小娥
傳〉命案隱語為後代公案小說隱語的濫觴。古代文人視為文字遊戲
的隱語，公案小說發揮到極致，與文人習於文字操作不無關係，編
者援引文字拆解技巧，融合文學趣味，體現此種文化思維。[50]《文
心雕龍‧諧隱》云：「讔者，隱也；遯辭以隱意，譎譬以指事者

---

[48] 參見〔明〕安遇時編，蕭相愷校點：《包龍圖判百家公案》，頁220。

[49] 〔梁〕劉勰著，周振甫注：《文心雕龍注釋》（北京：人民文學出版社，
1981年），頁160。

[50] 此種方法，公案小說與唐傳奇的造作如出一轍，謝明勳對〈謝小娥傳〉的
隱語更有深論，詳參謝明勳：《古典小說與民間文學》（臺北：大安出版
社，2004年），頁170-172。

也。……自魏代已來，頗非俳優，而君子嘲隱，化為謎語。謎也者，迴互其辭，使昏迷也。或體目文字，或圖象品物，纖巧以弄思，淺察以衒辭，義欲婉而正，辭欲隱而顯。」[51]《文心雕龍·諧隱》詳細地剖析古代的諧隱源流與政治現實的互動，呈現其流行場域並非通俗大眾，而是臣下對君王遯辭隱意、譎譬指事的勸諫之道，雖為身屬幫閒，卻能義亦婉而正，肯定諧隱之正用而非童稚之戲謔。

　　隱語藉由「夢」與「異象」發言，比對「謝小娥故事」系列三則故事〈尼妙寂〉、〈謝小娥傳〉、〈段居貞妻謝〉，惟〈段居貞妻謝〉缺隱語具體內容來看，映現出小說與史傳系統的不同意圖與旨意，一者著重人物典範教示，一者著重事件歷程發微。而李復言〈尼妙寂〉篇中借著受害冤魂的口道出：「幽冥之意，不欲顯言，故吾隱語報汝」毋論陰陽重隔，天機不可明說或者文人以此賣弄文才，[52]由受冤害者發言視角更能體現出受害者的心理與渴望，冤不得出正如隱語難明的相應，而由與隱語相似的隱晦異象與模糊夢境所構建出的冤害氛圍，可形成正義伸張的敘事基礎。

　　隱語作為破案的線索，多數具預敘結構的謎語，公案中出現謎語大致分為三類：詩謎、字謎、物謎。其字謎構成分為字形、字義、字音聯想，學者認知此種「測字猜謎法」為公案小說習見破案方法，[53]明代公案集《百家公案》及《龍圖公案》中援用了《搜神

---

51　〔梁〕劉勰著，周振甫注：《文心雕龍注釋》，頁160。

52　李隆獻：〈先秦至唐代鬼靈復仇事例的省察與詮釋〉，《文與哲》第16期（2010年6月），頁188。

53　參見黃岩柏：《中國公案小說史》，頁59。

記‧費孝先》[54]中「康七」的謎語，其謎面「康七」利用諧音構建懸念，[55]公案集除採用「音」的特點，其他若「形、義」特點，亦予以考慮，以下就以文字特質解構其組成方式[56]：

## （一）因形見義

　　中國文字從象形文字起，具有圖像的特點。公案中的謎語（隱語）以圖像轉化成線索，藉由動物或物件象徵解答線索。例如《新民‧斷拿鳥七償命》中追索兇手姓名，清官審問期間出現七隻烏鴉鳴叫不已，因此聯想到兇手可能是「鳥七」，運用心理直覺全無推理過程而獲得破案跡象，而《剛峰‧烏鴉鳴冤》、《詳刑‧魏恤刑因鴉兒鳴冤》情節更以烏鴉作為冤情發露之資。

　　動物形象為破案線索之一，又為公案的定式，尚有《詳情‧吳代巡斷娘女爭鋒》的「黃犬」、《諸司‧趙知府夢猿洗冤》的「猿」，除此根據直觀形象找出線索尚有其他例子，若《廉明‧樂知府買大西瓜》的筊杯，在樂知府無法破案尋求城隍協助而祈禱時，筊杯呈現「八」字形，知府立即領會了兇手與「八」有關，遂進一步理清案情而破案，與《詳刑‧戴府尹斷姻親誤賊》破案線索相同。

## （二）同音見義

　　聽聲辨案是清官的另一項審案職能。《廉明‧項理刑辨鳥聲叫好》中，項理刑一反眾人的認識，認為悠揚婉轉的鳥叫是不祥的叫

---

[54] 此則故事原出於《搜神秘覽》，誤輯入《搜神記》，參見李劍國：〈附錄〉，收入〔晉〕干寶撰，李劍國輯校：《新輯搜神記》，頁622。

[55] 此種謎語組構方法為引申諧音見義，參見謝明勳：《六朝小說本事考索》（臺北：里仁書局，2003年），頁77-78。

[56] 分類方法參考謝明勳，參見謝明勳：《六朝小說本事考索》，頁74-78。

聲，在不同觀點的往返辯論中，引出清官為政之道。在鳥類鳴叫聲音中分辨出隱含冤情的關係，說出清官體查民情幽微的道理。公案中的鳥叫聲無一不與冤魂有關，無論是黃鶯或烏鴉等皆然。此外利用諧音破案有《新民・捉拿東風伸冤》、《廉明・曹察院蜘蛛食卷》兩則，其中《廉明・曹察院蜘蛛食卷》內文之字謎情節推進可以歸納成冤情、異象、疑情、啟悟、推理五個階段：

### 表 5-2　隱語線索破解歷程表

| 階段 | 情節對應 |
|---|---|
| 一、冤情 | 命案發生 |
| 二、異象 | 曹察院見蜘蛛食卷 |
| 三、疑情 | 曹察院心生疑竇 |
| 四、啟悟 | 必有朱（蛛）姓殺人→無朱姓嫌犯 |
| 五、推理 | 蜘蛛亦名蛸蛛（「蛸」與「蕭」同音）→有蕭姓屠戶 |

此種推斷須要輔以精察，線索不一定直接指示答案，有時須利用加害人的恐懼心理進行推理案情。其他尚有人聽聞叫喚而破解案情，《新民・捉拿東風伸冤》中，清官出巡途遇大風，轎頂被吹跑，因此認定「東風」為禍，命公差逮補「東風」：

> 郭爺一日同大巡，出到湖州，體訪民風郡政。略至長興公館，忽為大風掀去轎頂。郭爺見轎頂被吹，便問吏書曰：「此風從何而來？」吏書曰：「從東方而來。」郭爺即出牌，差皂隸呂化，去拿東風來審。呂化稟曰：「東風乃天上之風，有氣無形，小的怎麼拿得？」郭爺曰：「尓只管往東去，呼東風，若有應者，你便拿來見我。」呂化只得前去喊

口。看看叫了一日，滿市並無應者。呂化又行十餘里，至一村家，門有深池，一人倚門而立。呂化大呼「東風」，其人果應曰：「何事呼我？」蓋此人乃長興縣五都人童養正，號為東峰。聞呼只說呼己。呂化即順袋取出牌來，童養正愕然展看，忽為大風掣去，飛入池中。呂化歸告郭爺。郭爺曰：「池中必有冤。」[57]

　　由緝拿「東風」而發現命案，進而追索兇手，原來兇手號為「東峰」，情節亦以「諧音」作為破案線索。此種藉由「諧音」作為辨識破案訊息的方法，就其自然界發生現象作為線索的考察的模式，與古人對於天人感應的文化思維有關，自然界一切事物均可以視為上天傳遞變化消息的媒介。

## （三）引申諧音見義

　　字謎破案在唐代傳奇可以找到一個著名故事《謝小娥傳》，謝小娥父親與丈夫被人殺害，夢見父親託夢：「殺我者，車中猴、門東草。」公案集中此種方法利用文字方式拆解更為頻繁出現。從字、詞、句、段皆有所發揮，其解字方法上有四種：增加、減少、分離、組合。[58]使用分解法在公案，若《詳情‧判謀孀婦》之「恢」字、《神明‧紀三府斷人命偷屍》之「休」字、《廉明‧舒推府判風吹休字》之「休」字、《剛峰‧判風吹桎葉》之「桎」字。前三則有揭示地點，最後一則揭示人名。而組合法的使用若《諸司‧馮大巡判路傍墳》的例子：「要取我命，除非馬頭生兩

---

57　參見〔明〕吳遷：《新民公案》，《古本小說叢刊》（北京：中華書局，1990 年），第 3 輯第 4 冊，頁 1777-1778。

58　參見王玉鼎：《漢字文化學》（西安：西安出版社，2010 年），頁 204。

角」之「馮」姓；另一種組合法為兩句各射一字而組合，若《廉明‧黃縣主義鴉鳴冤》「小人冤家非桃非杏，非坐非行」之「李立」。

　　除拆解外，已嵌字其中明示姓名亦有，若《剛峰‧判奸僧殺妓開釋詹際舉》「此事正明，何用遲疑」之「正明」、《廉明‧蘇按院詞判奸僧》之「事實了然，何苦相思」之「了然」、《剛峰‧開李仲仁而問江六罪》「六人過大江」之「江六」。《剛峰‧判江城匿名害人》「一為遷客去長沙，西望長安不見家。黃鶴樓中吹玉笛，江城五月落梅花。」詩句或詞句中鑲嵌案犯姓名。

### 三、結果：正義之期待

　　作為預敘之一的隱語，指出了命案線索與破案方向。冤魂案的正義敘事特別著重以「預敘」[59]形式表現，其情節功能在於引導敘事方向，目的在於驗證善惡有報的天道，時而從正面提醒善良被害

---

[59] 預敘（預言性敘事）一詞，西方見解首見於熱奈特，他認為預敘，事前敘述作為敘事視角，參見〔法〕熱拉爾‧熱奈特著，王文融譯：《敘事話語：新敘事話語》（北京：中國社會科學出版社，1990 年），頁 149。對於此名詞的意義與劉熙載《藝概》中觀點仍有出入，討論此一名詞必然涉及了文化差異的使用，熱奈特對此雖然著墨較少，但已明確指出事件在未發生前已有表述的時間，作為區分敘事性質的時間關鍵，其分類雖然僅有四種：事前敘述、事後敘述、插入敘述、同時敘述，雖較劉熙載簡略，但亦說明西方文化中的預敘較為罕見，劉氏於《藝概》一書提及：「敘事有特敘，有類敘，有正敘，有帶敘，有實敘，有借敘，有詳敘，有約敘，有順敘，有倒敘，有連敘，有截敘，有豫敘，有補敘，有跨敘，有插敘，有原敘，有推敘，種種不同。惟能線索在手，則錯綜變化，惟吾所施。」參見〔清〕劉熙載：《藝概》（上海：上海古籍出版社，1978 年），頁42。

人小心應對，或反向示現於加害人面前，「預敘」具有暗示讀者「天道常在」作用，其脈絡無論由正面、反面提示線索或引導故事走向皆可見其伏筆。預敘與公案正義敘事的關係，從反面人物（加害者）得到預示之情節更能彰顯：

> 當下江某得鮑百金，遂致大富。及聞萬安問抵命，心常怱怱，惟恐發露。忽夜夢見一神人告云：「爾將鮑金致富，屈陷他僕抵命，久後有穿紅衫婦人發露此事，爾宜謹慎。」江夢中驚醒，密記心下。一月餘，果有穿紅衫婦人攜鈔五百貫來問江買鹽。江俄然在心，迎接婦人至家，甚禮待之。婦人云：「與君未相識，何蒙重敬？」江答曰：「難得貴娘子下顧，有失迎款，但要鹽，須取好的送去，何用錢買？」婦人道：「妾夫於江口販魚，特來求君鹽醃藏，若不受價，妾即轉買於他儈。」江惟謹從命，倍價與鹽。婦人正待辭行，值僕周富捧一盆穢水過來，滴污婦人紅衣。婦人甚怒，江陪小心謝懇道：「小僕失方便，萬乞赦宥，情願賞衣資錢。」婦人猶恨而去。江怒，將僕縛之而撻，二日才放。周富不勝其恨，逕來鮑家見黃氏，報知某日謀殺鮑順劫金之事。黃氏大恨，即令具告於官。周富進道：「若在本州告首，爾夫之冤難雪。惟開封府包丞相處方得伸理。」[60]

謀人性命而得百金，竟然得到神明提示，情節以此為線索而展

---

[60]　此則故事亦見於《龍圖・紅衣婦》，參見〔明〕安遇時編，蕭相愷校點：《包龍圖判百家公案》，頁 239-240。

開，兇手自以為紅衣婦為福星，當日紅衣婦前來，以為福星駕臨萬分高興而款待有加，不料僕人失手將穢水潑在婦人的紅衣上，江某撻罰僕人，僕人懷恨在心因而揭發案情，謀財害命事跡於是敗露，受害人萬安之冤情得以昭雪。而此種以反差敘事的方法，更能說服讀者相信天理昭彰的心理。

　　公案直接指涉天道的情節當屬於冥間斷案，散見小說或筆記中，明代變相公案小說集《輪迴醒世》即以此著墨，網羅諸多冥間審案對陽間律法無法處置故事，[61]除此公案小說尚有《龍圖公案》收錄十二則包公陰間審案故事，與此風格相近，[62]這些故事迥異於其他公案故事在於判官包公以閻羅身分審理案情，在包公「日斷陽、夜判陰」的形象下自能理解。十二則地獄審案的案子有：〈忠節隱匿〉、〈巧拙顛倒〉、〈絕嗣〉、〈久鰥〉、〈惡師誤徒〉、〈獸公私媳〉、〈善惡罔報〉、〈壽夭不均〉、〈屈殺英才〉、〈侵冒大功〉、〈鬼推磨〉、〈屍數椽〉。案件以包羅陽間可以審理而未能發現的不公，如〈忠節隱匿〉、〈獸公私媳〉、〈屈殺英才〉等；踰越陽間可以審理的範疇之外，尚有〈巧拙顛倒〉、〈絕

---

61　明代萬曆年間《輪迴醒世》一書，以人間善惡，施與報合，始與終合，幽與明合，善有善驗，惡有惡應的輪迴作為詮解。強調人間善惡必有報的敘事，恰與公案集對應於人間正義之實踐互為呼應。不同的是公案集強調陽官審案，《輪迴醒世》以冥司閻羅王或城隍神為判官。強調正義之實踐雖類似以西方「應報理論」的「以眼還眼」為體現形式。

62　楊緒容認為其中一則〈巧拙顛倒〉出自《醉翁談錄》的花判公案，馬幼垣認為全是作者自創的，詳參楊緒容：《百家公案研究》（上海：上海古籍出版社，2005 年），頁 347；馬幼垣著，宏建桑譯：〈明代公案小說的版本系統〉，《中國古典小說研究專集 2》（臺北：聯經出版事業公司，1980 年），頁 269。

嗣〉、〈久鰥〉等，這十二則故事與《輪迴醒世》的立場與觀點是一致的，天道之正義必然實踐，只是時間早晚。十二則陰間案件，揭示了陽間審案的缺陷，即讀者皆能預想隱而未發犯案者可能逍遙法外的問題，因此，這一批故事實際補強了公案集所欲強調的正義敘事功能，除對司法功能的補償外，積極地重建儒家倫理的秩序。[63]

　　公案小說之冥間審案敘事意謂著冥界與陽間的縮合，細緻地指出正義的實踐路徑，從「陰陽相隔」導向「陰陽相通」的方向。而公案集置入冥間判案故事，有意以此說解陽間未能處置的案件，至陰間亦無法遁形，故援引包公入冥判案事例，填充陽間缺陷的「補天之恨」，因此冥界審案情節更能側面證明天道（人間正義）的存在。尤其當犯罪與罪罰不對稱之時，傷害社會的道德情感，賞罰不公影響了已然建立的司法信賴。[64]故而冤魂案的正義敘事包含了冤案必然平反（加害人繩之以法）、陰陽兩界偕同破案（正義之共同實踐）、冤魂案證實天道。

## 第四節　清官評斷所反映的群眾心理

　　清官崇拜心理的形成與古代衙門的印象與官吏職能不彰有密切關係，諸多諺語印證這種說法，諸如「一毛入公門，九牛拔不出」、「衙門八字朝南開，有理無錢莫進來」等等，明清兩代盛行

---

[63]　陳寶良：〈陰曹地府：明清文學中之陰司訴訟〉，收入李文儒主編：《故宮學刊》（北京：紫禁城出版社，2011 年），總第七輯，頁 14。

[64]　此處引用《論犯罪與刑罰》中〈刑罰與犯罪相對稱〉對於刑罰不公引起的後果，參見〔意〕貝卡利亞（Cesare Beccaria），黃風譯：《論犯罪與刑罰》（北京：中國大百科全書出版社，2003 年），頁 65-66。

笑話中更刻劃了類似官吏貪財、糊塗的「刮地皮」形象，凸顯出清官信仰象徵著公義實踐與庶民望治的期待心理。就案件而言，公案難斷，真相難明之時，公義更難彰顯，清李西橋為清代《龍圖公案》重刊時於序言正如此說明：「明鏡當空，物無不照，片言可折獄也。然理雖一致，事有萬變，聽訟者於情偽百出之際，而欲明察秋毫，難矣。」[65]然而正義之實踐關涉了真相露出與善惡的獎懲是否量刑合理符合庶眾期待外，尚有對司法實踐中的合理關照。

## 一、表述正義的切實實踐

就敘事的正義性質而言，受冤者的不平與其痛苦成為冤魂案常見的書寫內容，公案中將冤情轉化為異象，符合了，「六月雪」天有異象必有大冤的理解，公案中設定種種「誌異」的情節，讓天道勾連人命關天的思維得以呈現。冤魂案交代冤情之慘，往往藉由冤魂之處境與人際關係的互動對應出加害者與被害人的地位與關係，進而勾勒出加害者之不仁與被害者之慘況，且以《百家·重義氣代友伸冤》為例：

> 吳十二泣下道：「當日不聽賢契之言，惹下終身之別，一言難盡。」韓滿殊不知其死，乃道：「賢兄烈烈丈夫，如何出此言？」吳十二道：「賢契休驚，自那日相別之後。我有赴鎮江之行，被家人汪吉利吾之婦，用謀乘醉推落江心，屍首已葬魚腹，只靈魂不散，欲訴無由。今遇故人，得以面陳，

---

65　〔明〕無名氏，顧宏義校注，謝士楷，繆天華校閱：〈序〉，《包公案》（臺北：三民書局，1998 年），頁 1。

乞為伸理此冤，久當重報。餘無所囑。」韓滿聽罷，毛髮悚
然，抱住吳十二道：「賢兄此言是夢中耶？如果有此情，必
不敢負。且問當夜落水之時，曾有人知否？」吳十二道：
「鎮江口李稍頗知。吾與賢弟幽冥之隔，再難會面，今日從
此別矣。」道罷，韓滿忽身便倒，昏迷半晌乃醒。比尋故
人，不見所在。[66]

　　死者印證了摯友生前的警告，然而後悔已晚。形象先用「形容
枯槁，蹙了雙眉」，然後道出真相被謀害的真相，其友韓滿的「毛
髮悚然」不敢置信。吳十二以「幽冥之隔」作為自身處境的說解，
必須藉友人予以揭露受害真相為己復仇。既然異象是冤情的體現，
冤魂現身環節起「冤」情。

　　鬼魂現身的對象關涉著正義的表徵，故而所舉之例《百家・重
義氣代友伸冤》，以「義」點出代為申冤的意涵與其所彰顯的核心
價值。鬼魂因冤情現身可分為直接現身於清官與現身於清官以外其
他人，各為四十五則與四則；以受害者為類分，僅有五則非受害者
本人出面。鬼魂現身訴冤於清官之外的他人，檢核公案集約四則的
內容，[67]分別為倩友伸冤型《百家・重義氣代友伸冤》、《龍圖・
臨江亭》、《剛峰公案・代友伸冤》，及冤魂吟詩型《龍圖・接跡
渡》二種類型，兩種故事皆是梢公謀害於江邊，案情隱伏未現，冤
魂必須現身求助。直接現身於清官的故事數量遠大於間接現身的數

---

[66]　參見〔明〕安遇時編，蕭相愷校點：《包龍圖判百家公案》，頁228。

[67]　另有一是代子伸冤型有《律條・戴府尹斷婚姻誤賊》、《詳刑・戴府尹斷
　　　姻親誤賊公案》、《詳情・斷姻親誤作賊公案》、《龍圖・鎖匙公案》，
　　　情節為子陷冤獄，亡父代為申冤。

量，除鋪排基於清官崇拜的社會心理外，與清官傳統中的理想形象
亦相關。

　　正義敘事中除以冤情作為伸張正義的表徵外，形塑審案官吏面
目亦是公案的重心，正義之實踐以清官為樞紐，因而對於清官範
型，公案反映傳統形象的兩個面向：道德與能力。清官之「清」，
直接指涉其道德層面，[68]公案小說有意以宋、明以來現實中循吏作
為參考對象，形塑清官範型以包拯、海瑞、郭清螺為範本，若公案
援引明代進士張淳於《廉明・張縣尹計嚇兇僧》的形容：「縣主張
淳，清如水櫱，明比月鑒。精勤任事，剖斷如流。凡訟皆有神機妙
斷，人號曰『張一包』。」史傳中「循吏」形象更著重官員能力的
揭示，與公案中道德書寫更近於神化不同，概括而論，公案以道德
作為提綱，統攝清官的各種形象，清官具有符合王權、庶眾、宗教
期待的綜合因素。因此清官能夠「洞照幽冥，化學物類」、「動於
神明，格於物類」、「化乎草木，信格豚魚」等超常智慧與能力，
以致能感通神明、陰陽兩判，以清官近乎超常的形象強化讀者對於
正義實踐的期待。

　　冤魂現身正回應庶民呼喚正義的期待，清官表徵正義價值的彰
顯心理外，又安置清官穿梭陰陽以完成追索世間罪惡，滿足民眾對
於現實司法必然具有缺陷的預期，冥間必然予以處理的想像。此類
情節以《百家公案》、《龍圖公案》最多，其他公案書多以城隍神
相關情節作為補償，《百家公案》著重於包公審案歷程，尤其審案

---

[68]　清官意涵的發展歷程，首先為「清虛無欲，進退以禮」的清貴簡要之職，
　　　清官相對於濁官。後來逐漸發展成具有勤政愛民、公正清廉、輕徭薄賦、
　　　執法公平的能吏與良吏複合的道德形象，參見陳旭：《清官》（北京：中
　　　國社會科學出版社，2010 年），頁 1。然公案小說所指又稍有不同。

遭遇困難必然藉由祈禱，或尋求冥間或上天的協助，又或者親自坐陰床前往冥間辦案等：《龍圖公案》更集中於前文所提十二則冥間審案故事。無論《百家公案》、《龍圖公案》皆透顯出生命一旦結束將經歷進入冥界的歷程，且必然歷經冥間審案的階段，公案中鮮少報應故事，[69]即使具有報應色彩的故事，總縮合清官陽間審案將犯者繩之以法的內容，雖不類輪迴報應的冥間敘事，卻共同呈顯正義實踐的趨向。

除此，報應之類故事運用於對於冤情的心理補償，清官依照律法的刑罰規定予以處置後，文後又對加害人的結局予以敘明。而凡律法無能處置部分，又有輔以天道報應的運作。

## 二、回應庶眾的失落心理

正義難以實現所以清官值得期待。公案故事中一再重複的命案類型與地點，凸顯吏治的無能與執行不力，映射出讀者的高度關注，以致民眾期望的正義書寫一再抄引與複製，又以謀害命案特別集中於商人亡命在外與死於僧人的類型故事為多，在公案集近於五十則冤魂現身故事，商人遇害與僧人謀害各占五分之一，若由命案的數量觀察，商人遇害則高達三十九則之多，顯然公案特意著墨商人行旅，並反映民眾對於出外旅行的焦慮，反映民眾對於社會秩序的高度焦慮。商人攜帶錢財在外，因錢財露白遭惡人覬覦謀害而殞命；及晚明僧人素質低劣化造成社會問題，僧人一旦覬覦美色，寺院則淪為淫窟，隨著民眾舉發，發現寺院僧人集體犯案，部分原於

---

**69** 如《龍圖‧江岸黑龍》、《百家‧判僧行明前世冤》、《剛峰‧斷問冤兒報仇》，敘述被害者投胎轉世為加害者之子，企圖謀殺父親的故事，最終清官將加害者繩之以法。

寺院地點隱匿。案件發露困難兩種類型共同之處在於命案地點的高度隱匿。就此二種人物之故事分析表現了冤魂案與官府審案的實質聯繫，因著命案發露困難或者吏治不彰，使得讀者對此類案件有所期望，說明民眾的失落心理，小說故事的書寫反映社會現實。

兩種類型的相異之處在於前者商旅類型的商業糾紛引發的不安定感，或者行旅在外的危險性。從側面而論，晚明棄儒從商或者棄農重商等的情況隨著社會風氣轉向日益興盛，此類故事又反映商人與市場活絡的關係，公案故事的姦情案著墨多書寫商人遠行不在，妻子與外人通姦，[70]或者描繪婦女尋求精神寄託前往寺院橫遭殺害。冤魂案件交錯出商人家庭的不穩定與期望公義的反映，折射晚明社會對於財與色的精神焦慮，尤其對僧人群體的不信任。其中包含追求財富隱伏精神危機，又難以從宗教中尋求慰藉的雙重矛盾，因此社會失序的矛盾化解，有賴於強調天道報應之必然，藉由期待清官實踐的公義匡正社會秩序。

庶眾對司法的心理缺憾在於司法正義的功能不彰，若司法無法實踐正義成為常態，人間不幸就是社會不義的證明。[71]冤獄案件代表司法不義的典型，公案雖然再次經由清官印證庶民的期待，偶有錯誤來自案件隱覆難明，或因人謀不臧，甚而官府胥吏與訟師上下其手，現實失望強化小說中清官的神化。因而小說隨著出現「張皇

---

[70]　商人妻子與外人通姦，導致性命危險或錢財遭竊至少有《百家・判姦夫誤殺其婦》、《剛峰・姦夫誤殺婦》、《龍圖・斗粟三升米》、《百家・判姦夫竊盜銀兩》、《龍圖・陰溝賊》、《廉明・吳縣令辨因姦竊銀》、《剛峰・姦夫盜銀》。

[71]　參見王瓊玲：〈導言〉，《晚明清初戲曲之審美構思與其藝術呈現》（臺北：中央研究院中國文哲研究所，2005 年），頁 15-16。

靈異，稱道鬼神」的夢兆、鬼神的相應情節的出現，此縮結文化與
現實的因素而生，多少映射現實司法的無能。解套冤獄不全然由冤
魂現身發言，時而有他物代言，以《龍圖・兔戴帽》為例，故事中
命案發生，官府拘拿罪犯有誤，清官卻夢見兔子戴帽來見的景象，
因而了悟案件偵查的錯誤而重新審理。在《百家・決袁僕而釋楊》
中，包公因疑案往城隍司祝禱：

> 次日齋戒禱於城隍司云：「今有楊氏疑獄，連年不決，其有
> 冤情，當以夢應我，為之明理。」禱罷回衙。是夜拯秉燭於
> 寢室，未及二更，一陣風過，吹得燭影不明。拯作睡非睡，
> 起身視之，仿佛見窗外有一黑猿在立。拯叱問曰：「是誰來
> 此？」猿應云：「特來證楊氏之獄。」拯即開窗看時，四下
> 安靜，悄無人聲，不見了那猿。拯沉吟半晌，計上心來。[72]

　　黑猿表徵了犯案人的姓氏「袁」，又自發言「特來證楊氏之
獄」之語，具有代楊氏申冤之雙重指涉，如果追索這類異象的形成
原因必然關連命案，此故事因其案情撲朔迷離，楊氏母女遭受牽連
連年不決，以致楊氏之女兆娘因不勝拷打，決意自盡，對其母云：
「女且夕死矣，只恨無人顧視母親，不能即決，此冤難明，當直之
於神。母不可誣服招認，以喪名節。」兆娘不久自戕，楊氏亦不能
自持欲自盡了此殘生。故事脈絡由冤屈召感上天，藉由黑猿現身透
漏消息，以啟清官疑竇，而證出冤情以獲得平反，冤獄形成實肇於
官府審案疏漏，故事始末並未措及官府補償當事人內容等，只有以

---

[72]　參見〔明〕安遇時編，蕭相愷校點：《包龍圖判百家公案》，頁301。

「天眼恢恢，報應不昧，使是疑獄決於包公之案，何其神哉。」文後強調包公英明並未能粉飾官府的失能，後來黑猿之在相同故事系列中《龍圖‧窗外黑猿》文末以「人言其女兆娘發願先死，訴神白冤之應。」兩種不同解釋的歧出呈現出文本對於冤案的不同詮解，冤案大白強調由受冤死者質問天之自力與清官審訊之他力，終究有所不同，隱約出現的鬼魂幢幢左右命案的真相露出，命案總是強調「冤」的真相，貫穿了冤魂意志的不可抹滅，小說中冤魂現身最終導致案件真相大白，彌補庶眾對於正義實踐的現實缺憾。

# 小　結

　　公案小說的風行與出版模式正說明了通俗小說適應讀者喜好的現象，晚明民眾好興訟與關注社會事件，使律法相關的法家書或者旁涉律法類書內容成為日用書籍，內容與公案小說互相援引而成為庶民生活消遣的讀物，此一書籍除滿足民眾的現實需求與消遣外，內容表現出清官崇拜、鬼神崇拜、正義期待的對應情節，運用了隱語、夢啟、預敘等文學技巧推動情節的發展，這些文化元素彰顯正義觀與對報應觀的轉化。僧人罪案、行旅謀害、男女情殺等故事涉及鬼神成分案件居高不下，其中又以鬼魂現身或託夢等引起命案發露最多，關涉人命關天與報應的哲學意涵。

　　在此研究中，表明小說冤魂故事有著文字與情節趨於簡單化，尤其集中於《百家公案》、《龍圖公案》。需要指出的是公案如此操作除運用於情節懸念外，其架築古代文化語境，與公案強調的正義意識有關，此種正義意識與對天道思維互有聯繫，因此不應從情節出現公式化或虛構鬼神內容而否定作品的價值。至於簡單化與重

複化的公式在於公案小說面對的讀者之知識與水平更近於通俗層面，不重視情節繁複，但又能在文化思維中呈現社會意識共鳴的文化基底，是以能夠回應民眾對於庶民對於官府與訴訟容易致冤的印象，於是正義經由鬼魂現身，清官審理後真相大白，進而建構起公案的正義實踐。

　　明代公案小說集的鬼魂訴冤故事與小說出現最早公案小說〈鵠奔亭〉的鬼魂訴冤雛型相近，只是情節上缺少明代公案集中的隱語與公案中的訴詞、告詞、判詞三詞結構，說明公案內容圍繞著「冤」的基本意涵，其實就是公義伸張，即公案的正義敘事的核心精神。雖然在小說中的報應觀已然弱化，不似輔教之書，對於清官審理的「十重罪」或社會關注若絕嗣、亂倫等重大議題，故事仍續以報應，認為律法刑罰不足支應對作惡者懲罰來看，古代的正義觀無法脫開天道的文化語境，因此鬼魂訴冤的正義踐履，其實是在天道運行的機制下進行，清官作為正義執行的功能性角色，與民間強調的清官信仰具有區別。因而文本中出現的預敘內容或隱語、夢兆等元素，皆能成為清官實踐正義的助力，又能成為清官解蔽冤案的一環，在閱讀公案故事下完成讀者期待正義的歷程。

# 第六章　割股療親：公案中孝道的踐履歷程及其意義

　　本章擬從明代公案小說集特別注意懲惡賞善的雙重性，理解「割股療親」[1]成為小說宣說社會教化而援用的題材，如何藉由「割股」樹立正面典型的歷程，映襯社會秩序重構的進路，完成公案中的典型建構與重構秩序的脈絡，進而掘發典範所揭示的社會意義。首先爬梳「割股療親」的歷史背景與脈絡，其次就孝道典範的形象形塑方法與行孝歷程，開掘倫理秩序的建構與表述，再其次由「割股」事件呈現旌表歷程與孝感人物的重塑，進而討論其典範意義。

---

[1]　「割股」是一種代稱，本文指稱「割股」，泛指割肉救親這一個行為（古以為股肉為下體，割下體以療親反而對父母不敬，所以多割臂肉，尤其明清地方志中，割臂比割股的記載還要普遍），其實以血、髓、肝、心、眼、脅肉、頸肉、拇指、腳指乃至乳房療親，都有史載，參見邱仲麟：〈不孝之孝——唐以來「割股療親」現象的社會史初探〉，《新史學》6卷第1期（1995年3月），頁49-94。

## 第一節　問題提攝

「割股療親」是一個特殊的文化現象，[2]涉及民俗療法理論與宗教信仰及巫術理論。《古今圖書集成》中僅女性即記載二百餘條相關事例，[3]激烈孝行的形成有其社會背景，與自來強調的孝道政治化與風教有密切關係。然而「割股療親」之所以爭議，來自衛道者以為悖於「身體髮膚，受之父母，不敢毀傷」的孝道理念或者因而逃避繇役，官方態度或游移於旌表與禁止之間，此種態度反映明代最為顯著。其次，「割股療親」在「二十四孝」故事發展中逐漸被捨棄，亦與官方態度有關，[4]說明孝道範型之離合與官方政策的影響。洪武年間，朱元璋下昭令禁止「割股療親」之旌表，其規定影響後來明代官方態度，然而旌表此種孝行並未全然絕跡。從其後明代史籍、地方志、小說等與地方流行的書籍的著墨，可見「割股療親」並未因此絕跡，其風氣又持續到清代，以至民初。官方之所以無法完全禁止在於「割股療親」現象的發生，有其社會意義。尤其孝道又是諸種德行與仁義基礎觀念的影響，其核心思維包含以父

---

2　參見邱仲麟：〈人藥與血氣——「割股療親」現象中的醫療觀念〉，收入林富士主編：《疾病的歷史》（臺北：聯經出版事業公司，2011 年），頁 433；邱仲麟：〈人藥與血氣——「割股療親」現象中的醫療觀念〉，《新史學》第 10 卷第 4 期（1999 年）。

3　據林麗月研究《古今圖書集成》中的女性孝道，其「割股療親」283 例中占 49%，參見林麗月：〈孝道與婦道：明代孝婦的文化史考察〉，《近代中國婦女史研究》6 期（1998 年 8 月），頁 15。

4　北宋發現「二十四孝」磚中有王武子妻割股療親的故事，至元代所存「二十四孝」故事已無「割股療親」，在歷史發展中，元代對於割股等傷害身體的行為均在律法中明令禁止。

母為中心的個人生存價值，於是極端孝行所顯化的孝道意義，不再限於官方宣揚的風教與社會輿論的風評，而是關涉孝道實踐所具有個人精神的昇華與近似信仰的社會意識，故能在官方搖擺的態度中屹立不搖，形成民間實踐孝道的力量。在「割股療親」歷史發展中，我們觀察到其故事與宗教因素縮合，且有「神聖化」的趨向，逐漸向信仰靠攏，孝親行為成為孝道歷程中的生命事件，不僅具有儒家倫理的神聖面目，「割股」更是作為苦行修練（修行）的詮釋。

這些面向已不僅止於割股的醫療或者事親功能而已，然多數研究進路多從歷史取徑，[5]或從唯物史觀論證孝道行為的侷限性，[6]或從醫學藥疾的觀點，[7]卻鮮少由文學演繹社會意識的互動。[8]對此，

---

[5] 以歷史取徑成果最豐者為邱仲麟博士論文「隋唐以來割股療親現象的社會史考察」，其中精彩篇章並於期刊或研討會發表，其他尚有于賡哲、穆仲夏、曹亭、方燕、徐鵬等，參見邱仲麟：《隋唐以來割股療親現象的社會史考察》（臺北：臺灣大學歷史學系博士論文，1997 年）；邱仲麟：〈人藥與血氣──「割股」療親現象中的醫療觀念〉，《新史學》10 卷 4 期（1999 年 12 月），又收入林富士主編：《疾病的歷史》（臺北：聯經出版事業公司，2011 年）；參見邱仲麟：〈不孝之孝──唐以來割股療親現象的社會史初探〉，《新史學》6 卷 1 期（1995 年 3 月），頁 49-94；邱仲麟：〈親族血氣與神鑑觀念──割股療親現象中的醫療觀念與信仰行為〉，「明代家庭與社會學術研討會」（1997 年 6 月）（臺北：中國明代研究學會）。

[6] 參見李俊穎：〈從「割股療親」看明清孝道的愚昧化走向〉，《黑龍江史志》第 9 期（2014 年 9 月）；張文祿：〈底層文化對上層文化的逆襲──論明清亳州割股療親陋俗〉，《合肥學院學報（社會科學版）》第 3 期（2014 年 5 月）；吳佩林、鍾莉：〈傳統中國「割股療親」語境中的觀念與信仰〉，《史學理論研究》第四期（2013 年）。

[7] 參見鄭琛：〈試論「割股療親」現象中的醫療心理問題──以《長安縣

研究又多注意於現實中的行為與官方政策的交涉與對民間的影響，[9]在一系列割股療親的文學作品中，題材多援引勸懲意旨，其典範性的正面形象，雖屢見於明清小說作品，鮮少如公案小說援用成為強調地方風教的案例，這對以發案、查案、斷案常態作為故事的敘事軸線的公案小說，較其一般印象多以罪案為重心有所不同，值得注意。因此無論從「割股療親」的文學面向呈現的社會意義或者就公案小說特別關注此一社會現象，皆說明此議題的特殊價值。

## 第二節　割股孝行表述的孝道發展

「割股療親」源自於視人體為醫藥而開展，後來逐漸演化與孝道相涉的醫療行為，復因佛教傳入而增益宗教因素，演成三教相容的孝道文化現象。「割股」對於孝道宗旨的背離，以割股可能危害生命，進而影響子嗣存續而遭受非議。不論官方或民間，多有雜音，此種孝道實踐卻仍傳衍千年直至民國。在此流衍中，「割股療

---

　　志‧孝友傳》為例〉，《陝西中醫學院學報》第 4 期（2015 年 7 月）。

8　參見吳燕娜：〈禮教、情感、和宗教之互動：分析比較《型世言》第四回和〈麗水陳孝女傳碑〉對割股療親的呈現〉，《文與哲》第 12 期（2008年 6 月），頁 413-454；吳燕娜：〈論明清文學對「割股」描寫的道德多義性〉，收入王成勉編：《明清文化新論》（臺北：文津出版社，2000年），頁 247-274。

9　對於「割股療親」研究，邱仲麟以社會史角度切入，于賡哲亦以相同角度聚焦於唐代，參見邱仲麟：《不孝之孝──隋唐以來「割股療親」現象的社會史考察》（臺北：臺灣大學歷史學系博士論文，1997 年）；于賡哲：〈割股奉親緣起的社會背景考察〉，《唐代疾病、醫療史初探》（北京：中國社會科學出版社，2011 年）。

親」已然成為社會孝道風氣的指標，故事廣布於各種官方、民間文獻與文學書寫，其文化意涵遠非單一因素足以說明。

## 一、歷史：割股療親的文化傳統

《五十二病方》為目前發現中國最早的藥方，不晚於秦漢之際。其中人藥共有十一種，後來發展更為多樣，《本草綱目》已經記載共有三十九種，大致可以分為致命與非致命，其中包括排泄物、分泌物、體液、舊骸等。[10] 人肉入藥的起源已不可考，「割股療親」文獻最早紀錄見於《新唐書・孝友傳》：「唐時陳藏器著《本草拾遺》，謂人肉治羸疾，自是民間以父母疾，多割股肉而進。」[11]《本草拾遺》的以人為藥紀錄，促進了民間「割股療親」的行為，有了藥書的見證，此種行為在唐代已經開始流行。而「人體入藥」至「割股療親」之發展歷程如何演變，其中尚涉報應與血氣觀念。

巫術中的替罪羊與吃神肉的順勢巫術有近似此種說法，基督教

---

10　參見邱仲麟：〈人藥與血氣──「割股療親」現象中的醫療觀念〉，收入林富士主編：《疾病的歷史》（臺北：聯經出版事業公司，2011 年），頁 434-437。

11　「又有京兆張阿九、趙言，奉天趙正言、滑清泌，羽林飛騎啖榮祿，鄭縣吳孝友，華陰尹義華，潞州張光璀，解縣南鍛，河東李忠孝、韓放，鄢陵任客奴，絳縣張子英，平原楊仙朝，樂工段日昇，河東將陳涉，襄陽馮子，城固雍孫八，虞鄉張抱玉、骨英秀，榆次馮秀誠，封丘楊嵩珪、劉浩，清池硃庭玉、弟庭金，繁昌硃心存，歙縣黃芮，左千牛薛鋒及河陽劉士約，或給帛，或旌表門閭，皆名在國史。」共有 29 人載於國史，參見〔宋〕歐陽修、宋祁編撰：《新唐書・孝友傳》（北京：中華書局，2003年），頁 5577。

亦有相似的聖餐儀式，以吃象徵神之身體的食物祭獻儀式。[12]公案小說將孝子形象神聖化中，隱約暗示孝子之肉不同於一般。在眾多與人肉為藥的醫學原理中，公案小說最常見「割股療親」，呈現了割股或割肝的類型最多。但是是否為中國宗教化的身體觀？[13]實有待進一步討論兩者的形式與內涵。

　　「割股療親」之爭議不僅反映於官方態度的反覆，民間對此觀點意呈現兩極，其反對觀點除文人文集中屢見，因而對此種孝行實踐的質疑涉及身體觀、教化觀等觀點，主要來自儒家孝道的建構「敬身」的傳統。隋唐時期雖有皇帝旌表事例，但也有避避賦役的疑慮，文人中以韓愈的反對觀點最著：

> 鄂有以孝為旌門者，乃本其自於鄂人曰：「彼自剔股以奉母，疾瘳，大夫以聞其令尹，令尹以聞其上，上俾聚土以旌其門，使勿輸賦，以為後勤。」鄂大夫常曰：「他邑有是人乎？」愈曰：母疾，則止於烹粉藥石以為是，未聞毀傷支體以為養，在教未聞有如此者。苟不傷於義，則聖賢當先眾而為之也。是不幸因而致死，則毀傷滅絕之罪有歸矣。其為不孝，得無甚乎！苟有合孝之道，又不當旌門。蓋生人之所宜為，曷足為異乎？既以一家為孝，是辨一邑里皆無孝矣。以一身為孝，是辨其祖父皆無孝矣。然或陷於危難，能固其忠孝，而不苟生之逆亂，以是而死者，乃旌表門閭，爵祿其子

---

12　參見榮格（Carl Gustav Jung），林宏濤譯：《人的形象和神的形象》（臺北：桂冠圖書公司，2006年），頁145-146。

13　參見孫隆基：〈中國人身體化的宗教觀〉，《成大宗教與文化學報》第5期（2005年12月），頁15-16。

孫，斯為為勸已，矧非是而希免輪者乎？曾不以毀傷為罪，
滅絕為憂；不腰於市，而已顯於政，況復旌其門？[14]

韓愈個人的發言並未能終止這樣的風俗。必要說明的是，割股
事件雖是民眾個人的行為，然而此行為除純孝的動機，官方獎勵態
度亦為重要轉折。五代後梁太祖朱溫說：「諸道多奏軍人百姓割
股，青、齊、河朔尤多。帝曰：『此若因心，亦足為孝。但苟免徭
役，自殘肌膚，欲以庇身，何能療疾？並宜止絕。』」[15]官方認為
從盡孝或逃避徭役皆須禁止。

後唐時期對於「割股療親」大加鼓勵，當時程遜還曾上「請禁
割股疏」曰：「乞願明敕遍下諸州，更有此色之人，不令舉奏，所
冀真誠者自彰孝感，詐偽者免惑鄉間，咸歸樸素之風，永布雍熙之
化。」[16]顯然對於「割股」動機仍普遍存在疑慮。

而宋元兩代呈現極端的態度。《宋史・孝義傳》載明太原地區
劉孝忠，母病三年，他不但割股肉，還「斷左乳以食母」；楊慶
「母病不食」，他就割自己的右乳「以灰和藥進焉」；呂生則在他
父親失明後，「剖腹，探肝以救父疾」。[17]宋朝皇帝對這些行為不
但詔賜粟、帛，還親自「召見慰諭」，官方對旌表之事大加讚揚，

---

14　參見〔唐〕韓愈，馬其昶校注：《韓昌黎文集校注》（上海：上海古籍出
　　版社，1987 年），頁 680-681。

15　參見〔宋〕薛居正等撰：《舊五代史》（北京：中華書局，2007 年），
　　頁 56。

16　參見〔清〕董誥：《全唐文》（卷七六三）（北京：中華書局，2001
　　年），頁 7937。

17　參見〔元〕脫脫：《宋史》等（北京：中華書局，1977 年），頁 13388。

連當時理學大家朱熹亦予肯定，有「今人割股救親，其事雖不中節，其心發之甚善，人皆以為美」之語，[18]《元史・刑法志》載：「諸為子行孝，輒以割肝、刲股、埋兒之屬為孝者，並禁止之。」[19]對於「行孝割股不賞」、「禁臥冰行孝」、「禁割肝剜眼」三種行徑予以明令，[20]元朝屬塞外游牧民族，相對於中原重視孝道的傳統自然有所不同。

　　明清兩代對於「割股」的官方態度出現了反覆現象。明代肇建後，鑒於元代統治利弊得失，重新推展孝道，朱元璋深知「非身先之，何以率下」，詣太廟祝文亦自稱為「孝子皇帝」，[21]至明洪武年間，明太祖態度產生變化，當時發生「為母殺子事」，下令將江伯兒杖百，發戍海南，並要求禮部尚書定旌表孝行事例。禮部尚書任亨泰奏議說：「人子事親，居則致其敬，養則致其樂，有疾則謹其醫藥。臥冰割股事非恆經。割股不已至於割肝，割肝不已至於殺子，違道傷生莫此為甚，墮宗絕祀尤不孝之大者，宜嚴行戒諭，倘愚昧無知亦聽其所為，不在旌表之列。」[22]明成祖提倡孝道，對割股、割肝予以旌表，並給予錢物、加官等獎勵。宣宗時又重新遵循

18　參見〔宋〕黎靖德編，王星賢：《朱子語類》（北京：中華書局，1988年），頁1390。

19　參見〔明〕宋濂等撰：《元史》（北京：中華書局，2005年），頁2682。

20　參見陳高華、張帆、劉曉等點校：《元典章》（北京：中華書局，2011年），頁1149-1150。

21　參見肖群忠：《中國孝文化研究》（臺北：五南圖書公司，2002年），頁101。

22　參見〔清〕張廷玉等撰：《明史》（北京：中華書局，2007年），頁3946-3947。

太祖的「割股」禁令。明憲宗時期態度雖有軟化，仍禁止宗室割股，但對民間割股仍予以旌表。明武宗時，又趨於浮濫，因此禁止荒誕的行孝行為。李時珍亦由醫學觀點提出「身體髮膚，受之父母，不敢毀傷。父母雖病篤，豈肯欲子孫殘其支（肢）體，而自食其骨肉乎？此愚民之見也。」[23]清代前繼明代的官方態度，《清史稿》：「興孝則有割股、廬墓以邀名者矣，興廉則有惡衣菲食、敝車羸馬以飾節者矣。相率為偽，借虛名以干進取。及涖官後，盡反所為，至庸人之不若。此尤近日所舉孝廉方正中所可指數，又何益乎？」[24]從「割肝」的歷史發展中，我們觀察到反對理由大多與干求令譽與毀傷身體有關。

　　「割股療親」干犯儒家「身體髮膚受之父母，不敢毀傷，孝之始也」正統孝道的理解，基於傳統中父母親對於子女具有生命的生殺權，[25]「為母殺子事」類似故事在二十四孝的典型中一直流傳，五倫關係中，君臣關係比擬成父子關係，故君父性命發生危險時，以保君父的優先思維視為忠與孝的表現，介之推的「割股奉君」行為成為忠君的表現。傳統見解的孝子割股奉親，並不能稱為不孝，而是孝的權變行為。在諸多割股療親事例中，父母久病不癒，無計可施下發生醫療行為能被同情理解，並得到官方認同，進一步地得到旌表。而「割股療親」持續出現，除官方獎勵政策影響外，「割

---

23　參見〔明〕李時珍：《本草綱目》（北京：華夏出版社，2008 年），頁1912。

24　參見國史稿校注：《清史稿校注》（第四冊）（臺北：臺灣商務印書館，1999 年），頁 3173。

25　參見瞿同祖：《中國法律與中國社會》（北京：中華書局，1981 年），頁 7。

股」行為與佛教「捨身」傳統的契合，讓「割股療親」爭議留下不
孝與干名的可能，「割股療親」是否不孝本來即有疑義，至於干名
亦非成為反對「割股療親」的有利原因。

　　綜理歷代的說法，得知「割股療親」現象，「療飢說」最早出
現，而人肉具醫療效果的說法出現在唐代，此風俗亦於唐代固定下
來，由醫學或醫療的觀點大概可以確定，由食補到藥補的演變過
程。然而由割股的孝道人物與敬奉對象關係而言，由非親屬關係，
演化到親屬關係，此受到儒家孝道思維的影響，不然食人肉行為違
反文明社會的常態，社會勢難以接受。而儒家的割股與佛教的經典
中「割股餵鷹」雖同為犧牲自己完成他人，其動機與出發點並不
同，「割股」風俗的形式與內涵是否相等，仍有諸多質疑。

## 二、文學：明代「割股」故事的流播

　　割股或割肝等割體行孝題材無論從官方文獻至民間戲曲均可
見，乃至於海外韓國文獻亦大量載記，[26]成為儒家影響東亞範圍下
的文化現象。逮至宋代小說與史書、文人文集的纂寫增多，這些增
多的現象反映割股行孝的孝道意識提升，與官方的旌獎更為密切。

　　「割股」從藥療出發，逐漸與孝道合流之外，佛教與道教因素
加入，使得「割股療親」故事成為驗證道德性格的特殊路徑。民間
與官方的推波下形成明清以來常見的孝道實踐方法。其故事以「割
股療親」的孝道精神為主流，更穿插佛教與道教修練的道德性格為

---

[26]　以「割肝」或「割股」查詢韓國《朝鮮王朝實錄》一書，即有 24 筆資
　　　料，資料根據「漢籍電子文獻資料」，查詢網址：http://hanchi.ihp.sinica.e
　　　du.tw.autorpa.lib.nccu.edu.tw/ihpc/hanji?@103^67060734^22^^^3@@188021
　　　835，查詢時間：2017.06.27。

基礎的底蘊，其載記遍見經典、官方文獻或民間文學。而宗教傳播亦起到推播作用，佛教捨棄肉身的執著為其教理之一，上自釋迦牟尼「本生譚」，下至佛教歷代的僧人煉指供佛的事蹟不絕於縷。以肉身布施行道的故事屢見於《高僧傳》中。佛教東傳漢地之後，其教理是視人間為五濁惡世，對世間種種貪愛的離棄，亦包含對人身執著。佛教諸多經典主張，視人體為可以放棄的「內財」，隨著佛教文化的浸染，崇尚孝親與「斷愛求道」兩者雜揉之後，「割股療親」的實踐成為可能。《高僧傳》中的煉指、斷臂、燒身，[27]作為出家修行的目的導向，即捨棄對身體的執著，視身體或其他部分作為供養之物，對神聖人物的效仿完成對證道的堅信，體證對佛教思維之實踐。此種自我傷害轉化成宗教自我犧牲，痛苦歷程的修煉成為修道資糧，高度地符合佛教教理對人身的既有觀點，又驗證了修道者的苦行形象，因而成為庶眾崇拜的對象。職此，兩者交叉影響互為推波，在於佛教重於修心斷欲，佛、儒兩家雖均視割股為證成誠心的路徑，因而佛教在「割股療親」題材的流播中，漸與此合流，複合成為神聖人物的形塑形象的方法之一。

　　而道教人物的書寫有梓潼帝君，其作為道教司命系統神祇之一，其本事《梓潼帝君化書》稱張亞子「而以病欠食，少復成羸瘵，醫曰：『此痼疾矣，以人補人，真補其真，庶可平復』，予因夜中自剔股肉，烹而供之，忽聞空中語曰：『上天以汝純孝，延爾母一紀之壽。翌日勿藥』，果符神言。」[28]此處以「割股」形塑張

---

27　參見吳燕娜：〈禮教、情感、和宗教之互動：分析比較《型世言》第四回和〈麗水陳孝女傳碑〉對割股療親的呈現〉，《文與哲》第 12 期（2008 年 6 月），頁 413-454。

28　參見〔元〕不詳：《梓潼帝君化書》，收入《正統道藏》洞真部譜錄類第

亞子孝親的形象，孝子為具備了孝的德性，亦即具有普遍之善行為
其封神的基礎。由於此故事出現已近於明代，對於割股孝親的主角
具有趨向神聖化的跡象，提供參照道教與此風俗的關係。除此道教
中的割股事例，有《終向山祖庭仙真內傳》，其載記「周全道」
事：「夙喪其父，生理蕭索，竭力以事母。母感奇疾，百寮不愈，
先生割股與藥同進，厥疾乃瘳，鄉黨以孝聞。」[29]雖不直接以此作
為修道功成的要件，卻將行孝視為符合於世人崇敬孝子的必要條
件，由此是知，視孝親作為修道先行的基礎思維。

　　從明代這一系列官方政策的反覆，並未影響民間，明代產生大
量與割股有關的民間文學，反映對「割股療親」之孝行的接受，這
些民間文學的表現類別包括了小說、筆記、類書、民間故事、寶
卷、彈詞、鼓詞、雜劇、地方戲曲等，而且流傳至今仍有呈現。至
明代始，「割股療親」故事逐漸集中於割股與割肝兩種類型，例如
《日記故事大全》「割股療親」有四則故事包含「割股療母」、
「割股療父」、「割股和藥」、「割肝和藥」，地方志的載記亦以
割股或割肝為多。故事以此為主要類型的原因，可能與社會實踐踐
履的孝行現象有關，其割體部位較易實施，其危險性又比割心或眼
睛小。

　　從與公案小說集有近親關係的法家書，亦以此為主要類型，例
如《名公清明書判集》「取肝救父」及「割股救母」二筆資料，其
中反映了幾個觀點：孝子的「割股療親」受到旌賞，其次，「割股
雖非孝道之正，然捐軀以救母，一念之孝，誠足以勵薄俗。」雖然

---

　　5 冊（臺北：新文豐出版公司，1977 年），頁 54。

29　參見〔元〕李道謙：《終南山祖庭仙真內傳》，收入《道藏》，洞神部川
　　字號第 32 冊，頁 650。

以自傷療親，其孝心可感，亦當獎勉，公案小說可能沿襲了這樣案例：

表 6-1　《名公書判清明集》與公案集的「割股療親」類型

| | 割肝療親 | 割股奉親 |
|---|---|---|
| 名公書判清明集 | 「取肝救父」 | 「割股救母」 |
| 廉明公案 | 旌表類〈顧知府旌表孝婦〉 | |
| 詳刑公案 | 雙孝類〈王縣尹申請表孝婦〉 | 孝子類〈湯縣尹申獎張孝子〉 |
| 詳情公案 | 雙孝門〈申請表孝婦〉 | 孝子門〈申獎張孝子〉 |
| 律條公案 | 節孝類〈王縣尹申請表孝婦〉 | 節孝類〈湯縣尹申獎張孝子〉 |

　　故事本身強調孝道的重要性，在刑賞制約的社會必然依此思維作為故事鋪陳的基調，即使後來的脫化而臚列於旌表等正面典型的類目，仍舊強調旌獎的成分，不脫離德刑禮法的根本精神，雖比附於法律文書，對映到公案小說的「割股療親」兩種類型，完全相符，說明此類型文體的編纂思維與法律文書的意圖是一致的。即是「亦所以廣風勵之意也。」、「今旌其一，以表其餘，聞者當知所勸。」其記載缺乏故事之情節單元僅可得知：「詹師尹以父疾弗愈，刲肝膳之，默有所相，旋即更生。」及「廂官申，江廣忠妻莊娘二五十四歲病患日久，有親男江應，於四月十八日割股救母療病，今已痊瘥。」以此分析之，大概可以得到以下的事實，大部分出自母病與父病兩種，其中取肝救父，提及「默有所相，旋即更生。」大概有如神助，故能重生這樣的事實，到了明代，公案小說後，題材與內容敷演更為漫長。

# 第三節　新型典範的踐履歷程

「割股孝親」敘事具有踐履模式，在不同題材與文類中，故事雷同性形成近似神話原型，孝子踐履成為典範儀式，在藉由遵從禮教價值實踐孝道，完成孝子踐履歷程。公案的孝道實踐乃是基於孝道信仰的生死冒險，違反常情的自我犧牲，因著生命必然經過視死如生的考驗，重回復生的歷程作為回歸的檢驗。孝子屬於拯救父母的角色，孝子以自覺意識承擔著拯救世界，征服外在困難（以父母之病為對象），克服內在的精神障礙（勇氣突破，放下對傷己身體的恐懼），因此可以得出近似修鍊的考驗歷程，經由割肝（或割取身體其他部位）事件，必然得到俗世肯定，驗證孝子的真實身分，又從近似「替罪羊」儀式得到身心淨化而成為重生，其中以神明人物作為智叟貫穿了孝子的踐履歷程，全然臣服於神明的引導的情節，呈現孝子遵從禮教的隱喻。

## 一、實踐孝行的理想性格

「孝」在古代文化語境中成為一切德行與仁義的根本。公案對於人物形象的設定，開篇以性格描繪，鋪陳正面或負面人物的形象，卻失之簡單與呆板，編者亦知此種形塑未必能合對焦於人物特質，因此後續情節發展必然續以強化人物行為、語言的正面人物形象，此敷演孝子的形象建立為其故事基礎，若《詳刑·湯縣尹申獎張孝子》云：

> 饒州府鄱陽縣一人姓張名宗德，娶妻吳氏。四十無子，將近五十，幸產一兒，名有化。家業貧薄。越三年，宗德捐世。

> 吳氏守制撫子，家貧不能延師訓誨。及後，有化年方二八，
> 忠厚誠實，毫不妄為。惟順母意，或母罵詈，並不回言；鞭
> 撻，全無怨對。吳氏身沾一疾，四肢不能舉動，朝夕臥於牀
> 上。有化侍奉，朝則問安，晚則問寢。若進湯藥食用之資，
> 每每以雙手奉上，以雙膝跪在牀前，曰：「老母請進食。」
> 日日如是，毫無半句怨言。孝敬不息，時久日給不敷，自己
> 每日止吃一湌，惟知有母，不知有身。[30]

　　孝子以孝行為踐履孝道的核心，情節以其行為與語言敷演孝子
形象，例如「怡色奉承」、「忠厚誠實」、「惟順母意」等特質，
而行為與語言做為外在形式，情節仍未展開通過孝心的驗證。除承
擔家計外，對於侍奉母親生活作息，以母親為念的行止，「朝則問
安，晚則問寢」的早晚服侍。

　　孝子困境往往借助外力的協助，或經由神仙或者善心人物。孝
子在實踐孝道歷程中逐漸取得眾人的認同與讚賞，然而孝子現實困
境的存在引起生命貴人的注意：

> 主人見有化為人事母至孝，欲與之娶妻。化辭曰：「多蒙老
> 官厚恩賜，我日工贍養老母足矣，何敢過望老官又與小子娶
> 妻耶？況且小子家中貧乏，母又在疾，蒙老官憲度，日逐容
> 小子潛歸奉養母親，小子感恩不淺，今生不能報老官大德，
> 異日當效啣環結草之報。」主人曰：「非是我望汝報我，我

30　參見〔明〕寧靜子輯：《國朝名公詳刑公案》，收入《古本小說叢刊》第
　　4輯第3冊（北京：中華書局，1990年），頁1351-1352。

見汝廼是孝心之人，感動我意，是故代汝娶妻，以繼其後，
豈望報乎？」[31]

　　主人見其孝心感人，欲代為取妻。孝子困境往往吉人天相，外
力協助在此作為孝子出發動力，促進孝子對於孝道服膺的理解，長
者善心的協助是一訊號，同時強調孝子孝道的踐履，必然帶來眾人
肯定，而鄉里對孝子肯定營造出孝子精神的眾人肯認的氛圍。

　　其次，情節凸顯了孝道的實踐困難來自難以克服的天道規律與
循環，對應於人間的生老病死之無奈。孝子驗證孝道的基礎設定有
二個環節：第一環節為孝子的本身條件，以其語言、行為形塑其行
孝的基礎型態。第二環節為孝子之外的環境設定，設定成必要經過
外在的貧困或艱難的物質條件，孝子需要克服困難，方能娶得幫
助。

　　孝子與病母作為驗證孝子的基本條件，形塑孝子典範趨向，情
節必設置第二層考驗，現實困境的難關已然消失，而母病治癒依舊
無方，此種困局之中治癒方法借由他人口中予以示知，在張有化故
事中，情節交代出母病思吃鹿肉，而鹿肉遍求而不可得，後來張有
化只好以人肉代替鹿肉解母親之饞，此故事的敘事不夠明晰，母親
必吃鹿肉的可能性未能交代。孝子困境來自於現實的考驗外，母病
成為孝子心頭負擔，孝子卻不以為苦，在權衡生活照護與母病的兩
難之下，離開母親謀生，謀取生活之資乃不得已的下策，因此離開
病母：

_____

31　參見〔明〕寧靜子輯：《國朝名公詳刑公案》，頁 1353-1354。

日久如斯，不淂已而涕泣跪告于母曰：「家中消乏，日食難度，抑且老母貴體不安，孩兒本不該離膝下，奈勢有不淂已也，我權且在鄰居家去傭工，趁些日工錢，來奉養老母，不知老母尊意若何？」母垂淚曰：「我兒，你年小，替人傭工，只是虧了你。早說千萬要回來看顧我。」有化答曰：「孩兒怎敢遠離？此去不過半里之遙，三時自然歸來侍奉，老母不必罣心。」于是對泣告別，而往鄰居陳酉家傭工。侵晨備辦食用藥之資，跪奉床前，請老母用後，乃往主人家去上工。[32]

　　孝子明告母親傭工之處不遠，並且日日往返，「日當半午，主人送有點心，係已分內的，盡數包歸，跪奉母吃，復往田中做工。日午在主人家吃飯已訖，又潛歸家，整頓午飯或湯藥，亦仍然跪奉於母，吃訖，才去傭工。」凡是以母先就的孝心，僅能在精神緩解母親的心情。在類似行孝敘事中，孝子的困境依然難解，母病難癒成為孝子難以跨越的難關。

## 二、以身求代之信仰原理

　　古代呈現的「割股」必須有著血脈相連親屬「割股」才更有療效，[33]在「割股療親」故事中，媳婦「割股」故事反而數量較多，若《廉明‧顧知府旌表孝婦》云：

---

[32]　參見〔明〕寧靜子輯：《國朝名公詳刑公案》，頁 1352-1353。

[33]　參見邱仲麟：〈人藥與血氣——「割股療親」現象中的醫療觀念〉，收入林富士主編：《疾病的歷史》（臺北：聯經出版事業公司，2011 年），頁 422。

河南汝寧府固始縣，有民范齊，娶妻韓淑貞，極有賢行，年
登三十無子。姑唐氏年七十，偶沾重病，百醫不治，臥枕半
載。韓氏左右侍奉，未嘗離側。夜則陪臥，扶持起倒，形雖
勞瘦，怡色承奉。入竈房，則默禱竈君曰：「願姑病早
安。」夜則祝天曰：「願姑病早安，願損我年，以增姑
壽。」既而姑病癒危，醫者皆云不起。則日夜焚香禱天，願
以身代姑死。哭泣悲痛，不勝憂惶。[34]

　　孝媳向神明發出了「以身求代」的意念，在行孝敘事中，「以
身求代」的對象往往是親長，而往往以子女（或孫）作為犧牲對
象。此類「以身求代」在二十四孝的情節中屢見，且有不同變形，
例如恣蚊飽血、為母埋兒、扇枕溫衾等行為，而「以身求代」的極
致孝行為往往是體現犧牲自己的各種行為，甚及犧牲性命保全雙
親。

　　「以身求代」所涉及了定命觀，傷害自己性命以保全父母，孝
子何以能頂替父母的罪愆？其中又涉及了「報」應觀點，神明因素
的介入使得原本報應的運作轉換成天道對孝道的揄揚，對此，神明
人物介入的情節具有關鍵與不可或缺的重要性，藉由倚賴神明力量
或者人藥治癒的元素創造出故事的神奇效果，形塑「割股療親」故
事的宗教性色彩。情節安排灶神作為引導的智叟角色，與民間對於
其上達天聽職能認識有關，灶神曾一度作為司命系統的神祇，因其
母病的罔石無效，因而轉而祈求灶神。公案中出現的神明灶君，代

---

34　參見〔明〕余象斗編：《廉明公案》，輯入《古本小說叢刊》第 28 輯第
　　3 冊（北京：中華書局，1991 年），頁 1310-1311。

表智叟的角色，負責引導孝子或孝女能夠踐履孝道。

　　灶神又稱為灶君、灶王爺、灶王、灶君菩薩。[35]灶神在中國初始為女性神，〈莊子・達生〉云：「灶有髻」[36]，僅說明狀如美女，蓋母系社會之遺留，此可能與廚房為女性的工作場合有關。漢代以後，出現男灶神，灶神受人尊敬。《淮南子》：「炎帝於火，死而為灶」[37]，《風俗通義》：「顓頊氏有子曰黎，為祝融，祀以為竈神」[38]以為炎帝與祝融同為灶神。《禮記・祭法》記載了祭灶的禮儀，鄭玄為之作注：「小神居人之間，司察小過」[39]葛洪《抱朴子》：「月晦之夜，灶神亦上天白人罪狀。大者奪紀。紀者三百日也。小者奪算，算者三日也。」[40]在明代的功過格流行以後，灶神作為家庭神祇外，也負責監察家中成員的善惡。由公案小說中灶神職能大致可推得明末民間對灶神的既有觀點，與時至今日，民間

---

[35]　灶神初始的功用是上天奏明一家罪過，後來的感應篇已增加了功過，灶神的對聯貼著「有德能司火，無私可達天」，感應篇：「又有三尸神，在人身中，每到庚申日，輒上詣天曹，言人罪過，月晦之日，灶神亦然。」參見游子安：《善與人同──明清以來的慈善與教化》（北京：中華書局，2005 年），頁 199。

[36]　參見陳鼓應：《莊子今注今譯》（下）（修訂版）（臺北：臺灣商務印書館版，2000 年），頁 500。

[37]　參見張雙隸點校：《淮南子校釋》（北京：北京大學出版社，1997年），頁 1454。

[38]　參見〔漢〕應劭，王利器校注：《風俗通義校注》，輯入《新編諸子集成續編》（北京：中華書局，2010 年），頁 360。

[39]　參見戴聖編、鄭玄注，孔穎達疏：《禮記》（十三經注疏本，臺北：藝文印書館，1981 年），卷 46，〈祭法〉，頁 801-802。

[40]　參見王明點校：《抱朴子內篇校釋（增訂本）》，輯入《新編諸子集成》（北京：中華書局，1986 年），頁 125。

的基本觀點相異幾希。灶君被選為祈禱神靈的對象，是有跡可循的，灶君向來與三尸神互為左右，在《抱朴子》一書中灶君即負有監控家庭成員的善惡，回報給天的任務，灶神初始具有回報作惡之端的功能，後來演變成善惡均要回報，此點與功過格的發展有關，功過格勃興於明代，六朝以前灶神亦作為冥間的陰司。[41]

　　灶神以智慧老人的身分出現，告知孝子的治母病方法，指引孝子救母的途徑。孝子遭遇困境的無助恰成為踐履孝道的開始，孝子得到神助的情節除肯定孝子的善行外，亦有彰顯天道常在的思維。小說中灶神監察孝子，灶神（或其他神人），多次出現相助。暗示孝子「割股」能治癒親人之病，當孝子決意「割股」後，神人會再次出現，並引導孝子而完成危及生命的「割股」，使得「割股」事件看似危險，實際皆在天道監控之下。

　　小說藉由營造近似宗教儀式的氛圍，強化「割股」的神聖性，其儀式情節除了增加神聖靈驗的有效性外，亦在鋪陳情節的奇異，以說明孝子復活必然發生。儀式包括神聖化物質（香）、語言（祈禱）、神聖的對象（神或天），若以蒲慕州認為建構宗教世界的五個元素：神明與人之外的力量、信仰的媒介、活動的場所、固定或特殊的儀式、禁忌，割股的儀式除禁忌之外，皆有具備。其儀式對應如下：

---

[41]　參見〔日〕酒井忠夫著，劉岳兵等譯：《中國善書研究（增補版）》（南京：江蘇人民出版社，2010年），頁342。

表 6-2　「割股療親」儀式對應表

| 儀式元素 | 具體儀式 |
|---|---|
| 神明與人之以外力量 | 天及神蹟 |
| 信仰媒介 | 香及祈禱的語言、灶君像 |
| 活動場所 | 灶君像前 |
| 固定或特殊儀式 | 焚香祝禱 |

　　情節中的物品「香」能建立起神聖氛圍，將塵世空間轉化為神聖空間，搭起與天溝通的管道，[42]並在密閉空間（代表神聖空間）中割股（割肝），與道教儀式中的坐禁或類似佛教的閉關必須在秘密或密閉空間進行的道理相仿。神人溝通需要純淨心靈，藉由外在空間的淨化，與孝心的純化共振，進而用香祈禱以達天聽。小說中神聖空間的形塑，以孝子獨處的狀態呈現，其這樣施作代表著暫時神聖空間的形成。弗雷澤《金枝》一書中提到「替罪羊」[43]的理論，是指原始文化中轉嫁罪惡或災禍的一種巫術手段（原始宗教儀式），這樣的手段可以施用於親人或非親人身上，儀式進行必須是公開的場合。然而「割肝」舉動卻必須在私下進行，雖然表現仍有差異，其功能並無不同，主角必須以身求代，將疾病轉移到自己身上，主角必須經過死而復死的歷程，象徵著作為替罪羊，替親人死

---

[42] 藉著香、水、像等，經過特殊的活動儀式達到除罪化或神聖化的目的，參見蒲慕州：〈中國古代的信仰與日常生活〉，收入林富士主編：《中國史新論——宗教史分冊》（臺北：聯經出版事業公司，2011 年），頁 17。

[43] 「人有時也扮演替罪羊的角色，把威脅別人的災禍移到自己身上。當一個僧伽羅人病情危急，醫生束手無策時，就請一個跳鬼的人來，他向鬼獻上祭品，戴上類似鬼的假面具跳舞，藉此把病人身上的那些病魔一個一個地招到自己身上來。」參見〔英〕詹姆斯・喬治・弗雷澤著，徐育新、汪培基等譯：《金枝》（北京：大眾文藝出版社，2009 年再版），頁 491。

去，然後再次復活，其歷程如下：

祈禱→割肝→死去→復活

　　儀式成為孝子證成孝道歷程，「割肝」實踐完成對上天宣誓，在自我證成的歷程中，亦證成孝子能夠放棄生死，超越生命，於是通過考驗，因此孝道的奇蹟必然發生，即雙親之病必然獲得醫治，孝子亦能回返人間。

　　另外「割肝」所涉及的血氣相通理論，說明此種治病效驗可以透過親屬關係（或姻親）建立起來，從地方志書記載事例亦然如此，故孝媳亦能割股療親。其關鍵在於作為晚輩的「割肝」者是否具備誠心，以孝心籲天求代，如此便能頂戴疾病的災厄。

　　在佛教中的靈驗故事往往只證成神靈的法力與事蹟或經典的靈驗有效性。靈驗原理在儒家思維的影響下，成為孝道援引的基礎，儒家在世俗化歷程中受到其他宗教信仰與民俗的影響，出現了信仰化的傾向，「割股療親」的故事發展即是一個證明。以身求代，成為世俗中的五倫秩序的回歸，儀式成為證成孝子復生與母病治癒皆作為行孝的有效性，體現作者以此建構的孝道模範與教化影響的企圖。

## 三、父母得痊的生命寓示

　　死生考驗成為「割股療親」的主要情節之一，在孝道感應傳統中，孝子多有神助或其他人幫助，神啟協助孝子度過難關，這種神啟牽涉孝感的作用。孝感為孝道中的主要觀念之一，從《孝經》中衍生的觀念，而孝子召感神明的情節亦在此脈絡中形成的。此種神

明解難敘事特別強調孝子的道德性格為感應神明救助的基礎。

父母食用孝子的肉體（肝、手或股）後重新獲得生命的煥發，《詳刑・湯縣尹申獎張孝子》母親罹病後久治不癒，食用了孝子有化的肉體後「四肢輒能舉動，疾病遂愈」。然而過半年，母病服藥無效，救醫不痊壽終正寢，孝子因「割股」延長母命的敘事，強調孝子孝親之功。故事呈現母病食肉的前後態度差異，未知之前表現出肉味之甘美，得知真相後往往驚怖異常。伴隨著驚怖而疾病痊癒或者因其他身體反應而痊癒。在不同文本皆呈現父母食人肉後，有驚怖的人性反應。在此一階段，父母病癒，而孝子「死亡」。因著生命壽元決定於天，孝子希冀父母延續生命，既無法違逆天意，又必須有人承負，父母壽元延續因為孝子以身求代，孝子必得承受苦難，苦難災厄必須有人承負，因此死亡形式必須發生。

死亡成為孝子必須跨越的門檻，孝子明白「割股」行為帶來的生命冒險，死亡不僅是一種象徵，代表著對於生命存續的最大考驗，必須超越「孝之始」的「身體髮膚，受之父母，不敢毀傷」之理解，才能轉化成為孝道信仰之實踐。這個信仰來自相信行孝為天之至理，若《孝經》云：「天地之性，人為貴。人之行，莫大於孝。孝莫大於嚴父。嚴父莫大於配天。[44]」行孝精神根底於天理，因而「孝悌之至，通於神明，光於四海，無所不通」了。

孝子為父母捨身「割股」，卻讓自身生命陷入危殆，孝子生命最終經由神明的啟示（或拯救）而重生。其生命危機各自表徵了不同的意義。父母重生代表著孝子的實踐之道，孝子本身的重生代表

---

[44] 參見〔清〕皮錫瑞撰，吳仰湘校注：《孝經鄭注疏》（北京：中華書局，2016 年），頁 69-70。

著自我精神境界的超越，在於孝子事親的實踐歷程必然得到生命的
啟示，重新體驗孝親的價值與意義。

　　孝媳死亡成為驗證苦難的內容。神明外力使得孝媳命運轉折，
而道士（灶神）再度現身告知解救妻子的良方：

> 道士曰：「我醫神損最高，雖死一日者，皆可治。試為你醫
> 之。」齊曰：「有此妙方乎？」即引去看時，肉已冷，惟心
> 頭尚煖。道士曰：「儘可醫得。你將一筐子來盛藥去，把藥
> 敷傷痕中，身漸回暖，便將生矣。」齊以藥敷訖，立覺身
> 暖。道士曰：「你將此筐置竈心中，待令正復生，我要你一
> 筐土撇子。」[45]

　　其中設下的謎語「土撇子」[46]，又說道：「恰才見一婦人，滿
筐裝過，我去叫他回來。你買些真的謝我便是。」「土撇子」意指
「孝」，以婦人滿筐裝過，影射孝媳孝心外，隱喻「孝心」才是病
癒的關鍵，由此在「割股療親」事件中，孝媳必然經過重生的歷
程：

---

45　參見〔明〕余象斗編：《廉明公案》，頁 1312-1313。
46　此謎語採用離合體，中國文化中的詩、詞、曲皆有離合體，文字遊戲的一
　　種，逐字相拆以成文，先離後合，西方文化藝術亦有，「Cabal」，使用
　　對象與方法與中國不同，此謎語採用「離合體」的，參見曾棗莊：《中國
　　古代文體學》（上海：上海人民出版社，2012 年），頁 458；范岳、沈國
　　經主編：《西方現代文化藝術辭典》（瀋陽：遼寧教育出版社，1996
　　年），頁 89。

道士去了一飯頃，韓氏漸漸醒來，覺傷痕癢，以手搔之，曰：「我纔割開，便合瘡口，取不得肝矣。」夫曰：「你取肝婆食，婆病好矣，更取做甚？」韓氏曰：「我割開取不得肝，忍痛不過，挨在床睡，只夢中托竈神代我取出肝奉姑。又竈神以藥代我敷瘡口，此是夢中事。我並未起來，那裡婆食我肝，病何緣好？」[47]

　　孝媳甦醒之後，全然不知應驗神蹟之發生歷程，事後才恍然了悟原來「道士」即為自己祈求神明——灶神。替罪機制的運作往往環節起神聖受難，受難撐起孝子神聖的高度，因此值得世間最高榮耀——官方旌表，孝子行為宣示「割股療親」的孝道精神，符合孝之「善事父母」基本義。孝子的純孝，使得面對死亡變成義無反顧。死亡既會發生，但死亡亦會過去，孝子必須回返證明孝子履行天道的結果，重新向人證明孝心能感天地，才能說服讀者孝行的可行與天道的酬賞。

　　孝子以復生重新驗證孝道履行的路徑，才能賦予孝親的真正意義與領悟。孝子以行動實踐孝道的同時，對於真理的領悟之旁白，會有客觀的見證者發言，以《廉明‧顧知府旌表孝婦》為例，媳婦在昏死歷程中處於被動的角色，在這個故事中，范齊夫婦兩人角色相近，而其妻淑貞更能實踐孝親，對比之下成為故事的見證者，因而對於妻子割肝行為的無知與不解，范齊從媳婦踐履了孝道而獲啟悟，茲將歷程示之如下：

---

[47]　參見〔明〕余象斗編：《廉明公案》，頁 1313。

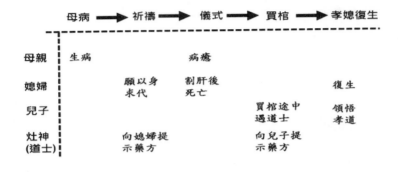

圖 6-1　割肝事件歷程圖

　　情節中由丈夫接續作為敘事發言者，去驗證「割股療親」事件
中細節，因此丈夫旁觀者必須描述奇蹟發生的經歷：

> 夫再看地中血跡，只一道滴入房中，再無半點到母房，乃疑
> 是妻之靈魂所為。急去看竈中筐子，卻有一紙金字詩云：
> 「孝婦剖肝甘殺身，滿腔真孝動神明。竈君豈受人私謝，祗
> 顯英靈動世人。」范齊方悟道士乃是竈神，其云「滿腔」
> 者，心也；「真土撇子」者，真孝也。自是母病既愈，妻傷
> 亦痊，人皆以為孝感所致。[48]

　　啟示以「紙條」明示了孝子一家真諦，亦向讀者驗證天道之不
虛與孝行力量的實存，實踐孝道必然合於天理與倫常。在此啟示
中，又以近乎隱語形式道出孝之真諦在於「真心」，一切孝親行為
出發在於以真心奉承雙親為其核心，孝一旦失去真心，其他的物質

---

[48]　參見〔明〕余象斗編：《廉明公案》，頁 1313-1314。

安養皆失去意義。「割股」行為代表著孝子真心的極致，因而能召感天意。

## 第四節　官方旌揚揭示的公案意義

公案小說揭示的正面人物集中於兩種類型，一為貞節女性，一為孝親典型，在孝親典型中以「割股療親」最多，公案特設置旌表類、雙孝門等門類，實有其企圖。公案擇選「割股療親」故事作為孝道典型，試圖在重構社會秩序中，樹立人物典型成為庶民效仿對象，這類「割股療親」故事模式的敘事方法非常接近。不僅在公案故事中形成模式，與地方志或其他文體的小說結構，差異並不明顯，故事著重於行孝行為與孝感敘事，因此公案採用了描繪「割股療親」歷程與旌表內容作為敘事重心，特別符合公案小說藉由獎善與敘事傳遞正面典型的意義，因此不能僅視為官方表態或孝行啟示，而是重建倫理秩序與塑造孝道典型，演繹行孝的社會意義。

### 一、以旌獎表徵倫理秩序的重建

明代江天一文集《江止庵遺集・附錄》中載記：「淮安有孝婦割肝活姑者，天一感其事，與祖母率同人往拜其家，凡時人頌述詩文捐修脯刊之，使傳其好義敦行大率此。」[49]後來提及江天一生平必然提及江天一此次參訪經歷，文人以見聞紀錄於文集，事件本身具有公信力，對於社會群體而言，孝道實踐經由文人或地方志的紀

---

[49]　參見〔明〕江天一：《江止庵遺集》清康熙祭書草堂刻本，卷八，葉 11右。

錄而傳播，進而強化事件在傳播力量。

　　明清兩代「割股療親」現象的盛行除士人文集紀錄外，官方作為影響風教甚大，孝道與政治教化縮合，孝道推行的具體政策踐行，旌表或獎勵政策的開展成為地方吏治的重要組成，公案文本不僅可見「雙孝門」、「孝子門」、「節孝類」的篇章，並具體地描繪地方官員的旌表歷程，以下以《詳刑・王縣尹申請表孝婦》為例，呈示旌表行政程序如下：

### 表 6-3　公案呈現官方旌表程序

| 旌表程序 | 旌 表 情 節 |
|---|---|
| 一、通報 | 總甲顏子太、鄰佑傅開等連名具呈於縣 |
| 二、查實 | 縣尹發關外約正副李楠等前往查實，具呈回報 |
| 三、勘驗 | 縣主委典史親造其家、典史回報縣尹 |
| 四、上呈兩院 | 縣尹具申文於府道上司兩院 |
| 五、兩院批核 | 兩院批申 |
| 六、旌表 | 縣尹承兩院命委官督建孝婦坊、親送匾額 |

　　旌表歷程讓讀者一窺旌獎的運作方式，小說特別描繪的過程，無非強化讀者印象，從旌表的歷程中，可以觀察到社會動員，鄰居與總甲（地保，職能近似現代的村官）通報，再由擔任鄉約中的約正、約副（通常由生員擔任）前往和核實，經此之後典史回報縣尹，經由兩院批核，明確呈現旌表程序的歷程，如此詳細的歷程在於驗證旌表的真實。

　　從讀者觀點而言，此獎旌表歷程具有說服與示現的意味。地方志亦會記載旌表事蹟，但不會記錄旌表過程。由此凸顯與小說用意的不同，小說不僅強調其真實性，更以官方推動風教的角度鋪陳旌

表歷程，彰顯公案的勸懲，意在藉由小說的喜聞樂見，讓讀者明白孝道實踐的現實趨向，從而環節起孝道信仰的實踐。旌表是以道德高度衡量個人價值與意義，不以社會身分作為進入歷史的標準（地方志或史書的載記），這樣鮮明的道德精神的表揚，動員社會與官方的力量，並且耗費資源（人力、行政、財力等），表彰孝子的孝道實踐，其實蘊含了官方對於庶民道德的工具化操作，通過此種旌表運作達成社會秩序的重整，以一勸百的作用正是旌表的彰顯、鼓勵、勸化的原始目的。

　　旌表代表官方的承認，官方的嚴謹旌表程序與社會的支持系統是為官方旌表動機與社會效應擴大的互動影響，[50]從故事中呈現出嚴格審查與旌表褒揚的歷程，說明對「割股療親」孝行的重視，亦映射官方對社會支援系統的影響，因而觀察到旌表運作更進一步強化了庶民的道德觀念。明清兩代對於旌表制度的完善與實踐「割股療親」的事例增多，正如對於旌表節烈女性刺激了社會效仿一樣。[51]國家權力的行使是否使得「割股療親」的集體現象的內在動因，並非不證自明，從公案援引故事的角度而言，具有裁判意識分類出孝與不孝的意義活動中，形塑出孝親的文化氛圍，藉由「割股療親」故事的敘事方法，縮短了庶民對於典範與規範的距離，正是公案小說嘗試以「割股療親」作為故事典型的用意，亦藉此達成重構倫理秩序的目的。

---

50　參見李豐春：《中國古代旌表研究》（昆明：雲南大學出版社，2011年），頁22。

51　參見常建華：《走進古代婚姻女性的世界》（北京：中華書局，2006年），頁111-112。

## 二、以孝感導引孝道典型的塑造

　　從「孝」字考原，亦可佐證「通於神明」的特徵，「孝」字在殷商時代已見文字，已有「事生」之義，而祭祀祖先的信仰雖不全然可以詮釋為孝的意涵之一。由血緣天性的人類情感逐漸昇華為文化行為。周代開始對於「孝」意涵的擴大，[52]進而成為孔子之後的儒家推展孝道的基礎。從其初義已具有追祖內涵，轉化成為天地溝通的感應方式，到了漢代「天人感應」思想的流行更為穩固，後代所見孝感故事的運作模式已然成形。從周代不孝之刑的確立，到了至孝誠心可以感應天地，孝成為天地間的至理，孝不僅成為倫理要則，亦道德品行中的重要德行。

　　天→列祖列宗→父母形成一連貫系列，為人孝敬、感念、嚮慕的對象，而在現實以最親近、最具體的父母為整個系列的象徵與代表，藉由有限的實存世界，實現無限理想世界的道德精神的具現，藉由父母之名以實踐道德理想之道。[53]孝道的萌芽源自對於祖先崇拜，本具有宗教的功用與價值，孝道開始宗教化的歷程，孝道成為解釋宇宙秩序的環節之一，「孝感神應」為其佐證。晚明虞淳熙甚

---

52　孝之概念的源起，對於商代出現的「孝」字，是否除地名外，尚包括敬祖之義，學界仍持保留態度，而至西周孝之概念不僅包含生養父母，亦有追祖之義。參見林義正：〈中國哲學中孝概念發展之諸問題析義〉（國科會計畫成果），頁 3-5。編號為 NSC 91-2411-H-002-012，資料來源：http://ntur.lib.ntu.edu.tw/bitstream/246246/14208/1/912411H002012.pdf，搜索日期：2016.12.21，並發表於 2006 年 11 月嘉義舉辦之臺灣哲學學會年會。

53　參見曾昭旭：〈骨肉相親‧志業相承──孝道觀念的發展〉，《中國文化新論思想篇：天道與人道》（臺北：聯經出版事業公司，1982 年），頁 222-223。

至將孝從倫理規範高度推及至宇宙秩序與自然人文的源頭，成為維繫宇宙和諧的應然規範。[54]其〈全孝圖〉把五行與日月、陰陽、人事縮和成宇宙秩序上下的概念圖，構建出「無物不孝」的宇宙本體論。而其《孝經集靈》收納諸多孝感故事，以說明人神感通的道理。在傳統政治的思維中，「人與天通」為天子所專，虞淳熙強調了無論何者社會身分，人只要孝行精誠即能感格天地神靈，人可以隨時隨地行孝以通神明，不限於禮儀的時間與形式，關鍵在於心。[55]

在此孝道發展已與感應的時代背景下，相信孝行至誠可感天地，並且成為社會承認的典範，於是孝道風氣盛行的影響，庶民紛紛效法以激烈孝行作為實踐孝道的路徑，以致於「割股療親」的事蹟明清兩代的地方志不絕於縷，顯示孝道成為社會公認且積極追求的孝親方式。

孝親之心雖起於等差之愛，向外推擴作為其象徵，即能灌注於一切近似宗教之情，因而一念之間通於天（通於宇宙真宰）。孝道具有了宗教的情懷，與事親實踐的道德基礎。因而故事中的孝子（孝媳）藉由養親或奉親的實踐行動中，感動鄰里外，更感通了神明的敘事，驗證了事親行為的神聖性與孝子的道德實踐。孝道環節起神明現身的情節氛圍勾連了灶神的民間信仰，正說明民間宗教與孝道的縮合具有天道與人道的聯繫關係。在這種聯繫關係藉由「割股療親」的割股與割肝的兩種類型，正映現了「割股」的神聖性與天道契合程度，即神明顯化程度的不同。

---

54 參見呂妙芬：《孝治天下：《孝經》與近世中國的政治與文化》（臺北：聯經出版事業公司，2011 年），頁 137。

55 參見呂妙芬：《孝治天下：《孝經》與近世中國的政治與文化》，頁 143-147。

　　《禮記·祭義》：「身者，父母之遺體也。」自己並非專屬自己，而是父母的兒子，對於個體生命而言，生存意義必須由父母身上發現，生活價值就表現在家庭倫常的踐行上。[56]在此孝道思維的脈絡中，以父母為中心的孝道實踐，表現以尊祖敬宗的文化。晚明盛行的孝道文化中，以「割股療親」的極端孝行為甚為盛行。孝道文化以基於血親的自然天性，闡發為「夫孝，天之經也，地之義也，民之行也。」視孝為天經地義之道，所以「割股療親」捨身利親能在《孝經》敬身傳統中，作為奉親的大纛下成為孝道新型典範，成為明清孝道實踐的路徑。《孝經》所揭櫫：「孝悌之至，通於神明，光于四海，無所不通。」認為人可以孝道踐行達到神明感通的境界，承認孝親的感應功能，至於指涉君王或庶民，有待於追索。就明代明成祖敕編《孝順事實》內容諸多的感應故事而言，已承認庶民孝親通於神明資格了，至於民間流行的「二十四孝」故事更不待言，是知明代孝道宗教性意涵亦已開展流行的例證了。

　　從明代文人相關著作已經演繹孝道感應的宇宙秩序與孝道倫理的關係，呈現出孝道感應的時代性，孝道宗教化的傾向已然形成，因而孝行能夠感應天地的特質往往成為佛、道援用成為修行（修鍊）的根基，若小說《北夢瑣言》「章孝子」、《型世言·寸心遠格神明片肝頓蘇祖母》、寶卷《十二圓覺》等皆以此方式形塑孝子形象。至清代《十二圓覺》與《觀音菩薩傳奇》呈現了觀音與孝女形象交疊的文學書寫。

　　這類文學故事敷演神明相助的感應模式，亦可在地方志看到，

---

56　參見梁治平：《尋求自然秩序中的和諧——中國傳統法律文化研究》（北京：中國政法大學出版社，1997年），頁121。

從清代編纂《臨川縣志》找到與公案情節相近的人物，見於《撫州府志‧人物志》，發生於萬曆年間，此則故事亦可見於《詳情公案》、《律條公案》，文字差異不大，由小說內容的人物推斷，其真實故事略發生於萬曆年間二十二年至四十年間，[57]故事全文錄於此：

> 孝婦甘氏饒華國妻萬曆中，歸華國，食貧無怨事孀姑如母，一日華國遠出，姑病劇思豬肝，氏計無所出，禱天割肝以進姑，尋愈事聞旌其門，曰割肝療姑，有割肝記刻板垂成而廢，當割肝時，氏昏暈徑死，有金甲者掖之，乃甦，肝從左脅出，刀痕宛然，黃面骨立，族母傅宜人，每為歎息泣下，華國由臨川徙介岡，崇禎辛巳夫婦相繼卒無子，扁在上保廟，康熙丙寅，進賢饒宇樸，聞撫州修志，因敍其事追賦一詩，寄志局，詩云：「歷歷開元欲話難，烏頭綽楔舊曾看，但言子職能刲股，不道人生有割肝，苦孝自應神助力，血誠贏得母加餐，刀瘢已化傳奇發，長記慈闈淚不乾。」[58]

公案故事與地方志的情節模式相近，然神明人物不同，一為灶神，一為金甲神，相助情節的著重亦不同。主角姓名略有出入，地方志以史實載記，距離發生時間尚不久遠，末後文人又寄語詩作紀念，緬懷孝子的孝行。此一紀錄尚見於其他地方志，唯更簡略，就此而言，故事當從社會發生的事件加以改寫而成，這類故事常見神

---

57　時間確認涉及對於文本時間的考證，擬另外討論，不在此贅述。
58　參見〔清〕童範儼：《臨川縣志》（臺北：成文出版社，1989 年據同治九年刊本影印），卷 48〈人物‧列女〉，頁 2a。

明的介入輔助，彰顯著天道獎善的思維外，更著重孝親行為能與天通的道理，孝子成就的不僅行孝本身，而是建立行孝典範與實踐的方法，感應情節作為孝子孝行印象的加持來源，一面完成敘事中的神奇效果，又形塑主角人物的神聖形象。

## 小　結

「割股療親」孝感模式於明代的風行，見諸地方志或小說、戲曲多矣，顯見此種孝道模式的普遍，其敘事模式逐漸定型，明代公案小說集援引成常態，然又與其他情節模式相近，尤其重於徵實的地方紀錄（地方志）多有雷同，於是此種具神奇色彩的孝道實踐意涵，影響了孝子形象與孝道信仰。

公案以此作為重構社會秩序的倫理典範，使得「割股療親」成為闡發孝道實踐的題材。「割股療親」在此背景下成為公案小說關注的孝行，亦讓我們得窺明代官方對孝行旌表的實際運作歷程。

行孝歷程的構建以孝子形象、替罪原理、生命啟示作為主軸發展，孝子形象多沿傳統對於孝子承顏膝下形象進行開展。以神明輔助彰顯天道獎善思維，孝子成就行孝典範與實踐方法，完成敘事的神異效果，並形塑主角的神聖苦行形象。

從公案以裁判意識形塑出孝親的文化氛圍，藉由故事縮短典範與規範的距離，勸善讀者，亦藉此達成重構倫理秩序的目的。

# 第七章　秩序重構：公案作為觀察社會的視角與方法

　　本章以評騭內容、重構方法、重構意圖三個步驟，作為釐定公案文本，示現公案作為方法的進路，理解公案重構社會秩序的寓示，在秩序的重新建構中援引法律語境下的刑名弼教之思維，於是以案件作為故事的核心，以清官作為公義的判準，用刑罰勸懲庶民，兼採以天道報應。並以案為喻，在審理案件中呈現社會秩序重構的實際運作，以為公案重新導回社會秩序正軌的象徵，公案正義思維得以實踐，理想禮教社會的秩序藍圖，得以示現。

　　明代公案小說集多數成書於萬曆年間，標誌著明代中衰的開始，卜正民以《縱樂的困惑》一書以主角張濤回鄉行旅以四季概括明代的商業與文化的走向，社會愈加開放的商業帶來了社會秩序的變遷，[1]此種變遷衝擊禮教秩序，對應律法的內容調整，社會因應發生變化與適應。

---

[1]　卜氏以張濤的視角撰寫《縱樂的困惑：明代的商業與文化》一書，隨著張濤回鄉的歷程，經歷的事件引起了對於走向商業引發的困惑，以一種道德墮落的感想，認為「錢神」以它的罪惡瓦解社會秩序，正代表著晚明社會的焦慮，參見卜正民：《縱樂的困惑：明代的商業與文化》（北京：三聯書店，2004 年），頁 9-10。

　　晚明重要思想家李贄為晚明社會思想變化起到先導作用，然而明清兩代學者認為其思想主張對儒家學說起到破壞衝擊作用，因而被視為「名教之罪人」，而他的確從脫開僵化的儒家思想而言，創出了一條新的路線。[2]李贄提倡解放人性自然，著重於「童心說」，肯定人欲的諸多主張，[3]異於他人的論點受到庶民歡迎，雖有其他士人附和其主張，李贄最終付出了代價死於獄中。無論基於「邪行」或「邪說」，官方對其書《焚書》、《藏書》、《卓吾大德》的禁令施行，官方態度與民間有著極大程度的不同。[4]《湧幢小品》卷十六云：

> 卓吾名贄，曾會之邳州舟中，精悍人也，自有可取處。讀其書，每至辯窮，輒曰：「吾為上上人說法。」嗚呼！上上人矣，更容說法耶。此法一說，何所不至。聖人原開一權字，而又不言，所以此際著不得一言。只好心悟，亦非聖人所敢言所忍言。今日士風猖狂，實開於此。全不讀四書本經。而李氏藏書焚書，人挾一冊，以為奇貨。壞人心，傷風化，天下之禍，未知所終也。[5]

---

2　李焯然：〈論李贄在明代思想史上的地位〉，收入氏著：《明史散論》（臺北：允晨文化公司，1991 年），頁 153、155。

3　王天有、高壽仙：《明史：一個多重性格的時代》（臺北：三民書局，2008 年），頁 421。

4　〔加〕卜正民（Timothy Brook）著，陳時龍譯：《明代的社會與國家》（合肥：黃山書社，2009 年），頁 185。

5　〔明〕朱國禎：《湧幢小品》，日本內閣文庫藏明刻本，葉 20 左－21 右。

其書盛行印證其肯定人性追求物質利益欲望的觀點在民間的容受與歡迎，與其說李贄對於晚明社會的影響，不如說李贄在晚明社會風氣走向歷程中的互向適應。《萬曆十五年》作者黃仁宇以專章寫下了〈李贄——自相衝突的哲學家〉，具體而微映射社會禮教與人性的矛盾與衝突。李贄對於百姓日用的肯定擴及其他日常必須的層面：「好貨、好色、勤學、進取，如多積金寶，如多買田宅為子孫謀，博求風水為兒孫福蔭，凡世間一切治生產業等事，皆其所共好而共習，共知而共言者，是真邇言也。」[6]人欲追求日常享樂成為通俗易於接受的真理，順著人性而解放的趨勢，逐漸轉變原來安土重遷的農業結構，在時代氛圍催化下，社會矛盾激化、紛爭日起。

公案小說映現此時社會的變化，寄託了晚明社會逐漸崩解的秩序隱喻，公案小說對應著俗世社會的矛盾與糾紛，案件內容的複雜化與律法條例的苛細皆反映社會風俗與道德的下滑。

## 第一節　映現／評騭失序的社會

本節所呈現為公案小說失序內容評騭，秩序分類從本書開發的四種面向，即倫理秩序、禮教秩序、宗教秩序、法律秩序進行說明：

---

6　〔明〕李贄：《焚書》卷一〈答鄧明府〉（北京：中華書局，1975年），頁39。

# 一、倫理秩序

　　本書所指的倫理秩序，聚焦於五倫關係所形成範疇，公案故事特別集中於夫妻與朋友二類，而兄弟、父子較少。與夫妻、朋友關係的門類多集於人命類與姦情類，其他尚有妒害類、謀害類、婚姻類，兄弟關係有關多集中與爭產相關類別，對應於公案內容的類別為人命類、姦情類、爭占類、霸占類、繼立類、謀產類。在這類倫理案件中，女性為較為弱勢，特別集中於庶民女性與階級較低的奴僕，容易成為受害者。而加害者多為男性，採取權勢手段，利用上下不對等的關係犯案。

　　倫常失序的內容有夫妻關係的恩義不存、財產承繼糾紛最多，嚴重者導致人命死亡的刑事案件，輕者家破離析的民事案件。其中亂倫案件數量雖然未若夫妻失和故事多，案件內容亦呈現出風教嚴重敗壞的情況。

　　夫妻失和引起的案件，分為二個面向：就丈夫而言，未能提供家庭基本需求，若經濟保障、為人父、為人夫、為人子的責任；就妻子而言，未能善盡賢內助的職責，體貼丈夫辛勞，過分爭寵嫉妒。公案呈現倫常的敗壞情況，夫妻不能從倫常要求的應然去善待與信任對方，往往導致悲劇的發生。例如《廉明‧劉縣尹判誤妻強姦》中發生丈夫懷疑妻子的貞節，邀請朋友來家中調戲妻子以驗證妻子是否貞節，不幸弄假成真最後釀成命案，妻子砍殺朋友並引刀自盡，相近故事亦可見於《龍圖‧試假反試真》、《剛峰‧判誤妻強姦》。原本夫妻信任關係問題結果演變成為悲劇，為丈夫所始料未及，這種信任關係的不穩定，並非只發生丈夫身上。女子對於情感需求較男子強烈，心思更為細膩敏感，在一妻多妾的社會背景

下，更容易衍生問題。女子若善妒的話，更容易衍生事端，公案中因女性嫉妒性格的衍生案件不少，像《剛峰‧妒妾成獄》與《詳刑‧許兵巡斷妒殺親夫》皆為妻子妒殺側室的故事。

公案中的亂倫案件，有《百家‧神判八旬通姦事》、《龍圖‧牙簪插地》、《廉明‧嚴縣令誅誤翁奸女》、《龍圖‧房門誰開》、《龍圖‧獸公私媳》、《律條‧周縣尹斷翁奸媳死》、《詳情‧周縣尹斷翁媳姦死》、《詳刑‧周縣尹斷翁奸媳死》、《剛峰‧姦侄婦殺媳抵命》等，無論親屬間的亂倫關係造成家庭破碎，始作俑者多為男性。

除以上與情欲有關的案件外，女性的其他犯罪類型尚有二十餘件。這些案件難以聚合成為公案一類，原因在於女性犯案原因的離散性過大，因能分散於各門類中。此中涉及財產的十餘則中，又有因嫉妒者奪產故事相近者有五則，其餘與丈夫合謀外家田產六則。

財產繼承的相關案件屬於家內秩序，女性犯案者少，這類案件多屬男性所為，此與古代社會對於財產繼承權的規定有關，這類案件特別受到庶民關注，公案作者（或編纂者）亦留意於此，因此可以從公案分類類別呈現，凸顯此類案件的普遍性，例如《律條公案》中謀產類五則故事皆為家產爭奪案件，僅有《律條‧夏太尹斷謀占田產》為外人奪產，其餘皆為家內失序的爭產案件，四則中皆為兄弟爭產故事。

逾越家內倫理秩序者的案件，男性與女性皆有之。這類案件男性的犯罪數量較多，可能原因在於男性家中的主導地位，與社會賦予的權勢有關。男性掌握的資源與影響使其更具破壞力，女性相對而言，其地位近於從屬與弱勢。在案件的年齡分布，兒童相關案件較少，顯示倫理秩序的主導在於成年族群。亦即秩序的維護與破壞

的樞紐在於家內的主要人物，依著公案家內倫理秩序指向，讓我們
理解完成秩序重建的對象與內容。

## 二、禮教秩序

《禮記・曲禮》：「禮者，所以辯尊卑，別等級，使上不逼
下，下不僭上。故云禮不逾節，度也。[7]」在行為上體現出尊卑觀
念、親疏有別。禮法的範疇是以「禮」為中心開展的階級對應規
範，以禮入法，禮亦體現於律法條文，由於禮法的範疇較為廣闊，
本書特別聚焦於女性。人命相關、情感婚姻等類別最多。這類案件
多為違反法律規定與社會風俗的倫理內容，若無違反法律，即有礙
於風俗或禮教者。對部分女性犯案，僅在量刑予以原情考量，甚至
予以方便[8]。因此判案標準衡量除律法外，尚考量人情與禮教。女
性情欲流動可以容許在未有婚盟或未成婚前，一旦觸及這個底線。
律法雖不允許，公案判案則較為寬容，其相對刑責須視清官的裁
量，因此公案的禮教秩序觀點並不能完全等同於現實律法規定。

女性與情慾有關的案件多集中於人命類、姦情類、婚姻類、節
婦類、烈女門，或有與財富相涉的外遇案件，此類案件多集中於人
命與姦情兩類最多。女性則以寡婦或獨居婦女的情欲案件最受矚
目。以女性犯案為主角的故事數量約近男性犯案總數之四分之一。
公案呈現女性活動範圍活絡，社會氛圍對於女性或熱衷閨房以外的

---

7　〔漢〕鄭玄注，孔穎達疏，李學勤主編：《禮記正義》，收入《十三經注
　　疏》（臺北：臺灣古籍出版社，2002 年），頁 16 上。

8　《明鏡公案・王御史判姦成婚》中，未婚男女通姦為家長不許，清官斷其
　　成婚，人稱「王方便」，參見〔明〕吳沛泉輯：《明鏡公案》，頁 170-
　　171。

活動仍有不同的想法，因而對於婦女展開的生活探索中遭遇受害案件，透露出「閨門不肅」的觀點。公案中多數的女性犯罪案件仍以家庭、婚姻、外遇的類型為主，呈現傳統對於女性責任與角色的關注，其他類型尚有對於財產的謀取相關，爭奪財產又反映了傳統婦女依賴男性的搖擺不定的心態有關。

公案判案特別著重女性貞節，以此作為刑責衡量的標準。在裁量時又考量情慾的基本需求。因而女性情慾流動在公案文本中呈現出矛盾現象。一方面奔放逸脫禮教，一方面又以激烈信仰情懷踐履禮教，形成女性情感表現的面貌。

在各種女性身分情慾流動的近八十餘案件中，多數集中於宦家女（妻）、商家（妻）女、富家（妻）女三種類型，其他為平民身分，而娼僅有一二例而已，此例亦為平民因生存從娼，屠戶女或小販妻則二三例而已，其中對於寡婦身分犯姦者，不論合姦或通姦約近十例，凸顯對於寡婦情感的關注。

在宦家女（妻）、商人（妻）女、富家（妻）女、寡婦四類型中，女性尋求情感的慰藉而出現的違逆禮教的案件居多，其中以已婚女性居多，部分為因年屆適婚的未婚少女。此類反映於已婚女性與通姦情況居多，而和姦較少，說明了女性追求情慾的自主意志，有意違背禮教的成分。而至於何以四種類型的女性在公案情慾類型占據大部分在於女性社會地位與生活條件較平民或低層生活條件充裕，若以此觀點觀察平民中出現通姦（和姦）案件者，又可發現因對丈夫或相關物質條件不滿者居多的情形下，證明「貧賤夫妻百事哀」的俗諺，對於丈夫無法滿足基本物質需求或者性需求的情況，造成女性與外遇對象私奔，在此類中更為常見。反觀故事類型，私奔者不多，其中較為突出的是商人妻或富家妻，往與外遇對象串

通，將錢財往外遇對象輸送，造成丈夫人財兩失。

　　由此將情欲案件的複雜化，女性對於財富的觀點立基於情感之上，更願意捨棄利益屈就情感，就原有財富條件之下，情感反而需要慰藉，此類更集中於商人妻，丈夫追求利益與財富，妻子留置家鄉卻無法獲得情感滿足，造成女性在情感空虛之時尋求替代，因而發生人獸姦的案件類型，這類尚出現於與寡婦相涉的案件中。

　　除財富與利益勾連外，往往發生情殺案件，歸其因在於明律規定丈夫捉姦俱獲，殺死姦夫淫婦勿論的規定，因而在隱密姦情未發之際，皆相安無事，一旦姦情露出，丈夫性命即將不保，可能死於外遇對象或妻子之手，此種情節不多，僅一二例。更多的是丈夫死於第三者，這一類除商人外，多屬平民妻殺夫較多，妻子外遇對象往往是與妻子發生接觸較多的鄰人或奴僕。情殺案件中亦有部分例子為外遇妻死於姦夫的類型，約有六例，然其半數案件中外遇妻因設局謀殺丈夫而反害了自己的結局，隱含不倫與死亡的聯繫。

　　從未婚女性或已婚女性的情感需求而言，公案欲呈現出人性的情感基本需求對於女性而言的必要性，因此強調女性對於情感的需求是否背離禮教的原因不在於知識與教育，而是在於人性。故在平民之女性姦情案中，對於女性外遇形象之形塑往往縉合個性，試圖呈現女性之不貞乃天性使然。而社會階層較高的女性又強調丈夫必須滿足妻子的需求。對於未婚卻未能遵守男女有別的交往，公案卻給予同情的理解，處置方式予以裁量更為寬鬆。

　　另外有女性婚姻的糾紛，明代戶律婚姻有男女婚姻包括了典雇妻女、妻妾失序、逐壻嫁女、居喪嫁娶、父母囚禁嫁娶、同姓為婚、尊卑為婚、娶親屬妻妾、娶部民婦女為妻妾、娶逃走婦女、強占良家妻女、娶樂人為妻妾、僧道娶妻、良賤為婚姻、蒙古色目人

婚姻、出妻、嫁娶違律主婚媒人罪。女性婚姻在傳統社會語境下受到侷限，一旦男性角色發生變化，使得女性難以掌握自身婚姻的趨向。例如公案的背棄婚盟故事等一類婚姻的決定權常由男性家長決定，這些類型與古代以倫常身分意識有關，公案中亦非反映所有類型，大部分集中於典雇妻女、娶親屬妻妾、娶逃走婦女、強占良家妻女、娶樂人為妻妾、僧道娶妻、良賤為婚姻，這些案件分布於婚姻類，或相近情節章回，約有三十餘則。

　　在不同公案集對婚姻類故事內容呈現不同的差異。例如《廉明公案》之內容皆襲自訟師秘本《蕭曹遺筆》的三詞內容；《明鏡公案》則包羅未婚成姦、幼婚不諧、未婚生子、室女生男，不全為婚姻糾紛之案件；《詳刑公案》、《詳情公案》與《律條公案》三書呈現，與明律出現婚姻糾紛較能對應內容，對於婚姻案件的界定更為清晰。而就繫以章回的公案集，其婚姻糾紛之內容，從篇目名稱較無法反映婚姻糾紛內容，若《詳刑公案》婚姻類中〈戴府尹斷姻親誤賊〉，在他書篇名則為《百家・兩家願指腹為婚》、《龍圖・鎖匙》。婚姻類案件內容除以《詳刑公案》、《詳情公案》與《律條公案》外，其餘婚姻糾紛故事少見於他本公案集。單就《詳刑・戴府尹斷姻親誤賊》類型而言，公案集出現五次外，此三書的婚姻糾紛故事總數近於公案小說集的婚姻故事類型數量的總數之半，可見聚焦於小說趣味與情節曲折為讀者樂見。公案小說集中婚姻糾紛案件還是關注於近才子佳人類型的內容。情節由男女交往開展出成婚的波折，涉及了女性對於禮教的規範、法律的糾葛、男女情感的變化，為其吸引讀者的主因。至於禮教規範的妻妾失序、典雇妻女、僧道娶妻、良賤為婚姻等內容出現並不頻繁。

## 三、宗教秩序

　　此部分包括官方宗教與民間宗教。公案小說中的官方宗教特別指佛教與道教，然這兩種宗教，幾乎集中於佛教，道教述及案件僅二三例，並不多見。民間宗教中有一二例的秘密宗教，映射明代的民間宗教情況，較多的部分為反映淫祀的情形，多集中於《百家公案》，其次為《龍圖公案》。

　　對應小說門類有淫僧類、謀害類、婚姻類、人命類、姦情類、威逼類、拐帶類、奸拐類、奸淫類、詐偽類、索騙類、旌表類、節孝類等。僧人在這些故事中皆為加害者的角色。

　　公案小說書寫的宗教人物多為負面人物，一、二則為受害者角色，這種書寫反映公案對於宗教的普遍印象，宗教身分犯罪者以佛教僧人居多，共六十六則，而利用道士身分則少許多，僅有二則。公案大量呈現佛教僧人罪案，特立以淫僧類標明人物，其所涉案件，非僅淫行，其於公案小說中的形象，集合強盜與色魔於一身，多是因色犯案引起的諸多類型，其次為宗教邪變類型約有三件，謀財者僅一件，所餘犯案動機脫不開女色。公案關注男性情欲流動，更於聚焦具有宗教身分的人物，[9]特別是佛教僧人，此種書寫不啻於公案小說，艷情小說亦多敷演，甚而專夸寫僧人，例如《僧尼孽海》等。然而公案小說集中於佛教僧人，以此針砭社會現象的企圖甚為明顯。

　　題材抄襲中亦發現道士、僧人之間轉換的改寫現象，例如道士

---

9　在六百多則的公案故事中，因宗教身分犯下姦情案道士僅有一例，對應於佛教僧人的例子相對地低得許多，可見公案有意以此專注於僧人製造的社會問題。

犯案的兩則故事《諸司・梁縣尹判道認婦》、《神明・紀三府斷人命偷屍》。而《神明・紀三府斷人命偷屍》加害人主角身分為道士，在《新民・強僧殺人偷屍》、《廉明・舒推府判風吹休字》卻是僧人，此三者故事以《廉明公案》在明代公案系統中出現較早。

此道士的另一個故事《諸司・梁縣尹判道認婦》也出現相似現象。與此相近情節有《龍圖・黑痣》、《詳刑・蘇縣尹斷光棍爭婦》、《詳情・斷光棍爭婦》、《律條・蘇縣尹斷光棍爭婦》，從婦人具有「黑痣」關鍵情節來看，這一系列出現的主角身分依序為道士－光棍－光棍－光棍。亦即道士在故事的發展歷程中角色性質逐漸轉變，提示僧人與道士在公案中的角色定位具有顯的不同趨向，值得關注。

民間宗教故事以淫祀者為多，秘密宗教僅二例而已，在《百家公案》中多有民間信仰的內容，例如配合清官辦案的城隍神與土地外，部分民間崇拜的神明並未納入官方祭祀體系中，淫祀內容中又有涉及到蛇妖偽稱神靈禍亂百姓的案件，這一類的宗教失序案件最後仍由清官予以導正。

## 四、法律秩序

從晚明社會秩序的崩解，對於原先禮教賦予的遵守規範的逾越，女性不安於室，造成家內紛爭的擴大，一方面是社會環境影響，另一方面與男性出外從商的影響互為因果。社會風潮影響庶民對物質的追求，甚而顛覆原有的禮教秩序。晚明商業活動達到巔峰，商人地位提升，四民流動轉趨商業，因而從商組成轉變有擴大之勢，棄農從商或棄儒從商的人數增多，顯現社會逐利的風氣興盛。因而利益糾紛益加紛呈，公案的因利益而犯罪案件比重不低，

大致析家分產，小至薄物糾紛，可見於社會風氣對於利益的執求，反映晚明好貨、趨利的風氣。

在趨利好貨風氣帶動下，商業風氣影響道德分際為繫，朋友之義與商人信用等基本道德受到衝擊，反映出外從商的不穩定因素。涉及趨利的紛爭中又以謀財害命的案件最為突出。在七百餘則故事中行旅在外謀財害命近五十五則，而謀財害命不成者低於五則，尚不包括發生住家附近的謀產害命案件。反映行旅危險，有《龍圖公案》九則、《新民公案》九則、《百家公案》七則、《剛峰公案》六則、《詳刑公案》六則、《詳情公案》五則、《律條公案》五則、《廉明公案》五則、《法林灼見》四則，這些故事成為公案集中人命類的主要類型之一，其中以商人身分遇害居多，而商人謀害他人者或商人朋友謀害商人者較少，多數是商人或旅人異地為陌生人所害較多。這一類故事受害主角集中於富人與商人，而遭遇不測地點又以外地居多。公案中的商人之人命案件旅外遭到不測，多與錢財有關。商人在異鄉死亡，往往冤情埋沒，此又成為鬼魂訴冤的主要類型之一，商人異地死亡涉及民眾心中的雙重恐懼：錢財喪失與落葉歸根的思維。因財而起的紛爭而發生命案的案件亦夥，若出門在外商人遇害的故事。商人生存的狀態特點有三：生意風險、因財招禍、官權關係複雜。[10]公案多呈現因財惹來殺身之禍，若《律條公案》謀害總類〈魏恤刑因鴉咒鳴冤〉中布商馬泰出外經商，行經小亭歇腳，被歹人下矇藥迷昏，身縛大石沉入蔭塘而溺死。故事雖非代表全部故事的類型，但就其遇害的共同特徵是相似的，被害

---

10　參見邱紹雄：《中國商賈小說史》（北京：北京大學出版社，2004年），頁 19-20。

死的情節雖多，最終避免東窗事發，被害者必被害死，且沉冤難雪。在遇害商販類別以布客為多，公案中約有十五則上下，其他尚有油客、書客等，這類行旅商人多攜金在外，易為奸人所趁，易反映晚明社會對於物質利益而道德沉淪的情況。

公案中的案件類型的分布大至人命關天，小至薄物糾紛皆有，古代清官審案案件繁雜，一般需有胥吏代理這類案件，明代官員對於案件審理或律法條例不見得熟悉，因薄物細故而引起的爭訟，更顯示出好訟的社會風氣。然而公案小說呈現這一類內容另有其他企圖，市井細民不見得視薄物紛爭為小事，另外公案有意包羅各種案件的審理，以呈現清官之智慧與賢能，因此故事凸顯清官的巧斷與高超斷案技巧，這一類故事雖不是公案小說中的主流，情節卻近於笑話，頗具趣味。若《廉明公案》爭占類〈孟主簿明斷爭鵝〉，故事詼諧地點出秀才死讀書而不辨菽麥，襯托清官能觀察細膩，以鵝屎作為判別鵝之歸屬，最後清官作詩加以嘲諷，清官對於動物之物理性質理解，回應晚明格物思想風潮，對於生活百態的觀察當有格物致知的能力，才有為庶民解紛，此類題材因具有切身生活經驗與故事趣味，更能反映庶民真實生活的常態。

而不務正業的犯案類型分為以強盜（或盜賊）、騙子、剪絡為業三種類型。強盜與盜賊分為兩種，一為群體為強盜，習以燒殺擄掠的集團作為；一為平日自有謀生，偶而利用機會犯案。此一類的犯罪人依人數分有集團犯案與個別犯案，依犯案性質分為流氓與盜匪。前者以詐騙謀生的慣行詐騙，多為棍徒，為游墮之民，無業營生而以詐騙作為謀生工具，多屬流氓與光棍，又稱為「喇虎」，又稱為「赤棍」，公案三詞中常以此稱名，形容對造的無賴與流氓；而盜匪多為強劫殺人越貨，往往利用晚間集體搶劫，手持兇器而人

多勢眾，百姓無力反抗而遭受性命傷害與財物損失。

　　此演變又說明了「光棍」這一流氓角色的在公案中嶄露的成分加重了。[11]職業掩護犯罪行為最多的概屬梢公一類的船工最夥，掩護犯案者最大宗為船梢與水手，共有二十五則。渡口或船上常成為死亡地點，除水所具有的危險性外，不暗水性，一旦落水若無人施救，性命恐怕不保。以渡船營生的梢公或船工比起他人，對於水性與地域的了解自然勝於他人。公案中書寫以渡船為業的人涉入犯罪者，多以謀財害命為主，這些故事多以出外的商人或婦人為被害對象，在檢索這類落水死亡的命案中，發現六種類型均可見於《龍圖公案》，篇目分別為〈夾底船〉4 則、〈接跡渡〉4 則、〈臨江亭〉3 則、〈港口漁翁〉3 則、〈三娘子〉2 則、〈葛葉飄來〉4則、〈瓷器燈盞〉2 則、〈殺假僧〉3 則。這些犯案人偶而勾連他人犯案，而且案情不易發露，江邊成為犯案的死角，江邊適合於殺人棄屍，水邊茫茫而屍體難尋，一旦落水呼救無人或者無人察覺，從此客死他鄉。而客死異地的恐懼與正義不彰形成了對於梢公行業的惡劣印象。然而這些案件雖隱晦難明，犯罪人亦能繩之以法，然而現實中並非命案全然皆能破案，因此江邊成為公案書寫的場景，可能與晚明商業發達，商人行旅往返密切有關，貨物往繁需要槽運或水上運輸，形成水路的發達，罪案層出不窮。

　　薄物細故之糾紛案件分布於爭占類、霸占類、賴騙類、竊盜

---

11　以騙為業者，又稱為光棍，約有三十八則，以《龍圖公案》作為四種類型
　　故事的代表，近於〈葛葉飄來〉4 則、〈奪傘破傘〉2 則、〈床被雜物〉3
　　則、〈賊總甲〉4 則、〈收帖招去〉4 則、〈青靛記穀〉2 則、〈試假反
　　試真〉3 則、〈騙馬〉2 則、〈遺帕〉2 則、〈借衣〉2 則、〈黑痣〉6
　　則、〈銅錢插壁〉2 則、〈瓦器燈盞〉2 則。

類、混爭類、鬥毆類。有時可能因小事而意氣用事鬧出人命，但此種案件較少。對於公案中出現影響重大的案件，如人命、傷害多人的治安案件與侵占財產等，這一類細故易引起糾紛。涉及侵占他人的傘、刀、穀、牛、馬、雞、鵝、櫶、布、瓜、盞、金、銀、茄。這一類生活細物糾紛，《廉明公案》中網羅最多，其後公案集多與此相近。在《廉明公案》這些故事中以〈孟主簿明斷爭鵝〉最受歡迎，又見於《龍圖・青糞》、《詳刑・項縣尹斷二僕爭鵝》、《詳情・斷二僕爭鵝》、《律條・項縣尹斷二僕爭鵝》，而〈秦巡捕明辨攘雞〉亦見於《詳刑・許典史斷婦人盜雞》、《詳情・斷婦人盜雞》、《律條・許典史斷婦人盜雞》，其次為〈金州同剖斷爭傘〉、〈武署印判瞞柴刀〉，此二則又見於《龍圖・奪傘破傘》、《龍圖・瞞刀還刀》，其他〈衛縣丞打櫶辨爭〉、〈孫縣尹判土地盆〉細物爭奪影響較小。

## 第二節　社會秩序的重構法式

公案作為重構社會秩序的方法，雖然作為故事的核心，其案件所涉正義，清官涉及正義實踐，能否有效地說服讀者相信，清官成為樞紐與關鍵，於是公案多援引歷史人物作為清官，書寫清官之形象成為正義敘事的基調。此種正義涉及神聖意志、社會意識、朝廷法令、個人廉正而能伸張。[12]公案具現實性貼合了律法的刑罰，因此刑罰反映社會意識對個人行為在社會秩序（遵守法律與禮教）的

---

12　參見王德威著，宋偉杰譯：《被壓抑的現代性：晚清小說新論》（北京：北京大學出版社，2005年），頁139。

離合，其勸懲之道並不止此，正面鼓勵之獎賞予以納入，其重建秩序歷程試圖完善律法的形式正義（刑罰制度與司法制度），除此，神聖意志的介入（天道），亦成為彌補形式正義的可能缺陷。

## 一、採用清官典型為明公義

　　清官為公案小說中的核心人物，從公案的現實性質而言，吏治成敗與清官素質的良窳有密切關係，強調清官斷案的公案小說及其清官文化，清官成為小說中習見人物，其道德性格成為其必備條件，無論從強調清官的道德與神化的公案專集外，散見諸司體公案小說集的清官，有意無意間亦以相近的手法型塑清官的偉岸形象。此形象基礎所開展出具有現實傾向的教化語言為清官審案的語言特徵。清官不僅身教（道德行為），亦採言教（教化語言），在此言教與身教下展開以公案模式重建社會秩序的張本。

　　清官形象的形塑從現所見晚明公案小說集《百家公案》的體例可見一斑，其於書卷首安置〈國史本傳〉及〈包待制出身沿流〉的用意，本於援用史傳色彩，強化包公的清官色彩，此手法亦同樣地見於《居官公案》及《新民公案》的體例，後起公案集有意承接體例在於清官的形象與公案之正義敘事的關聯性，對原本當代已有盛名的清官，如何須要鋪陳事蹟？除與清官的英雄崇拜有關外，強調其真實可信的操作策略有關，以《百家公案》為例，其三個版本全稱為與畊堂本《新刊京本通俗演義全像包龍圖判百家公案全傳》、楊文高刊本《新刊京本通俗演義全像百家公案全傳》、萬卷樓刊本《新鐫全像包孝肅公百家公案演義》，分別以書名鑲有「傳」、「演義」之名，著意強調歷史雖與公案故事之虛構相悖，借清官之名強化公案故事的說服力，遂有後來清官之形象轉嫁手法，以清官

名號撐起公案小說之號召，其中又以「龍圖」最為顯著，於是內容多見「蘇龍圖」、「崔龍圖」比附包公名號。[13]

　　除包拯、郭青螺、海瑞外，尚有張淳、周新、鄒元標、張淳、彭紹、曾泉、楊暄、崔恭、周新、余員、陳幼學、張錄、陳祖、顧佐、陳選、陳襄、陸瑜等，多數集中於明代，援引案例亦從法家書案例，或清官流傳斷案故事嫁接人物，皆說明公案集反映的追求正義心態，貼合民眾希求「青天」的普遍心理。對於民間而言，近似英雄的崇拜成為正義的象徵。清官為明代公案小說集中唯一不變關鍵角色的定位，在於公案中的冤情與正義必須經由清官扭轉乾坤。當然承繼清官文化中的道德形象，已然成為其不斷豐富形象的基石。

　　因而公案個案與清官名號之間的連結關係不能僅從抄襲或嫁接的手法去認識文學書寫的現象，須從公案之正義實踐的基礎予以理解，清官代表著正義實踐的人物象徵，公案冤情能否平反的唯一倚賴，天道意志貫注與人間律法維護的樞紐，因此公案不僅在內容中反覆強調清官賢能，甚且從其道德人格中推崇近乎神人。又在書名形式大費周章，「名公」一詞不斷地出現公案小說集的扉頁上，書名反映對清官名號操作策略，非《百家公案》、《龍圖公案》、《新民公案》、《剛峰公案》等專人之書傳體公案小說，即以「名公」作為號召。例如《明鏡公案》全稱為《精采百家諸名公明鏡公案》，又名《新刻名公匯集神斷明鏡公案》、《刊名公神斷明鏡公案》、《新刻諸名公奇判公案》等，顯示了前後不一致的稱名，意

---

13　「蘇龍圖」見於《詳刑・蘇縣尹斷光棍爭婦》、《律條・蘇縣尹斷光棍爭婦》、《詳情・斷光棍爭婦》，「崔龍圖」見於《諸司・崔知府判商遺金》、《詳情・判商遺金》。

圖比附於其他公案小說集。其他如《詳情公案》至少在兩種版本全稱皆鑲嵌「名公」二字，而《詳刑公案》全稱《新鐫國朝名公神斷詳刑公案》，其他尚有《合刻名公案斷法林灼見》，《新鐫國朝名公神斷李卓吾詳情公案》或《新鐫國朝名公神斷陳眉公詳情公案》，皆脫不開「名公」一詞。「名公」或「龍圖」指向清官名稱，當然與民眾對於名人的崇尚心理有關，其中假托「陳眉公」或「李卓吾」所編纂公案集作為招睞讀者選購，呈現公案小說集的編纂與商業市場操作手法勾連逐漸密合。

　　作為公案小說集的核心價值──正義意涵，清官演繹正義的重心在於案件審理與平反冤情，公案審理之全過程必要符合讀者對於正義的期待，即社會意識對於正義的理解與想像。

## 二、援用律法勸懲以示善惡

　　公案小說反映明代社會的司法實踐，雖未全然符合現實操作，對於刑罰或獎勵，確實依照官方實踐的原則，對於為惡者的犯罪案件依「重典治國」方針而以「重其所重，輕其所輕」刑罰處置。至於為善者，採用了旌獎、建坊、增匾等方式進行。明代公案小說集因此多少逸出習見印象，就前所表列之旌表類，皆為此種案件。因此將案件析分為二類，一為對於違法律法者予以處置，一為有益風教的行為予以獎勵。這兩類以形象人物區分為負面人物，正面人物，兩種人物形象之處置趨向，又映現公案勸懲方法與手段。

　　然而從公案內容的編輯或設定程式而言，正好反映以正反人物的用心，公案雖然以強調罪案偵查的過程為主，對於認同於清官的意識與思維的讀者，教化責任與治理地方為一體兩面的認識深植人心，法律為最後手段，教化為長治久安的基礎。故樹立正面典型的

類別或著意強調負面類型的類別，皆在此思維下展開。

公案小說採正負人物對比內容，以命運趨向映襯出對人物臧否，用此呈現禮教規範內容，違背禮教的人物往往遭到嚴厲懲罰，對能遵守禮教的人物予以獎勵，並將之視為典範。反之，負面人物在於違反禮教，破壞社會秩序而成為律法刑罰處置之對象。小說對於正面人物的書寫內容依社會規範安排，因此男女的遵行內容有所不同，其著重的面向亦不同，凸顯出禮教社會的秩序內容依人物之地位或位置而有所調整。

明代法律雖然仿照「唐律」的基礎，在「刑亂國用重典」的概念下，以「重其重罪、輕其輕罪」原則的處置罪犯，一方面遏止犯罪叢生，一方面示現仁政之道。而公案小說亦體現明代律法之刑罰處置的內容與原則，新增明代的充軍、擺站、凌遲等刑罰，皆可得見。其「重其重」之原則，多見於十重罪範疇，「輕其輕」之原則多見於女性婚姻與情感相關案件等。

遭受刑罰為破害社會秩序的必然結果，雖然現實中不必然相等，然公案對犯罪與刑罰對稱原則並沒有例外，才能保證正義或公義的實踐。公案對犯罪人的處罰依循的是律法的規定，其議斷案情除多數依照律法或相關律例辦理，仍有部分判決溢出律法審判原則，若「原情」與清官裁量。對於刑罰的寬和，又涉及犯罪與刑罰的對稱，否則失去對稱性，將使刑罰失去意義，而清官「原情」精神，特別聚焦於對於未婚男女姦情案，其考量人性與社會風教，原宥其罪有其道理。

其次，刑罰與犯行的對應性與及時性，如果未能充分發揮，或延遲將導致律法的約束失效，公義將無法實現。然而公案對於這種行為後果的延遲，歸之於天道，認為報應與律法的刑罰只有遲速，

對應現實案件並非如此。

　　另外有關地方教化的旌表類內容亦予以涵括，這也是以往公案文學少見的，由此可以推斷明代以案為名的公案小說集，其形式或內容較為寬鬆認定有密切關係。第二部分旌表類內容採用樹立模範或典型的方式進行，官府的旌獎運作過程，對人物的表揚與事蹟予以肯定的作法，亦視為公案。就小說人物而言，對立於正面典範的犯罪人物，小說善惡並置的呈現，使得讀者認識對正反兩種角色的編輯策略不同。穿插對相近的正面人物的表揚，不啻於旌表類，在其他的類別中，亦有之，只是不另立一類。

　　樹立典範為公案正面肯定人物的態度，代表官方的清官藉由語言表彰與旌獎內容而呈現。其次藉由文本對人物未來命運的抒發予以交代。就前所述特例旌獎一類的運作過程往往為故事的情節重心，甚而一再呈現交代官方的態度與處置：一、故事交代案件經過。二、清官審案。三、官方旌獎。故事鋪墊人物的道德行為，以強調人物的崇高道德性格，事件涉及案件如何不堪，案件最終成為驗證人物的道德性格的內容，清官判詞成為對人物肯定的證明，藉由歌頌人物，努力提示讀者效仿的路徑，因此將人物的道德輝光環結起前人的事蹟以證成人格的偉岸。以對負面人物的否定映襯主旨強化的道德性質。其後在官方旌獎特別強調坊牌、匾額、建祠等有利於教化的獎勵。暫舉一例，《廉明公案》旌表類〈謝知府旌獎孝子〉：

　　　　「參看得孝子周可立，克諧一本，有懷二人。憶週歲而失
　　怙，朝夕在念；感娶母之苦守，菽水承顏。母思有子而無
　　婦，夫之無後可慮；子念嫁母而娶妻，反之此心不寧。好色

人所愛，有妻子而不慕；苦節不易守，歷一年而不更。如窮
人之無歸，幾同虞舜之大孝。欲力作而還母，何殊董永之賣
身。妻伯感義贈金，欲玉成其孝；焦黑竊銀遠走，自取震於
雷。非純孝之格天，胡殛誅兇人以顯節；乃真心之動眾，故
咸稱孝德以揚名。合無旌表里閭，庶可激揚乎風化；相應蠲
復傜役，用以憂恤乎孝門。」

按院依申批下，准之旌表，仍復其家差役。賜其扁曰「純孝
格天」，謝知州亦送扁贈曰「孝孚神明」。

按：此事不惟周生之孝德過人，而房氏之為夫全後，孝識其
大。呂氏之歸家甘守，相成夫孝；進壽之典田相贈，雅重孝
子；思賢之不留後妻，任全慈孝，皆賢淑之品德，盛世之休
風也。是宜謝公表之，以屬（勵）後人。[14]

　　以上共有判詞、清官具體處置、編纂者按語三部分，其內容側
重不同。判詞援引古人大孝的事蹟「幾同虞舜之大孝。欲力作而還
母，何殊董永之賣身。」重點在於對於孝子的行為具體詳細敘說，
並對負面人物竊銀者遭雷擊而焦黑的報應，代表天道對於惡行的否
定。其次，藉由對孝子旌表及匾額內容、及知府親送作為對正面人
物行為的張揚。

## 三、兼用天道內容以補律法

　　公案故事情節出現大量天道報應、神明救難、冥府審判、孤魂
野鬼、妖怪精魅等內容，對倚重現實律法解決問題的公案小說而

---

14　〔明〕余象斗編：《廉明公案》，頁 1309-1310。

言，超常情節成為讀者疑惑的關鍵，若將古代文化語境一併觀察，自然可以理解一面強調清官賢明形象，何以又縮合諸多神怪與感應等，以致逸出清官精察斷案的氛圍。

天道思維對應清官人治的性質差異為公案小說必須面對的兩難，並非所有公案小說皆能妥當處理清官的形象衝突，復加公案小說往往採擷他書材料，又無法完善地改寫內容，以致出現清官形象不夠統一的情況。然而此問題尚涉及人間律法所反映現實層面的侷限性，並非清官所能掌握，小說試圖神化清官者，多著重包公，其他諸司清官，更近於道德性格理想化而非神化，此說明公案小說視清官為賢吏的態度，而就其諸司清官之人智所及，必有侷限的認知，必然回歸於文化底蘊所強調的天道思維，即庶民一向相信善惡有報的天道精神。

因而不僅須從小說繼承志怪傳統的神怪餘緒理解公案，亦須依先秦以來以至漢代的天人感應的脈絡思考，才能理順對公案故事充斥異兆、感應、妖怪變形等內容的衝突。而這些內容多少偏離公案小說的現實性格，多集中於明代公案小說集《百家公案》一書，與包公神化的內容對應起來，即非巧合的書寫現象。至於後來大量承接《百家公案》的《龍圖公案》，已然削弱包公神化，唯獨留其冥府斷案故事，顯然有些突兀。

繼《百家公案》後的公案小說集之神怪內容色彩不斷地削弱，有意採用更為符合庶民的生活內容，因此百姓薄物瑣細的糾紛增多，為公案小說題材擇選的大方向。而天道相關內容的處理更為間接的，往往附以文末的按語或評議加以表現觀點，而非直接於故事中呈現，這種編纂方式的細微轉變在一般研究中甚少注意。明代公案小說集試圖朝向俗世的律法方向走，這與後來公案集中附入法律

知識相關內容的現象可以證驗，若《律條公案》的「六律總括」的
內容等。

　　儘管這個方向持續保持，對公案中出現的斷案偏失仍缺乏關
注，於是晚出的《龍圖公案》，才將冥府斷案故事以集中編排加以
安排。《龍圖公案》出現此種情形，可以視為天道思維對於現實律
法走向的反思。而此類報應或冥間故事，確實對讀者閱讀心理有所
啟發，一方面以此說解對於律法偏失的安撫心理，一方面又合理解
釋命運中不合常理之處。

　　公案中的冥司審案故事雖然僅有十二則，其運作大致遵行陽律
先行的規律。報應之相對「行惡無近刑，行善無近名」更為貼切庶
民理解，報應現象為庶民共同的集體意識，小說敷演十二則冥司審
案，處理法律不能及者，冥司審案亦如陽間斷案，由冥司判官（閻
羅或包公）主理，以呈現對於近於刑罰獎勵的正義實踐，天道之
下，一旦犯案或不遵法紀將無所逃遁於天地之間。

　　陽律刑罰因清官智力所不及，或囿限律法不能周全，陰律行使
（現世報）又印證天道之實有，若《百家・判妬婦殺妾子之冤》
云：

> 次日包公即喚鄭強、薛霸，拘拿陳氏，當廳審勘。包公曰：
> 「妾子即汝子一般，何得心懷妬忌，害及三命？絕夫之嗣，
> 莫大之罪，又將焉逃？」陳氏悔服無語，包公就擬斷凌遲處
> 死。
> 後閱五載，馮叟回歸。家畜大母彘，歲生數子，獲利數倍，
> 將欲售之於屠，忽作人言曰：「我即君之妻陳氏也。平日妬
> 忌，殺妾母子，況受君之恩，絕君之嗣，雖蒙包公斷後，上

天猶不肯宥妾，復行罪罰，作為母豕。今償君債將滿，未免
千刀之報。為我傳語世婦：孝奉公姑，和睦妯娌，勿專家
事，抗拒夫子；勿存妒悍，欺制妾媵。否則，他日之報即我
之報也。」[15]

　　妒婦所遭凌遲的刑罰已是死刑之極致，小說認為死不足以彌補
絕嗣罪過，又以投生母豬繼續償還與受苦。最後又由母豬自我言說
受罰原由：「孝奉公姑，和睦妯娌，勿專家事，抗拒夫子；勿存妒
悍，欺制妾媵。否則，他日之報即我之報也。」就其陰罰性質或自
我言說之不經，是否取信於讀者，皆蘊含正義的寓意。

　　其次，天道思維在情節的變化，尚涉及象徵天道趨向的神明情
節。公案中的神明信仰情節可分正統與異端，正統為官方承認，為
中央與地方正式列入祭祀的神祇，如城隍神、社神等，而民間崇拜
對象，如灶君等亦有之。異端者多屬邪祀範圍，如參沙神等，官方
不能承認者為清官所剷除，然而涉及人間以外的管轄範圍，清官無
力剷除的邪祀與妖怪，仍須求助於天帝予以協助。

　　明代三教合一的背景下，公案集中的神靈亦如民間信仰對象的
多元。玉皇大帝、釋迦佛、觀音、閻羅王、三官神、諸葛武侯、城
隍、土地神、灶君等不一而足。公案小說呈現的是社會信仰的生活
面向，更貼近於庶民生活的實況，反映的是底層人民的生活內容與
實際生活的危難處理模式。小說中的神靈，以城隍神出現的次數最
為頻繁，除協同清官辦案之外，庶民視城隍廟為信仰中心反映明代
提高城隍神的官方祭祀地位，亦即強化城隍在官方與民間的雙重

---

15　〔明〕安遇時編，蕭相愷校點：《包龍圖判百家公案》，頁 62。

性。

在這一類神明效能中，以城隍神為最，人間清官無法判別與處理者，往往交付城隍神辦理，因著明代對於各級城隍的位階對應有所不同，因此清官包公有時對城隍神上下指使，有時奉為上司。城隍神作為清官與上帝的溝通管道，亦有難以應付的妖類，更需要天道的馳援。而城隍廟有時亦作為驗證天道監察與否的地點，若《律條公案・曹推官訪出慣賊》中將城隍廟作為故事背景，真賊鐵木兒、金堆子因為賊情未發露以為城隍神顯靈而到城隍廟還願，不料曹推官暗中已注意到案情不單純，原先監禁的衛典可能是被陷害的，在賊人心理放鬆之下，中了曹推官的計謀而露餡，因此說出「城隍爺爺真靈，推官爺爺真好。若不得他，我輩齊有煩惱。」反而被捉，而驗證「城隍爺爺真靈」了。除城隍神之外，其次為社令（土地神）。土地神的角色往往縮結城隍神，成為協助清官的兩位神祇。土地神的位階較低，然與庶民生活更為接近，除聽候城隍神差遣外，清官面對虎蛇等獸類作怪時，亦須予以協助。

神明介入的情節，多屬應清官或庶民祈求而出現。清官祈禱的方式，又涉及冥司協助辦案為主，因而以城隍廟為主要場域，清官藉由祈禱上天，懲治禍害人間的妖怪，或者命城隍或土地神進行調查，這種涉入神判的情節多集中於《百家公案》，呈現包公能通鬼神的特徵。《龍圖公案》更將包公陰陽兩判作為情節演繹。至於庶民祈求又分為案件未發或案件已發，神明信仰的觀照下，庶民前往祈禱或祈求，神明因人善而庇佑，因此指點迷津，提示將要出現的危險。另者，亦有當庶民發生危難，以持經念誦、呼名求救召喚神明應聲現身救援的內容。

## 第三節　秩序重構的意圖與意義

　　「公案」成為重構社會秩序的進路，亦是實踐「無訟」理想的必然途徑，定善惡、平冤抑、獎善良、罰罪惡，以實現社會正義，公案文本就成為映現社會心理與文化內涵的最佳材料。

### 一、無訟理想的想像與應對策略

　　公案小說集能夠風行於晚明固然起於閱讀消費市場的需求，法律知識日用與社會訴訟氛圍亦不無關係，因此題材纂成必然著重於此。在內容方面纂輯小說題材與訟師秘本並行，並受到法家書形式的影響，題材在小說、訟師秘本、日用類書三者間游移，致使公案小說集的形制顯得紛雜，這與晚明出版文化與編纂習慣的不確定性有關，這使得公案小說集商品化的趨勢難以避免，因而從書籍成書的操作方式、招睞讀者的自我宣傳與成書抄、短、快的惡習，註定公案小說集質量無法臻善，然無礙於公案小說集的多數讀者的接受，公案小說中的音注現象或售價低廉反映出讀者的知識水平。

　　回歸於小說纂輯的本身與編者（或作者）的個人意圖，個人素養畢竟不同於一般讀者，對於公案小說集所涉及的政治教化理想與地方吏治現實必然了然於心，因而不斷地在敘言中強調著先王之治，這種基本好古的性格，必要祖述堯、舜、禹、湯、文、武、周公，乃至於孔子亦常引用。孔子云：「聽訟，吾猶人也。必也使吾訟乎」無訟的理想成為刑、法、律的最高願景，任刑與重刑的目的乃在於去刑。中國治世之道在於「禮節民心，樂和民聲，政以行之，刑以防之。禮樂刑政，四達而不悖，則王道備矣。」由人自覺遵從於禮，真正建立起一套社會秩序的有效辦法，仍然為

「教」。[16]而公案小說所主張亦符合如此之教也，《明鏡・陳大巡斷強姦殺命》故事末提到「旌貞節、誅強暴，民風可挽，時俗可回」，藉由百姓道出〈古風〉一篇：

> 吏胥守法奉公差，士民安樂親眷屬。
> 皇王有道四海清，德星高照開天目。
> 指日丹書下九天，致君堯舜百姓足。
> 代代公候匪浪誇，五福全臻從心歆。[17]

臻至此秩序理想在於肯定正面旌貞節的高尚懿行、強化誅強暴的必然要求，民風必由此正。因而公案小說並置這二類內容的意圖甚為明顯，在此律法或禮教規範之下趨向庶民可以遵行，此種理想化的氛圍又散見於小說故事的評論之中。

在相關的政治理想，有與案獄有關者，首推「無訟」，若於余象斗於《廉明公案》敘言中強調：

> 秉明公案敘：漢宣有言，庶民之安其田里而無愁歎之聲者，以改平訟理也。夫自忘言之風遠靡爭之化邈，欲民之無訟及聖世猶難之，故孔子敘書而取祥刑，豈不慕虞芮之讓刑措之和哉，亦不得中行而與之，故思狂狷之意也，脫近世則巧深文拙，勤恤右斷臧，尤保嬰烹鮮束濕以操切，屠伯乳虎以恣

---

16　參見梁治平：《尋求自然秩序中的和諧——中國傳統法律文化研究》（北京：中國政法大學出版社，1997 年），頁 194。

17　〔明〕吳沛泉輯：《明鏡公案》，《古本小說叢刊》第 32 輯第 1 冊（北京：中華書局，1991 年），頁 74。

　　雖使鷹隼揚威，拑網流酷民之血，謂納甕者荼毒何訴哉，惟
　　我昭代聖天子沛好生之德，泣禹囚而解湯網，群有司奉執法
　　之公勞，撫字而堅保障，民欽莫虞之醇吏茹水蘗之苦，蓋庭
　　中稱平而民，自不以冤失。[18]

　　其序中提出「無訟」，本符合禮樂教化揭櫫的理想，然無訟聖
世易企及，孔子的祥刑與虞芮之讓刑於焉產生，於是論及當世而道
出：「群有司奉執法之公勞，撫字而堅保障，民欽莫虞之醇吏茹水
蘗之苦，蓋庭中稱平而民，自不以冤失。」亦在無冤。《新民・新
民錄引》延續這樣的思路，提出「非貢諛也，欲俾公今日新民之公
案，為<u>萬世牧林總者法程也</u>。有志而喜，於是乎樂譚而鏤之剖
厥。」[19]對於「新民」的理解，如是說：「《傳》曰：『民之所好
好之，民之所惡惡之，此之謂民之父母。』既以為父母斯民為王
道，則新民之體已立，而新民之用大行。區區聽訟，僅治功之緒餘
耳。」

　　案例集成於治世有俾益之處成為強調公案小說集成書的理由，
又在理想與現實中搭起對話的可能，是否能在纂輯內容中互相印
證，則又是另一個問題了。周曰校重梓《百家公案》的另一版本
《包公演義》，其敘言中提到：「愚竊恐神之者知其神者而神，不
知其不神而所以神也，爰集百家成斷，匯為六卷，好曰『公案』，

18　臺灣中央研究院傅斯年圖書館藏有影印本，參見〔明〕余象斗：〈序〉，
　　《廉明奇判公案傳》，林羅山抄本，內閣文庫藏余氏雙峰堂刊本（1605
　　年）。
19　〔明〕吳遷：《新民公案》，《古本小說叢刊》第 3 輯第 4 冊（北京：中
　　華書局，1990 年），頁 1401。

猗與都哉！」[20]以宣揚包公神能作為重刊的聲明，與作為審案法程參考的理由皆能符合讀者的需要與心理。

## 二、寄寓正義的閱讀心理與期望

　　既然晚明通俗小說的讀者多為一般庶民，在識字率提高的影響下，小說在通俗市場的作用下，必須考慮讀者的喜好與趨向。在這些案件中間雜著近似豔情或者暴力的內容，吸引讀者購買的慾望，公案小說集後來成為諸多通俗小說的題材來源或改寫的範本，說明小說編纂的手法確實起到了刺激讀者的作用。

　　就讀者的閱讀心理而言，更為主體的部分是公案涉及的正義意識與禮教意識的呈現。正義敘事展現了讀者對於司法現實的不滿心理，禮教內容呈現了社會倫理的規範與對社會秩序的想像。

　　就正義心理而言，《包公案・包龍圖神斷公案序》的敘反映現實中可能的審案情況，在序署「江左陶元乃斌父」的序言中提到：

> 雖然堂上堂下，遠於萬里，左右蔽之耳。滑吏舞文積書弄
> 法，吾未如之何也已矣！昔包公嘗惡吏擅權，民有得重罪
> 者，求救於吏，吏曰：「汝當鞫問時，但哀求不已，我自有
> 處。」臨刑，民果哀呼不已，吏在旁喝道：「快領罪去，不
> 得在此叫號。」包公惡其侵權，竟與以輕罪而去。夫以包公

---

[20]　〔明〕完熙生編，〔韓〕朴在淵校點：《包公演義》，收錄於季羨林等整理出版：《韓國藏中國稀見珍本小說》（北京：中國大百科全書出版社，1997年），頁129。

之明不免為衙蠹侵權如此。[21]

　　以包公之英明尚且為滑吏所欺，多少映現明代的吏治情況，百姓遭冤不得申明，因此特意強調「公案」的功用，其後嘉慶時間李西橋的序更以直白道出：「故是書不特教人之明，而並教人之公，蓋虛偽百出，一斷不差，究非理在事外，總由中無執泥，惟求真耳。」[22]冤獄的形成除現實的條件不完美外，人治因素比例不小，因而讀者對於冤案的心理總期待正義的實踐。公案對冤屈表呈例子中，以《龍圖公案》中〈兔戴帽〉最能形象化此種思維，文字遊戲作為呈現的方式，最為突出，文字遊戲表呈出案情真相或者線索的方式本具有引導讀者追隨情節發展的構設，公案小說用「兔戴帽」射「冤」一字，直接道出故事情節的核心。冤情表露凸顯弱勢者的困境，在缺乏清官審斷與介入可能冤情石沈大海。公案中並非所有審理案情的官吏皆為清官之流，因而每則故事最終案情導向清官能夠發掘真相，冤情得以平反。這些弱勢者對於衙門能否平反案情的心態反映了對於官衙的不信任，更加強對於冤屈的無力感。

　　在公案小說的閱讀視野中，公平與正義的天平，強調庶民關心的冤情能否平反與解決，因此從冤魂現身、神明救難、天道報應、隱語線索等情節環節起對正義的渴望，甚而冥府審判的案例故事，皆意圖凸顯正義敘事的定位。從眾公案小說集中一再複製或重複的題材驗證了讀者渴望的心理，公案集的分門別類中更具體映現社會的想像，若人命類中一再出現的冤魂現身、婚姻類中的誤作賊兇、

---

姦情類中的因姦喪命、爭占類中的析產不公、威逼類與拐帶類中的擄人逼姦等等。

　　作品為讀者與作者溝通交會下的成果，作品完成包含了讀者對於作品期待。法律相關文學所涉及最直接的核心議題即為公平與正義的實踐。法律或者案件處理不公，體現於此的是對於受害人的冤屈無法平反，或讓加害者逍遙法外無法得到應有處置。這一類補償因素大致可分為三類，首先以代表世間律法的執行者清官的處置作為平反冤情的主力，其次為補償世間律法現實侷限的天道報應，復次為獎勵善良的官方旌表與天道酬善。

　　故事所貫穿的公案故事，試圖重構出人間的美好與願望，挽回世道人心相信的道德與法律秩序。第一類心理補償，刑法處置的強化，尤其涉及社會風教的案件，無不以嚴刑特別處置，以慰人心。例如，公案小說集中常見的罪僧案件，清官處公案中以焚其寺院與最嚴格的凌遲之刑處置，反映明代社會的嚴重僧人犯罪，其次是亂倫案件，不僅陽間處置，冥間亦隨之加重；第二類為公案承認世俗法律仍有不及者的補救辦法，此亦是公案小說之所以出現大量天道報應故事的原因之一，就其現實性質而言，鬼神報應等超自然情節的出現往往悖於律法的世俗性質，雖在文化語境中予以援用，卻削弱了清官治功事蹟，故事卻又以清官道德性格作為詮解天道相應與感格萬物的理由，以滿足庶民對於天道與清官的信仰，以解律法現實的困境；第三類為獎勵裨益世風的義行，具體措施採以官方旌表或者贈匾等方式進行，此部分故事數量雖少，並有部分故事散見於旌表等類之外，然說明了公案小說集試圖包羅正面典範案例的企圖，回應了傳統對於社會風教的良窳繫於人心，人心關乎風俗的理解。

## 三、定位公案小說的意義與價值

公案小說作為通俗小說的一支，具有了通俗小說的娛樂性。蕭相愷提到：「娛樂性品格，表現在作品的內容和形式上，則是它比一般的雅小說更多地強調故事的新奇刺激，情節的離奇曲折……給人娛樂、讓人消遣。[23]」明代公案小說不僅具有教化功能、娛樂功能，更直接有知識教育的功能，尤其其律法相關內容。

公案小說的娛樂性在內容上採擷暴力、色情、奇特情節，因此僧人犯案、通姦殺夫、翁媳亂倫等皆是驚悚題材，又兼具娛樂性。而形式上採用上圖下文，或上為律法相關知識，下為公案故事的編纂方法等，皆在迎合讀者的口味與需要。

然從「重構社會秩序」的觀點而言，負面人物故事的相關案件，在公案中皆以善惡形貌的塑造，在迎合讀者口味中置入教化功能與吸收知識功能，因此其娛樂性會受到影響，不若豔情小說或神魔小說等相近題材張揚色情或誌異等內容，而在豔情小說相近題材中，對於公案斷案的三詞亦予刪削。例如從《僧尼孽海》從公案集的選材中或晚明其他通俗小說，均可以比對出來，這是受到公案小說著重的題材形式所侷限，公案著重審判與議斷為公案小說集的共同特點，此部分恰為「重構秩序」的重心，因此娛樂性與公案強調「重構秩序」並沒有發生衝突，而是作者（或編纂者）在改寫題材過程，有意地將其比重調整以適應文體的共同特徵。

魯迅在《中國小說史略》提到：「明人又作短書十卷曰《龍圖公案》，亦名《包公案》，記拯藉私訪夢兆鬼語等以斷奇案六十三

---

[23]　參見蕭相愷：《中國古代小說考論》（南京：鳳凰出版社，2010 年）。頁 30。

事，然文意甚拙，蓋僅識文字者所為。」[24]其中「文意甚拙」二字
相對成就較高的通俗小說或文言小說作品而言，不在於文字俚鄙，
而是其價值為庶民階層所接受。

　　從現在研究成果已經知道公案小說的法律知識或審案參考，成
為書坊主或作者招睞購買的因素。公案小說中的《剛峰‧海剛峰先
生居官公案傳序》強調了「然而決獄惟明，口碑載道，人莫不喜譚
之。時有好事者，以耳目所睹記，即其歷官所案，為之傳其顛
末。」[25]雖序言強調公案的真實性，從其故事的編纂內容觀察，多
是虛構內容或者轉引他書，卻不斷強調「公案」的專家權威與有效
性，可能僅是作者所欲傳達的公案的功能性，雖然如此，公案的現
實功能尚有「三詞」內容應用，明代書坊所刊刻的日用類書或通俗
類書的法律知識，作為庶民生活中的必備書籍。這些日用書籍相對
於精裝小說索價並不高，[26]庶民皆能負擔的消費水平，書籍價格
低，商業程度愈高，刊刻成本低，書價自然降低，加上公案小說集
的主要刊刻地域建陽刊刻書籍的質量不高，適應讀者的水平，能夠
在市場上取得機先。因而公案小說的存在價值的彰顯首先在於讀者
藉由閱讀公案小說獲得知識與消遣，進而提供作為日常法律的應用
與審案法程的參照。

---

24　參見魯迅：《中國小說史略》（上海：上海古籍出版社，2006 年），頁
　　249。

25　參見〔明〕李春芳編：《海剛峰先生居官公案傳》，頁 131。

26　曆書或《萬寶全書》三十多卷價格僅一錢而已，參見〔日〕大木康：《中
　　国明末のメディア革命——庶民が本を読む》（東京：刀水書房，2009
　　年），頁 41-46；〔美〕周啟榮：〈明清印刷書籍成本、價格及其商品價
　　值的研究〉，《浙江大學學報（人文社會科學版）》第 40 卷第 1 期
　　（2010 年 1 月），頁 13。

　　從文學角度而言，公案小說與其他通俗文學的互動推進了文學發展，包公文學、俠義公案小說，乃至於後來的偵探小說。多少與公案文學有著難以完全分割的關係，以致不少人將公案文學與偵探小說對比、延伸，[27]說明公案小說在公案文學的發展不可忽視，然因其次文類地位，到了近年才獲得較多的關注，[28]相較於包公故事題材還是晚了許多年。

　　明代公案小說不僅見於集結成專書的公案小說集，尚有散見於其他小說的單篇公案小說，如「三言」、「兩拍」、《杜騙新書》、《歡喜冤家》、《型世言》、《清夜鐘》等，二者的取向雖然同為公案小說，涉及了清官斷案的內容，亦皆有以通俗導向的讀者消費群，後者中若「三言」、「兩拍」的文學創作手法與情節緊密、語言文字更為曉暢，[29]非公案小說集所能比肩。然而無論從社會意涵或律法相涉文化而言，公案小說集皆有不可磨滅的價值與意義。

　　從社會意涵而言，公案小說的歷史性格反映社會現實，呼應正義詩學的恆久價值，總藉由召喚清官達成公道與正義，公案小說有意重構社會秩序的意識，並貼合於現實律法的書寫內容，聚焦禮教

---

27　參見苗懷明：〈從公案到偵探──論晚清公案小說的終結與近代偵探小說的生成〉，《明清小說研究》第 2 期（2001），頁 47-50；于洪笙、胡小偉：〈從公案到偵探──中國法制小說兩千年〉，《嶺南學報》第 3 期（2006 年）。

28　參見陳麗君：〈從跨領域視角談公案文學的幾個問題〉，《東海大學圖書館館訊》新 97 期（2009 年 10 月），頁 41。

29　參見黃永林：《中西通俗小說敘事：比較與闡釋》（武漢：華中師範大學出版社，2009 年），頁 225。

規範的持守與社會秩序、社會公義的實踐，反映庶眾的心聲，使公案題材歷久而不衰。

從公案的核心元素「法」字的文字原始意義，包含「刑罰」、「規範」的雙重意義，公案小說圍繞著法律文化、清官文化、禮教規範等層面開展，呈現法律的文獻價值，作為研究古代法律文化的材料外，成為研究古代庶民生活的路徑之一。

內容中的清官實寄託庶民對於正義的期望，對於社會趨於無訟理想的期待，也是公案小說所賦予的心理慰藉與庶民的想像。由此反映公案文本的價值與功能，定位出公案文學發展與時代意義。

# 小　結

公案小說集以大量的犯罪內容鋪排晚明社會習見的犯罪型態，雖以小說內容與現實有所差異，但多數犯罪類型不斷地被抄襲與改寫，說明故事具有相當程度的吸引力，在這些罪案中，禮教規範、宗教規範、社會秩序不斷地被強調，從人物指向對於僧人戒行不修危害百姓，婦女難守空閨，庶民蜂擁追求利益等行徑，演變成為激化犯罪的因素。

明代肇建以來所冀望以律法完備作為王朝萬世之基，從官方政策推行律法教育，以致民間律法知識盛行，推行律法完善成為維持王權秩序的靈丹妙藥，信仰清官能夠再造盛世的思維，公案成為反映社會集體意識的產物，由此對於公案內容的接受掀起晚明公案小說集的流行，從其建構社會秩序的藍圖與方法，揭示明代社會對於社會秩序重構的思維方法，即以清官典型為吏治的樞紐，以律法勸懲作為導正善惡的手段，以強調天道報應作為挽救世道人心的信

仰，試圖將社會秩序導回正軌，重新以前代或當代清官景行作為典範的提醒，綰合清官各種斷案奇能以為參照，兼以刑罰與獎勵導以世俗的遵行方向。

# 第八章 結 論

　　秩序不僅是個人追求意義與價值而已，也是重構意義的目的，審判成為重構秩序的方法，而獎善罰惡並非僅是手段，而是為了形塑典範，重構秩序才是公案的重心，「無訟」就成為可以企及的理想。從重構秩序到秩序衡定，清官作為衡定善惡的天平，凸顯以人為主體的公案人物群相的闡釋更具意義。在公案中，以人為主體，確然不同於張德勝《儒家倫理與秩序情結：中國思想的社會學詮釋》對於秩序情結為心理狀態表徵的理解，因此就社會學的意義而言，「重構社會秩序」彰顯文化中的秩序意義具有實踐的可能與路徑，因此本書所闡發更具意義。梁治平提出以自然為主體的法律文化，其觀點認為「天人合一」為自然秩序的和諧法律文化根源，禮的本質亦歸諸於自然。[1]著重律法文化本於自然的理解，強調律法的本質與理想，無非揭示律法的終極目的在於建立「無訟」社會。

　　本書從重構秩序探討公案小說的倫理秩序、禮教秩序、宗教秩序、天道秩序諸面向，開掘重構社會秩序的文化內容與意蘊，注意到了人物呈現正、反對立特徵外，其凸顯典範作為重構秩序的理想。重構秩序藉由公案故事敘寫技巧，又縮短讀者典範與規範之距

---

[1]　參見梁治平：《尋求自然秩序中的和諧──中國傳統法律文化研究》（北京：中國政法大學出版社，1997 年），頁 316-328。

離，鏈結起文本、作者、讀者三層面，其方法、意圖與目的又表現
於公案的裁判意識、作者按語與讀者心理期待。

　　職是，針對孝親典範、惡僧故事、女性違逆禮教、鬼魂訴冤、
清官範型的情節與意涵進行研究，以「秩序重構」視角理解公案小
說的文化內容，發現這類公案故事具有濃厚的社會心理、文化意涵
及正義心理的反映，並梳理部分故事的題材承衍，發現公案文學題
材的發展歷程，以下為各章節的研究結果：

　　一、清官作為公案樞紐，首先提煉出公案小說中的清官形象正
反合的建構方法，對比出歷史角度與小說創作的不同技巧。從發現
正義的實踐為諸多清官的基本特徵，而冤魂情節更凸顯了清官的正
義特質，擴大了鄭安宜以《龍圖公案》關注範疇外，[2]更為細緻討
論公案小說集的正義觀點與清官崇拜的互動情況。

　　在晚明公案小說在普及律法知識與律法完備的背景下，對於清
官形象形塑更具意義。由官吏面貌呈現出的特徵，理解晚明對於權
力形象特徵：對蹠性，從映照廉貪性格、跨越陰陽領域到辨分智愚
身分，彰顯了晚明官吏形象的矛盾，映現晚明社會對清官的期待。

　　二、就僧人形象而言，研究結果呈現人物塑造與小說娛樂性功

---

2　邱婉慧從歷史角度提煉清官的典型意義，葉佳琪圍繞著官場中官吏正負形
　　象，劉恆妏以正義觀點檢視包公形象，鄭安宜聚焦《龍圖公案》的公道文
　　化內容，參見邱婉慧：《明代公案小說形塑「清官典型」的社會意義》
　　（國立成功大學歷史學系碩士論文，2006 年）、葉佳琪：《明代公案小
　　說中的官吏形象與官場現象》（國立臺灣師範大學中國文學系研究所碩士
　　論文，2011 年）；劉恆妏：〈由包公系列小說看傳統中國正義觀〉，
　　《月旦法學》第 53 期（1999 年），頁 35-46；鄭安宜：《「龍圖公案」
　　之公道文化研究》（國立暨南國際大學中國語文學系碩士論文，2000
　　年）。

能的關係，並非全然等同，[3]更多的是反映社會現實。從重構秩序觀點的研究開展，發現與林璀瑤所得結論相似，「罪僧公案」反映晚明宗教犯罪情況，聚焦於佛教戒律鬆弛與官方管治方法。公案呈現罪僧故事的案件類型多數集中於與人命、威逼、姦情等類，呈現出僧侶素質的強盜化與犯罪化，影響地方秩序的惡化，亦凸顯庶民關注佛教的社會意識，公案小說從罪案的刑罰處置與故事訓誡，提醒庶民僧俗關係的分際。

本書以罪僧的犯案模式、清官議斷的討論試圖凸顯社會意識的趨向，更聚焦於公案小說集側重男性僧人的性別意識，從而揭示明代公案小說僧人身分不僅具有宗教象徵，更代表公案對男女性別意識側重人物類型不同。

三、聚焦公案小說的女性形象，然多注意女性姦情的負面形象。[4]「女性違逆禮教」一章凸顯晚明世風衝擊下婦女情感趨向，倫常關係因著女性情慾催化家庭秩序崩解。注意到公案中殺夫、人獸姦、亂倫、寡婦等具有吸睛的題材，試圖呈現出女性情感與慾望

---

[3] 林璀瑤曾從歷史角度比對僧人形象，提出以小說警惕世人的創作意圖，認為反映社會現實的焦慮，林珊妏認為小說僧人形象是出於閱讀與娛樂效果的戲劇渲染，參見林珊妏：〈明代短篇小說之僧人犯戒故事探討〉，《南大學報人文與社會類》第 1 期（2005 年 4 月），頁 17-36；林珊妏：〈《杜騙新書》之僧騙故事探究〉，《人文暨社會科學期刊》第 2 卷第 2 期（2006 年），頁 87-96。

[4] 就女性負面形象的討論有：黃琬甯注意到女性在性暴力中的困窘處境。詹淑杏以話本公案小說為範圍，認為女性的婚戀觀及形象皆傾向自主與獨立，並且與本文討論方法不同，參見黃琬甯：《通俗的性暴力——晚明公案小說集的書寫風格》（新竹：國立清華大學中國文學系碩士論文，2008年）；詹淑杏：《《三言》公案小說所反映的明末社會現象》（彰化：國立彰化師範大學國文學系碩士論文，2004 年）。

的衝突與矛盾，此為小說的娛樂性與說教的技巧融合。

　　以公案議斷內容而言，故事以貞節作為衡量女性價值的標準，對衝擊禮教秩序的亂倫、殺夫等案件採取嚴刑處理；然而，對男女私情則衡量情理予以減刑，上述審判標準呈現晚明社會對女性態度具有嚴格與寬容並置的特點。

　　四、「鬼魂訴冤」為明代公案集的主要故事類型之一，發現冤魂故事特別集中於《百家公案》、《龍圖公案》二書外，更注目商旅受害與僧人犯案兩種故事類型，故事思維延續著傳統對於鬼魂的認知與觀點，公案中的鬼魂現身具備著天道認可的正義意志，以徵兆、異象環節起天道趨向，又以「隱語」形式作為冤情的表徵，寄託於清官。冤魂對應的社會身分，多數集中於行旅的商人與受僧人加害的婦女，映現社會對於特定群體的命運想像，折射出庶眾的期待心理與對社會秩序的想像。

　　五、「割股療親」的題材前人多從歷史角度切入研究，因此題材具有濃厚的文化語境因素，然少有從文學角度討論，[5]與本書討論以「割股療親」呈現孝道典範人物的形象、官方旌表的歷程、割股療親的運作方法不同。從人物典範的形塑，發現「割股療親」的普及除官方態度的左右外，孝道實踐與社會意識的趨向有著密不可分的關係，公案故事藉由主角踐履歷程與官方旌表，進一步催化孝

---

[5]　吳燕娜注意「割股」與道德、禮教的交涉，「割股」的多義性與歷史性格，參見吳燕娜：〈禮教、情感、和宗教之互動：分析比較《型世言》第四回和〈麗水陳孝女傳碑〉對割股療親的呈現〉，《文與哲》第 12 期（2008 年 6 月），頁 413-454；吳燕娜：〈論明清文學對「割股」描寫的道德多義性〉，收入王成勉編：《明清文化新論》（臺北：文津出版社，2000 年），頁 247-274。

道精神的實踐，使得孝道人物形塑成為重構社會的倫理秩序之必然。

以上各章的人物形象，以正反人物對比發現公案中大部分篇幅集中於負面罪案的描述，關於正面人物的描寫並不多，其數量不及總數十分之一，其篇目比較集中於《廉明公案》、《詳刑公案》、《律條公案》、《詳情公案》四書之中，集中於旌表類、節婦類、烈女類、雙孝類、孝子類等。然而這些故事更聚焦於強調女性的節烈、人物的孝悌等行為，讓我們理解古代對於典範的形象與意義的趨向。

從各章節討論結果，本書注意到公案小說對於清官文化、公道文化、律法文化等呈現不同情節特徵，例如清官文化已縮合城隍信仰，公道文化著重「冤魂現身」及冥界審案，律法文化映現「輕其輕，重其重」的原則，其中城隍信仰與律法的「輕其輕，重其重」原則映現明代的時代特徵。

公案小說表徵清官文化的發展階段，發現包公「陰陽判」情節、城隍神信仰與清官文化的縮合，呈現清官文化或包公故事發展的系譜。小說反映城隍信仰在明代進入官方祭祀系統的民間內容，與清官文化建構有關，成為研究清官信仰的有利角度，惟本書對於公案小說的神明信仰研究尚未深入，期待未來更細緻的討論，然就研究結果而言，已不同於以往單從清官形象或官場文化的研究視角。

就公道文化的時代特徵而言，「鬼魂訴冤」與清官的情節縮合成為實踐正義的模式，亦成為公案小說的時代表徵。以天道（或冥界審案）輔以人間正義之不足。公案小說所彰顯正義不限於人間，且具有超越現實的視野，不能片面理解為古代庶民的迷信內容。

　　就律法文化而言，本書從故事爬梳，發現明公案的刑罰類別與處置表現了明代特點，其原則議符合明代律法「輕其輕，重其重」的原則，「重其重」的刑罰著重於違反十重罪的亂倫之罪與宗教犯罪。佛教僧人犯罪，判刑皆從嚴處置，甚至將寺院焚毀。明代律例屢次修訂，宗教犯罪條文的修改意謂著宗教犯罪的複雜化與社會變遷。「輕其輕」特別適用於男女私情的相關罪責，其範圍僅限於男女未婚前所犯姦情案，並不適用於已婚男女。

　　本書提供以「重構社會秩序」的研究視角，以文本分析，並以文化研究開發公案文本，藉由個人研究提供一個觀察公案小說的不同進路與視野外，仍有未及於處理的部分，例如公案的妖怪人物與神明人物，涉及人間與冥界之外的天界與天道，應置入重構秩序版圖之中，後續冀能開展相關研究。

# 引用暨參考書目

說明：

1. 本書所徵引的參考文獻按文本、古籍、現代今人專著、外文譯著、專書論文、期刊論文、學位論文分列。

2. 各類資料的排列順序先中文，後外文。

3. 西文資料依作者姓氏字母依序排列。

## 一、公案文本（依作者筆劃先後排序）

〔明〕余象斗：《廉明奇判公案傳》，林羅山抄本，內閣文庫藏余氏雙峰堂刊本（1605 年）。

〔明〕余象斗編：《皇明諸司公案》，收入《古本小說叢刊》第 6 輯第 4 冊（北京：中華書局，1990 年）。

〔明〕余象斗編：《廉明公案》，《古本小說叢刊》第 28 輯第 3 冊（北京：中華書局，1991 年）。

〔明〕佚名：《詳情公案》，收入《古本小說集成》第 4 輯第 20 冊（上海：上海古籍出版社，1990 年）。

〔明〕佚名：《鼎雕國朝憲台折獄蘇冤神明公案》，《古本小說集成》第 5 輯第 2 冊（上海：上海古籍出版社，1991 年）。

〔明〕吳沛泉輯：《明鏡公案》，《古本小說叢刊》第 32 輯第 1 冊（北京：中華書局，1991 年）。

〔明〕吳遷：《新民公案》，《古本小說叢刊》第 3 輯第 4 冊（北京：中華書局，1990 年）。

〔明〕完熙生編，〔韓〕朴在淵校點：《包公演義》，季羨林整理《韓國藏

中國稀見珍本小說》（北京：中國大百科全書出版社，1997 年）。

〔明〕李春芳編：《海剛峰先生居官公案傳》，《古本小說叢刊》第 7 輯第 1 冊（北京：中華書局，1990 年）。

〔明〕陳玉秀選校：《新刻海若湯先生匯集古今律條公案》，《古本小說集成》第 4 輯第 21 冊（上海：上海古籍出版社，1991 年）。

〔明〕寧靜子輯：《國朝名公詳刑公案》，收入《古本小說叢刊》第 4 輯第 3 冊（北京：中華書局，1990 年）。

〔明〕余象斗：《廉明奇判公案傳》，林羅山抄本，內閣文庫藏余氏雙峰堂刊本（1605 年）。

〔明〕佚名：馮不異校點：《包公案》（北京：寶文堂書店，1985 年）。

〔明〕安遇時編，蕭相愷校點：《包龍圖判百家公案》，《明代小說輯刊》第二輯（成都：巴蜀書社，1995 年）。

〔明〕無名氏，顧宏義校注，謝士楷，繆天華校閱：《包公案》（臺北：三民書局，1998 年）。

## 二、古籍（依時代與出版時間排序）

〔先秦〕莊子著，陳鼓應注釋：《莊子今注今譯》（下）（修訂版）（臺北：臺灣商務印書館，2000 年）。

〔先秦〕不知撰人，楊伯峻注：《春秋左傳注（修訂本）》（北京：中華書局，1990 年）。

〔漢〕戴聖編、鄭玄注，孔穎達疏：《禮記》（十三經注疏本，臺北：藝文印書館，1981 年）。

〔漢〕劉安撰，張雙隸點校：《淮南子校釋》（北京：北京大學出版社，1997 年）。

〔漢〕鄭玄注，孔穎達疏，李學勤主編：《禮記正義》，收入《十三經注疏》（臺北：臺灣古籍出版社，2002 年）。

〔漢〕許慎撰，〔宋〕徐鉉校定：《說文解字附檢字》（北京：中華書局，2007 年）。

〔漢〕應劭，王利器校注：《風俗通義校注》，《新編諸子集成續編》（北京：中華書局，2010 年）。

〔晉〕葛洪撰，王明點校：《抱朴子內篇校釋（增訂本）》，《新編諸子集成》（北京：中華書局，1986 年）。

〔晉〕干寶撰，李劍國輯校：《新輯搜神記》（北京：中華書局，2012年）。

〔梁〕劉勰著，周振甫注：《文心雕龍注釋》（北京：人民文學出版社，1981 年）。

〔唐〕長孫無忌撰：《故唐律疏議箋解》，《四部叢刊》三編第 27-28 冊（上海：上海書店出版社，1985 年據商務印書館一九三五年版重印）。

〔唐〕韓愈，馬其昶校注：《韓昌黎文集校注》（上海：上海古籍出版社，1987 年）。

〔五代〕和凝：《疑獄集》，王雲五編：《四庫全書珍本五集》子部（臺北：臺灣商務印書館，1974 年）。

〔宋〕羅燁：《醉翁談錄》（上海：古典文學出版社，1957 年）。

〔宋〕桂萬榮撰，吳訥輯：《棠陰比事原編》，據陶越增訂《學海類編》，收入《百部叢書集成》（臺北：藝文印書館，1967 年）。

〔宋〕皇都風月主人編：《綠窗新話》（臺北：世界書局，1975 年）。

〔宋〕莊綽：《雞肋篇》（臺北：新文豐出版公司，1980 年）。

〔宋〕鄭克：《折獄龜鑑》據墨海金壺本，收入《叢書集成初編》（北京：中華書局，1985 年）。

〔宋〕王讜著，周勛初校證：《唐語林校證》（北京：中華書局，1987年）。

〔宋〕黎靖德編，王星賢：《朱子語類》（北京：中華書局，1988 年）。

〔宋〕趙葵：《行營雜錄》，收入《叢書集成初編》（北京：中華書局，1991 年）。

〔宋〕周密：《癸辛雜識》（上海：上海古籍出版社，1991 年）。

〔宋〕康與之：《昨夢錄》，收入《叢書集成初編》（北京：中華書局，1991 年）。

〔宋〕耐得翁：《都城紀勝》，《叢書集成續編》（臺北：新文豐出版公司，1991 年）。

〔宋〕洪邁，魯同群、劉宏起校注：《容齋隨筆》（北京：中國世界語出版

社，1995 年）。

〔宋〕章炳文：《搜神秘覽》，《續古逸叢書》（南京：江蘇古籍出版社，
　　　2001 年）。

〔宋〕羅燁：《新編醉翁談錄》，《續修四庫全書》1266 冊（上海：上海古
　　　籍出版社，2002 年）。

〔宋〕歐陽修、宋祁編撰：《新唐書》（北京：中華書局，2003 年）。

〔宋〕洪邁，何卓點校：《夷堅志》（北京：中華書局，2006 年）。

〔宋〕薛居正等撰：《舊五代史》（北京：中華書局，2007 年）。

〔元〕不著撰人：《梓潼帝君化書》，《正統道藏》洞真部譜錄類第 5 冊
　　　（臺北：新文豐出版公司，1977 年）。

〔元〕李道謙：《終南山祖庭仙真內傳》，《道藏》洞神部川字號第 32 冊
　　　（臺北：新文豐出版公司，1977 年）。

〔元〕脫脫：《宋史》等（北京：中華書局，1977 年）。

〔元〕不著撰人，陳高華、張帆、劉曉等點校：《元典章》（北京：中華書
　　　局，2011 年）。

〔明〕陳文等奉敕撰：《明英宗實錄》，中央研究院歷史語言研究所編《明
　　　實錄》（臺北：中央研究院歷史語言研究所，1967 年）。

〔明〕釋袾宏：《正訛集》，收入謝冠生編《蓮池大師全集》四集（臺北：
　　　中華佛教文化館，1973 年）。

〔明〕田汝成：《西湖遊覽志餘》（臺北：世界書局，1975 年）。

〔明〕李贄：《焚書》（北京：中華書局，1975 年）。

〔明〕馮夢龍：《增廣智囊補》收入《零玉碎金》第二輯（臺北：新文豐出
　　　版公司，1978 年）。

〔明〕楊家駱主編：《平妖傳》（臺北：世界書局，1978 年）。

〔明〕祝允明：《野記》（臺北：臺灣商務印書館，1979 年）。

〔明〕田汝成：《西湖遊覽志餘》（上海：上海古籍出版社，1980 年）。

〔明〕凌濛初原著，劉本棟校訂、繆天華校閱：《拍案驚奇》（臺北：三民
　　　書局，1981 年）。

〔明〕陸粲撰：《庚巳編》，《叢書集成初編》據紀錄彙編本影印（北京：
　　　中華書局，1985 年）。

〔明〕葉盛：《水東日記》（北京：中華書局，1986年）。

〔明〕陶宗儀等編：《說郛三種》百卷本（上海：上海古籍出版社，1988年）。

〔明〕林近陽增編：《燕居筆記》，《古小說集成》（上海：上海古籍出版社，1990年）。

〔明〕馮夢龍：《情史》，收於魏同賢主編：《馮夢龍全集》（上海：上海古籍出版社，1993年）。

〔明〕馮夢龍：《新平妖傳》，《古小說集成》（上海：上海古籍出版社，1993年）。

〔明〕赤心子編，俞為民校點：《繡谷春容》（含《國色天香》）（南京：江蘇古籍出版社，1994年）。

〔明〕周清源輯纂，陳美林校點：《西湖二集》（南京：江蘇古籍出版社，1994年）。

〔明〕佚名：《僧尼孽海》，陳慶浩、王秋桂編：《思無邪匯寶》（臺北：臺灣大英百科公司，1994年）。

〔明〕不著撰人：《五鼠鬧東京包公收妖傳》，《明代小說輯刊》第二輯（成都：巴蜀書社，1995年）。

〔明〕王同軌：《新刻耳譚》，《四庫全書存目叢書》子部二四八冊（濟南：齊魯書社，1995年）。

〔明〕醉可子：《精選雅笑》，收入《中國歷代笑話集成》（長春：時代文藝出版社，1996年）。

〔明〕王同軌撰：《耳談類增》，《續修四庫全書》，子部第1268冊，據明萬曆三十一年唐晟唐詠刻本影印（上海：上海古籍出版社，1997年）。

〔明〕余懋學：《仁獄類編》影印明萬曆三十六年直方堂刻本，收入《續修四庫全書》第973冊（上海：上海古籍出版社，1997年）。

〔明〕西湖漁隱主人著，李燁、馬嘉陵校點：《歡喜冤家》，收入侯忠義主編《明代小說輯刊》第3輯第4冊（成都：巴蜀書社，1999年）。

〔明〕陳建輯，江旭奇補訂：《皇明通紀集要》，收入《四庫禁燬書叢刊》史部第34冊，明崇禎刻本（北京：北京出版社，2000年）。

〔明〕宋濂等撰：《元史》（北京：中華書局，2005 年）。

〔明〕李時珍：《本草綱目》（北京：華夏出版社，2008 年）。

〔明〕夏允彝修纂：《崇禎長樂縣誌》，《福建師範大學圖書館藏稀見地方志叢刊》（北京：北京圖書館出版社，2008 年）。

〔明〕無名氏撰，程毅中點校：《輪迴醒世》（北京：中華書局，2008 年）。

〔明〕洪楩輯，程毅中校注：《清平山堂話本校注》（北京：中華書局，2012 年）。

〔明〕謝肇淛撰，傅成校點：《五雜組》（上海：上海古籍出版社，2012 年）。

〔明〕豫章樂莘逸士編：《鼎鋟國朝史記事實類編評釋日記故事》明萬曆年間刊本。

〔明〕朱國禎：《湧幢小品》，日本內閣文庫藏明刻本。

〔明〕江天一：《江止庵遺集》，清康熙祭書草堂刻本。

〔清〕張廷玉等撰：《明史》（北京：中華書局，1974 年）。

〔清〕劉熙載：《藝概》（上海：上海古籍出版社，1978 年）。

〔清〕焦循：《孟子正義》（北京：中華書局，1987 年）。

〔清〕童範儼：同治《臨川縣志》據同治九年刊本影印（臺北：成文出版社，1989 年）。

〔清〕阮元校刻：《十三經注疏》（北京：中華書局，1991 年）。

〔清〕王有光，石繼昌點校：《吳下諺聯》（北京：中華書局，1997 年）。

〔清〕董誥：《全唐文》（北京：中華書局，2001 年）。

〔清〕王明德撰，何勤華、程維榮、張伯元、洪丕謨點校：《讀律佩觿》（北京：法律出版社，2001 年）。

〔清〕周中孚著，黃曙輝、印曉峰標校：《鄭堂讀書記》（上海：上海書店出版社，2009 年）。

〔清〕皮錫瑞撰，吳仰湘校注：《孝經鄭注疏》（北京：中華書局，2016 年）。

## 三、現代專著

（一）中文（依作者筆劃排序）

丁肇琴：《俗文學中的包公》（臺北：文津出版社，2000 年）。

于鐵丘：《清官崇拜談：從包拯到海瑞》（濟南：濟南出版社，2004 年）。

王元鹿：《漢字中的人文之美》（香港：中華書局有限公司，2014 年）。

王天有、高壽仙：《明史：一個多重性格的時代》（臺北：三民書局，2008 年）。

王平：《中國古代小說文化研究》（濟南：山東教育出版社，1996 年）。

王平：《古典小說與古代文化講演錄》（桂林：廣西師範大學出版社，2008 年）。

王玉鼎：《漢字文化學》（西安：西安出版社，2010 年）。

王清原、牟仁隆、韓錫鐸編纂：《小說書坊錄》（北京：北京圖書館出版社，2002 年）。

王德威著，宋偉杰譯：《被壓抑的現代性：晚清小說新論》（北京：北京大學出版社，2005 年）。

王璦玲：《晚明清初戲曲之審美構思與其藝術呈現》（臺北：中央研究院中國文哲研究所，2005 年）。

石昌渝編：《中國古代小說總目·白話卷》（太原：山西教育出版社，2004 年）。

朱一弦校點：《明成化說唱詞話叢刊》（鄭州：中州古籍出版社，1997 年）。

朱萬曙：《包公故事源流考述》（合肥：安徽文藝出版社，1995 年）。

江蘇省社會科學院文學研究所編：《中國古代小說總目提要》（北京：中國文聯出版公司，1997 年）。

艾永明：《保守視野下的中國傳統法律文化》，《東吳法學文叢》（臺北：元照出版有限公司，2012 年）。

衣若蘭：《「三姑六婆」：明代婦女與社會的探索》（臺北：稻鄉出版社，2002 年）。

何世劍：《中國藝術美學與文化詩學論稿》（南昌：江西人民出版社，2013

年）。

何滿子：《中國愛情與兩性關係——中國小說研究》（臺北：臺灣商務印書館，2003 年）。

汪民安主編：《文化研究關鍵詞》（南京：江蘇人民出版社，2007 年）。

余英時著，侯旭東等譯：《東漢生死觀》（上海：上海古籍出版社，2005 年）。

呂小蓬：《古代小說公案文化研究》（北京：中央編譯出版社，2004 年）。

呂妙芬：《孝治天下：《孝經》與近世中國的政治與文化》（臺北：聯經出版事業公司，2011 年）。

沈湘平：《理性與秩序——在人學的視野中》（北京：北京師範大學出版社，2003 年）。

李永平：《包公文學及其傳播》（北京：中國社會科學出版社，2007 年）。

李夢生：《中國禁毀小說百話》（上海：上海書店出版社，2006 年）。

李小龍：《中國古典小說回目研究》（北京：北京大學出版社，2012 年）。

李劍國：《古稗斗筲錄——李劍國自選集》（天津：南開大學出版社，2004 年）。

李劍國：《唐前志怪小說史》（北京：人民文學出版社，2011 年）。

李豐春：《中國古代旌表研究》（昆明：雲南大學出版社，2011 年）。

肖群忠：《中國孝文化研究》（臺北：五南圖書出版公司，2002 年）。

周俊：《新聞失範論》（北京：人民日報出版社，2014 年）。

周建渝：《才子佳人小說研究》（臺北：文史哲出版社，1998 年）。

孟犁野：《中國公案小說藝術發展史》（北京：警官教育出版社，1996 年）。

林明德：《晚清小說研究》（臺北：聯經出版事業公司，1989 年）。

林保淳：《古典小說的類型人物》（臺北：里仁書局，2003 年）。

林淑貞：《尚實與務虛：六朝志怪書寫範式與意蘊》（臺北：里仁書局，2010 年）。

林淑貞：《對蹠與融攝：唐人生命情調與審美風尚》（臺北：臺灣學生書局，2016 年）。

范岳，沈國經主編：《西方現代文化藝術辭典》（瀋陽：遼寧教育出版社，

1996 年）。

祁連休：《中國古代民間故事類型研究》（石家莊：河北教育出版社，2007 年）。

邱紹雄：《中國商賈小說史》（北京：北京大學出版社，2004 年）。

金觀濤、劉青峰：《興盛與危機──論中國社會超穩定結構》（香港：中文大學出版社，1992 年）。

南炳文、何孝榮：《明代文化研究》（北京：人民出版社，2005 年）。

柳立言：《宋代的宗教、身分與司法》（北京：中華書局，2012 年）。

胡士瑩：《話本小說概論》（北京：中華書局，1980 年）。

胡萬川：《話本與才子佳人小說之研究》（臺北：大安出版社，1994 年）。

胡適：《中國古典小說研究》，《胡適作品集》（臺北：遠流出版事業公司，1986 年）。

胡適：《中國章回小說考證》（上海：上海書店出版社，1980 年）。

胡懷琛：《中國小說概論》（臺北：世界書局，1934 年）。

苗懷明：《中國古代公案小說史論》（南京：南京大學出版社，2005 年）。

孫楷第：《戲曲小說書錄解題》（北京：人民文學出版社，1990 年）。

孫楷第：《中國通俗小說書目（外二種）》（北京：中華書局，2012 年）。

孫楷第：《俗講說話與白話小說》（北京：作家出版社，1956 年）。

徐永斌：《凌濛初考證》（南京：江蘇人民出版社，2010 年）。

徐忠明：《包公故事：一個考察中國法律文化的視角》（北京：中國政法大學出版社，2002 年）。

徐忠明：《眾聲喧嘩：明清法律文化的複調敘事》（北京：清華大學出版社，2007 年）。

殷海光：《中國文化的展望》（臺北：桂冠圖書公司，1990 年）。

皋于厚：《明清小說的文化審視》（北京：學苑出版社，2004 年）。

國史稿校注：《清史稿校注》（第四冊）（臺北：臺灣商務印書館，1999 年）。

國立政治大學古典小說研究中心編：《明清善本小說叢刊初編目錄》（臺北：天一出版社，1985 年）。

張志平：《情感的本質與意義：舍勒的情感現象學概論》（上海：上海人民

出版社，2006 年）。

張亮、熊嬰編：《倫理、文化與社會主義：英國新左派早期思想讀本》（南京：江蘇人民出版社，2013 年）。

張國風：《公案小說漫話》（上海：上海古籍出版社，1992 年）。

張國剛主編，余新忠：《中國家庭史》第四卷明清時期（廣州：廣東人民出版社，2006 年）。

張德勝：《儒家倫理與秩序情結：中國思想的社會學詮釋》（臺北：巨流圖書公司，2007 年）。

曹亦冰：《俠義公案小說史》（杭州：浙江古籍出版社，1998 年）。

梁治平：《尋求自然秩序中的和諧——中國傳統法律文化研究》（北京：中國政法大學出版社，1997 年）。

郭孟良：《晚明商業出版》（北京：中國書籍出版社，2010 年）。

陳大康：《明代小說史》（北京：人民出版社，2007 年）。

陳玉堂：《中國文學史書目提要》（合肥：黃山書社，1986 年）。

陳旭：《清官》（北京：中國社會科學出版社，2010 年）。

陳其南：《家族與社會》（臺北：聯經出版事業公司，1990 年）。

陳桂聲：《話本敘錄》（珠海：珠海出版社，2001 年）。

陳益源：《小說與豔情》（上海：學林出版社，2000 年）。

陳登武：《從人間世到幽冥界：唐代的法制、社會與國家》（臺北：五南圖書出版公司，2005 年）。

陳麗君：《判的再書寫：明代公案小說研究》（臺中：東海大學圖書館，2016 年）。

陳寶良：《中國流氓史》（上海：上海人民出版社，2013 年）。

陳寶良：《明代社會生活史》（北京：中國社會科學出版社，2004 年）。

曾棗莊：《中國古代文體學》（上海：上海人民出版社，2012 年）。

陶在樸：《理論生死學》（臺北：五南圖書出版公司，2000 年）。

傅承洲：《明代文人與文學》（北京：中華書局，2007 年）。

富育光、郭淑雲：《薩滿文化論》（臺北：臺灣學生書局，2005 年）。

游子安：《善與人同——明清以來的慈善與教化》（北京：中華書局，2005 年）。

程毅中：《明代小說叢稿》（北京：人民文學出版社，2006 年）。

程毅中：《程毅中文存》（北京：中華書局，2006 年）。

童恩正：《文化人類學》（上海：上海人民出版社，1989 年）。

黃永林：《中西通俗小說敘事：比較與闡釋》（武漢：華中師範大學出版社，2009 年）。

黃岩柏：《中國公案小說史》（瀋陽：遼寧人民出版社，1991 年）。

黃岩柏：《公案小說史話》（瀋陽：遼寧教育出版社，1992 年）。

黃彰健：《明代律例彙編》，《中央研究院歷史語言研究所專刊》（臺北：中央研究院歷史語言研究所，1994 年）。

全國古籍整理出版規劃領導小組辦公室編：《新中國古籍整理圖書總目錄》（長沙：岳麓書社，2007 年）。

楊義：《中國古典小說十二講》（香港：三聯書店（香港），2006 年）。

楊緒容：《百家公案研究》（上海：上海古籍出版社，2005 年）。

萬晴川編：《中國古代小說文化學教程》（北京：中國言實出版社，2008 年）。

葉舒憲選編：《神話——原型批評》（西安：陝西師範大學出版社，1987 年）。

葉慶炳：《中國古典小說中的愛情》（臺北：時報文化出版事業有限公司，1995 年）。

路工：《訪書見聞錄》（上海：上海古籍出版社，1985 年）。

熊秉真、余安邦編：《情欲明清——遂欲篇》（臺北：麥田出版股份有限公司，2004 年）。

趙景深：《中國小說叢考》（濟南：齊魯書社，1983 年）。

齊裕焜：《獨創與通觀——中國古代小說論集》（上海：上海三聯書店，2009 年）。

鄭憲春，《中國筆記文史》（長沙：湖南大學出版社，2004 年）。

樂蘅軍：《意志與命運：中國古典小說世界觀綜論》（臺北：大安出版社，1992 年）。

魯迅：《魯迅小說史略論文集》（臺北：里仁書局，2006 年）。

魯迅：《集外集拾遺補編》，編入《魯迅全集》第 8 卷（北京：人民出版

社，2005 年）。

魯迅：《古小說鉤沉》輯本《孔氏志怪》，收入魯迅先生紀念委員會編；吳
　　　龍輝整理《魯迅全集》第三卷（烏魯木齊：新疆人民出版社，1995
　　　年）。

魯德才：《古代白話小說形態發展史論》（天津：南開大學出版社，2002
　　　年）。

魯德才：《魯德才說包公案》（北京：中華書局，2008 年）。

錢穆：《靈魂與心》，《錢賓四先生全集》（臺北：聯經出版事業公司，
　　　1998 年）。

錢鍾書：《管錐篇》（北京：中華書局，1986 年）。

戴不凡：《小說見聞錄》（杭州：浙江人民出版社，1980 年）。

謝明勳：《古典小說與民間文學》（臺北：大安出版社，2004 年）。

謝明勳：《六朝小說本事考索》（臺北：里仁書局，2003 年）。

謝昕、羊列容、周啟志：《中國通俗小說理論綱要》（臺北：文津出版社，
　　　1992 年）。

謝雍君：《牡丹亭與明清女性情感教育》（北京：中華書局，2008 年）。

瞿同祖：《中國法律與中國社會》（北京：中華書局，1981 年）。

瞿同祖：《瞿同祖法學論文集》（北京：中國政法大學出版社，1998 年）。

瞿冕良編著：《中國古籍版刻辭典》（增訂本）（蘇州：蘇州大學出版社，
　　　2009 年）。

譚正璧、譚尋：《古本稀見小說匯考》（杭州：浙江文藝出版社，1984
　　　年）。

譚正璧：《三言兩拍源流考（上）》（上海：上海古籍出版社，2012 年）。

譚正璧：《評彈通考》，收錄於譚壎、譚篪編，《譚正璧學術著作集》第 11
　　　冊（上海：上海古籍出版社，2012 年）。

蘇力：《法律與文學：以中國傳統戲劇為材料》（北京：生活・讀書・新知
　　　三聯書店，2008 年）。

釋聖嚴著，關世謙譯：《明末中國佛教之研究》（臺北：臺灣學生書局，
　　　1988 年）。

（二）外文或譯著（依字母與筆劃排序）

Anne Moir（安妮・莫伊爾）、David Jessel（大衛・傑賽爾）著，洪蘭譯：《腦內乾坤男女有別，其來有自》（臺北：遠流出版事業公司，2009年）。

Anthony Giddens（吉登斯），郭忠華、潘華淩譯：《資本主義與現代社會理論對馬克思、涂爾幹和韋伯著作的分析》（上海：上海譯文出版社，2013年）。

Bronislaw Kasper Malinowski（馬凌諾斯基）著，夏建中譯：《原始社會的犯罪與習俗》（臺北：桂冠圖書公司，1994年）。

Bronislaw Malinowski（布朗尼斯諾・馬凌諾斯基）著，費孝通譯：《文化論》（北京：華夏出版社，2002年）。

Carl Gustav Jung（榮格），林宏濤譯：《人的形象和神的形象》（臺北：桂冠圖書公司，2006年）。

Carl Gustav Jung（榮格）著，吳康、丁傳林、趙善華譯：《心理類型》（臺北：基礎文化創意公司，2007年）。

Cesare Beccaria（貝卡利亞），黃風譯：《論犯罪與刑罰》（北京：中國大百科全書出版社，2003年）。

Christine A. Courtois（庫特瓦）著，蔡秀玲，王淑娟譯：《治療亂倫之痛：成年倖存者的治療》（臺北：五南圖書公司，2002年）。

Clifford Geertz（吉爾茲），王海龍、張家瑄譯：《地方性知識：闡釋人類學文集》（北京：中央編譯出版社，2000年），

Edward Burnett Tylor（愛德華・泰勒）：《原始文化》（北京：北京外文出版社，1871年）。

Émile Durkheim（涂爾幹）著，汲喆、付德根、渠東譯：《亂倫禁忌及起源》（上海：上海人民出版社，2006年）。

Erik Zürcher（許理和）著，李四龍、裴勇等譯：《佛教征服中國》（南京：江蘇人民出版社，2005年）。

Ernst Cassirer（卡西勒），劉述先譯：《論人——人類文化哲學導論》（東海大學，文星書店發行，1959年）。

Ernst Cassirer（卡西勒）著，甘陽譯：《人論：人類文化哲學導引》（臺北：桂冠圖書公司，1990年）。

Francis Fukuyama（法蘭西斯・福山），劉榜離等譯：《大分裂：人類本性與社會秩序的重建》（北京：中國社會科學出版社，2002年）。

Frederick W. Mote（牟復禮）、Denis Twitchett（崔瑞德）編，楊品泉等譯：《劍橋中國明代史》（下卷）（北京：中國社會科學出版社，2004年）。

Georges Bataille（喬治・巴代伊）著，賴守正譯：《情色論》（臺北：聯經出版事業公司，2012年）。

Gérard Genette（熱拉爾・熱奈特）著，王文融譯：《敘事話語：新敘事話語》（北京：中國社會科學出版社，1990年）。

Gilbert Ryle（吉爾伯特・萊爾）著，劉建榮譯：《心的概念》（臺北：桂冠圖書公司，1992年）。

Harriet Evans（艾華），施施譯：《中國的女性與性相：1949年以來的性別話語》（南京：江蘇人民出版社，2008年）。

James George Frazer（詹姆斯・喬治・弗雷澤）著，徐育新、汪培基等譯：《金枝》（北京：大眾文藝出版社，2009年再版）。

James A. Hall（霍爾）著，廖婉如譯：《榮格解夢書：夢的理論與解析》（臺北：心靈工坊出版社，2006年）。

Joseph Needham（李約瑟），周曾雄等譯：《煉丹術的發現和發明：金丹與長生》，《中國科學技術史》（北京：科學出版社，2010年）第五卷《化學及相關技術》第二分冊。

Joseph Campbell（喬瑟夫・坎伯）著，朱侃如譯：《神話》（*The Power of Myth*）（臺北：立緒文化事業有限公司，1995年）。

Liuther Carrington Goodrich（富路特），房兆楹主編：《明代名人傳（六）》（北京：北京時代華文書局，2015年）。

Max Scheler（馬克斯・舍勒）著，羅悌倫、林克、曹衛東譯：《價值的顛覆》（香港：牛津大學出版社，1996年）。

Paolo Santangelo（史華羅）著，林舒俐、謝琰、孟琢譯：《中國歷史中的情感文化——對明清文獻的跨學科文本研究》（北京：商務印書館，

2009 年）。

Patrick Hanan（韓南），王秋桂等譯：〈《百家公案》考〉，收錄於《韓南中國小說論集》（北京：北京大學出版社，2003 年）。

Peter Ludwig Berger（彼得・貝格爾）著，高師寧譯，何光盧校：《神聖的帷幕：宗教社會學理論之要素》（上海：上海人民出版社，1991 年）。

Ruth Benedict（潘乃德），黃道琳譯：《文化模式》（臺北：巨流圖書公司，1983 年）。

Thomas Carlyle（湯瑪斯・卡萊爾），周祖達譯：《論英雄、英雄崇拜和歷史上的英雄業績》（北京：商務印書館，2007 年）。

Timothy Brook（卜正民）著，方駿等譯：《縱樂的困惑：明代的商業與文化》（北京：三聯書店，2004 年）。

Timothy Brook（卜正民）著，陳時龍譯：《明代的社會與國家》（合肥：黃山書社，2009 年）。

〔日〕莊司格一：《中國の公案小說》（東京：研文出版社，1988 年）。

〔日〕澤田瑞穗：《宋明清小說叢考》（東京：研文出版社，1996 年）。

〔日〕大塚秀高：《增補中國通俗小說書目》（東京：汲古書院，1987 年）。

〔日〕阿部泰記：《包公伝說の形成と展開》（東京：汲古書院，2004 年）。

〔日〕原田季清：《話本小說論》（臺北：古亭書屋，1975 年）。

〔日〕大木康：《中国明末のメディア革命——庶民が本を読む》（東京：刀水書房，2009 年）。

〔日〕酒井忠夫著，劉岳兵等譯《中國善書研究（增補版）》（南京：江蘇人民出版社，2010 年）。

〔美〕馬幼垣：《實事與構想——中國小說史論釋》（臺北：聯經出版事業公司，2007 年），頁 38-39。

## 四、專書論文

于賡哲：〈割股奉親緣起的社會背景考察〉，《唐代疾病、醫療史初探》（北京：中國社會科學出版社，2011 年）。

孔繁敏：〈包公故事與清官文化、包公故事在海外〉，《包拯研究》（北京：中國社會科學出版社，1998年）。

王立興：〈劉鶚筆下的清官形象的平議〉，《海峽兩岸明清小說論文集》（南京：河海大學出版社，1991年）。

余舜德：〈中國氣的文化研究芻議：一個人類學的觀點〉，王秋桂、莊英章、陳中民主編：《社會、民族與文化展演國際研討會論文集》（臺北：漢學研究中心，2001年）。

何大安：〈論斷符號——論「案」、「按」的語言關係及案類文體的篇章構成〉，收入熊秉真編：《讓證據說話（中國篇）》（臺北：麥田出版股份有限公司，2001年）。

吳小如：〈略論舊公案小說中的清官〉，《書趣‧文趣‧理趣學人書話》（北京：同心出版社，2001年）。

吳燕娜：〈論明清文學對「割股」描寫的道德多義性〉，收入王成勉編：《明清文化新論》（臺北：文津出版社，2000年）。

李世新：〈俠義、公案小說合流的社會文化探源〉，《中國古典文學與文獻學研究第2輯》（北京：學苑出版社，2003年）。

李焯然：〈論李贄在明代思想史上的地位〉，《明史散論》（臺北：允晨文化公司，1991年）。

林保淳：〈中國古代的「清官文化」及其省思〉，收入王璦玲、胡曉真編：《經典轉化與明清敘事文學》（臺北：聯經出版事業公司，2009年）。

侯忠義：〈公案小說‧清官‧俠士〉，《書趣‧文趣‧理趣學人書話》（北京：同心出版社，2001年）。

范長華：〈元代報冤類雜劇的搽旦類型腳色〉，《元曲通融》（太原：山西古籍出版社，1999年）。

孫旭：〈明代官、民對司法官職業素質的不同理解——以官箴書、公案小說中有關品質的材料為中心〉，《吏治與中國傳統法文化中國法律史學會2010年會論文集》（北京：法律出版社，2011年）。

孫楷第：〈包公案與包公案故事〉，收入《滄州後集》（北京：中華書局，2009年）。

馬幼垣著，宏建桑譯：〈明代公案小說的版本系統〉，《中國古典小說研究專集2》（臺北：聯經出版事業公司，1980年）。

陳寶良：〈陰曹地府：明清文學中之陰司訴訟〉，收入李文儒主編《故宮學刊》總第七輯（北京：紫禁城出版社，2011年）。

陳益源：〈《歡喜冤家》的和尚形象及其影響〉，《古典小說與情色文學》（臺北：里仁書局，1988年）。

曾永義：〈雜劇中鬼神世界的意識形態〉，《元曲通融》（太原：山西古籍出版社，1999年）。

閆曉君、毛高傑：〈情理法與冤案——以公案小說為中心〉，霍存福主編《中國法律傳統與法律精神中國法律史學會成立30周年紀念大會暨2009年會論文集》（濟南：山東人民出版社，2010年）。

楊一凡：〈明代贖罪則例芻議〉，《明代贖罪則例芻議》，收入陳金全、汪世榮主編：《中國傳統司法與司法傳統》上冊（西安：陝西師範大學出版社，2009年）。

葉漢明：〈妥協與要求：華南特殊婚俗形成假說〉，熊秉真、呂妙芬編：《禮教與情慾——前近代中國文化中的後／現代性》（臺北：中央研究院近代史研究所，1999年）。

蒲慕州：〈中國古代的信仰與日常生活〉，收入林富士主編：《中國史新論——宗教史分冊》（臺北：聯經出版事業公司，2011年）。

趙景深：〈百回本《包公案》〉，《中國小說叢考》（濟南：齊魯書社，1980年）。

劉世德：〈前言〉，收錄於劉世德、竺青編，佚名撰：《龍圖公案》（北京：群眾出版社，1999年）。

劉兆明：〈「報」的概念分析及其在組織研究上的意義〉，楊國樞、余安邦編著：《中國人的心理與行為：理念與方法篇（一九九二）》（臺北：桂冠圖書公司，1993年）。

蕭東發：〈明代小說家、刻書家余象斗〉，收入春風文藝出版社編：《明清小說論叢》第四輯（瀋陽：春風文藝出版社，1986年）。

蕭相愷：〈《百家公案》與戲劇考論（上）〉，收錄於崔永清編：《海峽兩岸明清小說論文集》（南京：河海大學出版社，1991年）。

蕭相愷：〈《百家公案》與戲劇考論（下）〉，《明清小說研究》1991 年第
　　3 期。

蕭相愷：《中國古代小說考論》（南京：鳳凰出版社，2010 年）。

謝明勳：〈《包公案》之民間文學特性試論〉，《2001 海峽兩岸民間文學研
　　討會論文集》（花蓮：國立花蓮師範學院民間文學研究所，2001
　　年）。

謝明勳：〈六朝志怪與公案小說──黃岩柏「公案幼芽偏多萌生於魏晉志
　　怪」說述評〉，《六朝小說考索》（臺北：里仁書局，2003 年）。

魏軍：〈我國古代公案小說與法律的關係〉，《中國法制文學導論》（北
　　京：中國人民公安大學出版社，2009 年）。

〔日〕阿部泰記：〈關於《通俗孝肅傳》的底本〉，《第三屆中國俗文化國
　　際學術研討會暨項楚教授七十華誕學術討論會論文集》（北京：中華
　　書局，2009 年）。

〔美〕馬幼垣：〈《全像包公演義》補釋〉，收錄於王秋桂編：《中國文學
　　論著譯叢》（臺北：臺灣學生書局，1985 年）。

〔美〕馬幼垣著，宏建燊譯：〈明代公案小說的版本傳統──龍圖公案
　　考〉，收錄於王秋桂編：《中國文學論著譯叢》（臺北：臺灣學生書
　　局，1985 年）。

Marsden Anderson（馬斯頓・安德森）：〈多命謀殺案：論公案小說裏的巧合
　　與迷信風水〉，《逸步追風西方學者論中國文學》（北京：學苑出版
　　社，2008 年）。

## 五、期刊論文（筆劃排序，外文依國籍排序）

卜安淳：〈清官與清官意識〉，《古典文學知識》第 3 期（1992 年）。

卜安淳：〈公案小說與古代司法〉，《古典文學知識》第 5 期（1992 年）。

于洪笙、胡小偉：〈從公案到偵探──中國法制小說兩千年〉，《嶺南學
　　報》第 3 期（2006 年）。

王改萍、王勇：〈從《詳情公案》看明代訴訟制度〉，《山西警官高等專科
　　學校學報》第 4 期（2005 年）。

王連仲：〈古代小說研究的新視角與新方法──評「中國古代小說文化研

究」〉，《東嶽論叢》第 4 期（1997 年）。

冉海燕：〈黑暗中想像的光芒——淺談明清小說中的官場文化現象及清官理想〉，《昭通師範高等專科學校學報》第 2 期（2006 年）。

石昌渝：〈明代公案小說：類型與源流〉，《文學遺產》第 3 期（2006 年）。

石豔梅：〈從「三言」中的公案故事看中國古代的司法文化〉，《徐州教育學院學報》第 4 期（2005 年）。

任曉燕：〈清官乎？贓官乎？——析《滕大尹鬼斷家私》中滕大尹形象〉，《黑龍江農墾師專學報》03 期（2000 年）。

向志柱：〈《百家公案》本事考補〉，《社會科學輯刊》第 02 期（2007 年）。

朱恒夫：〈論明清時事劇與時事小說〉，《明清小說研究》第 2 期（2002 年）。

朱萬曙：〈「百家公案」「龍圖公案」合論〉，《安徽大學學報（哲學社會科學版）》1993 年第 2 期。

牟潤孫：〈新民公案〉，《大陸雜誌》第 2 期（1952 年）。

何世劍：〈公案小說的世俗品格與清官文化的民間情懷〉，《天中學刊》第 05 期（2012 年）。

何世劍：〈公案小說的精神風尚與清官文化的美學質性〉，《集美大學學報（哲學社會科學版）》第 2 期（2010 年）。

吳光正、賴瓊玉：〈生命意識的浮沉——「三言」「兩拍」兩性公案題材小說文化論〉，《求是學刊》第 2 期（1997 年）。

吳光正、賴瓊玉：〈歷史的盲點——「三言」「二拍」兩性公案題材小說文化論證之二〉，《海南師範學院學報》第 4 期（1998 年）。

吳佩林、鍾莉：〈傳統中國「割股療親」語境中的觀念與信仰〉，《史學理論研究》第四期（2013 年）。

吳燕娜：〈禮教、情感、和宗教之互動：分析比較《型世言》第四回和〈麗水陳孝女傳碑〉對割股療親的呈現〉，《文與哲》第 12 期（2008 年 6 月）。

宋亞莉：〈公案小說演變略考〉，《文學教育》第 10 期（2000 年）。

宋華偉：〈心憂黎民誌托青天：從《胭脂》、《冤獄》、《席方平》等看蒲
　　松齡公案小說中的人文關懷與清官救世情結〉，《安徽文學（下半
　　月）》第 10 期（2011 年）。

李俊穎：〈從「割股療親」看明清孝道的愚昧化走向〉，《黑龍江史志》第 9
　　期（2014 年 9 月）。

李惠綿：〈論「天人」關係在《竇娥冤》雜劇之演變及其涵義〉，《臺大文
　　史哲學報》總 64 期（2006 年 5 月）。

李隆獻：〈先秦至唐代鬼靈復仇事例的省察與詮釋〉，《文與哲》第 16 期
　　（2010 年 6 月）。

李曉璞：〈從《包公案》和《威尼斯商人》談中西方法律思想〉，《南方論
　　刊》（2007 年）。

杜金、徐忠明：〈索象于圖：明代聽審插圖的文化解讀〉，《中山大學學報
　　（社會科學版）》第 5 期（2012 年）。

沈兼士：〈「鬼」字原始意義之試探〉，《沈兼士學術論文集》（北京：中
　　華書局，1986 年）。

周致元：〈從有關包公的小說看明代民間的法律意識〉，《包拯研究與傳統
　　文化》（合肥：安徽人民出版社，2001 年）。

林珊妏：〈《杜騙新書》之僧騙故事探究〉，《人文暨社會科學期刊》第 2
　　卷第 2 期（2006 年）。

林珊妏：〈明代短篇小說之僧人犯戒故事探討〉，《南大學報人文與社會
　　類》第 1 期（2005 年 4 月）。

林桂如：〈書業與獄訟——從晚明出版文化論余象斗公案小說的編纂過程與
　　創作意圖〉，《中國文哲研究集刊》第 39 期（2011 年 9 月）。

林國清：〈元曲公案戲中的清官與陰陽文化〉，《重慶社會科學》第 5 期
　　（2008 年）。

林莉珊：〈從短篇公案小說「悔婚」類型見明代戶律法與社會現象〉，《問
　　學集》第 16 期（2009 年）。

林惠勝：〈燃指焚身——中國中世法華信養之一面〉，《成大宗教與文化學
　　報》第 1 期（2001 年 12 月）。

林璀瑤：〈奸，邪，淫，盜：從明代公案小說看僧侶的形象〉，《歷史教

育》第 9、10 期合刊（2003 年）。

林麗月：〈孝道與婦道：明代孝婦的文化史考察〉，《近代中國婦女史研究》6 期（1998 年 8 月）。

竺洪波：〈清官形象與清官意識——關於公案小說的文化思考〉，《上海教育學院學報》第 2 期（1993 年）。

竺洪波：〈公案小說與法制意識——對公案小說的文化思考〉，《明清小說研究》第 3 期（1996 年）。

竺洪波：〈俠義小說與文化觀念——關於明清俠義小說的思考〉，《明清小說研究》第 4 期（1989 年）。

邱仲麟：〈人藥與血氣——「割股療親」現象中的醫療觀念〉，《新史學》第 10 卷第 4 期（1999 年）。

邱仲麟：〈不孝之孝——唐以來割股療親現象的社會史初探〉，《新史學》6 卷 1 期（1995 年 3 月）。

邱仲麟：〈親族血氣與神鑑觀念——割股療親現象中的醫療觀念與信仰行為〉，「明代家庭與社會學術研討會」（1997 年 6 月）（臺北：中國明代研究學會）。

苗懷明：〈從公案到偵探——論晚清公案小說的終結與近代偵探小說的生成〉，《明清小說研究》第 2 期（2001）。

段寶林：〈包公崇拜的人類學思考〉，《民族藝術》第 02 期（2001 年）。

胡和平：〈公案小說中的偵破方法舉隅〉，《中國刑警學院學報》第 2 期（2004 年）。

唐琦：〈《物權法》草案和明清公案〉，《文史月刊》第 1 期（2006 年）。

孫隆基：〈中國人身體化的宗教觀〉，《成大宗教與文化學報》第 5 期（2005 年 12 月）。

孫楷第：〈談談《包公案》〉，《國語旬刊》1 卷 8 期（1929 年）。

徐志平：〈從「三言」看明代僧尼〉，《嘉義農專學報》第 17 期（1988 年 4 月）。

徐志平：〈清代中期話本小說敘事模式析論〉，《中正漢學研究》總第 21 期（2013 年 6 月）。

徐忠明：〈《金瓶梅》公案與明代刑事訴訟制度初探〉，《法學與文學之

間》（北京：中國政法大學出版社，2000 年）。

徐忠明：〈從明清小說看中國人的訴訟觀念〉，《中山大學學報》第 4 期（1996 年）。

徐清華：〈從法律的角度看「二拍」中的公案小說〉，《長江師範學院學報》第 3 期（2012 年）。

皋于厚：〈明代公案小說的發展演進〉，《江蘇公安專科學校學報》第 6 期（1999 年）。

康正果：〈女權主義文學批評述評〉，《文學評論》第 1 期（1988 年）。

張文祿：〈底層文化對上層文化的逆襲——論明清亳州割股療親陋俗〉，《合肥學院學報（社會科學版）》第 3 期（2014 年 5 月）。

張海英：〈明清水陸行程書的影響與傳承——以《一統路程圖記》、《士商類要·路程圖引》、《示我周行》為中心〉，《江南社會歷史評論》第 5 期（2013 年 10 月）。

張鵬宇：〈從公案小說看我國古代司法的特點〉，《芒種》第 21 期（2012 年）。

曹亦冰：〈明代小說與公案文化〉，《明清小說研究》第 3 期（2004 年）。

曹玲：〈論明清公案小說興盛的原因〉，《中北大學學報社會科學版》第 3 期（2007 年）。

許華峰：〈明成祖《孝順事實》中的「孝感」思想〉，《輔仁國文學報》增刊（2006 年 1 月）。

陳大康：〈熊大木現象：古代通俗小說傳播模式及其意義〉，《文學遺產》第 2 期（2000 年）。

陳玉女：〈明代婦女信佛的社會禁制與自主空間（上）〉，《國立成功大學歷史學報》，29 期（2005 年）。

陳麗君：〈幻與奇——新民公案、居官公案的法律書寫〉，《法制史研究》第 22 期（2012 年 12 月）。

陳麗君：〈從跨領域視角談公案文學的幾個問題〉，《東海大學圖書館館訊》新 97 期（2009 年 10 月）。

陶成濤、何研：〈「滕大尹鬼斷家私」故事淵源綜論〉，《天中學刊》第 1 期（2014 年）。

曾昭旭：〈骨肉相親・志業相承——孝道觀念的發展〉《中國文化新論思想篇：天道與人道》（臺北：聯經出版事業公司，1982 年）。

曾玲：〈白話公案小說中判官形象的發展和演變〉，《牡丹江師範學院學報（哲學社會科學版）》第 2 期（2008 年）。

程國賦：〈明代小說作家吳還初生平與籍貫新考〉，《文學遺產》2007 年第 4 期。

程毅中：〈韓國所藏《包公演義》考述〉，《北京圖書館館刊》第 2 期（1998 年 6 月）。

閔宗殿：〈明清時期東南地區的虎患及相關問題〉，《古今農業》第 1 期（2003 年）。

黃立新：〈簡論古典小說中的清官形象〉，《上海大學學報》第 2 期（1996 年）。

黃東陽：〈人性的寓言——明末豔情小說《僧尼孽海》對僧尼持守色戒之詮解〉，《漢學研究》第 30 卷第 3 期（總號第 70 號）（2012 年 9 月）。

黃東陽：〈天理、人欲衝突的再思考——解讀《歡喜冤家》對女性情欲的理解與安置〉，《成大中文學報》第十六期（2007 年 4 月）。

黃東陽：〈唐人小說所反映之魂魄義〉，《新世紀宗教研究》第 5 卷第 4 期（2007 年 6 月）。

黃曉平：〈從古代公案小說管窺中國古典能動司法——兼論其對中國當代司法的啟示〉，《河南省政法管理幹部學院學報》第 6 期（2009 年）。

黃霖、楊緒容：〈《杜騙新書》與晚明世風〉，《中國古代、近代文學研究》第 6 期（1995 年）。

楊緒容：〈「公案」辨體〉，《上海大學學報》，2008 年第 4 期。

楊緒容：〈「百家公案」與明公案小說集〉，《洛陽師範學院學報》2006 年第 1 期。

楊緒容：〈包拯斷案本事考〉，《復旦學報（社會科學版）》第 2 期（2001 年）。

楊緒容：〈明書判體公案小說集之間的相互關係及文體演變〉，《復旦學報（社會科學版）》第 1 期（2005 年）。

楊緒容：〈從兩個故事看「花影集」、「繡谷春容」和「燕居筆記」之間的

關係及其對「百家公案」的影響〉，《明清小說研究》2003 年第 3
期。

楊緒容：〈論「龍圖公案」的成書〉，《中華文化論壇》第 4 期（2003
年）。

楊潔：〈明代公案小說智判初探〉，《濰坊學院學報》2008 年第 1 期。

楊潔：〈元明公案文學智判與法律之比較〉，《山東文學（下半月）》第 9
期（2008 年）。

趙濤：〈從審美的維度解讀明清公案小說的清官形象〉，《棗莊學院學報》
第 1 期（2007 年）。

劉恆妏：〈由包公系列小說看傳統中國正義觀〉，《月旦法學》第 53 期
（1999 年）。

劉崇奎：〈論「三言」中的公案小說〉，《江蘇警官學院學報》第 4 期
（2009 年）。

潘建國：〈海內孤本明刊《新刻全像五鼠鬧東京》小說考〉，《文學遺產》
第 5 期（2008 年）。

蔣興燕：〈古代公案小說的法文化解讀——禮法混同〉，《固原師專學報》
第 2 期（2006 年）。

鄧百意：〈晚明的公案小說創作——小說觀念的變遷與敘事模式的曲折演
進〉，《明清小說研究》第 4 期（2005 年）。

鄧紹基：〈論元雜劇思想內容的若干特徵〉，《元曲通融》（太原：山西古
籍出版社，1999 年）。

鄭琛：〈試論「割股療親」現象中的醫療心理問題——以《長安縣志·孝友
傳》為例〉，《陝西中醫學院學報》第 4 期（2015 年 7 月）。

鄭維寬：〈明清時期廣西的虎患及相關生態問題研究〉，《史學月刊》第 1
期（2007 年）。

戴建：〈論明代公案小說與律治之關係〉，《江海學刊》第 6 期（2007 年 6
月）。

戴健：〈論明代公案小說與律治之關係〉，《江海學刊》第 6 期（2007
年）。

簡齊儒：〈通俗文學和法律的更多對話——評介徐忠明《包公故事：一個考

察中國法律文化的視角〉〉，《法制史研究》第 5 期（2004 年）。

〔日〕大木康：〈明末「惡僧小說」初探〉，《中正漢學研究》20 期（2012 年 12 月）。

〔日〕大塚秀高：〈包公說話と周新說話——公案小說生成史の一側面〉，《東方學》66（1983 年 7 月）。

〔日〕佐立治人：〈不自然な呼びかけ——宋代の難事件からアイザック・アシモフまで〉，《關西大學圖書館館刊》11 號（2006 年）。

〔日〕岡崎由美、胡邦煒：《古老心靈的回音：中國古典小說的文化——心理學闡釋》（成都：四川文藝出版社，1991 年）。

〔日〕林雅清：〈明代通俗小說に描かれた惡僧說話の由来——仏教における「戒律」と「淫」の問題を手掛かりに〉，《京都文教短期大学研究紀要》（2009 年）。

〔日〕林雅清：〈魯智深像の再検討（上）〉，《千里山文学論集》（2008 年）。

〔日〕林雅清：〈魯智深像の再検討（下）〉，《同誌》（2008 年 9 月）。

〔日〕大塚秀高：〈公案話本から公案小說集へ——「丙部小說之末流」の話本研究に占める位置〉，《集刊東洋學》第 47 號（1982 年）。

〔日〕池田正子：〈「龍圖公案」類話考〉，《中國文學研究》通號 4（1978 年）。

〔日〕村上公一：〈論宋元明短篇白話小說中的冤獄描寫〉，《河池師專學報》第 4 期（1995 年）。

〔日〕阿部泰記：〈《百家公案》の編纂〉，《東方學》第 73 輯（1987 年 1 月）。

〔日〕阿部泰記著，陳鐵鑌譯：〈明代公案小說的編纂〉，《綏化師專學報（社會科學版）》第 4 期（1989 年）。

〔日〕阿部泰記著，陳鐵鑌譯：〈明代公案小說的編纂（續完）〉，《綏化師專學報（社會科學版）》第 1 期（1991 年 4 月）。

〔韓〕高淑姬：〈《百家公案》、《龍圖公案》與法醫學的世界〉，《中國小說論叢》第 33 輯（2011 年 4 月）。

〔韓〕高淑姬：〈《百家公案》《龍圖公案》之犯罪與訴訟〉，《中國小說

論叢》第 26 輯（2007 年）。

〔韓〕高淑姬：〈《百家公案》與《龍圖公案》雙重空間之研究〉，《中國文化研究》第 2 輯（2003 年 6 月）。

〔韓〕高淑姬：〈公案小說、法醫學：明代公案小說專集與傳統法醫學世界《無冤錄》命案為中心之研究〉，《中國小說論叢》第 35 輯（2011 年 12 月）。

〔韓〕高淑姬：〈《百家公案》和《龍圖公案》的研究〉，《中國文化研究》第 2 輯（2003 年 6 月）。

〔韓〕高淑姬：〈中國傳統法醫學和明代公案小說〉，《中國小說論叢》第 40 輯（2013 年）。

〔韓〕錢錦：〈明代市井社會的理想法治追求小探——以明代包公案小說專集為例〉，《中國語文論譯叢刊》第 20 輯（2007 年）。

〔美〕周啟榮：《明清印刷書籍成本、價格及其商品價值的研究》，《浙江大學學報（人文社會科學版）》第 40 卷第 1 期（2010 年 1 月）。

## 六、學位論文

方文烺：《明末清初公案話本研究》（暨南大學碩士論文，2013 年）。

王琰玲：《明清公案小說研究》（中國文化大學中國文學研究所博士論文，2003 年）。

白琬綺：《《杜騙新書》之騙行解析》（國立中興大學中國文學系所碩士論文，2010 年）。

向前：《明代公案小說的演變軌跡》（湖南師範大學碩士論文，2009 年）。

何佳：《三言二拍中的明代公案小說》（湘潭大學碩士論文，2007 年）。

吳尹薇：《明代白話短篇公案小說集研究》（長春師範學院碩士論文，2012 年）。

吳甯寧：《萬曆年間公案小說中的商人形象研究》（安徽大學碩士論文，2015 年）。

吳詩興：《福德正神的傳說與信仰研究——以馬來西亞華人社會為例》（國立政治大學中國文學系碩士論文，2013 年）。

李建明：《包公文學研究》（揚州大學碩士論文，2010 年）。

李紅：《「三言」「二拍」中的姦情公案小說研究》（新疆師範大學碩士論文，2010 年）。

李敏：《《杜騙新書》新論》（安徽師範大學碩士論文，2010 年）。

李淳儀：《明代公案集研究》（逢甲大學中國文學所碩士論文，2008 年）。

李巍：《權力原型及其文學表現從神話圖騰到中國文學中的貪官與清官敘事》（廣東技術師範學院碩士論文，2014 年）。

林怡君：《馮夢龍及《三言》犯罪故事之研究》（國立中興大學中國文學系碩士論文，2012 年）。

林奕豪：《《杜騙新書》與晚明社會之考察》（國立雲林科技大學漢學資料整理研究所碩士論文，2012 年）。

邱仲麟：《不孝之孝——隋唐以來「割股療親」現象的社會史考察》（臺灣大學歷史學研究所博士論文，1997 年）。

邱婉慧：《明代公案小說形塑「清官典型」的社會意義》（國立成功大學歷史學系碩士論文，2006 年）。

邵婷君：《明代短篇公案小說專集模式研究》（南京師範大學碩士論文，2007 年）。

洪敬清：《重刊與重寫——明代周曰校公案小說之文化生產研究》（國立政治大學中國文學系碩士論文，2016 年）。

倪連好：《〈三言〉公案故事計謀之研究》（國立臺灣師範大學國文系在職進修碩士論文，2002 年）。

夏元鴻：《《杜騙新書》所呈現的社會現象》（玄奘大學中國語文學系碩士班，2016 年）。

高敏：《明代《百家公案》研究》（陝西師範大學碩士論文，2014 年）。

高琬婷：《「五鼠鬧東京」故事研究》（國立中正大學中國文學系碩士論文，2004 年）。

張晨：《中國古代白話短篇公案小說的敘事特徵》（天津師範大學碩士論文，2011 年）。

張凱特：《「輪迴醒世」之研究》（國立雲林科技大學漢學資料整理研究所碩士論文，2010 年）。

曹一凡：《明清公案小說中的包公形象研究》（青島大學碩士論文，2016

　　　年）。

許睿倫：《《杜騙新書》案例之研究》（世新大學中國文學研究所碩士論
　　　文，2010 年）。

郭靜薇：《三言獄訟故事研究》（私立輔仁大學中國文學研究所碩士論文，
　　　1990 年）。

陳富容：《明代流傳之元雜劇版本及其曲文改編研究》（國立中興大學中國
　　　文學系博士論文，2007 年）。

陳麗君：《明代公案小說流變之研究》（東海大學中國文學系博士論文，
　　　2012 年）。

曾玲：《白話公案小說中的判官形象》（湘潭大學文學與新聞學院碩士論
　　　文，2008 年）。

曾淑卿：《海瑞故事研究》（國立政治大學國文教學碩士班碩士論文，2005
　　　年）。

馮英華：《明清話本小說中的清官形象研究》（寧夏大學人文學院碩士論
　　　文，2014 年）。

黃琬甯：《通俗的性暴力──晚明公案小說集的書寫風格》（國立清華大學
　　　中國文學系碩士論文，2008 年）。

黃齡瑩：《古代犯罪偵查與刑事鑑識案例之研究──以《百家公案》、《折
　　　獄龜鑑》、《洗冤集錄》為核心之展開》（國立臺灣師範大學國文學
　　　系碩士論文，2016 年）。

楊靜琪：《《龍圖公案》的成書及其公案性格研究》（淡江大學中國文學系
　　　碩士論文，2007 年）。

葉佳琪：《明代公案小說中的官吏形象與官場現象》（國立臺灣師範大學中
　　　國文學系研究所碩士論文，2011 年）。

詹淑杏：《《三言》公案小說所反映的明末社會現象》（國立彰化師範大學
　　　國文學系碩士論文，2004 年）。

廖鴻裕：《《海公案》研究》（中國文化大學中國文學研究所碩士論文，
　　　1995 年）。

蔣興燕：《明代白話公案小說研究》（陝西師範大學碩士論文，2005 年）。

鄭安宜：《「龍圖公案」之公道文化研究》（國立暨南國際大學中國語文學

　　系碩士論文，2000 年）。

鄭春子：《明代公案小說研究》（中國文化大學中國文學研究所碩士論文，
　　1997 年）。

鄭慧英：《論「三言」公案小說》（渤海大學碩士論文，2013 年）。

霍建國：《《三言》公案小說的罪與法》（國立政治大學中文所碩士論文，
　　1995 年）。

簡瑞瑤：《明代婦女佛教信仰與社會規範》（國立成功大學歷史研究所碩士
　　論文，2004 年）。

簡齊儒：《明代公案小說「法律與文學文本」的融攝》（國立東華大學中國
　　語文學系博士論文，2006 年）。

蘇敏：《《新民公案》研究》（遼寧師範大學碩士論文，2007 年）。

龔進輝：《王同軌及其《耳談》、《耳談類增》研究》（國立雲林科技大學
　　漢學資料整理所碩士論文，2010 年）。

## 七、電子資源

林義正：〈中國哲學中孝概念發展之諸問題析義〉（國科會計畫成果），頁 3
　　-5。編號為 NSC 91-2411-H-002-012，資料來源：http://ntur.lib.ntu.edu.t
　　w/bitstream/246246/14208/1/912411H002012.pdf，

臺灣大學圖書館的數位典藏館查詢，網址：http://cdm.lib.ntu.edu.tw/cdm/search
　　/collection/ntu/searchterm/%E5%8E%9F%E7%94%B0%E5%AD%A3%E6
　　%B8%85/mode/exact，搜索日期：2017.03.24。

「漢籍電子文獻資料」，網址：http://hanchi.ihp.sinica.edu.tw.autorpa.lib.nccu.
　　edu.tw/ihpc/hanji?@103^67060734^22^^^3@@188021835，搜索日期：
　　2017. 06.27。

國家圖書館出版品預行編目資料

重構人間秩序——明代公案小說所示現之文化意蘊

張凱特著. – 初版. – 臺北市：臺灣學生，2019.07
面；公分

ISBN 978-957-15-1808-4 (平裝)

1. 明代小說 2. 公案小說 3. 文學評論

820.9706                              108010472

重構人間秩序——明代公案小說所示現之文化意蘊

著 作 者　張凱特
出 版 者　臺灣學生書局有限公司
發 行 人　楊雲龍
發 行 所　臺灣學生書局有限公司
地　　址　臺北市和平東路一段 75 巷 11 號
劃 撥 帳 號　00024668
電　　話　(02)23928185
傳　　眞　(02)23928105
E - m a i l　student.book@msa.hinet.net
網　　址　www.studentbook.com.tw
登記證字號　行政院新聞局局版北市業字第玖捌壹號
定　　價　新臺幣五八〇元
出 版 日 期　二〇一九年七月初版
I S B N　978-957-15-1808-4